Declan Burke, geboren 1969 in Sligo, lebt bei Dublin. Er ist Autor sowie Buch- und Filmkritiker für u.a. die **Irish Times** und betreibt die Website »Crime Always Pays«. Er hat zahlreiche Krimis veröffentlicht; auf Deutsch erschienen bisher **Absolute Zero Cool**, **The Big O** und **Eight Ball Boogie**.

DECLAN BURKE

SLAUGHTER'S HOUND

KRIMINALROMAN

AUS DEM ENGLISCHEN ÜBERSETZT
VON ROBERT BRACK

EDITION NAUTILUS

Die Originalausgabe
des vorliegenden Buches
erschien unter dem Titel
Slaughter's Hound bei
Liberties Press, Dublin 2012

Die Veröffentlichung
dieses Buches erfolgt
mit Unterstützung von
Literature Ireland

LITERATURE
IRELAND
Promoting and Translating Irish Writing

Edition Nautilus GmbH
Schützenstraße 49 a
D-22761 Hamburg
www.edition-nautilus.de

Deutsche Erstausgabe:
September 2019
Umschlaggestaltung:
Maja Bechert, Hamburg
www.majabechert.de
Druck und Bindung:
CPI Print –
Clausen & Bosse, Leck
1. Auflage
ISBN 978-3-96054-204-9

Für Vincent Banville

»Verbrechen ist nur die linkshändige Form menschlichen Strebens.«
W. R. Burnett, »Asphalt-Dschungel«

Vorbemerkung des Autors:
Der Irische Wolfshund (Cú Faoil) wurde ursprünglich gezüchtet, um Wölfe zu bekämpfen und seine Besitzer aufs Schlachtfeld zu begleiten, und ist eine so alte Rasse, dass sie bereits in die irische Mythologie eingegangen ist, wobei »Cú« mit »Hund«, »Kriegshund« oder »Irischer Hund« übersetzt wurde. Der Legende nach wurde der junge Krieger Sétana zu Cú Chulainn, indem er den Hund von Culann tötete und ihm anbot, dessen Platz einzunehmen. Cú Chulainn, auch der Hund von Ulster genannt, besaß eine ganze Reihe von Árchú, Kriegshunden, die wegen ihres Blutdurstes gefürchtet waren.

DONNERSTAG

1

Es war einer dieser seltenen schönen Abende, an denen sich ein Spaziergang am Hafen lohnt, der Mond so fett und weich wie ein frisches Kissen in einem altmodischen Hotel und eine brausende Brandung mit Wellen, die silbrig-grün schäumen, und ein Vogel, von dem du noch nie gehört hast, zwitschert das traurige Lied von einem Ort, den du mal gekannt haben könntest, nun aber sehr wahrscheinlich nie mehr besuchen wirst, Mitte Juni, schon fast Mitternacht und ein laues Lüftchen weht, so ein Abend also, der wie gemacht ist für einen langen Spaziergang mit einer Frau, die gern lange Spaziergänge unternimmt und dabei nur wenig redet und dieses Wenige so leise murmelt, dass du Mühe hast, sie zu verstehen, ihr Lachen tief und kehlig, mit einem trockenen Humor und einem Hang zu Anzüglichkeiten, Augen wie der verschleierte Spiegel des nächtlichen Himmels, mit einem Blinken, das von den reflektierenden Sternen kommen oder der erste Funke einer sich regenden Absicht sein könnte, die du vorsichtig mit sanften Worten und einer zarten Berührung am rechten Ort anfachen solltest, oder du wirst den Rest deines Lebens und vielleicht die ganze Ewigkeit damit verbringen, dich zu fragen, was hätte sein können, nur wegen des Fehlens eines sanftes Wortes und einer redlichen und zärtlichen Berührung.

Es war genau so ein Abend, schon kapiert. Genau so ein Ort.

Wenn du jemals dort sein solltest, dann sag etwas Sanftes, sei redlich und zärtlich.

Ich hingegen beugte mich über den verkohlten Zwerg, der einmal Finn Hamilton gewesen war, seine Gliedmaßen noch zischend in einer Marinade aus öligem Fleisch und schmelzendem Teer, überall der Geruch nach versengten Haaren, verpufftem Benzin und verbranntem Schweinefleisch.

Es war Mitternacht und ein laues Lüftchen wehte.

Ich hatte gesehen, wie er sprang. War im Hof vor dem Gebäude auf und ab gegangen mit dem Telefon am Ohr. »Hör zu, Ben, sie hat Probleme auf der Arbeit, okay? Du musst das ... Was? Ja, ich weiß. Aber weißt du, manchmal sagt deine Mutter Dinge, die sie ...«

Zuerst hörte ich ihn nur. Leise, aber deutlich, oben im neunten Stock.

»Bell jars away ...«

Unwillkürlich schaute ich hoch, in Erwartung des weiteren Textes, *let's be fearless with our promises*, aber da sprang er, ein dunkler Fleck, der mit angelegten Flügeln steil herabstürzt wie ein gieriger Habicht aus der grellen Mittagssonne, ein gefallener Engel.

Ich vermute, er brach mit solcher Wucht durch das Taxidach, dass das Metall im Tank Funken schlug. Es war nur ein einziger Funke nötig.

Bumm ...

Die Explosion warf mich drei Meter rückwärts auf einen Haufen Altmetall, wo ich taub und halbblind und mit Gliedern wie Gummi herumkroch und mir die Hände am rostigen Metall aufriss. Betäubt und orientierungslos, nachdem dieses Beben mein Innerstes nach außen gekehrt hatte

auf den Boden, liegen bleiben

meine Lungen hämmerten *Herrgott, atme, atme* und ein Dröhnen in den Ohren, der Aufschrei des gepeinigten Bluts

»Dad?«

blechern und in weiter Ferne

»Dad? Bist du da?«

das Telefon lag einen halben Meter und eine Million Kilometer entfernt, Staub klebte mir zwischen den Zähnen

»Ich glaub, es ist vorbei, Dad ...«

der Gestank von verbranntem Fleisch und Metall klebt auf meiner Zunge.

Eine heiße Klinge bohrte sich durch meine Rippen, als ich nach dem Telefon griff.

»Ben?« Barsch und heiser. »Ich ruf dich zurück, Ben.«

Ich richtete mich schwankend auf, mit zittrigen Knien, und stolperte über den Hof auf das Feuer zu. Die Luft flimmerte, seine Füße sahen aus wie schaurige, unter Wasser herumwabernde Tentakeln. Einer seiner Mokassins fiel ab, als ich ihn herauszog, und im ersten Moment glaubte ich, ich hätte ihn entzweigerissen. Dann dachte ich, er hätte einen Zwerg auf das Taxi geworfen. Man denkt an seltsame Dinge, wenn man versucht, überhaupt nicht zu denken und einen Mann aus einem brennenden Wrack zu ziehen, dessen Fleisch auf dem schmelzenden Asphalt brutzelt.

Als ich den Kopf drehte und mein Magen ohnehin schon rebellierte, erkannte ich, warum er so klein wirkte.

Er war pfeilgerade nach unten gestürzt und hatte am Schluss die Arme angelegt, sodass der Aufprall seinen Kopf und seine Schultern in den Rumpf getrieben hatte. Es war noch ein bisschen von dem übrig, was einmal sein Hals gewesen war, aber der Kopf war zu Brei zerschmettert worden wie eine reife Melone.

Ich kotzte, bis ich nichts mehr im Magen hatte, und wählte den Notruf. Graue, fettige Klumpen zischten auf dem skelettierten Stahlrahmen des Taxis.

2

Alles begann an einem lauen Abend um zwanzig nach zehn, als die ID-Kennung des Anrufers im Display aufleuchtete: *Finn-Finn-Finn.* Ich legte das Buch beiseite und schaltete das Radio ein, um seine Stimmung zu testen. Tindersticks, »Tiny Tears«, kleine Tränen, die einen ganzen Ozean auffüllen.

Nicht sehr vielversprechend.

Dennoch, Geschäft ist Geschäft. Ich nahm ab.

»Wie geht's denn so?«

»Gut, danke. Bist du beschäftigt?«

»Im Moment nicht.«

»Wie ist das Wetter?«

»Lau. Bist du im Urlaub?«

»Hoffentlich bald.«

»Wie lange?«

»Drei Wochen, wenn alles klappt.«

»Du hast es verdient, Kumpel. Bis später dann.«

»Alles klar.«

Ich schaltete das Taxi-Schild aus, parkte aus und fuhr nach Westen über die Wine Street, über die Umgehungsstraße und weiter auf die Strandhill Road. Ich machte das Radio aus. Finn spielte gute Musik, aber man musste in der Stimmung dafür sein. An manchen Abenden, wenn er betrunken war, drehte er durch und erzählte was vom Weihnachtsmann mit aufgeklapptem Rasiermesser im Fäustling, schwarzen Hunden, die den Mond vom Himmel bellen. Wenn man lange genug Taxi fährt und Finn zuhört, kann's passieren, dass man mit einem Irokesenschnitt herumfährt und nach minderjährigen Nutten Ausschau hält und sich einen Politiker aussucht, der es wert wäre, ihm eine Kugel in den Wanst zu jagen.

Fünf Minuten später fuhr ich die Larkhill Road hoch, bog in Herbs Auffahrt ein und öffnete das Tor mit der Fernbedienung. Es war ein stattliches Mehrfamilienhaus mit zwei Erkerfenstern nach vorn, fünf Zimmern im oberen Stock und einem Keller, der auf keinem Plan verzeichnet war. Seitlich eine Garage mit zwei Stellplätzen. Herb hatte den größten Teil des Vorgartens asphaltieren lassen, damit die Taxis leichter rein- und rausfahren konnten. Üppige Ahornbäume und Kastanien säumten die hohen Backsteinmauern, die das Grundstück umgaben.

Ich fuhr hinters Haus, öffnete das Garagentor, parkte neben einem Golf, den ich nicht kannte, ein drei Jahre altes

Modell, was darauf hinwies, dass Herb Gesellschaft hatte. Ich tippte den vierstelligen Code in das Display neben der Tür ein, die von der Garage direkt ins Haus führte, wartete auf den hohen Piepton und ging durch bis zur Küche. Schmiss den Wasserkocher an.

»Herb?«, rief ich. »Ich mach uns einen Kaffee. Welche Sorte möchtest du?«

»Hierher, Harry.«

So, wie er das sagte, war Ärger zu erwarten, und so oder so – Ross McConnell in Person bedeutete wirklich schlechte Nachrichten. Ich ging durch den Korridor ins Zimmer, und schon stand er auf und tat höflich, als wartete er darauf, vorgestellt zu werden, bemüht, es ganz harmlos erscheinen zu lassen, dass er mir jetzt auf Augenhöhe gegenüberstand.

Herb hatte einen roten Haarschopf, wie man ihn außerhalb von Stephen-King-Romanen über Killer-Clowns eher selten antrifft. Er saß vor dem Couchtisch und baute einen Joint, der Plasmabildschirm leuchtete, der Ton war abgeschaltet, es lief eine körnige Schwarz-Weiß-Doku über irgendein Ereignis damals an der Ostfront.

»Ross«, sagte er, »das ist Harry. Ich glaube, ihr kennt euch noch nicht.«

»Scheint mir auch so«, sagte Ross leicht näselnd. Er ließ sich Zeit damit, die Hand auszustrecken, musterte meine schwarzen Halbschuhe, meine schwarze Hose, das weiße Hemd und den locker geknoteten schwarzen Schlips. Ein respektables Äußeres, jedenfalls aus einiger Entfernung. Aus dem Zucken seiner Unterlippe schloss ich, dass er eher meine Ambitionen und weniger mein tatsächliches Styling wertschätzte. »Ross McConnell«, sagte er. Wir gaben uns die Hand. Kühl, fester Griff. Weder schlaff noch zupackend, nichts, woran man sich später erinnern würde, außer dass er dir die Hand geschüttelt und dir dabei in die Augen geschaut hatte.

Ross McConnell war nichts Besonderes. Ein bisschen größer als der Durchschnitt, trug beige Chinos, braune Segelschuhe und ein blitzsauberes blaues Hemd über einem weißen T-Shirt mit V-Ausschnitt. Einen Goldring am Ringfinger, aber sonst keinen Schmuck oder sonstige Kinkerlitzchen. Ross McConnell alias Toto, ein Spitzname, der ihm scherzhaft verliehen worden war, als er noch klein war und sich trotz seiner schmächtigen Gestalt eine Zukunft als Torschütze mit dem stechenden Blick eines Toto Schillaci ausmalte, auch bekannt als der Sizilianische Killer, der Irlands Hoffnungen auf einen Sieg bei der Fußball-WM 1990 zerschossen hatte, als Ross sechzehn oder siebzehn Jahre alt war. Nur dass Ross alias Toto nichts Besonderes war. Er ging jetzt auf die Vierzig zu und war nicht mehr schmächtig, aber auch nicht dick, stemmte offensichtlich keine Gewichte im Fitnessstudio, ließ sich aber auch nicht gehen. Sein braunes Haar war auf Stoppellänge getrimmt und es war noch so viel davon vorhanden wie nötig, nicht mehr, nicht weniger. Nichts Besonderes. Sein Blick wirkte nicht stechender als der eines Bankmanagers an einem Montagmorgen und auch nicht kälter als die letzten Meter, die man kriechend zum Nordpol zurücklegt. Aber nichts Besonderes, nein.

Allerdings war er der jüngere Bruder von Ted McConnell und praktisch sein *Consigliere*. Aber nicht so bemerkenswert, dass ein Augenzeuge einer Schießerei ihn in kürzester Entfernung in einer Reihe von Verdächtigen identifizieren würde, selbst wenn der zum dritten oder vierten Mal die Reihe abschritt und die verzweifelten Bullen ihm nur Zwerge und einbeinige Jongleure zur Seite gestellt hatten.

Nein, er war nichts Besonderes, dieser Ross McConnell. Das sind solche Typen nie.

»Harry …?«, fragte er zögernd. Er wusste es natürlich längst. Ich war überprüft worden, lange bevor ich mich hinters Steuer eines McConnell-Taxis setzen durfte. Wenn man ein ehemaliger INLA-Heuchler ist, der versucht, in die Legalität zu wechseln, zum Beispiel so einer wie Ted McConnell, dann muss man ein kleines bisschen sauberer sein als die Konkurrenz.

»Rigby«, sagte ich.

»Harry Rigby«, sagte er. »Rigby, Rigby, Rigby…« Er schaute runter auf Herb, der jetzt das Mundstück auf den Joint steckte, und dann wieder zu mir. »Du bist doch nicht etwa der Rigby, der seinen Bruder umgebracht hat?«, fragte er. Ich nickte. »Gonzo«, sagte er. »Hab ich recht?«

»Das stimmt.«

»Ich hab ihn gekannt. Ist Jahre her. Ein irres Arschloch.«

Es war keine Frage, also ließ ich es so stehen. Aus der Küche war ein dünnes Pfeifen zu hören. »Das Wasser kocht«, sagte ich. »Will sonst noch jemand einen Kaffee?«

»Ross wollte gerade gehen«, sagte Herb.

»Ich nehme einen kleinen Espresso«, sagte Ross. »Wenn's keine Umstände macht.«

»Kein Problem.«

Als ich zurückkam, stand er immer noch da, den Kopf leicht geneigt, und las die Titel in Herbs Bücherwand, das meiste davon gebundene Ausgaben, größtenteils Sachbücher zum Thema Reisen und Abenteuer, Krieg oder populärwissenschaftliche Abhandlungen. Er hatte sich eine Biografie von Patrick Leigh Fermor unter den Arm geklemmt und prostete mir mit dem Espresso zu. Nahm einen Schluck und verzog das Gesicht, weil er so bitter war.

»Und wie läuft's so da draußen?«, fragte er. »Geschäftsmäßig?«

»Im Moment ziemlich ruhig«, sagte ich. »Später ist dann mehr los.«

»Gut, gut.«

Wir standen da und tranken Kaffee, während Herb im Sessel an seinem Joint zog und eine Viertelmillion Deutsche vor Stalingrad festgefroren waren und immer noch hofften, Friedrich Paulus würde Hitler klarmachen, dass er sich sein »Sieg Heil« in den österreichischen Arsch schieben könnte. Das Schweigen wurde spröde, Toto schaute wieder zum Bücherregal. Ich drehte mir eine Fluppe und trat vor die gegenüberliegende Wand, Herbs Galerie mit gerahmten Fotos aus seiner Zeit als Paparazzi, manche waren Einzelbilder oder Porträts, manche Zeitschriftencover. Am besten gefiel mir das Titelblatt des *Sligo Champion* anlässlich einer Wahlkampftour von Bertie Ahern, auf dem er schockiert auf die Reste eines zerplatzten Eis starrt, die an seiner Krawatte kleben, darüber die Headline: »Berties Eiertanz um die Macht«.

Herb beugte sich vor, um abzuaschen, und entlockte dem gläsernen Aschenbecher ein Klimpern, das laut genug war, um Totos und meine Aufmerksamkeit zu erregen. Herb räusperte sich und fragte: »Na, gibt's was Neues?«

Die Frage ging an mich. Ich schaute Toto an. Der hob demonstrativ die Hände zur Entschuldigung. »Ich bin gar nicht da«, sagte er. »Wenn ihr Geschäftliches zu erledigen habt, lasst euch von mir nicht stören.«

Herb nickte mir zu. »Finn hat angerufen«, sagte ich. »Er will drei Beutel.«

»Ach wirklich?«

»Jetzt gleich.«

»Er hat doch erst letzten Monat drei bekommen.«

»Das stimmt.«

»Ganz schön viel für den persönlichen Gebrauch.«

Herb verkaufte keine halben Portionen. Nur Beutel mit 150 Gramm Primo Bud. Süß wie Bambi im Abgang und ein Kick wie Klopfers Trommelwirbel. Er könnte es mit Oregano verschneiden, kleine Zweige mit in die Tüten tun, so wie das Totos Dealer machten, aber bei Herb war der Kunde König und er blieb immer korrekt.

»Nächste Woche kommen die Surfer nach Enniscrone«, sagte ich. »Die Wildwasserfrauen oder sowas.«

»Was macht er also damit, dealt er?«

»Glaub ich nicht. Wahrscheinlich versorgt er bestimmte Leute damit.«

Toto hielt jetzt ein anderes Buch in der Hand, *Schrödingers Kätzchen* von John Gribbin. Offenbar interessierte er sich für Quantenmechanik.

»Aber er versorgt sie gegen Geld«, hakte Herb nach.

»Ich will damit sagen, dass Finn es nicht nötig hat zu dealen.«

»Er wird es ja wohl kaum umsonst verteilen, oder?«

»Soll ich deswegen mit ihm reden?«

»Ja, fühl ihm mal auf den Zahn. Sieh mal nach, um was es geht. Ein Amateur, der uns dazwischenfunkt, wäre wirklich das Letzte, was wir gebrauchen können. In Bundoran rennen jetzt schon Bullen mit Boogie Boards durch die Gegend.«

»Mach ich.«

Toto stellte die Espressotasse auf den Tisch zurück und hielt das Buch von Gribbin hoch. »Herbie, würd's dir was ausmachen …«

»Kein Thema, Mann, nimm's mit.«

Das Gribbin-Buch wanderte unter seinen Arm, zusammen mit der Leigh-Fermor-Biografie. »Ich bring sie dir beim nächsten Mal zurück«, sagte er. »Ach, Harry?« Er machte eine Kopfbewegung Richtung Hausflur. »Hast du kurz mal Zeit?«

Aus irgendeinem Grund nahm ich meinen Kaffee mit, als ich ihm folgte. Er schlenderte durch die Küche und trat in die Garage. Dort drückte er auf den Knopf für das Tor. »Wie läuft's so mit deiner Bewährung?«

»Ach, ganz gut. Hab noch ungefähr fünf Monate.«

Schiefes Grinsen. »Ungefähr?«

»Fünf Monate und vier Tage.«

»Und du bist clean, ja?«

Er meinte nicht bloß Heroin oder Koks. Er meinte alles, was ihm Probleme bereiten könnte, wenn ich von der Polizei angehalten wurde in einem Taxi, an dessen Fracht er vierzig Prozent Anteile hatte. Eine dämliche Frage. Ich würde es wohl kaum zugeben, wenn ich nebenher noch Kinderpornos aus dem Kofferraum verhökerte. Aber eigentlich war es gar keine Frage. Vor allem, weil Toto McConnells Definition von clean nicht die Beutel mit Gras umfasste, die ich für Herb in der Stadt verteilte.

Er öffnete die Tür seines drei Jahre alten stinknormalen

marineblauen Golfs, stieg ein und legte die Bücher auf den Beifahrersitz. »Dieser Finn«, sagte er, »will drei Beutel. Stehst du für ihn ein?«

»Er hat mich nie hängenlassen. Zahlt immer im Voraus.«

»Und du kennst ihn, oder?«

Ich nickte. »Es ist Finn Hamilton.«

Er legte den Kopf schief. »Die Immobilien-Hamiltons?«

»Das ist seine Familie, ja. Aber er ist Kunsthändler.«

»Der Sohn von Bob Hamilton.« Er nickte vor sich hin und speicherte das ab. Könnte ja mal nützlich sein, es zu wissen. »Hat eine Galerie unten am Hafen«, sagte er, »in dem alten Verwaltungsgebäude. Oder verwechsle ich ihn mit jemandem?«

»Nein, das ist er.«

»Netter Job, wenn man ihn kriegen kann«, grinste er. »Hab ich recht?«

»Wenn man Kunst mag.«

Er zuckte mit den Schultern. »Ich mag Kunst. Warum denn nicht?« Er drehte den Schlüssel um und ließ den Motor des Golfs aufheulen, der anschließend leise vor sich hin schnurrte. Er schloss die Tür und ließ dann das Fenster herunter. »Ich wollte dich eigentlich fragen, ob du Malky Gorevan kennst.«

Womit er mich wissen ließ, dass er wusste, dass ich meine Haftzeit, beziehungsweise nicht wenig davon, in Dundrum abgesessen hatte. Und wohl noch mehr durchblicken ließ, nämlich dass ich alles in allem doch verdammt früh rausgekommen war angesichts der Tatsache, dass ich wegen Mordes an meinem eigenen Bruder verurteilt worden war, ein mit sechs Jahren sehr mildes Urteil, wo die Tat eigentlich ausreichen sollte, mich lebenslang zu den anderen geisteskranken Kriminellen zu sperren. Gab mir zu verstehen, dass manche Leute sich darüber wundern könnten, dass ich so schnell wieder rausgekommen war, und sich fragten, ob ich vielleicht einen Deal gemacht hatte, könnte ja sein, dass

Harry Rigby seine Schuld zurückzahlen wollte, indem er ab und zu jemandem aus Dankbarkeit den Hinweis steckte, wo's einen dicken Fisch zu fangen gab.

»Ja, ich kannte Malky«, sagte ich. »Ein irres Arschloch.«

»Deshalb ist er ja in Dundrum gelandet«, sagte Toto.

»Wohl wahr. Wie geht's ihm denn?«

Malky Gorevan gehörte zu den ganz wenigen ehemaligen Paramilitärs, die durch das Karfreitagsabkommen nicht wieder auf freien Fuß gekommen waren. Zum einen, weil niemand sich einen Scheiß dafür interessierte, ob die INLA wieder zu den Waffen griff, aber vor allem deshalb, weil Malky, der aufgrund diverser Vergehen verurteilt worden war, als Irlands erster Serienkiller in die Geschichte eingegangen wäre, wenn er sich nicht die Fahne des Freiheitskampfs umgehängt hätte. Falls Malky jemals wieder aus Dundrum rauskam, dann um eine ganz kurze Reise Richtung Norden anzutreten, wo ihn ein ganzer Stapel Haftbefehle erwarten würde, nicht zuletzt, weil er die Feinheiten der Einrichtung einer Autobombe mit Quecksilber-Neigungsschalter beherrschte, was ihm in manchen Kreisen einen Heldenstatus verschafft hatte.

»Malky, Malky.« Toto zuckte mit den Schultern. »Als ich zuletzt von ihm gehört habe, ging's darum, ob er sich irgendwie rauskaufen kann, weil er einiges gegen Adams und McGuinness in der Hand hat.« Er zuckte wieder mit den Schultern. Malky war Schnee von gestern. »Hör mal«, sagte er, »Herbie hätte da was für dich, einen Job, falls du verfügbar bist. Wenn nicht, auch kein Problem.«

»Um was geht's denn?«

»Herbie erklärt's dir.« Er streckte die Hand aus und ich gab ihm meine. »Nett, dich kennengelernt zu haben, Harry.« Seine gar nicht besonderen Augen waren so grau und kalt wie Splitter einer Grabsteinplatte. »Wir sehen uns.«

Er fuhr rückwärts raus, wendete und verschwand. Ich wartete, bis das Eingangstor sich geschlossen hatte, wischte meine Hand an der Rückseite meiner Hose ab und kippte den restlichen kalten Kaffee in den Kübel einer Topfpflanze, die dringend gegossen werden musste. Es hatte seit sechs Tagen nicht mehr geregnet.

3

»Das war sein Viertes«, nörgelte Herb, als ich wieder ins Wohnzimmer zurückkam. »Zuerst war es ein Joe Campbell, das letzte Mal eine schöne gebundene Ausgabe über Spinoza, wie Gefühle unser Leben bestimmen. Bin ich eine Leihbibliothek oder was?«

»Vielleicht solltest du Gebühren nehmen.«

»Ja, genau.« Freudloses Lächeln. »Den Rahm abschöpfen und Ted dann erklären, dass alles Totos Schuld ist.«

Zehntausend Kilometer weiter westlich angesiedelt, wären die McConnells eine Bagage von Inzucht treibenden, herumkrakeelenden, durchgeknallten Hinterwäldlern gewesen, die mit ihren Schwestern ins Bett gehen. So aber waren sie die ersten, die sich nach dem Ende des Friedensprozesses im Norden in Sligo neu organisierten. Ted, der unverbesserliche Ex-INLA-Terrorist, würde niemals Ruhe geben, bevor nicht alles wieder so wäre wie vor der Ulster Plantation, als jeder Häuptling sein eigenes Lehen hatte und Männer mit Speeren um sich herum. Sie hatten mit Dope angefangen, sich dann auf Koks und Ecstasy verlegt und versuchten sich neuerdings in Heroin. Sie hatten die nötige Ausrüstung, die sie bei ihren Rollkommandos gerne zum Einsatz brachten, und mindestens einen Toten auf ihrem Gewissen. Eiskalt. Hatten die Hecktür eines Lieferwagens aufgerissen, nachmittags um drei, mitten in der Stadt. Eine Kugel in die Stirn, zwei in die Brust. Das Blut hatte über die Freundin des Ermordeten und das Baby auf ihren Armen gespritzt.Die Spatzen pfiffen es von den Dächern, dass Toto der Schütze gewesen war. Das Problem mit Spatzen ist nur, dass sie als Zeugen nicht sehr standhaft sind, sondern meist beim Kreuzverhör zusammenbrechen.

Herb nahm einen Zug von seinem Joint, setzte ihn ab und formte einen Rauchring. Lehnte sich auf seinem Ezy-Chair zurück. »Was wollte er denn von dir?«

»Fragte nach Finn und ob ich für ihn bürge.«

»Hast du hoffentlich nicht gemacht, für diesen unzuverlässigen Arsch.«

Herb hielt nur sehr wenig von Finns perversen Vorlieben wie Skifahren, Surfen und neuartigen Wohltätigkeitsaktionen. Herb war der Ansicht, Finn sollte, wenn er denen helfen wollte, die weniger hatten als er selbst – was heutzutage bedeutete: jeder bis auf die Hamiltons selbst –, einfach mal darüber nachdenken, einen Teil des Hamilton-Holding-Gewinns vor Steuern zu spenden, anstatt andere Leute mit der Bitte um mildtätige Gaben zu nerven.

»Ich hab ihm versichert, dass Finn immer sofort zahlt«, sagte ich.

»Hast du ihm gesagt, wer er ist?«

»Dass er Finn Hamilton ist, klar. Den Rest wusste er.«

»Dundrum?«

»Er weiß, dass ich in Dundrum war, ja. Fragte, ob ich Malky Gorevan kenne.«

»Aber du hast ihm nicht erzählt, dass du in einer Zelle mit Finn warst.«

»Nein.«

Unterlassungssünden. So nennen die Bischöfe geheime Vorbehalte.

»Vielleicht wollte er eigentlich das wissen«, sagte Herb.

»Lass gut sein. Letzten Endes wollte er mir nur mehr Arbeit anbieten, für den Fall, dass ich verfügbar wäre, wie er sich ausdrückte.«

»Das hat er erwähnt?«

»Um was geht's denn?«

»Eine Fahrt nach Galway, morgen. Es geht um eine Lieferung. Recht klein, zehn Riesen wert, aber guter Stoff. Er hat mich gefragt, aber du weißt ja wie's ist.«

Herb ging nicht oft raus, zum einen weil er leicht paranoid war, aber vor allem, weil er Menschen einfach nicht mochte. Sein schlichtes Credo lautete: Geh davon aus, dass alle Idioten sind.

Er war mal Pressefotograf gewesen, ein guter, hatte für eine Agentur gearbeitet. Ein paar Jahre lang waren wir ein Team gewesen, wir hatten lokale Medien beliefert und überregionale angepeilt. Ich schrieb, Herb fotografierte, und ab und an übernahmen wir Aufträge für diskrete Nachforschungen, was eine hübsche Beschreibung dafür ist, dass wir Hotelparkplätze überwachten, um Ehemännern auf Abwegen die Midlife-Crisis nachzuweisen.

Schöne Zeiten.

Dann wurde Herb das Gesicht zertrümmert. Jemand hatte jemandem erzählt, Herb hätte ein Foto, das jemand anderes haben wollte.

Ich war der Jemand, der das erzählt hatte. Versehentlich.

Es spielt auch keine Rolle, wer es war. Die Schläger liefen immer noch frei herum und konnten zertrümmern, was ihnen beliebte. Herb blieb zu Hause, seine Haut wurde bleich und teigig. Wie's halt so kommt, wenn beide Kiefer und ein Teil des Wangenknochens mit Stahlplatten unterlegt wurden. Egal, für Herb lief es darauf hinaus, viel zu Hause zu sein und jede Menge Gras zu rauchen. Eines Tages, damals, als Toto McConnell noch selbst dealte, fragte er, ob Herb ihm ein paar Räumlichkeiten zur Verfügung stellen könnte. Herb hatte eigentlich keine Lust auf einen Untermieter, aber Toto wollte das Dachgeschoss zum Gewächshaus umbauen.

Ein paar Jahre später konnte Herb jeden Monat ein paar Tausender zur Seite legen, zusätzlich zu seiner Behindertenrente, leicht verdientes Geld. Zwei Jahre danach fuhr er nach Larkhill und unterbreitete Toto seine Idee mit den Taxis, als gute Tarnung für das Geschäft – »Deals on Wheels«, gewissermaßen. Auf diese Weise konnte ein Teil der Einnahmen legal versteuert werden und niemand kam auf die Idee, ihm die Steuerfahndung auf den Hals zu hetzen, weil er sich darüber wunderte, woher ein erwerbsloser Behinderter das Geld für ein Zweifamilienhaus mit eigenem Grundstück in der Vorstadt hatte.

»Und wieso so kurzfristig?«, fragte ich.

»Der Typ, der das sonst erledigt, hat gestern Abend eine Kniescheibe zerschmettert.«

»Und jetzt ist er untergetaucht.«

»Nein, nein, er hat sich das eigene Knie ruiniert. Beim Hallenfußball oben im Sports Complex. Stieg richtig rein beim Tackling und zack, schon war's passiert.«

»Meine Güte.«

»Ja. Und, was meinst du? Toto will das Zeug unbedingt morgen holen lassen, weil er es Samstagabend verticken will. Also gibt er zwanzig Prozent.«

»Zwei Riesen?«

»Ich hatte den Eindruck, so wie er das andeutete, dass Toto damit ein paar wichtige Rädchen im Getriebe schmieren will.«

»Also sprechen wir hier nicht von Rauchware.«

»Von Koks, genau.«

»Scheiße.«

»Zwei Riesen, Harry. Fünf Hunnis für mich als Provision, klar, aber dann bleibt dir immer noch ein hübsches Sümmchen, nur für eine Fahrt nach Galway.« Er rutschte auf seinem Ezy-Chair nach vorn und reichte mir den Spliff. Als ich ablehnte, warf er ihn in den Aschenbecher und stand auf. »Denk einfach mal drüber nach, okay? Kann nicht schaden, sich mit Toto gutzustellen.«

Er taumelte leicht zur Seite, als er losmarschierte, fing sich aber wieder und ging in den Flur. Im gleichen Moment klingelte mein Handy und auf dem Display stand: *Dee-Dee-Dee.*

Ich legte das Telefon auf den Couchtisch, drehte mir eine Fluppe und wartete, bis es zu Ende geklingelt hatte. Herb kam zurück mit den drei Beuteln für Finn und warf sie auf den Tisch, als das Signal für die eingegangene SMS ertönte und das Display aufleuchtete, um mich zu informieren, dass ich vier Anrufe von Dee verpasst hatte.

»Das erinnert mich daran, dass Dee vorhin angerufen hat«, sagte er. »Du sollst dich bei ihr melden.«

»Danke.«

»Sagte irgendwas über ein Elterngespräch mit dem Lehrer morgen.«

»Ich hab ihre Nachrichten gelesen, alles klar.«

Er nahm den Joint aus dem Ascher und setzte sich wieder in seinen Sessel. »Wie macht sich Ben denn so?«

»Prima. Kein Grund zur Sorge.«

»Ist ein guter Junge.«

Herb hatte Ben seit Jahren nicht gesehen. Fairerweise muss gesagt werden, dass er sich um Dee gekümmert hat, als ich im Knast saß. Hat sie wissen lassen, dass sie nicht allein ist und er Geld lockermachen kann, wenn sie es braucht. Nicht, dass sie ihn ausgenutzt hätte, aber manchmal ist es ganz gut zu wissen, dass es jemanden gibt für den Fall der Fälle.

Noch ein Gefallen, den ich ihm schuldete.

»Also, was meinst du zu Totos Vorschlag?«, fragte er.

»Klar mach ich's.«

»Du rettest meinen Tag, Harry.«

»Falls Dee anruft, hast du mich nicht gesehen.«

»Roger und Wilco.«

Ich drückte die Fluppe aus und griff nach den drei Tüten. Herb zielte mit der Fernbedienung auf den TV-Bildschirm. »Warte«, sagte er, klickte das Menü auf und ging die Optionen im Digital-Radio durch. »Lass uns mal nachschauen, in welcher Stimmung der Klugscheißer gerade ist.«

Er drückte auf McCool FM, gerade noch rechtzeitig für die letzten Takte von Townes Van Zandts »St. John the Gambler«.

»Meine Güte«, murmelte Herb.

Von Van Zandt ging's zu Joy Division, »She's Lost Control«. Gleich danach kam Big Star mit »Holocaust«.

Herb gab als Erster auf.

»Da sind jede Menge Motown-Sachen«, sagte er und deutete mit dem Spliff auf sein CD-Regal. »Nimm die mit runter zum Hafen, fessle diesen Teilzeit-Philanthropen an seinen Stuhl und sag ihm, er kriegt nichts mehr von mir, bis er Smokey Robinson aufgelegt hat.«

»Mach ich.«

4

Ich zog »Going to a Go-Go« raus, nahm die drei Beutel und ging zum Wagen. Als ich unten in Larkhill angekommen war, leuchtete die Tankanzeige orange auf, also fuhr ich quer durch die Stadt zu einer Tanke an der Pearse Road, die auch nachts geöffnet hatte. Dort konnte ein Taxifahrer mit guten Beziehungen bei jedem Auftanken eine Tasse gratis von etwas bekommen, das wie schwarzer Kaffee roch. Als ich von der Mailcoach Road abbog, klingelte mein Telefon, *Dee-Dee-Dee*.

Ich hätte es ignorieren können, aber dann hätte sie immer wieder angerufen.

»Dee?«

»Hast du meine Nachricht bekommen?«

»Welche Nachricht?«

»Die ich Herb geschickt habe.«

Ich lenkte den Wagen vor die Tanksäulen, nahm das Handy aus der Halterung, stieg aus und klemmte es zwischen Schulter und Ohr. »Ich hab Herb seit Dienstag nicht mehr gesehen«, sagte ich, während ich den Zapfhahn in den Tank schob. »Was ist denn los?«

»Das Eltern-Lehrer-Gespräch, Harry. Ich wollte nur sichergehen, dass du es nicht vergessen hast.«

»Der Empfang ist ganz schlecht, Dee. Kannst du das wiederholen?«

»Wenn ich dich in die Finger kriege, geht's *dir* ganz schlecht. Hast du das empfangen?«

»Hör mal, Dee, du weißt doch, dass ich meinen Schlaf …«

»Wir haben Inventur morgen, Harry. Das hab ich dir schon mal gesagt. Ich kann da nicht weg.«

»Aber ich soll meine Einnahmen in den Wind schießen. Damit du deinen Job machen kannst.«

»Das findet einmal im Jahr statt, also kannst du ruhig mal was mit Ben unternehmen. Das ist bestimmt nicht zu viel verlangt.«

Das alte Argument. Ich ließ es stehen.

»Es ist wichtig, dass du das machst, Harry. Und zwar für Ben, nicht für mich. Und vielleicht ja sogar für dich selbst.«

Das sagte sie ohne fiesen Unterton. Klang eher müde, mit diesem leichten Zittern in der Stimme, das sich angesichts des traurigen Rests in ihrem dritten Glas einstellte, von dem Fusel, der in dieser Woche gerade im Angebot war.

»Können wir das nicht auf vier Uhr verschieben?«, fragte ich. »So könnte ich wenigstens …«

»Harry«, sagte sie ohne Zittern, ganz geradlinig, »das Gespräch findet um zwei Uhr statt. Und du bist um halb zwei hier, um Ben abzuholen, wenn nicht, dann schwör ich dir, werd' ich es ihm erzählen.«

Die alte, uralte Drohung. Vielleicht war sie ja schon beim vierten Glas. Der Zapfhahn klickte, der Tank war voll.

»Hast du mich verstanden?«

»Warum sagst du's ihm nicht einfach, Dee?« Er wird sowieso früher oder später erfahren, dass der Mann, von dem er denkt, er sei sein Vater, den erschossen hat, der niemals sein Vater sein wollte. Besser, Dee erzählte es ihm, als irgendein Schandmaul auf dem Schulhof.

»Wenn ich wüsste, wo er ist«, sagte sie. »Ich schwör's dir, wenn er jetzt zu Hause wäre …«

»Hat er denn sein Handy nicht einstecken?«

»Versuch *du* doch mal, ihn anzurufen. Na los, ruf ihn an, probier doch mal, wie weit du damit kommst.« Das Geräusch, das ich für fernes Donnern gehalten hatte, waren ihre Finger, die auf das Telefon trommelten. »Ein Uhr dreißig, Harry. Sei pünktlich.«

Sie legte auf. Die Lage verbesserte sich auch nicht angesichts der Tatsache, dass ich nach dem Volltanken siebenundfünfzig Euro hinblättern musste und anschließend nur noch ein paar Münzen in der Tasche hatte. Dann machte ich den Fehler, quer durch die Stadt fahren zu wollen, anstatt die Umgehungsstraße zu nehmen. In den Außenbezirken war es besser, und es gab ja vor allem Außenbezirke, aber die Innenstadt war eine Katastrophe aus Beton und Chrom. Alte Straßen, hoch und eng, Verkehrsadern, so verstopft und verkalkt, dass der Verkehr nur tropfte oder sich gar nicht mehr bewegte. Die Ampel ein unscharfes Standbild mit Rot und Grün, blinkendes rosa Neon, fluoreszierender Blues. Bum-Bum-Rhythmen aus heruntergelassenen Seitenfenstern, wummernd pulsierende, kräftige Bassklänge. An einem schlechten Abend brauchte man fünfzehn Minuten, um die zweihundert Meter von der Abtei bis zur Statue von Lady Erin zurückzulegen. Der Mob, der sich vor den Klubs drängte, trug Kapuzenjacken über Baggy-Jeans, deren ausgefranste Hosenbeine den Boden wischten. Die Nacht der lebenden McToten. Mädchen in kurzen Tops mit dicken Bäuchen, mit tiefsitzenden Hüftjeans, darunter String-Tangas wie Käseschneider. Falls jemand auf die Idee kommen sollte, sie könnten womöglich gar keine Unterwäsche tragen.

Ich verließ die O'Connell Street und fuhr nach Westen, bog in die Adelaide und an der neuen Brücke links ab auf Lynn's Dock, wo der Mond wie eine Grapefruit über den Hafenmauern hing. Finn spielte die Northern Pikes mit »Place That's Insane«. Weiter am Ballast Quay und den eigentlichen Kaianlagen entlang, auf das Deepwater Quay, schwarzes Wasser zu meiner Rechten, Lagerhäuser und Depots zu meiner Linken, der Connacht-Gold-Baumarkt leuchtete wie eine abschussbereite Rakete. Dahinter ragte das hässliche Gebäude der Hafenverwaltung auf und noch weiter hinten ein Dschungel aus Gestrüpp und die rostrote Marsch. Gelegentlich wurde davon gesprochen, die Marsch in ein Naturschutzgebiet zu verwandeln, ein Vogelschutzgebiet, aber niemand unternahm etwas in dieser Hinsicht. Die Vögel kamen und flogen wieder davon, auch so.

Ich bog ab auf den Hof der Hafenverwaltung, umfuhr im Slalom die Schlaglöcher, langsam im zweiten Gang. Der Hof war vollgestellt mit verrosteten Containern, Haufen von Alteisen und Anhängern voll verschimmelter Holzbohlen. Hohes Gestrüpp wucherte in zugemauerten Eingängen. Es war ein schwüler Tag gewesen, die Luft noch warm, der scharfe Geruch nach heißem Teer hing in der Luft.

Das Verwaltungsgebäude war neun Stockwerke hoch und ein Beispiel für die hässlichen Ausprägungen des Modernismus der sechziger Jahre und seiner Überheblichkeit, erbaut, als der Hafen noch florierte und das Land unter Lemass hart vor dem Wind segelte. Polnische Kohle, norwegisches Holz, jamaikanischer Zucker, australische Wolle. Öltanker gingen vor der Küste vor Anker. Russen sprangen von Bord und gingen nie mehr zur See. Der erste Afrikaner stammte aus Nigeria und war eine Berühmtheit. Sie nannten ihn Paddy Dubh, und er musste nie bezahlen, wenn er sich ein Glas Stout bestellte.

Dann brachen die siebziger Jahre an, die Ölpreise gingen durch die Decke. Die Kohle blieb aus, dann der Zucker. Der Kanal verschlammte. Paddy musste sein Bier selbst bezahlen. Die Krise wurde so schlimm, dass die Behörde für Industrieförderung das Gebäude der Hafenverwaltung kaufen musste, um dann zwei der neun Stockwerke wiederum an die Hafenverwaltung zu vermieten. Sogar das war eine Farce, weil die Industrieförderung der Verwaltung das Geld für die Miete leihen musste.

Dann kamen die Achtziger, ein gutes Jahrzehnt für Unkraut und Ratten. Alle vergaßen, dass es mal einen Hafen gegeben hatte, oder versuchten es zumindest.

Und Big Bob Hamilton zog ein wie die Kavallerie. Zu diesem Zeitpunkt hatte er so gut wie jeden Quadratzentimeter von Thatchers London mit Trockenbaukonstruktionen zugemüllt, und als sie die Eiserne Lady schließlich rauswarfen, nahm Bob das als deutlichen Hinweis und kam nach Hause. Das war 1991, und er erkannte mal wieder die Zeichen der Zeit. Er verkaufte teuer in London und kaufte billig in Sligo und dem gesamten Nordwesten. Wurde Mitglied bei den Rotariern, im Tennisklub, im Golfklub und bei den Lions, in so gut wie jedem Klub bis auf den Dienstagsschachklub im Trades Club. Schließlich wurde er Mitglied des Aufsichtsrats der Behörde für Industrieförderung und vier Monate später kaufte er sechseinhalb Hektar Hafengelände inklusive Verwaltungsgebäude und Schrottplatz und so gut wie allem, was es da sonst noch gab.

Finn hatte mir das alles erzählt, vom unteren Bett in unserer Zelle in Dundrum. Er klang dumpf und gelangweilt dabei, aber die Geschichte war klar und deutlich. Wie es hieß, Big Bob persönlich sei verantwortlich für die neue Schreibwarenfabrik in Finisklin, wo drei Angestellte unermüdlich daran arbeiteten, den Bedarf an braunen Briefumschlägen zu decken. Seriöse Investitionen seien auf den Weg gebracht, der Hafen sollte eine Verjüngungskur bekommen, Bob hatte alles vorbereitet, um einen großen Fisch an Land zu ziehen. Die Investition kam dann nie, und der große Fisch ging nicht an Land, im Gegenteil, 1998, als Finn gerade achtzehn geworden war, sah er mit eigenen Augen, wie der nagelneue BMW seines Vaters über die Kaimauer ins Wasser fuhr, während sein Vater noch am Steuer saß. Die offizielle Version lautete Tod durch Unfall, obwohl die Untersuchung keine befriedigende Erklärung dafür fand, wieso sämtliche Fenster des Beamers heruntergelassen waren, direkt am Wasser spätabends im Januar.

Kurze Zeit darauf fingen die Brandstiftungen an, und Finn raste mit Vollgas auf seinen ersten Absturz zu.

Ich fuhr auf den kleinen Parkplatz vor dem Gebäude und bemerkte einen schnittigen braunen Saab im Licht der einzigen Lampe über der Eingangstür. Das war eigenartig. McCool FM war eine One-Man-Show, und DJs, die Leonard Cohen auflegen, haben keine Groupies, jedenfalls nicht mehr seit dem Tod von John Peel, Gott segne seine Baumwollsocken. Was bedeutete, dass Finn unerwartete Gäste hatte. Oder er ging seiner Tätigkeit als Mittelsmann nach und verkaufte seine Beutel weiter.

So oder so war es nicht gut.

Der Fahrer des Saab stieg gerade aus.

Die Beutel lagen versteckt unter dem Ersatzrad im Kofferraum, also lenkte ich auf den Platz neben ihm, setzte zurück und parkte das Taxi rückwärts neben Finns schwarzem Audi ein, mit dem Kofferraum ganz dicht vor der Hauswand. Stieg aus, schloss ab und schlenderte auf den Eingang zu. Der Fahrer des Saab hob eine Hand und sagte: »Bleib stehen, Kumpel.«

Sein Akzent war nicht so hart wie bei einem aus Derry, und es war ein leichter Hauch nördliches Donegal mit dabei. Seine Statur erinnerte an ein umgedrehtes Cello, er trug ein weißes Hemd mit geöffnetem obersten Knopf, eine schmale schwarze Krawatte mit lockerem Knoten. Lackschuhe, in deren Glanz er seine ebenmäßigen weißen Zähne mit Zahnseide bearbeiten könnte. Durch die geöffnete Tür des Saab sah ich auf einem Kleiderbügel das Sakko eines dunklen Anzugs mit seidenem Innenfutter in rotem Paisley-Muster. Vielleicht italienisch. Seine Augen starrten mich an wie eine Doppelschrotflinte mit abgesägtem Lauf.

Ich blieb fünfzehn Zentimeter vor dem Bereich stehen, den er mit seinen Fäusten wohl erreichen konnte. »Ich werde erwartet«, sagte ich.

»Aber nicht von mir, bestimmt nicht.«

»Da haben Sie auch wieder recht.«

Es ist immer problematisch, wenn ein Typ glaubt, er könnte dir sagen, was du tun sollst, weil es dann nur eine Frage der Zeit ist, bis alle anderen das auch glauben. Dann kommt man ins Schleudern. Und ich stand sowieso schon auf wackeligem Terrain.

»Ich gehe da hoch«, sagte ich.

»Geht in Ordnung, Kumpel, aber nicht jetzt.«

Ich reckte den Hals, um in den neunten Stock zu schauen, die Fenster dort waren mattgelb erleuchtet. »Verlangt er von Ihnen, dass Sie eine Krawatte tragen?«

Das brachte ihn kein bisschen aus dem Konzept. »Wissen Sie, was ich mag?«, sagte er. »Autos, feinen Zwirn und Mösen. Er bezahlt mich dafür, dass ich einen Saab fahre und gute Anzüge trage.«

»Zwei von drei ist keine schlechte Ausbeute.«

»Ich komm voran.« Er hob das Kinn. »Finn erwartet dich?«

»Ganz recht.«

Er warf einen Blick hinter mich. »Stimmt was nicht mit seinem Audi?«

»Außer, dass es kein Porsche ist?«

»Genau das ist der Punkt.« Er trat einen Schritt zur Seite und winkte mich durch. »Jimmy«, sagte er.

»Rigby.«

Er beugte sich vor, als ich an ihm vorbeiging, schnüffelte und blähte die Nüstern. Ich schaute auf und starrte direkt in die Läufe der Doppelflinte, schwarz, kalt und ohne ein Licht, das dem müden Pilger den Weg weisen könnte.

»Bleib sauber, Rigby.«

»Ich versuch's.«

5

Finn Hamilton war von Anbeginn verflucht, seit seine Mutter ihm den Namen von Fionn mac Cumhaill, dem großen Helden der irischen Mythologie, gegeben und ihm damit schon von Kindesbeinen an zu verstehen gegeben hatte, dass er ein ganz außergewöhnlicher Mann werden sollte: ein Jäger, ein Krieger, eine Legende, ein König. Nicht der geringste Erwartungsdruck also.

Und dann muss er als junger Mensch mitansehen, wie sein Vater ertrinkt.

Ich schätze, sie können froh sein, dass er nur ein paar Häuser niedergebrannt hat.

Seine Erleuchtung hatte er im Psychiatrischen Krankenhaus in Dundrum, als ihm klarwurde, wie er den Namen Hamilton und die damit einhergehenden Ressourcen nutzen könnte. Er gab seinen Widerstand auf und ließ sich mit dem Strom treiben, reihte sich ein in die Familie, aber als fünfte Kolonne, als Saboteur, der sich nun ausgerechnet der Wohltätigkeit verschrieb. Die Cops drückten ein Auge zu wegen McCool FM, weil es kein kommerzielles Unternehmen war und die Erlöse aus den wenigen Werbeblocks St. Vincent de Paul und dem Lions Club oder ähnlichen Organisationen zugute kamen. Die Website des Senders verlinkte zu denen der Nothilfe für Depressive und Borderline-Patienten, der Samariter-Hilfe für psychisch Kranke, der Model-Arts-Galerie und der Irischen Krebshilfe und zeigte ausgewählte Kunstwerke, die in der Galerie im Erdgeschoss seines Studios angeboten wurden, darunter auch seine eigenen. Von den Erlösen ging ein Drittel an eine vom jeweiligen Künstler ausgewählte Wohltätigkeitsorganisation.

Seine neueste Idee, die immer noch im Anfangsstadium

steckte, hieß *Spiritus Mundi* und sollte ein Kollektiv von Künstlern, Musikern und Schriftstellern umfassen, die alle in diesem Gebäude arbeiten würden, eine urbane Version des Zentrums in Annaghmakerrig, ein Rückzugsort für Menschen mit künstlerischen Neigungen. Zuletzt hörte ich, er hätte Blue Raincoat einen Probenraum angeboten, mit dem Hintergedanken, dass sie ihr Theater aus dem Stadtzentrum in den Hafen verlegen würden. Er lockte sie mit einem langfristigen Mietvertrag zu sehr günstigen Konditionen.

Ich drückte zweimal kurz und einmal lang, wartete auf den Piepton und das Klicken und trat ein. Die kleine Lobby wurde von einem einzigen Scheinwerfer erleuchtet, der ins Dach eingelassen war, eine Überwachungskamera hing in der Ecke. Ich schaute zu ihr hoch, wartete auf den zweiten Piepton und ging dann durch die Tür in die Galerie. Finn hatte das Erdgeschoss entkernen lassen, damit nichts den Blick von den Gemälden ablenkte, die er an die Säulen oder die nackten Backsteinwände gehängt hatte. Da der Raum sehr hoch war, hallte es stark. Ich ließ das Licht aus und schlich zum Fenster, um in den Hof zu schauen. Jimmy saß in der geöffneten Tür des Saab, rauchte und schrieb sich die Nummer des Taxis auf, während er mit dem zwischen Kopf und Schulter eingeklemmten Handy telefonierte.

Ein Meister des Multitaskings, unser Jimmy.

Jetzt fing auch Bear an zu bellen, so laut, dass die Fundamente bebten. Ich ging nach hinten, klopfte zweimal gegen die Metalltür, machte besänftigende Geräusche und schob mich rein. Bears Krallen klackerten über den Betonfußboden, dann richtete er sich auf und legte mir rechts und links eine Pfote auf die Schulter. Ein reinrassiger irischer Wolfshund. Auf den Hinterbeinen hätte er beim Rugby ganz allein den Fänger in der Gasse machen können. Unter seinem Gewicht geriet ich ins Wanken, stolperte ein Stück zurück, hob ihn runter und kraulte ihm die Ohren.

»Nicht heute Abend, Bear, tut mir leid.«

Ich kickte den Stock, den er zerbissen hatte, zurück zu

dem Haufen in der Ecke, griff nach der Schachtel auf dem obersten Regal, nahm eine Handvoll Kekse in Knochenform heraus, warf sie in seinen Futternapf und füllte den Trinknapf mit Wasser. Finn liebte diesen Hund, er hatte ihn als kleinen verängstigten Welpen aus einem Tierheim geholt, aber er vertrat auch die Theorie, dass nur ein hungriger Wachhund ein guter Wachhund ist. Hinzu kamen Finns erstaunlicher Appetit auf psychotropes Gras und eine Lebenseinstellung, deren grafische Darstellung in einem Koordinatensystem aus Ehrgeiz und Strebsamkeit die Form einer Hängematte hätte. Beides zusammen hatte zur Folge, dass der Hund gelegentlich viel dünner und bösartiger war, als seinem Hundeschöpfer vorgeschwebt war.

Wo ich schon mal dabei war, warf ich noch einen Blick in seine Hütte, um die Streu zu prüfen. Sie schien frisch und sauber zu sein. Als ich mich wieder aufrichtete, hockte Bear in der Ecke und knabberte einen Hundekuchen, spielte sogar damit herum und hatte noch vier weitere in seinem Napf liegen. Was bedeutete, dass Finn fit und der Hund gut genährt war, eigentlich fast schade. Ich hatte mit dem Gedanken gespielt, ihn raus in den Hof zu lassen, um mal zu sehen, wie Jimmy die Herausforderung meisterte, einem Bluthund von achtzig Kilo, der mit vollem Karacho auf ihn zuraste, die Stirn zu bieten.

Es gab keinen Aufzug, nur neun Stockwerke verrostete Metallstufen, die auf der Innenseite der Mauern angebracht waren. Vor langer Zeit hatte es mal vier Treppen gegeben, über die man ins jeweils nächste Stockwerk gelangte, aber das Gebäude war ja entkernt worden. Wenn man jetzt die Galerie im Erdgeschoss verließ, stieg man durch einen leeren Raum bis ins oberste Stockwerk. Eine ordentliche Strecke, aber nichts, was ein halbwegs gesunder Mann nicht schaffen konnte, ohne in Schweiß auszubrechen. Als ich oben ankam, hätte ich eine Sauerstoffmaske gebrauchen können und ein paar Sherpas zur Stütze.

Ich trommelte an die Studiotür.

»Harry?«, hörte ich Finns gedämpfte Stimme. »Komm rein.«

Das Studio nahm den größten Teil des neunten Stockwerks ein. In der hintersten Ecke stand ein Mischpult. Eierkartons klebten unter der Decke und an den Wänden. Finn saß hinter dem Pult, mit Kopfhörern um den Hals. Sogar im Sitzen war er groß, seine Knochen zeichneten sich unter dem weißen T-Shirt ab. Er trug fast immer das Gleiche: weißes T-Shirt, verblichene Levis, braune Wildleder-Mokassins, helle Bartstoppeln. Keine Socken. Die flachsblonden Haare ein struppiger Topfschnitt wie beim späten Brian Jones. Unter dem Pony lugte ein waches Gesicht hervor, mit einem einnehmenden Lächeln und strahlend blauen Augen.

Hinter ihm standen Verstärker, Rechner und jede Menge Vinyl-Schallplatten. Das gedämpfte Scheppern, das zu hören war, kam von The Wedding Present, die leise gestellt waren. Es hörte sich an wie »Brassneck«, aber ein Weddoes-Stück klingt wie das andere, wenn man es leise stellt.

Fast die Hälfte des Studios wurde von einem rohen Holztisch eingenommen, bedeckt von Farbtuben, Pinseln in Gläsern und Spachtelmessern. Zwei Staffeleien standen herum, darauf zwei mit Farbe bekleckste Bilder. Leinwände lehnten in Vierer- oder Fünferreihen an der Wand, manche gerahmt, andere nicht. In der Ecke stand eine Stratocaster mit dem klassischen Yin-Yang-Muster, bei der zwei Saiten fehlten, eine dritte hing nur noch lose herab.

Die hintere Wand war der Grund, warum Finn sich das frühere Hafenamt als Studio eingerichtet hatte: Ein breites Panoramafenster, durch das man auf die Kaianlage, den Tiefseehafen und weiter hinten das Tafelberg-Massiv des Benbulben sehen konnte. Ein Flügel stand offen und eine sanfte Brise wehte herein, die dank der außen eingehakten Tür zur Feuerleiter für einen angenehmen Luftzug sorgte. An manchen Sommerabenden, wenn die Musik ertönte, die Hitze des Tages aufstieg und Finn sein Gras rauchte, wurde es hier im Studio so stickig, dass man die Luft schneiden konnte.

Der Typ im maßgeschneiderten Anzug, der sich auf dem Sofa vor dem Fenster fläzte, erinnerte mich an William Conrad ohne Schnurrbart. Finn deutete auf ihn. »Hast du Gillick schon kennengelernt?«

»Daran würde ich mich erinnern«, säuselte Gillick.

Arthur Gillicks Ruf war einmalig. Wenn man einem Cop während der Abschlussparade in Templemore eine Kugel in den Kopf verpasst hatte, wählte man Gillicks Nummer, wenn einem die Bullen endlich den einen Anruf gestatteten. Er hatte sich in den späten Siebzigern und während der Achtziger einen Namen gemacht als Kronanwalt der Provos, auch wenn es übertrieben wäre, ihm politische Motive zu unterstellen. Allerhöchstens einen eklektizistischen Anarchismus, der darin bestand, jeden drogendealenden Mistkerl, notorischen Gewalttäter und diebischen Stadtstreicher auf freiem Fuß zu lassen. Inzwischen hatte er sein Portfolio erweitert und profitierte vom wirtschaftlichen Niedergang, indem er sich mit Schuldeneintreibung und Zwangsräumungen befasste. Die Krönung seiner Laufbahn war aber vor einigen Jahren die Verteidigung eines aufrechten Bürgers gewesen, der seine Tochter erwürgt und ihre Leiche in den See geworfen hatte, nachdem das Mädchen sich im stolzen Alter von dreizehn Jahren entschlossen hatte, von nun an selbst zu entscheiden, wer ihr das Höschen runterzieht.

Jetzt beugte er seinen massigen Rumpf vor und erhob sich mit der schwerfälligen Eleganz eines Bischofs, der weiß, dass ein Bischof ohne Würde auch bloß irgendein fetter Kerl ist. Breiter Schädel unter einem plattgedrückten wuscheligen Haarschopf, ein eher rundes als fettes Gesicht, etwas schlaff, aber gesund. Sogar leicht gebräunt. Seine großen runden Augen verliehen ihm etwas Eulenartiges, sein Mund war leicht spitz wie ein Schnabel, seine Nase sprang deutlich hervor. Er streckte die Hand aus. Sie war klein und pummelig, nicht übermäßig mit teuren Klunkern verziert und fühlte sich erstaunlich kühl und fest an.

»Arthur Gillick«, sagte er.

»Harry Rigby.«

Er wartete eine Idee länger, als angebracht gewesen wäre, bis er wegschaute. Dann ließ er meine Hand los. »Harry«, sagte er, »so nennt man einen Prinzen.«

Ich schenkte ihm ein schiefes Grinsen und fragte mich, was sonderbarer war: dass er mich überhaupt mit so einer Stegreifstichelei provozierte oder dass er andeutete, dass ich ein Anwärter auf den britischen Thron wäre. Nicht, dass Arthur Gillick in der Position gewesen wäre, mit Steinen im Glashaus herumzuwerfen.

»Es ist die Kurzform von Harrison«, sagte Finn. »Seine Mutter liebte *My Fair Lady* und hat ihn nach Rex Harrison genannt.«

»Ernsthaft?« Gillick fand das amüsant.

»Hätte schlimmer kommen können«, sagte ich. »Wenn sie mich Pygmalion genannt hätte.«

»Denn dann«, warf Finn ein, »hätten wir ihn Pyggy genannt. Und es wäre womöglich zu Verwechslungen gekommen.«

Gillicks Lächeln veränderte sich bloß im Nanobereich, aber in seinen Schweinsäuglein ging ein Licht aus.

Seine Sticheleien galten nicht mir. Sie galten Finn, der in England adoptiert worden und aufgewachsen war. Seine Mutter hatte ihm einen irischen Namen gegeben, um diesen Makel auszugleichen, der in ihren Augen ein Kainsmal war.

»Wie ich sehe, wissen Sie die Klassiker zu schätzen, Mr Rigby«, sagte Gillick mit weicher, warmer Stimme, die wie schmelzende Schokolade klang. Er deutete auf die herumstehenden Leinwände. »Sind Sie auch ein Förderer der Künste?«

»Seit meine Aktien abgeschmiert sind nicht mehr, nein.«

»Aber, aber, Mr Rigby …« Allein vom Zuhören wurde ich schon zum Diabetiker. »Große Kunst ist nicht bezahlbar, das steht fest. Ihr Wert besteht darin, die Zerbrechlichkeit des Lebens zu beschwören angesichts der, äh ...« Er warf Finn einen Blick zu.

»Angesichts eines Universums, das zum allergrößten Teil aus toter Materie besteht«, beendete Finn seinen Gedanken.

»In der Tat. Besonders wenn die Kunst selbst aus toter Materie geschaffen wird.«

Finn klatschte träge Beifall.

»Wirklich zu schade«, stellte Gillick fest, »dass es so teuer ist, sich diese unbezahlbaren Wunderwerke an die Wand zu hängen. Wenn überhaupt mal eines verkauft wird.«

Finn schenkte ihm ein süffisantes Lächeln, lehnte sich zurück und verschränkte die Hände hinter dem Kopf. »Du bringst schon wieder Preis und Wert durcheinander, Arthur.«

Gillick verbeugte sich geziert. »Genau das wollte ich damit sagen.« Seine Geste der Ehrerbietung endete damit, dass er mit ausgestrecktem Zeigefinger und gerecktem Daumen auf Finn deutete. »Ruf mich an«, sagte er. »Ich tue dir gern diesen einen Gefallen.«

Er nahm sich Zeit beim Weggehen, weil er sonst wie ein Erpel gewatschelt wäre. Ich stieg auf das Sofa vor dem geöffneten Fenster, warf ein Bein über den Sims, stellte den Fuß auf den Mauervorsprung und lehnte mich mit dem Rücken gegen den Rahmen. Mit der aufsteigenden Hitze drang der Geruch von Teer nach oben, vermischt mit dem salzigen Hauch des Meeres. Ich drehte mir eine Fluppe und wartete, bis das Klappern auf den Metallstufen verklungen war, nahm Finns Nachtsicht-Fernglas vom Haken und beugte mich vor, um damit die Autos unter uns ins Visier zu nehmen. Jimmy saß weiterhin bei geöffneter Tür auf dem Fahrersitz des Saab.

Von Cartron her drang das leise Dröhnen des Verkehrs übers Wasser. Noch leiser und von der Stadt her war das blecherne Heulen einer Sirene zu hören, ob von einem Bullenauto oder einem Krankenwagen, konnte ich nicht sagen. Eine Alarmanlage sirrte insektenhaft.

»Hat er eben einen Anruf bekommen?«, fragte ich.

»Gillick? Nein. Wieso?«

»Nur so.«

Er legte seine Füße samt Mokassins auf den Tisch. »War's nix mit dem Gras?«

»Ich hab's im Wagen gelassen, als ich den Schläger vorm Haus gesehen habe.«

»Limerick-Jimmy.«

»Jimmy ja, aber er klang mehr nach Derry.«

Finn deutete einen Schwerthieb an, dann einen Stich. »Er ist sehr geschickt mit der Klinge. Heißt es.«

»Ah.«

Er zog sich einen Kopfhörer übers Ohr und schob ein paar Regler auf dem Mischpult hoch und runter. Dann legte er sich den Kopfhörer wieder um den Hals, lehnte sich in seinem Ledersessel zurück und verschränkte die Hände vor dem Bauch.

»Na, so was«, sagte ich, »hätte nie gedacht, das Gillick schwul ist.«

»Gillick und schwul?« Finn grinste. »Falsch geraten. Der Typ ist der schlimmste Mösenjäger des Abendlandes.«

»Und warum hat er mich dann so komisch angestarrt?«

»Das macht er immer so, so prägt er sich Gesichter ein. Als würde er ein Foto schießen, sagt er.« Er klopfte sich zweimal an die Schläfe. »Klicketi-klick.«

Unten im Hof ertönte ein dumpfes Röhren. Ich schaute durch das Fernglas zu, wie der Saab durch das Tor fuhr. Er verschwand hinter der Mauer und tauchte dann wieder am Kai auf und fuhr Richtung Stadt davon. Ich hängte das Fernglas wieder an den Haken und stieg vom Sofa. »Kaffee?«

»Ich hab schon«, sagte er. »Aber mach dir ruhig einen.«

Ich ging in die kleine Küche und setzte Wasser auf, dann trat ich in das schuhkartongroße Badezimmer, damit der Kaffee genug Platz zum Durchlaufen hatte. Betätigte Spülung und Wasserhahn und zuckte zusammen. Die alte Zisterne klapperte und dröhnte so laut, dass man eigentlich nur dann spülen durfte, wenn Finn gerade Tom

Waits aufgelegt hatte, am besten ein Stück von der LP »Rain Dogs«.

Als ich zurückkam, spielten die Stones »Get Off Of My Cloud« auf voller Lautstärke. Finn hielt einen kurzen Joint in der Hand. Ich hockte mich auf die Fensterbank, nippte an meinem Kaffee und wiegte den Kopf im Rhythmus der Musik. So weit oben, mit Blick auf die Docks und weiter hinten den Tiefwasserhafen, konnte man jede Menge von überhaupt nichts sehen: karge Gebäude, vierzig verschiedene Schattentöne, der silbergrüne Glanz des Mondes auf dem öligen Wasser.

Finn schob wieder Regler hoch und runter. Billy Bragg ertönte, »A New England«. Finn drehte die Lautstärke herunter und ich deutete mit dem Kopf zur Toilette. »Tut mir leid wegen der Spülung.«

»Tu das nicht noch mal, Mann«, sagte er leichthin und nahm noch einen Zug. Was mich zum Thema zurückbrachte.

»Hör mal, diese drei Beutel«, sagte ich.

»Ja?«

»Herb wundert sich, weil es auch letzten Monat drei waren. Er meint, das sei ganz schön viel für den persönlichen Gebrauch.«

Freches Grinsen. »Hängt von der jeweiligen Person ab, oder?«

»Ja, aber er macht sich Sorgen, ob du es weitergibst. Das würde ihm in die Quere kommen.«

»Sag ihm, er soll sich entspannen.«

»Ich fürchte, das reicht ihm nicht.«

»Was will er denn machen, mich nicht mehr beliefern?«

»Hey, ich überbringe bloß die Nachricht.«

Er dachte darüber nach, kam zu einer Entscheidung und zuckte mit den Schultern. »Scheiß drauf. Ich hätte es dir sowieso demnächst erzählen müssen.«

»Schieß los.«

»Ich zieh das durch.«

»Ja, schon klar, aber drei Beutel pro Monat, Mann, das ist …«

»Nein, ich meine: Ich zieh das jetzt durch, was ich schon lange vorhatte. Ich haue ab. Brauche das Gras als Vorrat, wie ein Eichhörnchen.«

»Ach?«

»Wir hauen ab, Harry. Fahren weg, in ein paar Wochen, soll aussehen wie Ferien. Aber wir werden nicht zurückkommen, wir sind weg.«

»Scheiße. Ernsthaft?«

»Ich sag dir, was Scheiße ist, ernsthaft«, sagte er. »Ein Kind in diesem Drecksloch aufzuziehen irgendwann innerhalb der nächsten zwanzig Jahre. Das ist Scheiße. Ernsthaft.«

Das hörte ich nicht zum ersten Mal. Die Regierung erzählte uns immer wieder, wir würden die Rezession dank einer neuen exportorientierten Wirtschaftspolitik überwinden. Wobei unser Exportschlager Menschen waren, vor allem solche, die jung, ehrgeizig und intelligent genug waren, die Zeichen der Zeit zu entziffern.

»Wohin soll's also gehen?«, fragte ich.

»Was glaubst du wohl?«

Jeder hat seinen Fluchtpunkt, einen Ort, den er anpeilt, wenn die Sterne günstig stehen, und seit ich Finn kannte, sprach er davon wegzugehen. Am Anfang war es ihm ziemlich egal gewesen wohin, es ging nur ums Abhauen. Was damals nahe gelegen hatte, genauso wie alles andere, was man sich in Dundrum so ausdachte: Wenn man nicht darüber nachgrübelte, woher man etwas Anständiges zu essen bekam, plante man seine Flucht, war in Gedanken immer fleißig am Tunnelgraben.

Nur dass Finn nie davon runtergekommen war, auch nicht, nachdem er wieder draußen war. Und seit er Maria kennengelernt hatte, ging es ständig um Zypern, vor allem um die in der restlichen Welt wenig bekannte und ebenso wenig geliebte Enklave namens Türkische Republik Nordzypern. Eine Gegend, wo sie, wie Finn behauptete, schon

Tempel gebaut hatten, als die übrigen Europäer noch in schmutzigen Höhlen hausten, wo es aber immer noch authentisch und ursprünglich zuging. Vor allem in den Bergen, wo das Licht Gottes Augapfel war, um mit Lawrence Durrell zu sprechen.

Er zog eine LP aus der Hülle und legte sie auf den Plattenspieler. Tim Buckley, »Song to the Siren«.

»Ein großer Schritt«, sagte ich.

»Ein Sprung eigentlich, einer, zu dem wir gezwungen werden.« Er nahm einen tiefen Zug von seinem Joint und atmete ganz langsam aus. »Es ist alles im Arsch, Harry. Die NAMA hat sich eingemischt, und wenn sich diese staatliche Treuhandanstalt erstmal einmischt, wird es echt ernst.«

»So schlimm?«

»Wir können hierbleiben«, sagte er, »uns um eine funzelige Kerze herum versammeln und nur noch Brennnesselsalat essen. Oder wir können jetzt alles verkaufen, unsere Verluste gering halten und ganz von vorn anfangen. Irgendwo anders.« Er deutete mit dem Jointstummel auf mich, um seine Aussage zu unterstreichen. »Dort, wo eine Familie noch etwas gilt.«

Jetzt hatte er es zum zweiten Mal gesagt. Kinder, Familie. Ich merkte, wie etwas in mir verrutschte, und erst da wurde mir klar, wie sehr ich ihn vermissen würde. Seine verrückten Ideen, seine manische Energie. Seine Anrufe in den unmöglichsten Momenten, oder meine Anrufe bei ihm, und wie wir dann Billard spielen oder über Musik, Surfen, Filme oder Bücher reden würden. Oder gar nichts sagen. Das Ungesagte, der schwarze Tümpel, der zwischen uns lag, säuberlich eingedämmt. Bis er wieder Risse bekam und etwas durchsickerte.

»Und, gibt's einen Plan? Alles schon in die Wege geleitet?«

Er ruckte den Kopf hin und her und dachte nach. »Maria meinte, wir sollten dort was Richtiges tun. Etwas, das eine Bedeutung hat, verstehst du?«

»Einen Schönheitssalon, der wirklich eine Bedeutung hat?«

Er ignorierte die Spitze. »Das würde sich auch lohnen, klar. Aber sie möchte eine Schule aufmachen, eine Art Ausbildungszentrum. Diesen Mädchen Fähigkeiten vermitteln, die sie überall in der Welt nutzen können. Hast du mal zypriotische Frauen gesehen? Mann, die wissen, wie man sich gut präsentiert.«

»Ja, gut, wenn man Maria als Maßstab nimmt…«

»Ich sag dir, worum's geht. Sie will die Ausbildung auf Englisch machen, weil sie meint, sie hätte da was in *Newsweek* gelesen darüber, dass die Beherrschung der englischen Sprache weltweit ein wichtiger Faktor ist, wenn man Arbeit finden will.«

»Wahrscheinlich wäre es schlauer, ihnen Mandarin beizubringen.«

»Oder Russisch vielleicht. Aber egal, die Chinesen und die Russen bieten keine Ausbildungsförderung an. Die EU schon, und die EU will die Türkei haben und das bedeutet auch die türkischen Zyprioten. Nur leider hat Maria ziemliche Probleme, ihre hiesigen Qualifikationen dort anerkennen zu lassen.«

»Die EU fällt gerade auseinander, mein Lieber. Du kommst bloß vom Regen in die Traufe.«

»Das könnte vielleicht sein«, sagte er und kam hinter dem Mischpult hervor, »wenn es hier noch um die EU und Irland ginge, wenn es nicht um dich und mich ginge und das erste Kleine…« Er ging zum Notausgang. »Entschuldige mich bitte«, sagte er augenzwinkernd, »das erste kleine Geschäft des Abends.«

Er ging raus auf die Feuerleiter und pisste in die frische Luft, so wie er es immer tat, damit er dann hinterher nicht die Spülung betätigen musste. Ich konnte schon Herbs Kommentar hören, dem bestimmt eine passende zynische Bemerkung einfallen würde über Finn Hamilton als Prinz unter den Armen Zyperns. Über diesen Teilzeit-Philanthropen, der einen Gutteil seiner lang anhaltenden Jugendzeit damit verbracht hatte, Europa mit seinem maßgeschneiderten Wohnmobil zu bereisen, auf der Suche nach der nächsten großen Welle oder dem frischesten Neuschnee, und dabei soff, kokste und Geld verschleuderte, das er nicht selbst verdienen musste. Aber ich konnte Herb einfach nicht davon erzählen, dass ein Psychofritze Finn einmal während einer unserer Gruppentherapiesitzungen gefragt hatte, ob er glaube, er könne gegen den Selbstmord seines Vaters aufbegehren, indem er ihn verdrängte oder ihn in einer eigenen Variation nachahmte.

Meiner Ansicht nach hatte er sich damit abgefunden, nicht vor ihm weglaufen zu können. Und er hatte begriffen, dass es kein Wettrennen, sondern ein Ringkampf war, bei dem man bestenfalls auf ein ehrenhaftes Unentschieden hoffen konnte. Ich stand vom Sofa auf, ging rüber zu den Gemälden auf den Staffeleien und ließ den Fingernagel über seine neueste Version der Burgruine St. Hilarion gleiten. Von weitem sah es aus wie eine seiner typischen gotisch-impressionistischen Variationen: kahle Klippen, steile Gipfel, unwirtliche Hügel, ein schlampiger Sonnenuntergang, dessen Licht sich ins weindunkle Meer ergießt. Aber wie immer konnte man aus der Nähe jeden einzelnen Pinselstrich erkennen, der wie eine schwärende Wunde in die Haut eines wilden Wesens geätzt war, das kurz davor war, laut zu knurren, der Rahmen des Bildes wie die Gitterstäbe eines Käfigs, der es gerade noch hielt. Sogar ein Blinder hätte, wenn nicht mit dem Krückstock, dann mit Hilfe seines Tastsinns erkannt, dass der Künstler, der in Finn steckte, kein glücklicher Mensch war. Er malte in Öl, sehr pastos und mit einer Oberflächenstruktur, die so grob war, als hätte er die Farben auf seiner Palette aus Blut, Galle und grobkörnigem Schießpulver hergestellt. Eine klebrige Mischung, die man lieber nicht aus der Nähe in Augenschein nahm, weil schon der kleinste Funke Licht, die leiseste Übertragung von Wärme die krude, zur Selbstentzündung neigende Substanz explodieren lassen würde. Er ließ sich von Oscar Epfs inspirieren, aber in meinen Augen sahen seine Landschaftsbilder eher wie ungelenke Variationen der frühen Werke von El Greco oder Caravaggio aus, Künstlern, die beide in ihrer ganz eigenen Hölle Qualen gelitten hatten. Auch wenn seinen Bildern die ausgefeilte Technik fehlte, kündeten sie doch von einer aufgestauten Wut und jenem Moment des größten Drucks, bevor die Welt den Rahmen sprengte.

Finn hatte seine Kunst in sich selbst gefunden. Brachte jeden Tag Stunden damit zu. Es mag abgedroschen klingen, wenn man sagt, jeder Künstler fördert in seiner Kunst die eigene Seele zutage, aber sogar ein naiver Betrachter wie ich konnte erkennen, dass Finn sich hier rücksichtslos preisgab. Ob es sich um gute oder schlechte Kunst handelte, war nebensächlich. Sie war bestürzend und fesselnd, im Ausdruck wie im Inhalt. War sie etwas wert? Ist nicht jedermanns Seele etwas wert?

Ich mochte die Bilder sehr, hätte aber keins davon bei mir zu Hause an die Wand gehängt, selbst wenn ich die zwei oder drei Riesen hätte aufbringen können, die sie normalerweise kosteten. Es hätte mich zu sehr beunruhigt, es ständig im Augenwinkel verstohlen betrachten zu müssen, während es im Rahmen herumschlich, schnaubend und knurrend und immer bereit zum Sprung.

Er kam von der Feuerleiter zurück und legte »Teenage Riot« von Sonic Youth auf.

»Hör mal«, sagte er, »diese Sache mit dem Schönheitssalon.« Er nahm einen letzten Zug von seinem Joint, der fast nur noch aus Mundstück bestand, und drückte ihn aus. »Das ist noch nicht spruchreif im Moment, erstmal müssen wir den Papierkrieg bewältigen.«

»Kein Thema.«

»Ich meine ja nur, so wie die Dinge heutzutage laufen, könnte es Jahre dauern.« Er fummelte an den Bassreglern herum, obwohl mit den Bässen alles in Ordnung war. »Kein Wunder, dass das Land da unten im Arsch ist. Man muss eine

Million Typen schmieren, und trotzdem heißt es immer nur, jaja, gleich morgen. Verstehst du?«

»Wirklich zu schade, dass sie nicht ein bisschen irischer sind, hm?«

»Bei denen ist es noch schlimmer, ob du es glaubst oder nicht. Wäre mir ja egal, aber schließlich biete ich hier Jobs, eine echte Investition.«

»Ich will dir ja nicht zu nahe treten, aber ich kann mir nicht vorstellen, dass Schönheitssalons oberste Priorität bei der Investorenanwerbung genießen.«

Er wiegte wieder den Kopf hin und her, und seine wuscheligen Haare fielen ihm ins Gesicht. »Der Salon sicher nicht, das ist ja auch Marias Ding. Ich habe ganz andere Pläne.«

»Ach wirklich?«

»Du bist noch nicht dort gewesen, Harry. Dort ist es so wie hier vor zwanzig Jahren. Jede zweite Hausnummer ist eine Baustelle, nur dass es dort auch noch Sonne und ein Superklima gibt. Letzten Sommer bin ich dort ein bisschen unterwegs gewesen, hab mir ein paar Musterhäuser angeschaut, solche Neubau-Villen. In einem bin ich mit dem Verwalter ins Gespräch gekommen, ja? Dreihundertzwanzig Riesen pro Villa, zwölf Villen pro Bauplatz inklusive Meerblick, die werden dort für ein Viertel des Kaufpreises errichtet, und sogar das alles schwarz, alles Cash und Handschlag. Die Türken sind wie eingebunkert, es gibt mehr Russen als Fliegen, die Grenze wird durchlässiger, alle wissen, dass die EU im Anmarsch ist. Diese Insel ist eine Ölquelle kurz vor dem Anstich.

»Machst du dich selbstständig?«

»Sozusagen, ja. Das Grundkapital kommt von Hamilton Holdings, aber ich bin derjenige, der es dem Aufsichtsrat präsentiert hat, also hab ich den Daumen drauf.«

Er breitete es vor mir aus, sein ganzes hochklassiges Investmentprojekt mit zweistöckigen Apartmenthäusern direkt am Strand, ungefähr zwölf Kilometer östlich von Girne, jeder Block mit einem Swimmingpool, Spielplatz, Fitnessraum, Minigolf, Restaurants mit Aussicht und Bars. Marias Salon natürlich auch. Er gestikulierte wild, während er mir das ausführte und erklärte, dass es nicht nur ein Spekulationsobjekt sei, also bauen und gleich verkaufen, sondern eine langfristige Investition. Das Unternehmen für ausländische Investoren verwalten, vielleicht noch eine Autovermietung dazu nehmen und eine Art quasi-offizielle Fremdenführung, ein Teil des Profits könnte dann abgeschöpft werden für einen mediterranen Anlaufpunkt für Zeitgeist-Anarchisten, die sich auch mal bräunen lassen wollen. Dabei grinste er die ganze Zeit wie ein Vollidiot, dem jemand gerade eine Reise ins Schlaraffenland spendiert hat, ohne Rückfahrkarte. »Das Einzige, was uns noch fehlt«, sagte er, »ist eine Direktverbindung mit Ryanair nach Ercan und wir sind fein raus.«

»Du ziehst das also für Hamilton Holdings durch«, sagte ich. »Und Maria freut sich wie eine Schneekönigin, dass sie für dich arbeiten darf, indem sie den Schönheitssalon leitet.«

»Der Salon ist eine andere Sache. Er wird auf dem Gelände sein, aber als eigenständiges Unternehmen. Marias ganz eigenes Ding.« Er grinste verlegen und fasste sich an die Nase. »Ich meine, man kann ja niemandem ein Hochzeitsgeschenk machen und die Nutzung einschränken, oder?«

Jetzt war es raus.

»Scheiße«, sagte ich. »Und wieder muss eine tolle Frau dran glauben.«

Sein breites Grinsen entgleiste kurz. »Wenn sie mich nimmt. Eigentlich ist das mit dem Salon gar nicht so genial. Ich könnte sie sonst auf diese zypriotischen Mistkerle ansetzen, die die Sache bremsen. Diese Drecksäcke haben mich schon fast dreihundert Riesen gekostet, und kein Ende abzusehen.«

»Meine Güte, dass ist aber ziemlich viel Schmiergeld.«

»Nein, ich meine wegen Gillick. Vor genau einem Jahr hat er mir neunhundert Riesen für das Gebäude hier inklusive sechzehn Morgen Grundstück angeboten. Sein letztes

Angebot war nur noch sechshundert und ein paar Zerquetschte.«

»Mach bloß keine Geschäfte mit dem. Bist du verrückt geworden?«

»Gillick ist ein beschissener Erbsenzähler. Wenn ich die Flatter mache, wird er so tun, als sei er gerade knapp bei Kasse, überschuldet oder sonst was. Also wird er mir, keine Ahnung, die Hälfte anbieten, vielleicht auch weniger. Fünfzig Riesen Vorschuss, dem Rest kann ich dann hinterherjagen, und das von Zypern aus.«

»Dann scheiß doch auf ihn. Mach's mit einem anderen.«

»Das tue ich ja. Gillick ist nur der Mittelsmann, er repräsentiert ein Konsortium. Und so wie es im Moment aussieht, stehen die Leute nicht gerade Schlange wegen sechzehn Morgen Hafengrundstück in Sligo.«

»Kann ich mir auch kaum vorstellen. Was will er denn hier bauen? Ein Gefängnis?«

Finn zuckte mit den Schultern. »Die Idee entstand in der Zeit, als alles rund lief. Da plante er einen eigenen Stadtteil mit Läden, ein oder zwei Restaurants, einem Pub. Zu Anfang war sogar ein Yachthafen vorgesehen, jede Wohneinheit sollte einen Anleger kriegen. Ich musste eine künstlerische Impression für ihn zeichnen, sah gar nicht schlecht aus. Wenn man die alten Backsteinfassaden stehen ließe, meinte er, würden die Yupniks total drauf abfahren.«

»Yupniks?«

»Yuppie-Rednecks.« Er hatte den Anstand, immerhin verlegen dreinzublicken. »Wie auch immer, das ist alles Schnee von gestern.«

»Aber er will immer noch kaufen.«

»Ja, er spielt auf Zeit, um den Preis zu drücken. Immerhin beherrscht er dieses Good-Cop-Bad-Cop-Spielchen ganz gut. Im einen Moment sagt er: ›Du musst sofort verkaufen, Finn‹, kurz darauf heißt es: ›Der Käufer macht den Preis, Finn‹. Schizophrener Drecksack.«

»Du solltest nicht direkt mit ihm verhandeln. Setz einen

Anwalt dazwischen, damit du mehr Luft hast. Sag dem Anwalt, er soll hart bleiben.«

»Das ist auch noch so eine beschissene Sache, Mann. Gillick *ist* mein Anwalt.«

»Stimmt.«

»Ist ziemlich kompliziert. Er ist der Anwalt der Familie, das war schon immer so. Außerdem findet er die Idee mit Zypern gut, er will einsteigen, Erdgeschoss-Wohnung.« Er schob den Gedanken beiseite. »Wie auch immer, kein Grund zur Panik. Wenn wir die bürokratischen Hürden da unten erstmal genommen haben, wird er mir das Geld hinterherschmeißen.«

»Darauf würde ich nicht wetten, Finn. Bei der Sache muss man einen langen Atem haben.«

»Ja, na gut ...« Er sah jetzt mutlos aus. »Aber hör mal, halt das unter Verschluss, ja?«

»Ich kauf mir extra ein paar Tupperdosen.« Ich prostete ihm mit meinem Kaffeebecher zu. »Fair war gestern, Mann. *Bon Voyage*.«

»Danke.«

Ich trank den Kaffee aus, brachte den Becher in die Küche und spülte ihn ab. Als ich zurückkam, hatte er The Only Ones aufgelegt, »Another Girl, Another Planet«. »Erwartest du noch jemanden?«, fragte ich.

»Nein, wieso?«

»Ich hol dann mal das Zeug.«

Er schaute auf die Uhr. »Nicht nötig, ich bin fast fertig. Ich komm gleich nach. Oh, hier.« Er fasste unter den Tisch, klapperte ein paar CDs durch und hielt dann eine unbedruckte Hülle hoch. Warf sie mir rüber. »Songs zum Tanzen und Kinderzeugen # 7« stand in seiner geschwungenen Handschrift auf dem weißen Einlegezettel. »Schau mal, ob du damit klarkommst.«

»Da fällt mir ein, Herb wollte ein bisschen Motown hören. Von Smokey Robinson, falls du so was hast.«

»Kein Problem. Bin in zehn Minuten unten.«

Tatsächlich brauchte er zwanzig. Auch wenn er sich zum Schluss sehr beeilte. Als er mit dem Kopf zuerst das Taxidach durchschlug, musste er über achtzig Stundenkilometer draufgehabt haben.

6

Brutzelndes Fleisch, verbranntes Benzin, vielleicht sogar ein Hauch von Schwefel. Der Geruch des Aufstands an einem Samstagabend in der Hölle.

Meine Gedärme verknoteten sich zu einem zuckenden Klumpen. Ich taumelte Richtung Hafenbecken, um eine zu rauchen, meine Hände zitterten so sehr, dass ich den Tabak erst beim dritten Versuch aus meiner Hosentasche kriegte. Bear hatte aufgehört zu bellen, aber ab und zu hörte ich ihn kratzen und leise winseln. Endlich hatte ich es geschafft, mir eine Fluppe zu drehen, und hielt mein Gesicht in den Rauch.

Als meine Innereien sich wieder beruhigt hatten, drehte ich mir noch eine und lief zurück zu der Stelle, wo er lag. Ging in die Hocke und hielt mir die Nase zu. Etwas musste gesagt werden. Es war ein bisschen zu spät für einen Akt der Reue, außerdem war Finn sowieso nicht religiös gewesen, also entschied ich mich für etwas halbwegs Spirituelles aus »Bell Jars Away«.

»*I have thrown myself into your warm hold*«, flüsterte ich, »*where you bless away the shivering.*«

Es gab keinen Grund zu flüstern. Im Umkreis von einem Kilometer hörte niemand zu. Aber ich hatte Angst, meine normale Stimme könnte versagen. Ich zitterte, das große Beben hatte sich beruhigt, aber kleinere Nachbeben brachen immer noch durch.

Ich drückte einen Kuss auf meine Faust und berührte damit das, was von seiner linken Schulter übrig geblieben war.

Das war nicht viel, aber ich musste es tun.

Es dauerte eine Ewigkeit, bis die Ambulanz eintraf und etwas vorfand, das man vielleicht noch als Salami hätte verwenden können. Vor ihrer Ankunft fragte ich mich, ob Finn seinen Audi vielleicht unverschlossen abgestellt hatte. Hatte er. Ich schimpfte ihn einen Volltrottel und zwar laut, und ich merkte, dass ich das nur tat, weil ich wusste, dass niemand in der Nähe war, nie gewesen war, nicht zu so später Stunde. Ich hegte die vage Hoffnung, sogar der Zündschlüssel könnte im Schloss stecken, aber nicht mal Finn war so nachlässig. Zwei Minuten, ein paar Drahtenden und einigen Funken später hatte ich wieder einen fahrbaren Untersatz. Der Audi war auf der linken Seite schlimm verbrannt, die Fenster waren rußgeschwärzt und sahen aus wie getönt. Aber die Kiste funktionierte noch.

Die Sanitäter kamen, sahen und schreckten zurück. Ich identifizierte Finn und erzählte ihnen, was ich gesehen hatte. Der Typ, der die Leitung hatte, schien einigermaßen kompetent und stabil zu sein, also ging ich meiner Wege. Als er hörte, wie ich die Tür des Audis schloss, kam er rüber und klopfte gegen das Fenster. Ich ließ es herunter.

»Meinen Sie, Sie können fahren?«, fragte er.

»Aber sicher.«

»Passen Sie auf, der Schock kann mit Verzögerung eintreten. Wenn Ihnen schlecht wird, bei Benommenheit oder einem plötzlichen Schwindel, halten Sie sofort an.« Er schaute mich genauer an, bemerkte die verschmorten Augenbrauen, das Blut an den Händen, das jetzt schwarz vertrocknet war. »Außerdem müssen Sie sich nähen lassen, da an der Hand.«

»Ich kümmere mich drum.«

»Und Sie wissen auch, dass Sie nicht wegfahren dürfen, bevor die Cops hier sind.«

»Jemand muss es seiner Familie sagen.«

»Das können auch die Cops machen.«

»Ja, aber es sollte jemand sein, der ihn kannte.«

»Na schön, aber ich muss Ihr Kennzeichen aufschreiben.«

»Nur zu. Ich komm zurück, wenn ich die Nachricht überbracht habe. Falls die Polizei dann nicht mehr hier ist, geh ich zur Wache. Ich brauche ungefähr eine Stunde, bis ich zurück bin.«

Er klopfte aufs Dach und richtete sich auf. »Ich reiße mich bestimmt nicht darum«, sagte er und ging weg.

Er hatte ja keine Ahnung. Ich verließ den Hof und fuhr Richtung Stadt. Zehn Minuten später stand ich vor Weir's Folly, der offiziellen Adresse von Fine Arts Investments, eine Fünf-Zimmer-Penthouse-Suite mit Balkon zur Yeats-Brücke im Norden und Lough Gill im Osten. Zwei Zimmer waren zu einem Büro umfunktioniert worden, die restlichen zwei Drittel des Penthouses blieben dem Direktor von Fine Arts Investments, Finn Hamilton, zur mietfreien Wohnung. Kein kleines Privileg angesichts der Tatsache, dass eine Fünf-Zimmer-Wohnung im Herzen der Stadt gut und gerne ihre Fünfzehnhundert pro Monat kostete, und dank der Büroadresse konnte Finn auch noch alle anfallenden Kosten als Betriebsausgaben absetzen.

Mit Geld kauft man sich Geld.

Die NAMA mochte ja über Hamilton Holdings hergefallen sein wie eine biblische Plage, aber an den Türen von Weir's Folly klebte kein Räumungsbefehl. Und ich war mir auch ziemlich sicher, dass ich, wenn ich raus zu The Grange fuhr, dort auch keine »Zu verkaufen«-Schilder vorfinden würde, die den Blick aufs Anwesen verschandelten.

Ich drückte erneut auf die Klingel und fragte mich, wie ich überhaupt anfangen sollte. Egal wie ich begann, es brach alles in dem Moment zusammen, wo ich seinen Namen sagen musste. Dann schaltete sich Finns Stimme ein und redete von Familie und Kindern und seinen Plänen für Zypern. Dann hörte ich wieder, wie Fleisch auf glühend heißem Metall verbrutzelte, und roch diesen widerlichen öligen Gestank …

Ich klingelte zum vierten Mal, aber die Wohnung blieb

dunkel. Maria war ganz offensichtlich nicht zu Hause. Ich wartete noch mal dreißig Sekunden, dann zog ich mein Handy aus der Tasche und wählte ihre Nummer. Es klingelte mehrmals, dann ging die Mailbox an.

»Hi, Maria hier. Ich bin im Moment leider nicht zu sprechen, Sie können mir aber Ihren Namen, Ihre Telefonnummer und eine kurze Nachricht hinterlassen, ich melde mich dann so schnell wie möglich. Vielen Dank.«

»Hallo, Maria, Harry hier. Ruf mich bitte an, wenn du das hörst. Es ist, äh, es ist sehr wichtig.«

Ich legte auf und fragte mich, ob sie es vielleicht schon wusste. Ob sie womöglich da drinnen saß, die Lampen ausgeschaltet hatte, im Dunkeln die Hände vor den Bauch presste und mit leerem Blick ins Nichts starrte, dorthin, wo einmal ihre Zukunft gewesen war.

7

Es war eine eigenartige Zeit, eine Art früher irischer Sommer, der zwei Monate oder auch nur zwei Stunden dauern kann, sich aber immer zu lang anfühlt. Eine Woche voller Sonnentage und milder Nächte lag hinter uns, und das Abendrot war durchaus verheißungsvoll. Es würde also ein heller, warmer und wunderschöner Morgen sein, wenn ich Herb mitteilen musste, dass er sein Taxi abschreiben konnte, dank Finn, diesem unzuverlässigen Fuck du jour.

Ich fragte mich, ob Herbs Vollkaskoversicherung auch für Selbstmordsprünge aus dem neunten Stock einstand. Was eigentlich egal war, denn jede anschließende Beitragserhöhung würde sowieso mich treffen. Alles, was während meiner Fahrzeit passierte, ging auf meine Kappe, so war die Abmachung.

Zu allem Überfluss waren auch noch die drei Beutel von

Toto McConnells allerfeinstem Gras in Rauch aufgegangen.

Noch so eine beschissene Sache …

Ich fuhr die Bundoran Road nach Norden. Immer noch zittrig. Meine Daumen trommelten unkontrolliert auf dem Lederbezug des Lenkrads. Ich war zutiefst verstört, mein Herz raste, mein Mund war ausgetrocknet. Irgendwas in mir war zerrissen, ob man es nun mein Gemüt, meine Seele oder die Batterie nannte, die die Maschine am Laufen hielt. In mir sprühten Funken, Blitze schlugen durch düstere Wolken, die sich am Horizont zusammenballten, und es war nur noch eine Frage der Zeit, bis der Sturm losbrach und die Einsamkeit mir entgegenstürmte, laut aufheulend wie ein Rudel schwarzer Hunde, denen vor Anstrengung die Lunge barst.

Die Furien entfesselt und Gonzo vorneweg, erbarmungslos, mit gebleckten Zähnen und weit aufgerissenem Rachen.

Finn war der Einzige gewesen, der das verstanden hatte. Er hatte mir von seinen Träumen erzählt, in denen es von Kraken wimmelte und Kreaturen, die halb Hai, halb Tintenfisch waren und aus unsichtbaren Tiefen aufstiegen, um ihn am Strand zu packen und nach unten zu ziehen. Auch Träume vom Ertrinken oder solche, in denen er auf dem Grund des Ozeans hockte und versuchte, den Atlantik leerzutrinken. Aber die Träume, in denen sich die schleimigen Tentakeln in die Arme seines Vaters verwandelten, waren die schlimmsten, wenn er die Hand nach Finn ausstreckte und dieser versuchte, sie zu packen, es immer wieder versuchte, die Hand aber so glitschig war, dass sie ihm entglitt und unter der Oberfläche versank und verschwand.

Man musste kein Freud sein, um das zu deuten. Wir brauchten keine Therapeuten, die in unserem Innern herumstocherten.

Nur, wie lebt man mit so etwas? Darüber steht nirgendwo etwas geschrieben. Keine Hinweise auf irgendwelchen Klemmbrettern, keine Hieroglyphen, die in unsichtbarer Tinte zwischen den Zeilen auf ihren endlosen Fragebögen stehen.

Ich schwelgte in Selbstmitleid, na klar. Immer noch besser, als sich mit dem zu beschäftigen, was mir bevorstand, die Konfrontation mit einer Mutter, einer Witwe, der ich das Schlimmste mitteilen musste, was sie je zu hören bekommen würde.

Und anschließend würde ich hineinkriechen in dieses tiefe dunkle Loch und Erde über mich rieseln lassen, um nichts mehr sehen und hören zu müssen um mich herum, nichts, was mich daran erinnern könnte, dass ich noch lebte.

Der Audi schnurrte in einem weiten Bogen hinunter nach Rathcormack, dann geradeaus nach Drumcliffe, überragt vom kahlen Gipfel des Benbulben. Das Dorf mit der hübschen kleinen, hell erleuchteten Kirche, in der W. B. Yeats einen kalten Blick auf das Leben, auf den Tod wirft – ich fuhr weiter. McIlhatton, du Maulheld, wir brauchen dich, so ruft eine Million zitternder Männer, und welch rohes Tier, dessen Zeit jetzt gekommen, kriecht auf eine Mutter zu, um ihr Herz zu brechen ...

Mir brach der Schweiß aus. Der Audi schlenkerte über die weiße Linie. Ich setzte mich aufrecht, schnippte die Kippe aus dem Fenster und drehte die Stereoanlage auf. Radiohead, »Paranoid Android«, Thom Yorkes Klage über den Regen, der aus großer Höhe fällt. Gutes Timing, Thom. Der Hammer war, dass Finn das Radio des Audi auf McCool FM eingestellt hatte, seine persönliche Playlist, die er Abend für Abend auf die Welt losließ oder zumindest den Teil der Welt, der in einem Radius von zwanzig Kilometern um das alte Hafenamtsgebäude lag.

Nicht auszuhalten.

Ich nahm seine Songs-zum-Kinderzeugen-CD und schob sie in den Player. In der Hoffnung auf etwas Ablenkung. Finns Compilations waren musikalische Kreuzworträtsel, jeder Song ein Hinweis. Nur dass Rollerskate Skinny zuerst drankamen mit »Swingboat Yawning«, und das war wirklich ein bisschen zu dicht dran, *heaven to be overcome, what are you going through the only thing I can ask you,* sogar noch bevor sie diesen seltsamen Haken schlagen, *Now my future is all behind me …*

Ich schaltete die Anlage aus und fuhr weiter. Ich schwankte zwischen Entsetzen über Finns Tod und dem Gefühl der Erleichterung – es hätte auch mich treffen können, was Gott gnädig verhütet hat. Mein Hirn schlug Funken bei dem Versuch, zwei unvereinbare Wahrheiten zusammenzubringen: auf der einen Seite Finn, der leichtfertige Typ mit den großen Plänen und dem frechen Ist-mir-scheißegal-Grinsen, auf der anderen dieser zusammengedrückte Klumpen aus verbranntem Fleisch und zerschmetterten Knochen. Es war kein Sinn darin zu erkennen, keine Logik.

Aber genau das war Finn. So war er immer gewesen. Ein Puzzle aus zwei Teilen, die nicht zusammenpassten.

Now my future is all behind me …

Vielleicht hatte Herb ja recht. Er hatte Finn immer einen Teilzeit-Philanthropen genannt, einen reichen Jungen, der sich in der Armut suhlte, wenn Pressetermine anstanden oder es steuerlich günstig war. »Pro bono, leck mich doch«, höhnte er, wenn Finns Bild im *Champion* oder im *Weekender* erschien. Herb fand es überaus passend, dass Finn gern Skiurlaub machte oder Snowboard fuhr. »Weil's da immer bergab geht.«

Ja, klar, kann schon sein. Es geht nicht viel weiter bergab als neun Stockwerke, wenn die Schwerkraft ihren Sirenengesang anstimmt.

8

Die ersten Hamiltons kamen mit Cromwell auf die Insel und schlachteten genug Papisten ab, um sich einen besonderen Platz in der Hölle zu sichern. Oder in Connaught, wie die Einheimischen dazu sagen. Die Ortschaft, das kleine Dörfchen Manorhamilton in der Grafschaft Leitrim, ist immer noch da, auch wenn man dort heutzutage nicht mehr unter »Wuchermieten«, sondern unter »Sparmaßnahmen« leidet und eher McBurgers als schorfige schwarze Kartoffeln spachtelt.

Der Punkt ist, dass die Hamiltons und ihre geschäftstüchtigen anglo-irischen Verbündeten erst seit fünfhundert Jahren in Irland ansässig sind.

Und hier bei uns bedeutet das allenfalls, dass man mal kurz reingeschaut hat.

Ich war schon einmal in The Grange gewesen, anlässlich einer Hochzeitsfeier, trotzdem brauchte ich eine ganze Weile, um mich in diesem Gewirr labyrinthischer Wege auf der Halbinsel südlich des Ortes Grange zurechtzufinden. Das Anwesen war in pseudo-georgianischem Stil erbaut worden, allerdings muss man fairerweise dazu sagen, dass es nur deshalb Fake war, weil das ursprüngliche georgianische Gebäude 1921 während der IRA-Kampagne zur ethnischen Säuberung Irlands von den Protestanten, vor allem der Klasse der Landbesitzer, abgebrannt worden war. Aber die Hamiltons waren eine zähe Sippe und sehr ausdauernd. Von der Sorte, die unter kriegerischen Bedingungen erst so richtig gedeiht. Da schadete es auch nicht, dass einer von Donald Hamiltons Brüdern, einer der weniger bedeutenden Vertreter der Irischen Renaissance, der heute vollkommen von Jack Yeats überstrahlt wird, 1924 als Alibi-Protestant des Freistaats in den Senat gewählt worden war.

Der Audi schnurrte durch den kleinen Wald aus Eichen und Ahornbäumen in eine Senke mit Wiesen, die sich vom Waldrand bis zum Haus erstreckten und dahinter wieder hinaufführten, sodass sich ein Talkessel mit hohen Rändern ergab. Ein Kiesweg führte beinahe ganz um das Anwesen herum, durchaus elegant, konkurrierte aber mit einem rechtwinkligen Brunnen, einem Trio von Cherubim mit Pfeil und Bogen, die sich über seine Ränder reckten, einem Mexican Stand-off in Marmor. Der obligatorische Mercedes stand vor dem Eingang, dahinter parkten ein schwarz gelackter Lexus und einer von diesen lächerlichen urbanen Jeeps, ein RAV 4. Scheinwerfer gingen an, als ich den Wald verließ, und das Haus erstrahlte in bläulichem Glanz. Ein breiter, schwerfällig wirkender Klotz mit drei Stockwerken, der trotzigen Widerstand ausstrahlte. Rötlicher Efeu gab der grauen Fassade ein wenig Farbe, hatte aber den perversen Effekt, die strengen Linien und scharfen Kanten zu betonen. Breite Stufen führten zu einem Säulenportal, das Lord Elgin offenbar zusammen mit den Marmorstatuen mitgebracht hatte. Die Blumen in den Rabatten waren so akkurat wie ein doppelter Gin.

Ich schleppte mich über die breite Treppe nach oben. Zitternd, weil eine salzige Atlantikbrise um die Hausecke wehte. Abgesehen von dem Efeu war die feuerrote Eingangstür der einzige Farbtupfer des Gebäudes. Der Türklopfer aus Messing in Form eines Elefantenkopfes sah verführerisch aus, nach einem beherzten Griff wurde man allerdings eines Besseren belehrt, es war nur eine Attrappe. Ich drückte auf den Klingelknopf in einer Stahlplatte rechts neben der Tür. Beinahe sofort meldete sich eine verzerrte Stimme im Lautsprecher darüber.

»Ja?«

»Harry Rigby. Ich bin ein Freund von Finn.«

»Ja?«

»Es hat einen Unfall gegeben.«

Das Luftholen deutete darauf hin, dass er schon eine weitere Ja-Frage stellen wollte, aber dann wurde ein Riegel zurückgeschoben. Als die Tür weit genug aufgegangen war, dass ich hindurchpasste, betrat ich eine Halle, die offenbar dafür gedacht war, sehr fetten Giraffen eine Heimstatt zu bieten. Er wollte etwas sagen, trat aber zur Seite und ließ mich durch. »Ich bin Simon«, sagte er und führte mich durch die geflieste Halle in ein Herrenzimmer mit Verandatüren, die sich über die gesamte hintere Wand erstreckten. Die übrigen Wände wurden von Bücherregalen mit ledergebundenen

Bänden eingenommen, hier und da unterbrochen von grotesk übertriebenen, modernen Porträtgemälden, die schräge Blicke in den düsteren Raum warfen.

Er deutete auf einen mit grünem genoppten Leder bezogenen Sessel und wartete, bis ich mich gesetzt hatte, bevor er auf dem Rand des zweiten Sessels Platz nahm. Auf einem niedrigen Tischchen neben seinem Sessel standen eine Kristallkaraffe, eine Lampe mit grünem Schirm und ein leeres Ballonglas. Ein Buch mit Ledereinband lag aufgeschlagen und umgedreht auf der Sessellehne, aber ich konnte den Titel nicht entziffern. Er selbst war genauso wenig zu entschlüsseln. Irgendwie in den Vierzigern, vorsichtig geschätzt, mit Geheimratsecken und grauen Schläfen. Auch seine Augen, die mich alarmiert musterten, waren grau. Wodurch er älter wirkte und klug genug, um sich nicht in schwarzer Hose mit gleichfalls schwarzen Satinstreifen auf der Naht in der Öffentlichkeit zu zeigen.

»Es ist also schlimm«, sagte er. »Andernfalls hätten Sie angerufen.«

»Ganz schlimm. Es tut mir leid.«

Seine Augen schienen aufzugehen, dann zogen sie sich zu Schlitzen zusammen. »Ist er tot?«

Ich nickte. Er musste schlucken. Seine Augen füllten sich mit Tränen. »Wie ist es passiert?«

Noch während ich es ihm erzählte, runzelte er die Stirn und schüttelte den Kopf. »Selbstmord?«, sagte er, als ich fertig war. »Finn?«

»Deshalb dachte ich, Mrs Hamilton sollte davon erfahren, bevor die Polizei hier auftaucht.«

»Selbstverständlich. Sie wird das zu schätzen wissen. Vielen Dank.« Er schien sich nicht bewusst zu sein, dass er die ganze Zeit über den Kopf schüttelte. »Sind Sie sicher?«, fragte er dann. Ich nickte. »Aber warum sollte er ...?«

»Keine Ahnung. Tut mir leid.«

Er fuhr sich mit der Zunge über die ausgetrockneten Lippen. »Sie schläft, natürlich. Ich sollte sie wecken, aber ...«

Er bewegte sich nicht.

»Morgen früh werden die Neuigkeiten auch nicht schlimmer sein als jetzt«, sagte ich.

»Nein, das denke ich auch.« Er redete mir nach dem Mund, spielte auf Zeit. Gleichzeitig war er innerlich meilenweit entfernt oder vielleicht auch bloß ein Stockwerk höher und versuchte einer Frau die schlimmste Nachricht ihres Lebens zu überbringen. »Haben Sie Kinder, Mr Rigby?«

»Einen Sohn.«

»Wenn Sie in der Situation wären«, sagte er zögernd, »würden Sie es lieber gleich wissen wollen?«

»Würde ich, ja.«

»Ich denke, ich auch.« Er dachte darüber nach. Dann bemerkte er meine nervösen Finger und verschrieb mir einen Brandy zur Beruhigung. Er schenkte uns beiden großzügig ein. Dann kippte er seinen weg, ohne sich mit einem Trinkspruch aufzuhalten. Ich sehnte mich so sehr nach diesem Brandy, dass ich den Inhalt des Glases beinahe inhaliert hätte, aber ich war Taxifahrer und musste gleich wieder zurückfahren und mich mit den Bullen auseinandersetzen. Also ließ ich ihn kurz meine Lippen benetzen, um der Zeremonie zu genügen.

»Ich wecke sie jetzt«, sagte er mit dem Mut des Angetrunkenen. »Sie muss es erfahren.«

Ich stand auf und zog eine Visitenkarte aus der Jeanstasche. »Falls Sie mit mir Kontakt aufnehmen wollen, warum auch immer, erreichen Sie mich unter dieser Nummer.«

Er warf einen zerstreuten Blick darauf und brachte mich zur Tür, nachdem er mir erneut gedankt hatte. Er stand immer noch oben am Ende der breiten Treppe, als ich davonfuhr. Schlaffe Haltung, herabhängende Schultern. Ich wäre jede Wette eingegangen, dass er dort noch den ganzen Winter über stehen geblieben wäre, wenn es ihn davor bewahrt hätte, die Treppen hinaufzusteigen und eine Frau zu wecken, die dort in glückseliger Unwissenheit schlief.

9

»Was mir daran nicht gefällt«, sagte Tohill, »ist, dass Sie dabei waren, als es passierte.«

»*Als* es passierte, ja. Aber nicht, *wo* es passierte.«

»Nur nicht unverschämt werden, ja?«

»Ich war unten im Hof. Die große Entscheidung wurde neun Stockwerke über mir gefällt. Als er unten ankam, war alles vorbei.«

»Sagen Sie.«

»Weil Sie mich gefragt haben.«

»Tun Sie mal bloß nicht so oberschlau.«

»Um was geht es hier denn eigentlich?«

Das Verhörzimmer war rausgeputzt wie ein Mädchenschlafzimmer, alles zartrosa und hellblau. Wegen einer neuen EU-Richtlinie wahrscheinlich, die dazu dienen sollte, die Invasivität der Verhörsituation für zur Überempfindsamkeit neigende Gewalttäter und sonstige Mistkerle zu minimieren. Das Licht war gedimmt, es war nicht mal der Brandfleck einer Zigarette oder die geringste Kritzelei auf der Resopaltischplatte zu erkennen. Der Geruch nach frischer Farbe verursachte mir leichte Kopfschmerzen.

Tohill stakste durch den Raum, die Hände in den Hosentaschen. Blond, Ende dreißig, ein Gesicht wie eine abgestoßene metallverstärkte Stiefelspitze. Für ihn war ich nichts weiter als ein ehemaliger Häftling, der mal wieder am Ort eines Verbrechens aufgetaucht war.

Er dachte darüber noch mal nach. Soweit ich wusste, war Selbstmord kein Verbrechen. Tohill war der Ansicht, dass es so lange kein Selbstmord war, wie er es nicht so nannte. Er setzte sich mir gegenüber an den Tisch, lehnte sich zurück und senkte den Kopf, bis seine blassblauen Augen auf gleicher Höhe wie meine waren. »Gehen wir das Ganze doch noch mal durch.«

»Meinetwegen gern. Können wir dann mal jemanden herholen, der meine Aussage aufschreibt?«

»Haben Sie's so eilig?«

Ich war erschöpft. Als ich den Audi zurückbrachte, stand ein einziger uniformierter Beamter vor dem Gebäude, der mich bloß anstarrte und auf die Pointe wartete, als ich ihn bat, einen Streifenwagen anzufordern, der mich zur Wache bringen sollte. Also musste ich zu Fuß gehen, den ganzen Hafenrand entlang und quer durch die Stadt, ein langer, einsamer Weg, den ich widerwillig und mit schweren Schritten zurücklegte. Es war nicht exakt der Todesmarsch von Bataan, okay. Aber zu diesem Zeitpunkt stand ich schon zwei Stunden lang unter Schock, und jede Zelle in meinem Körper sehnte sich danach, einfach zur Ruhe kommen und alles ausblenden zu dürfen.

Und jetzt saß ich diesem Tohill gegenüber, der den Eindruck vermittelte, er wolle einen auf Bud White machen.

»Sie sind wohl mehr so der gründliche Typ«, sagte ich. »Also würde ich schätzen, Sie sind da hochgegangen und haben sich umgeschaut. Und wenn Sie dort was gefunden hätten, das nach Spuren von Gewaltanwendung aussieht, dann würde ich dieses Gespräch ja sicher in Anwesenheit meines Anwalts führen.«

»Ihre Hände sind total zerschnitten«, sagte er. »Für mich sieht das nach Spuren von Gewaltanwendung aus.«

»Vielleicht, falls Sie Lust dazu haben vor Gericht darzulegen, wie ich versucht hätte, Finn mit Hilfe eines Haufens Altmetall vom Dach des Gebäudes zu stoßen. Ich habe das Studio gemeint. Wurden da Spuren gefunden?«

»Sind da denn welche?«

»Woher soll ich das wissen? Ich bin nicht oben gewesen.«

»Doch, Sie waren oben.«

»Ich meine hinterher. Hinterher bin ich nicht nach oben gegangen.«

»Waren Sie nicht neugierig?«

»Das ist wirklich eine kranke Frage.«

Sein breites Grinsen deutete darauf hin, dass er diese Unterhaltung mochte. »Wollen Sie damit sagen, *ich* bin krank?«

Er hatte die ganze Nacht Zeit, er hatte eine verkohlte Leiche und einen Augenzeugen, der sieben Jahre lang im Heim für kriminell Verwirrte zugebracht hatte, weil er kaltblütig seinen Bruder umgebracht hatte. Man ist schon aus geringeren Gründen befördert worden.

Ein Catch-22-Dilemma. Wie man es auch drehte, es ging ungünstig aus. Wenn ich argumentierte, ich hätte Gonzo im Zustand geistiger Unzurechnungsfähigkeit umgebracht, wäre ich eine Gefahr für die Allgemeinheit, einer, dem jederzeit wieder die Sicherung durchbrennen konnte und der diesmal seinen Kumpel aus einem Fenster im neunten Stock geworfen hatte.

Wenn ich andererseits behauptete, ich sei absolut bei klarem Verstand gewesen, als ich meinem Bruder eine Kugel in die Brust jagte, dann wäre ich tatsächlich zu allem fähig, was aufs Gleiche hinauslief.

Also suchte ich mir einen Fleck an der Wand hinter seinem Kopf und starrte darauf.

»Wissen Sie, was ich nicht verstehe?«, fragte Tohill und blätterte dabei einige vor ihm liegende Seiten durch. »Wieso wollte dieser Typ sich umbringen? Wenn Sie das gemacht hätten, okay, super, Sie waren sowieso am Ende. Dann wären wir alle längst daheim und lägen im Bett. Würden uns bestenfalls noch fragen, warum Sie nicht ins Wasser gesprungen sind, weil es uns erspart hätte, den ganzen Dreck wegräumen zu müssen. Aber dieser Typ hatte doch alles, was er sich wünschen konnte.«

Diese Frage war durchaus angebracht, ich hatte sie mir die ganze Zeit auch schon gestellt. Finn hatte so euphorisch gewirkt dort oben in seinem Studio, kurz bevor er gesprungen war. Wenn er deprimiert gewesen wäre, gut, dann hätte das Sinn gemacht. Wenn der schwarze Hund geknurrt und ihn über die Fensterbank gejagt hätte. Nur dass Finn, wenn er richtig deprimiert war, kaum noch laufen konnte. Wenn er euphorisch war, wollte er springen, dann wollte er das Böse mit Stumpf und Stiel ausrotten.

Bell jars away…

»Ich meine«, sagte Tohill, »wenn Sie schlau gewesen wären, dann hätten Sie das Gebäude angezündet und anschließend behauptet, er sei gesprungen, weil es brannte. Dann hätten wir alle gedacht, Finn, der alte Feuerteufel, konnte sich mal wieder nicht beherrschen. Hab ich recht?«

Der Fleck an der Wand konnte eventuell von einer feuchten Stelle herrühren, die nicht behandelt, sondern nur überpinselt worden war.

»He!« Tohill schlug mit der geballten Faust auf den Tisch. Ich sprang auf, ein scharfer Schmerz schoss durch meine linke Brust.

»Hören Sie«, sagte ich und holte tief Luft. »Ich bin hierher gekommen, um Ihnen einen Gefallen zu tun. Ich muss mir nicht…«

»Absoluterscheißblödsinn. Sie stehen *so* dicht vor einer Anklage wegen Behinderung der Justiz.« Er drückte Daumen und Zeigefinger zusammen. »Kapiert? Ich frage mich nämlich allmählich, worum es hier eigentlich geht und was Sie uns zu verheimlichen versuchen.« Er bohrte seinen wurstigen Zeigefinger in die Tischplatte, die nun wirklich nichts dafür konnte. »Ich rate Ihnen also, Ihr verdammtes Mundwerk zu benutzen und mir ein paar halbintelligente Antworten zu geben. Andernfalls wird das hier eine verdammt lange Nacht.«

Der Schmerz verging wieder. Kalter Schweiß brach mir aus. »Drehen wir hier einen Film?«, fragte ich und warf einen Blick auf die Kamera in der Ecke, deren grünes Licht blinkte. »Sagen Sie denen doch bitte, sie sollen mich von meiner Schokoladenseite filmen.«

»Soll ich ihnen sagen, sie sollen das Ding ausschalten?«, fragte er. »Damit wir uns besser unterhalten können?«

Dee hat mal zu mir gesagt, ich hätte Augen wie ein geprügelter Hai. Ich sah ihm in die Augen und schaltete dann das Licht aus, um ihm zu zeigen, wie einer dreinblickt, der wirklich krank ist. »Nur Sie und ich«, sagte ich. »Und dann unterhalten wir uns richtig.«

Ein leichtes Zucken unter seinem rechten Auge, kaum wahrnehmbar. Er rollte die Schultern und grinste. Stellte sich vor, was er dann tun würde. »Vielleicht komme ich ja darauf zurück«, sagte er. »Aber jetzt ist nicht der richtige Moment, stimmt's?«

»Sie wissen ja, wo Sie mich finden.«

»Gottverdammt richtig, ich weiß sehr genau, wo ich Sie finde. Weil Sie jetzt nämlich schnurstracks auf die Gummizelle zumarschieren.« Er stand auf, schob die Hände in die Hosentaschen und stolzierte herum. »Fangen wir mal ganz vorne an«, sagte er und ein anzügliches Grinsen huschte über sein Gesicht. »Erzählen Sie mir doch mal, wie das war, als Sie sich mit Finn eine Zelle geteilt haben.«

»Wir haben uns ein Zimmer geteilt, ja.«

»Ein *Zimmer?*« Er lachte auf. Dieser Tohill war leicht zu erheitern. »Wo war das denn? Im Radisson?«

»Die sagen dort Zimmer dazu. Das ist Teil des Rehabilitationsprozesses.«

»Wiedereingliederung, stimmt's?« Er nickte vor sich hin. »Damit Sie sich nicht wie ein Kaputtnik fühlen, bloß weil Sie Ihren Bruder umgenietet haben. Ich verstehe schon.« Wieder ließ er die Schultern kreisen. »Und da sitzen Sie nun also in ihrem schicken Zimmer, und plötzlich kommt Finn Hamilton rein und stinkt wie die Boxengasse in Le Mans. Sind Sie gleich über ihn hergefallen oder haben Sie ihm Zeit gelassen, sich zu akklimatisieren?«

Tohill war noch einer von der alten Schule. Als Nächstes würde er nachschauen, ob ich weiße Socken trug, und mich fragen, ob ich zu alten Liza-Minelli-Songs Aerobic machte.

»Eins verstehe ich nicht«, sagte er, während er gelangweilt durch die Seiten seines Ordners blätterte. »Wieso haben Sie so eine geringe Strafe bekommen? Hier steht doch, Sie seien schuldfähig, und Sie wurden doch wegen Mordes angeklagt, und es waren nur Sie und er im Raum und Sie haben ihn erschossen. Richtig? Schwarz auf weiß. Aber dann lässt man Sie auf Notwehr plädieren und gesteht Ihnen auch noch zeitweilig getrübte Wahrnehmung zu?« Er wartete. Ich starrte vor mich hin. »Des Weiteren steht dann hier«, er blätterte weiter, »dass Sie zur abschließenden Beurteilung nach Dundrum überwiesen werden. Was normalerweise zwei Wochen dauert, bei Ihnen aber vier Jahre.« Wieder machte er eine Pause. »Vielleicht sind Sie ja ein besonders schwieriger Fall«, sagte er, »aber vier Jahre lang?« Er stieß einen leisen Pfiff aus. »Und dann werden Sie in eine psychiatrische Klinik überwiesen, einfach so, ohne dass jemand Einspruch erhebt. Und das obwohl ich hier nirgendwo Hinweise darauf finde«, er blätterte einige Seiten zurück, »dass Sie ein besonders vorbildlicher Gefangener gewesen sind. Was denn, finden Sie das etwa witzig? Bin ich ein Komiker oder so was?«

»Nein, ganz bestimmt nicht.«

»Was ist denn dann so gottverdammt witzig?«

Ich hätte nicht den Hai markieren sollen. Aber das kann ja mal passieren. Die Zahnrädchen im Getriebe in meinem Hinterkopf verloren den Halt, drehten durch und brachten etwas zum Vorschein.

»Am Rand zu sitzen«, sagte ich, »sich dort einzurichten und zu jammern bedeutet, dass man Chancen verstreichen lässt.« Ich kannte es auswendig. »Ich verstehe gar nicht, wieso Leute, die sich so verhalten, nicht gleich Selbstmord begehen. Denn, ehrlich gesagt, das Einzige, was mich antreibt, ist die Möglichkeit, aktiv etwas zu ändern.«

»Was zum Teufel hat das denn damit zu tun …«

»Das war ein Zitat, Tohill. Von unserem früheren Herrn und Meister, Bartholomew Ahern, den Sie wahrscheinlich eher unter dem Namen Bertie kennen, nicht zu verwechseln mit Bertie Wooster von Wodehouse. Das war seine gemessene Antwort an die Kritiker seiner Wirtschaftspolitik, die von einem Buchhalter und ehemaligen Finanzminister bestimmt wurde, der nicht mal wusste, wie man ein Girokonto eröffnet. Trotzdem ein eloquenter Typ. Die sind ja in hellen Scharen über uns gekommen.«

»Wollen Sie etwa behaupten, dies sei der Grund dafür, dass Finn Hamilton aus dem Fenster gesprungen ist?«

»Ich will damit nur sagen, dass ich Berties Meinung teile. Dass es nichts bringt, am Rand zu sitzen und darüber zu jammern, wie beschissen alles ist.« Ich beugte mich vor und tippte auf den Ordner. »Weil ich proaktiv die Dinge verändern will, wie man heutzutage sagt.«

»Nur zu.«

»Gonz war der Irre, Tohill. Total wahnsinnig. Er hatte schon jemanden umgebracht, mindestens. Er hat schon nach der Waffe gegriffen, als ich abgedrückt hab. Das Gesündeste, was ich jemals getan habe, war, diesen Mistkerl abzuknallen. Er oder ich, darum ging es. Logischer kann es gar nicht mehr sein. Bloß dass es dann hieß, ich sei verrückt, weil ich darauf vorbereitet war. So was nennt man dann böswilligen Vorsatz. Wenn dieser Richter mal bei den Pfadfindern gewesen wäre, hätte ich einen Freispruch bekommen. Seid immer bereit, Sie kennen doch den Spruch. Aber jetzt kommt der Witz bei der Sache, Tohill: Wenn man in eine psychiatrische Klinik reinkommt und nicht schon irre ist, dann ist man jedenfalls total durchgedreht, wenn man wieder raus darf.«

»Was soll das jetzt sein, eine Drohung?«

»Warum sollte ich Ihnen denn drohen? Sie sind doch gar nicht im Spiel.«

»Im Spiel?«

»In *dem* Spiel.«

»Kapier ich nicht. Was für ein bescheuertes Spiel soll das denn ...«

Ich beugte mich vor: »Ich gehe jede Wette ein, Tohill, dass Sie noch nie jemanden umgenietet haben. Ich wette sogar, dass Sie nicht mal jemanden *kennen*, der mal jemanden ausgeknipst hat. Sie können mich gerne eines Besseren belehren.«

Ich sah es ihm an.

»Ich habe Gonzo aus dem Verkehr gezogen«, sagte ich. »Es konnte nur einer übrig bleiben, und das war nun mal ich. Meinen Sie nicht, dass die Welt besser geworden ist ohne ihn? Das war ich.« Ich deutete mit dem Daumen auf meine Brust. »Ich. Nicht Sie, keiner von euch. Ich. Und wenn Sie wissen wollen, warum ich vier Jahre absitzen musste, von denen behauptet wird, sie seien human gewesen, dann gehen Sie mal los und suchen Sie diesen Typen namens Brady auf, der jetzt in der Harcourt Street das Sagen hat. Das ist ein Bulle, ja, aber einer, der die Spielregeln kennt. Sagen Sie ihm, dass ich Sie geschickt habe, dann wird er Ihnen alles erzählen, was Sie wissen müssen. Und was diesen Blödsinn hier betrifft: Ich habe eine verdammt lange, beschissene Nacht hinter mir und habe gesetzlich das Recht, eine Aussage zu machen.« Ich schaute zur Kamera. »Und fordere hiermit, davon Gebrauch machen zu dürfen. Entweder lassen Sie mich jetzt meine Aussage machen und dann gehen, oder Sie verhaften mich und lassen mich schlafen.«

Er starrte mich eine Weile an, seine Kiefer bewegten sich, als würde er Getreide zermahlen. Dann verließ er den Raum. Er kam mit einem Uniformierten zurück, der noch auf seine erste Rasur wartete. Die Wanduhr zeigte 5:23 an.

Ich blieb bei meiner Geschichte. Dass Finn angerufen hätte, weil sein Audi Ärger machte, weshalb er ein Taxi brauchte. Er hatte ein bisschen Dope geraucht, klar, aber er war ziemlich aufgekratzt, weil er heiraten und nach Zypern umsiedeln wollte. Das Allerletzte, was ich erwartet hätte, war ein Sprung aus dem Fenster, aber den hat er dann gemacht. *Sic transit gloria mundi.*

Der Uniformierte ging los, um die Aussage abzutippen.

»Wissen Sie, woher er das Dope bekam, das er geraucht hat?«, fragte Tohill.

»Keine Ahnung.«

»Haben Sie auch was davon geraucht, hm?«

»Das hätte gegen die Bewährungsauflagen verstoßen.«

»Trotzdem könnten wir noch einen Urintest machen.«

Ich ließ es einfach an mir abperlen, um ihm zu zeigen, wie kleinlich sein großes Getue war. Er rieb sich die Nase. »Nur dass Sie's wissen«, sagte er. »Es würde mich ein kaltes Lächeln kosten, Sie wieder zurück in den Knast zu bringen.«

»Den Steuerzahler aber würde es eine Viertelmillion pro Jahr kosten, mich dort zu verpflegen.«

»Der Steuerzahler will Abschaum wie Sie weggesperrt sehen.«

Er sah verbraucht, ramponiert und schäbig aus. Er sollte seine Steuergelder besser mal in einen passenden Anzug investieren.

Der Uniformierte brachte die Aussage zur Unterschrift. Tohill lehnte am Türpfosten und ließ seinen Kopf im Uhrzeigersinn kreisen, während ich den Text prüfte.

»Meine Güte«, seufzte er, »unterschreiben Sie den Wisch doch einfach.«

»Mach ich, wenn ich weiß, dass es wirklich meine Worte sind.«

Es klopfte an der Tür. Tohill ging nach draußen. Ich drehte mir eine Zigarette und steckte sie hinters Ohr. Tohill kam wieder rein und rollte mit den Schultern.

Ich schaute zur Kamera in der Ecke. Das grüne Licht hatte aufgehört zu blinken.

Scheiße.

Er griff nach dem Aussageprotokoll, las es durch und nickte dabei. »Interessant, dass Sie behaupten, es sei niemand sonst in dem Hafengebäude gewesen, als Sie dort ankamen. Aber zuvor«, er zerknüllte das Protokoll und warf es mir ins Gesicht, »möchte ich Ihnen noch mitteilen, dass wir gerade einen Anruf bekommen haben. Von jemandem, den Sie kennen dürften. Sagt Ihnen der Name Gillick etwas?«

»Gillick?«

»Er ist das, was man einen besorgten Bürger nennt. Sozial

gesinnt. Hat im Radio gehört, dass es einen Selbstmord unten am Hafen gegeben hat und dachte sich, er könnte uns vielleicht bei den Ermittlungen behilflich sein. Um ein oder zwei Dinge klarzustellen.«

»Klingt wirklich sehr fürsorglich.«

»Behauptet, er sei vorher am Ort des Geschehens gewesen, wo er ein Gespräch mit seinem Mandanten Finn Hamilton geführt hat. Eigenartiger Ort für eine Beratung, würde ich sagen, aber egal. Gillick hat dann noch gesehen, wie dieser Typ reinkam, den er Rigby nannte. Eins achtzig groß, dunkles Haar, normaler Körperbau, eher ein bisschen dünn. Anfang vierzig. Weißes Hemd, schwarze Krawatte, sah aus, als hätte er gerade eine Prügelei hinter sich.«

»Müsste ja ein gewaltiger Zufall sein, wenn das nicht ich gewesen wäre.«

Ich fragte mich, ob er wusste, dass er die rechte Hand zur Faust geballt hatte, geradezu krampfhaft. »Sie haben gerade eine Aussage gemacht, für die Sie zwei Jahre hinter Gitter wandern könnten. Und zwar noch bevor die Ihre alte Akte wieder aufmachen und sich fragen, ob Sie wieder nervös werden.«

»Ich hab Gillick nicht erwähnt, weil Sie mich gefragt haben, ob ich jemanden gesehen habe, der Finn aus dem Fenster hätte werfen können. Gillick war da aber schon längst weg. Außerdem ist er Finns Anwalt, beziehungsweise war es. Warum sollte er ein Interesse an seinem Tod haben?«

»Sehr schlau.« Er war blitzschnell. Packte meine Krawatte, als ich kurz blinzelte, und schob mir den Knoten direkt unter den Adamsapfel. Zog so fest zu, dass ich keine Luft mehr bekam, aber nicht so fest, dass ich bleibende Schäden davontrug. »Denk dir was Besseres aus, Rigby. Sonst wirst du …«

Wieder klopfte es an der Tür. Der Kopf des Uniformierten erschien im Türspalt. »Sir, der Anwalt ist … Scheiße. *Sir?*« Tohill drehte den Kopf. »Der Anwalt ist gekommen, Sir. Er möchte seinen Mandanten sehen.«

Die Tür ging zu. Tohill ließ mich los, stieß meinen Kopf zurück und beugte sich dann zu mir. Ich konnte riechen, dass er Spaghetti Bolognese zum Abendessen gehabt hatte, mit ziemlich viel Knoblauch. »Ich werd euch beide drankriegen«, sagte er.

Ich lockerte den Krawattenknoten und schnürte ihn auf. »Sie sollten mal Zahnseide benutzen«, sagte ich krächzend.

Er schlug mit der flachen Hand auf den Tisch, aber ich sprang nicht höher als ein mexikanischer Floh. Er lachte säuerlich, räusperte sich und spuckte mich an.

»Danke«, sagte er.

»Keine Ursache«, sagte ich und wischte mir mit dem Hemdzipfel den klebrigen Speichel von der Wange.

»Manchmal vergisst man, warum man diesen Job macht. Solchem Abschaum wie Ihnen zu begegnen ist dann wie ein Auffrischungskurs.«

»Und wer nur steht und wartet, dienet auch.«

Er zupfte sorgfältigst seine Krawatte zurecht und dann war er weg. Ich wischte den letzten Rest Schleim ab. Der Geruch nach Knoblauch hing in der Luft, aber wenigstens war es nicht mehr der Gestank nach verbranntem Schweinefleisch.

10

Ich wartete, bis Gillick die Kaffees bezahlt hatte, und dachte darüber nach, dass ich keinen Anwalt hatte, mir keinen leisten konnte, keinen verlangt hatte und keinen gebraucht hatte bis zu dem Moment, als ein Anwalt bei den Cops anrief.

Er hatte mich aus der Wache begleitet und gefragt, ob er mich zum Frühstück einladen dürfe. Ich sagte, klar, wenn es gegrillte Nieren gibt und mindestens eine davon von ihm stammt, und ging weiter. Dreißig Sekunden später tauchte der braune Saab neben mir auf, und Jimmy ließ das Fenster herunter. Er hielt in der zweiten Reihe. »Ich bin derjenige, der die Spielsachen aufsammeln muss, wenn er sie aus der Karre geworfen hat«, sagte er.

»Es war eine lange Nacht, Jimmy. Kaffee und dummes Geschwätz dazu kann ich jetzt bestimmt nicht gebrauchen.«

»Lass dir wenigstens ein Frühstück spendieren. Wenn mein Boss glücklich ist, bin ich glücklich, und du bist satt.«

»Ich bin zu müde für ein Frühstück, Mann.«

»Du tätest mir einen Gefallen. Und es hat noch nie jemandem geschadet, wenn ein anderer ihm einen Gefallen schuldet, oder?«

Gutes Argument, vor allem wenn es abzulehnen bedeutet hätte, dass Jimmy dann glaubte, er würde mir etwas anderes schulden als einen Gefallen. Ich zuckte mit den Schultern.

»Du kriegst also dein Frühstück«, sagte er, »lächelst und nickst. Und dann gehen wir alle nach Hause.«

Beim Gedanken an Frühstück zogen sich meine Gedärme zusammen. Ich dachte an zu Hause. Gleiches Ergebnis. Ich ging um den Saab herum und stieg ein.

Jimmy fuhr uns zu dem rund um die Uhr geöffneten Fernfahrer-Imbiss nördlich der Stadt. Fragte, was wir haben wollten, und ging rein zum Bestellen, während Gillick und ich uns in die abgeschlossene Raucherecke auf der Rückseite trollten. Gartentische aus Holz, Wärmepilze.

Gillick sah hellwach aus, obwohl es erst sechs Uhr morgens war. Trug ein aufgeknöpftes blassblaues Hemd, beige Chinos mit scharfer Bügelfalte, Slippers mit Quasten und ein sportliches Jackett mit Lederflicken am Ellbogen; er roch leicht nach Zigaretten und Jasmin. Oder vielleicht auch, angesichts der Uhrzeit und Finns Beurteilung seiner Persönlichkeit, nach Yasemin. Er platzierte seinen mächtigen Körper auf einem der Klappstühle und legte eine schlanke Aktenmappe aus Krokodilleder auf den Tisch. Stemmte die Ellbogen auf die Mappe, damit er sich die Lederflicken nicht ruinierte, und legte das Kinn auf die Handflächen.

»Was genau haben Sie denen erzählt?«, säuselte er.
»Steht alles im Protokoll.«
»Sie haben hoffentlich nichts unterschrieben.«
»Was muss Sie das denn interessieren?«
Er zog eine Visitenkarte aus der Hosentasche. »Ich bin der Anwalt der Familie Hamilton.«
»Ach?«
»Es gab da eine Mitteilung der Gardaí, jemand würde ihnen bei den Ermittlungen helfen. Das konnten nur Sie sein.«
»So?«
»Ich wollte bloß sichergehen, dass Sie nicht unrechtmäßig in Gewahrsam gehalten werden.
»Es lief alles bestens für mich, bis Sie aufgekreuzt sind.«
»Möglich.« Jimmy kam mit einem Tablett. Schwarzer Kaffee für Gillick, ein Wurst-Sandwich für mich und ein bisschen Orangensaft. Gillick wartete, bis Jimmy wieder gegangen war, bevor er weitersprach. »Aber es ist eher unwahrscheinlich, dass Sie anschließend Mrs Hamilton aufgesucht hätten, oder?«
»Ich war ja schon dort«, sagte ich, während ich auf einem Bissen Wurstbrot kaute. Krümel regneten auf die Tischplatte.
»Das hörte ich.« Er brachte seinen Kaffeebecher vor dem Krümelgeschwader in Sicherheit. »Ich hörte auch, dass Sie keine Gelegenheit hatten, mit Mrs Hamilton zu sprechen.«
»Sie schlief schon.«
»Jetzt ist sie wach.« Er gab ein Seufzen von sich, das seine unterste Kinnpartie zum Vibrieren brachte. »Ihr einziger Sohn ist gerade gestorben. Und Sie waren der Letzte, der ihn lebend gesehen hat.«
»Ich kann ihr auch nicht mehr erzählen, als ich schon dem Butler mitgeteilt habe.«
Er hüstelte dezent, die Hand vorm Mund konnte sein schiefes Lächeln nicht ganz verdecken. »Ich glaube, Simons offizielle Berufsbezeichnung lautet Hauswirtschaftsleiter.«
»Das ändert nichts an dem, was ich ihm gesagt habe.« Ich

legte das Sandwich weg, das mit genetisch modifiziertem Plastikschweinefleisch belegt war, trank den O-Saft aus und holte den Tabak raus. »Allerdings, wenn ich mich recht erinnere, habe ich nicht erwähnt, dass Sie auch dort waren. Vielleicht sollte die Dame mal mit Ihnen reden.«

»Mrs Hamilton ist bekannt, dass ich an diesem Abend mit Finn gesprochen habe. Und warum.«

»Wollen Sie damit sagen, dass sie mich fragen möchte, ob Sie ihn dazu gebracht haben, aus dem Fenster zu springen?«

Er wurde rot. »Ich möchte meinen Mandanten nichts unterstellen, Mr Rigby. Ich tue nur das, worum ich gebeten werde, wenn ich um etwas gebeten werde.«

»Wie der Affe, der für den Drehorgelspieler tanzt.«

Die affektiert gekräuselten Lippen verzogen sich zu einem feuchten Schmollen. »So wie ich das sehe«, sagte er, »waren Sie kurz davor, eine ganze Nacht in der Zelle zu verbringen wegen Behinderung der Polizeiarbeit. Das hätte Ihrem Bewährungshelfer gar nicht gefallen, meinen Sie nicht auch?«

»Was meiner Bewährungshelferin gefällt, das ist ein Gläschen Scotch zwischen dem Fünf-Uhr-Tee und der Cocktailstunde. Glauben Sie wirklich, die interessiert sich einen Scheiß dafür, wo ich meine Nacht verbracht habe?«

»Vielleicht könnte man sie ja dazu bewegen, ein bisschen mehr Interesse zu zeigen.«

Ja, klar, ich war erschöpft, der Adrenalinrausch war längst verebbt, der Schock von Finns Tod zehrte an meinen Nerven. Aber manchmal versucht wirklich jeder, überall, mich runterzumachen.

»Was genau hofft denn Mrs Hamilton, das ich sagen werde?«, fragte ich.

»Wie ich schon sagte, ich bemühe mich stets, meinen Mandanten nichts zu unterstellen …«

»Warten Sie mal«, sagte ich und steckte mir die Fluppe zwischen die Lippen und klopfte meine Taschen nach dem Zippo ab. Er griff in seine Brusttasche und zog ein goldenes Ronson-Feuerzeug heraus. Ich beugte mich vor, ließ mir

Feuer geben und hatte schon die Aktenmappe aus Krokodilleder im Arm. Er grabschte danach, aber seine Reflexe waren eben die eines Mannes, der die Hälfte seines Lebens mit Weintrinken zum Lunch verbrachte und die andere Hälfte damit, Spesenvordrucke auszufüllen. Ich ließ die Mappe auf meinen Schoß fallen und die Verschlüsse aufschnappen. Das Diktafon war ein hübsches kleines digitales Teil, kaum größer als sein Ronson-Feuerzeug und lief seit fast zwanzig Minuten. Ich schaltete es aus, steckte es in meine Brusttasche und schob ihm die Aktenmappe wieder hin.

»Geben Sie mir mal einen kleinen Tipp«, sagte ich. »Was haben *Sie* denn gehofft, das ich sagen würde?«

»Das Gerät habe ich nur zu meiner eigenen Sicherheit dabei. Für den Fall, dass ein unzufriedener Mandant zu einem späteren Zeitpunkt meinen Ratschlag nicht mehr befolgt. Das ist üblich so.«

»Zum einen bin ich aber gar nicht Ihr Mandant. Und selbst wenn, wäre es illegal, weil Sie mir nicht gesagt haben, dass Sie unsere Unterhaltung aufnehmen.«

Ein öliges Grinsen schimmerte auf und verschwand irgendwo zwischen dem ersten und zweiten Kinn. »Nur wenige Dinge im Leben sind eindeutig legal, Mr Rigby.«

»Zum Beispiel die Tatsache, dass Sie mit Finn ein doppeltes Spiel gespielt haben.«

Vielleicht lullte mich das Klackern der Verschlüsse der Aktenmappe ein. »Trotz seines großen Bekanntheitsgrads«, sagte er, während er die Tasche aufklappte und ein Scheckbuch herausnahm, »hatte Finn nicht sehr viele enge Freunde.« Er schloss die Mappe wieder, legte das Scheckbuch darauf und griff nach dem Füllfederhalter in seiner Brusttasche. »Ich denke, Mrs Hamilton möchte nun gerne mit einem dieser engen Freunde sprechen, um sich von ihrem Schmerz abzulenken. Wäre es wirklich zu viel verlangt, ihr diesen Gefallen zu tun, nach der wahrscheinlich schlimmsten Nacht ihres Lebens?«

»Ja.«

Er schraubte den Füller auf. »Sie werden selbstverständlich dafür entschädigt, dass Sie Ihre Zeit opfern. Ich gehe mal davon aus, dass es ungefähr zwei Stunden in Anspruch nehmen könnte, inklusive der Fahrt dorthin und wieder zurück. Wären dreihundert Euro eine akzeptable Summe?«

Ich dachte an Finns zerstörte und verbrannte Leiche. Ich dachte an den tiefen Schmerz seiner Mutter. Ich dachte an die drei Beutel, die Finn bestellt hatte, bevor er in die Tiefe sprang, Toto McConnells Gras, das in Rauch aufgegangen war.

»Machen Sie fünfhundert draus«, sagte ich, »in bar.«

11

Es könnte Marx gewesen sein. Oder vielleicht auch Engels. Wie auch immer, jedenfalls hat mal jemand gesagt, die Menschheit wäre erst dann befreit, wenn sie den letzten Priester an den Eingeweiden des letzten Bankers aufgehängt hätte. Ungefähr in diesem Sinn. Komischerweise hat er die Anwälte nicht erwähnt. Vielleicht dachte er, es wäre unmöglich, die auszurotten, genau wie Kakerlaken oder die Hoffnung. Ich war mir da nicht so sicher. Eine silberne Kugel, die zuvor in Knoblauch getunkt wurde, ein Holzpflock durchs Herz – es wäre zumindest einen Versuch wert.

Jimmy blieb mir erspart. Gillick fuhr selbst. Der Saab klang wie ein aufgegeilter Engel, still und leise bis auf ein selbstgefälliges Summen. Die Innenausstattung war aus glänzendem Leder und Walnussholz. Die Armaturen leuchteten in Blau und Rot und sahen aus, als hätte man sie aus einem Learjet-Cockpit ausgebaut. Als wir an der Kirche in Drumcliffe vorbeifuhren, brach er endlich das Schweigen. Wie zufällig und ganz locker. »Also, was hat Finn denn nun gesagt?«

»Worüber?«

»Bitte, Mr Rigby. Ich dachte, wir hätten diese Spielchen hinter uns gelassen.«

»Nein, Sie dachten, Sie hätten mich gekauft.«

»Das ist nicht ...«

»Und in Wahrheit wollen Sie vor allem wissen, was er über Sie gesagt hat.«

»Ich fürchte, ich kann Ihnen nicht ganz folgen.«

»Einen Scheiß können Sie nicht. Deshalb gurken Sie doch um fünf Uhr morgens durch die Stadt und holen Desperados aus Verhörzellen. Damit Mrs Hamilton mit mir spricht, nicht mit Ihnen, und vergisst zu fragen, warum Sie im Hafengebäude waren und Finn genervt haben.«

»Ich war dort, weil Mrs Hamilton mich darum gebeten hat. Und ich verwahre mich gegen ...«

»Sind Sie aus gesundheitlichen Gründen so früh aufgestanden? Was kommt dann als nächstes, ein Sitzbad?«

Ein Seufzen. »Mrs Hamilton ist nicht nur eine langjährige Mandantin aus gutem Hause. Sie ist mit mir befreundet, genauso wie ihr Ehemann mit mir befreundet war. Wenn sie mich zu einer ungewöhnlichen Uhrzeit anruft, dann ist das nur ein Beweis dafür, wie dringend meine Hilfe benötigt wird.«

»Stets ihr ergebenster Diener.«

Wir erreichten die Kreuzung in Monaneen. Er setzte den Blinker links, schaltete runter und bog ab Richtung Küste. Der Horizont war jetzt grau, die Donegal Mountains schimmerten rötlich im Dunst. »Ein leichter Minderwertigkeitskomplex kann durchaus heilsam sein, Rigby. Er darf Sie nur nicht allzu sehr behindern.«

»Wo ist denn der ›Mister‹ geblieben?«

Das gefiel ihm. »Möchten Sie lieber, dass ich Sie Mr Rigby nenne?«

»Sie werden ja gut dafür bezahlt. Und ich schätze, in Ihrem Fall läuft es wegen der unchristlichen Urzeit auf das Dreifache des Maßlosen hinaus, plus Spesen.«

Er wurde langsamer, weil eine Kreuzung kam, und fuhr

geradeaus weiter. »Darf ich fragen, warum Sie unserem Freund Tohill nichts davon gesagt haben, dass ich gestern Abend bei Finn war?«

»Er hat nicht danach gefragt.«

Er lachte vor sich hin. »Jimmy wird das zu schätzen wissen.« Er wartete. »Und das ist definitiv alles, mehr nicht?«

Er hätte Jimmy mitbringen sollen. Je mehr er redete, desto mehr fragte ich mich, warum er Angst hatte, ich könnte etwas gegen ihn in der Hand haben.

Er blinkte links und wir fuhren durch das schmiedeeiserne Tor über den knirschenden Kies hinein in den kleinen Wald aus Eichen und Ahornbäumen. Weiter vorne huschte ein Dachs über die Straße und verschwand im Straßengraben. Seine Augen schimmerten grünlich auf im Licht der Halogenscheinwerfer. »Wie ich hörte, haben Sie mal als Privatdetektiv gearbeitet«, sagte er.

»Berater für Recherchen.«

»Natürlich.« Er lachte wieder vor sich hin. »Wissen Sie, eines Tages könnte ich vielleicht die Dienste eines Rechercheberaters benötigen.«

»Ihre Art von Geschäft braucht solche Dienste doch tagtäglich. Was stimmt denn nicht mit den Beratern, die Sie zurzeit beschäftigen?«

»Nichts, die arbeiten alle zur Zufriedenheit. Aber ich habe zu meinem Glück eine sehr große Zahl von Mandanten. Manchmal muss auch etwas ausgelagert werden.«

»Manche zieren sich ein bisschen, wenn's ums Schuldeneintreiben geht, was?«

»In der jetzigen Situation muss man sich breit aufstellen, Mr Rigby, sonst geht man unter.« Nur der Hauch eines spöttischen Untertons. »Ich könnte mir vorstellen, dass Sie das mehr als die meisten anderen zu schätzen wissen.«

»Und Sie glauben, ich wäre der Richtige, weil ich nicht gleich alles überall hinausposaune.«

»Falls Sie damit fragen wollen, ob Vertraulichkeit für

meine Mandanten eine große Rolle spielt, dann lautet die Antwort Ja.«

»Ich hab mich zur Ruhe gesetzt.«

»Auch das kam mir zu Ohren.« Er räusperte sich. »Harry J. Rigby, ehemaliger Berater für Recherchen und freischaffender Journalist. Im Jahr 2004 angeklagt des Mordes an Edward Rigby, genannt Gonzo, jedoch nicht verurteilt, aufgrund der Tatsache, dass Sie auf zeitweilige Unzurechnungsfähigkeit plädierten und daher anschließend in die psychiatrische Klinik zur abschließenden Beurteilung eingewiesen wurden, wo Sie dann den größten Teil der folgenden vier Jahre verbrachten.« Er warf mir einen Blick zu. »Ich bin kein Fachmann, aber ich könnte mir vorstellen, dass die Ermordung des eigenen Bruders die auf Diskretion angewiesenen Geschäfte eines Privatschnüfflers nicht gerade beflügelt.« Er wartete. »Dass Sie noch hier sind, liegt entweder an dem Jungen oder an Ihrer mangelnden Vorstellungskraft.« Wieder wartete er ab. »Ich wette, es ist der Junge.«

»Wenn Sie meinen Sohn noch einmal erwähnen, schmeiß ich Sie durchs Fenster.«

»Wie dramatisch.« Er rieb sich die Nase, um ein schiefes Grinsen zu kaschieren. Seine Blofeld-Imitation bekam Kratzer. »Ich bin beeindruckt.«

»Bleiben Sie das, dann bleiben auch die Fenster intakt.«

Er kniff die Augen zusammen. »Sehen Sie mal, Rigby, es geht hier nicht um moralische Fragen. Was Sie getan haben, haben Sie getan, und Ihre Handlungen konnten nach unseren zivilisatorischen Standards nicht gebilligt werden. Aber was mich betrifft, haben Sie Ihre Zeit abgesessen und damit Ihre Schuld gegenüber der Gesellschaft abgezahlt.«

»Aber die Gesellschaft verlangt noch Zinsen.«

»Zweifellos. Andernfalls würden Sie ja nicht Taxi fahren.« Ich ließ das mal so durchgehen. »Ich kann Ihnen natürlich keine feste Anstellung auf Dauer versprechen. Aber Ihnen eilt ein gewisser Ruf voraus, und Ihr Verhalten in der vergangenen Nacht beweist, dass Sie ein vertrauenswürdiger Mann sind, wenn es darum geht, sagen wir mal, potenziell betrügerischen Machenschaften entgegenzutreten, ohne einem zu starken Redebedürfnis nachzugeben.«

»Sie brauchen jemanden mit Durchsetzungskraft. Einen, der schon durch seine Präsenz wirkt, weil er die Aura eines Killers hat, und einen, der die Klappe hält, wenn die Bullen Fragen stellen. So jemanden wie Ihren Freund Limerick-Jim zum Beispiel.«

»Nicht ganz«, sagte er. »Zum einen fehlt Ihnen seine Statur.«

»Zum anderen seine Geschicklichkeit mit der Klinge.«

»Das ist Schnee von gestern, Mr Rigby. Und jemand wie Sie wird Jimmy sicherlich nicht das Recht auf Rehabilitation und Reintegration absprechen.«

Wir fuhren um den Brunnen herum, vorbei an dem Mercedes und dem Lexus und dem RAV4. Den roten Mini Cooper dahinter hatte ich bei meinem vorherigen Besuch nicht bemerkt. Gillick parkte neben der breiten Treppe und schaltete den Motor aus. Er war viel zu massig, um sich ganz zu mir herumzudrehen, also warf er mir über seine gut gepolsterte Schulter hinweg einen fragenden Blick zu. »Können Sie denn ernsthaft behaupten, dass es Ihnen Spaß macht,Taxi zu fahren?«

»Mehr als alles in der Welt.«

»Es gibt doch noch profitablere Methoden, seinen Lebensunterhalt zu verdienen.«

»Ich bin mein eigener Chef. Ich arbeite, wann ich Lust dazu habe. Und ich kann die Rechnungen bezahlen.«

»Und das ist die Summe all Ihrer Ambitionen?«

»Meine fehlenden Ambitionen brechen mir das Herz. Ich wache jeden Morgen weinend auf und sehne mich nach dem Drang, einen Vorschlaghammer zu nehmen, um irgendeinem armen Teufel die Tür einzuschlagen. Was ist daran so witzig?«

»Ihre Selbstdarstellung. Ihre übertriebene Antipathie gegenüber Geld. Dabei brauchte es bloß fünfhundert Euro in bar, um Sie am frühen Morgen hierher zu locken.«

Das Wort »locken« in diesem Zusammenhang gefiel mir gar nicht.

»Geld ist nicht das Thema«, sagte ich. »Geld ist okay. Falls die Sonne irgendwann mal verlöschen sollte, haben wir wenigstens noch was, um die Welt am Laufen zu halten.«

»Also geht es nicht per se ums Geld, sondern darum, wer es anbietet.«

»Und um das Warum.«

»Zweifellos. Aber Geld ist ein wunderbares demokratisches Konzept, Mr Rigby. Es interessiert sich nicht im Geringsten für die Geschichte oder die soziale Position der Person, die es ausgibt.«

»Geld ist eine Waffe. Es ist so lange harmlos, bis es geladen in den falschen Händen landet.«

»Geladen?«

»Mit Einfluss, Zugangsmöglichkeiten, Eigennutz. Dieses schöne demokratische Konzept scheint sehr darauf angewiesen zu sein, die richtige Krawatte am richtigen Ort zu tragen.«

»Wer wählen will, muss eine Wahlkabine betreten«, säuselte er. »Und man wird Sie kaum hineinlassen, wenn Sie nackt dort auftauchen, oder?«

»Keine Ahnung. Hängt wohl davon ab, wie wichtig es für die Deutschen ist, dass das nächste Referendum durchgeht.«

Er nickte und lächelte nachsichtig. »Ich fordere Sie nicht auf, für mich zu arbeiten, Mr Rigby. Ich deute nur an, dass Sie, gesetzt den Fall die Gelegenheit ergibt sich, eventuell ...«

»Ich bin allergisch gegen Zwangsräumungen, Gillick. Wenn ich weinende Kinder sehe, kriege ich einen Ausschlag.«

Er neigte den Kopf und warf mir ein weiteres öliges Grinsen zu. »Denken Sie darüber nach. Sprechen Sie mit Jimmy darüber, wenn Sie möchten. Falls Sie Ihre Meinung ändern sollten, steht meine Tür Ihnen immer offen.«

»Bei allem Respekt für Jimmy, meine Bewährungsauflagen verlangen von mir, dass ich mich nicht wissentlich mit Kriminellen zusammentue.«

»Jeder, der zu mir kommt, gilt als unschuldig, bis das Gegenteil bewiesen wurde. So steht's im Gesetz.«

»Im Gesetz steht das, was die Justiz behauptet.«

»Zu Ihrem Nachteil.«

»Ich komm drüber weg.«

»Ja«, sagte er und verzog entschuldigend das Gesicht. »Aber wie gut?«

12

Eine Steintreppe führte hinauf zu einer Galerie im ersten Stock, aber wir gingen nicht nach oben. Simon und Gillick verloren sich im Schatten weit hinten in der Eingangshalle und ließen mich vor der Tür des Herrenzimmers stehen, ganz allein, ohne auch nur eine einzige sehr fette Giraffe zur Gesellschaft. Ich hörte, wie Simon an die Mahagoni-Türen am Ende der Halle klopfte. Sie warteten auf eine Antwort und verschmolzen mit den Schatten.

Ich drehte mir eine Fluppe und flanierte über den plüschigen Perserteppich. Diese Eingangshalle auszustatten hatte mehr gekostet, als ich in meinem ganzen Leben verdienen würde, und trotzdem gab es hier kein einziges wirklich notwendiges Objekt. Der Kronleuchter war eine Milchstraße aus Kristall, die Wände waren übersät mit therapeutischem Gekleckse der amputierten Blinden, die die moderne Kunst repräsentieren. Zwei Porträts von Graham Knuttels, die einander schlitzäugig drohende Blicke zuwarfen, ein paar Kleckse stellten möglicherweise Sonnenauf- oder untergänge dar oder psychedelische Kuhfladen bei reduzierter Hitze. Palmen mit ausgelichteten, sorgfältig abgewischten, glänzenden Blättern standen in regelmäßigen Abständen in Töpfen aus poliertem Kupfer. Die Kübel waren zumindest nützlich, weil man hineinaschen konnte. Die spindeldürren Beine von zwei antiken samtbezogenen Sofas, die sich gegenüberstanden, sahen aus, als wären sie entworfen worden, um Glöckchen und ihren kleinen Freunden Platz zu bieten, auch wenn die kleinen Freunde sich beim Sitzen abwechseln müssten.

Ich fand es merkwürdig, dass sich kein Platz für zumindest eines von Finns Landschaftsbildern gefunden hatte. Aber das Dekor war nun mal exquisit und kultiviert, ein diskret geflüsterter Hinweis, dass man hier ein Heim betrat, in dem Eleganz Vorrang vor Leidenschaft hatte und Geschmack mehr zählte als Gefühl. Diese Innenausstattung entsprach den Unterhaltungen auf einer Abendgesellschaft, voller hinterhältiger Höflichkeiten und exzessiver Zurückhaltung, deren ultimatives Ziel ein Konsens ohne Konsequenz war, damit kein Gast sich beleidigt fühlte. In dieser Eingangshalle hätte ein Bild von Finn Hamilton gewirkt wie ein Scheißhaufen auf einer Hostie.

Ja, und vielleicht lag es auch einfach nur daran, dass Saoirse Hamilton nicht daran erinnert werden wollte, dass ihr Sohn in einem Irrenhaus malen gelernt hatte.

Er war monatelang schlafwandelnd die graugrünen Korridore entlanggegangen, während die Ärzte versuchten, die richtige Dosierung zu finden. Manchmal stand er stocksteif in irgendeiner Nische, leer und stumpf, mit einem tausend Jahre alten Blick aus leeren blauen Augen. Wie eine Wachsfigur als Allegorie der Sinnlosigkeit. Ein Terrakotta-Soldat, geflüchtet aus der Verbotenen Stadt, absolut fügsam, aber unfähig einen Befehl auszuführen, dem Untergang geweiht in einer ewigen Warteschleife vor dem letzten vernichtenden Angriff. Sogar die Perversen gingen ihm aus dem Weg.

Aber auch wenn er an depressiven Tagen ein hoffnungsloser Fall war, waren die manischen Phasen nicht weniger schlimm. Diese grausame Energie brachte ihn dazu, gegen Wände zu hämmern oder in der Dusche auf den Knien die

Kacheln zu bearbeiten. Irgendetwas Dunkles durchzuckte seine Adern, schlug alle Warnungen und Angstgefühle in den Wind und hatte ihn in seiner Jugend zu einem Skateboard-Wunderkind gemacht und zu einem BMX-Champion. Das alles erzählte er mir, während er auf dem unteren Bett lag und nicht in der Lage war, mir in die Augen zu sehen. Seine Notaufnahme-Protokolle dokumentierten Knochenbrüche und Gehirnerschütterungen, zweifachen Schädelbasisbruch, eine Netzhautablösung. Opfergaben auf dem Altar des Finn, Geschenke, die er darbrachte, während er immer wieder seine Grenzen überschritt und anstürmte gegen eine herzlose Welt, in schnellen Autos, auf Skiern und Snowboards, auf Wellen reitend oder von Klippen springend, die nie hoch oder steil genug sein konnten.

Die Psychologin meinte, dieser Drang würde sich in den abgefackelten Gebäuden manifestieren. Die wären so was wie Strohmänner seiner selbst, Selbstprojektionen, gegen die er anging. Für mich klang das arg simpel. Aber Finn meinte, sie könnte vielleicht recht haben, schon allein deshalb, weil es sowieso nur schlecht ausgehen konnte, sich gegen eine Frau zu stellen, an deren Hüften die Zellenschlüssel klimperten, metaphorisch gesprochen oder auch nicht.

Vor allem aber stimmte er ihr zu, weil sie ihn zum Malen anspornte, dazu sich selbst auszudrücken, sich zu läutern im Rahmen der Grenzen, die die Gesellschaft uns freundlicherweise zugesteht. Schließlich gelang es ihm, sich zu beherrschen, sich vielleicht sogar zu zähmen, sich zwischen Hochs und Tiefs einzuspannen wie eine Leinwand, gespachtelt und geglättet und so fest auf den hölzernen Rahmen genagelt wie ein Trommelfell, das bei der leisesten Berührung vibrierte.

»Sie sind hier leider am falschen Ort.«

Als ich die Treppe hochschaute, war sie schon halb nach unten gestiegen, gleitend, eine Hand auf dem Geländer, bekleidet mit einer Latzhose mit zahlreichen Farbspritzern und nicht besonders viel darunter. Barfuß und kurz davor laut loszukichern, auch wenn das möglicherweise nur der Eindruck war, den die genetisch bedingte Form ihrer babyrosafarbenen Lippen nun mal erweckte. Ich sah zu, wie sie die Stufen hinabschritt, und sie wirkte kein bisschen überrascht.

»Der Tote ist im Leichenschauhaus«, sagte sie. »Jedenfalls das, was von ihm übrig geblieben ist.«

Sie war noch zwei Meter entfernt und näherte sich rasch. Schüchtern wie Gilda, das kleine Pony. Sie hatte kein Make-up aufgelegt, aber ihre Haut hatte einen makellosen Latte-Macchiato-Ton, ihre mandelförmigen Augen waren von dem schwer fassbaren Blau, das man im Innern eines Diamanten findet. Sie musste gerade noch in den Teens sein, wenn ich mich richtig erinnerte, vielleicht auch ein bisschen älter.

»Ich bin nicht der Bestatter.«

»Sind Sie nicht?« Sie war jetzt nahe genug gekommen, um zu sehen, was es mit meiner Hose, dem weißen Hemd und der schwarzen Krawatte tatsächlich auf sich hatte. Der Latte-Teint bekam einen Hauch von Rot, es war ihr peinlich, dass sie mich für einen Dienstboten gehalten hatte. »Kannten Sie Finn?«

»Ganz genau. Ich bin Harry.«

»Ich kann mich nicht erinnern, dass er Sie erwähnt hat.« Sie hielt mir ihre zierliche Hand hin. »Ich bin Grainne.«

»Ich weiß.« Ich gab der zarten Hand einen ganz sanften Druck. »Wir haben uns schon mal gesehen. Bei der Hochzeit von Paul und Andrea. Es tut mir sehr leid.«

»Warum?« Ein kobaltfarbenes Lodern. »War es Ihre Schuld?«

»Ich war jedenfalls dort.«

»Sie meinen, Sie hätten ihn davon abhalten können?«

»Wenn ich es geahnt hätte, wohl schon.«

»Gegen seinen Willen?«

»Wenn es nötig gewesen wäre.«

»Sie sind ja ein schöner Freund.«

»Jedenfalls würde ich mich jetzt besser fühlen.«

Das Lodern flackerte und verlosch. »Es ist durchaus üblich, dass man sich persönlich verantwortlich fühlt. Sie kommen darüber hinweg.«

»Freut mich, das zu hören.«

»Halten Sie mich für kalt?«

Ich hielt sie für leer. Noch immer unter Schock und Beruhigungsmitteln. Wenn man das kobaltfarbene Lodern hinter sich hatte, wirkten die Augen ein bisschen zu geweitet und ihr Blick leicht desorientiert, wenn sie versuchte, ihr Gegenüber direkt zu mustern. Es waren tatsächlich Diamantenaugen, kalt und glitzernd und alterslos.

»Ich fürchte aber, Sie werden sich erkälten«, sagte ich, »wenn Sie so herumlaufen. Bemalen Sie auch noch was anderes als Latzhosen?«

Sie kicherte, aber nicht wegen meiner Anspielung. »Ich weiß jetzt, wer Sie sind«, sagte sie. »Sie waren auf der Hochzeit.« Sie stutzte. »Wessen Hochzeit war das noch mal?«

»Die von Paul und Andrea.«

»Genau die, ja. Sie hat dieses Retrokleid angehabt.«

»Hat sie.« Ich fragte mich, wo Simon und Gillick blieben.

Grainne kicherte wieder. »Geht's Ihnen gut?«, fragte ich.

Sie schüttelte den Kopf und blinzelte mehrmals. »Ich versuche mir vorzustellen«, erklärte sie, wobei sie die Worte sehr deutlich aussprach wie eine Betrunkene, die gerade einen klaren Moment hatte, »ob es so etwas wie die Angst vor dem Nicht-Fallen gibt. Wäre es nicht witzig, wenn Finn an so etwas wie umgekehrter Höhenangst gelitten hätte?«

Ich dachte an den verkohlten Fleischklumpen, der mal ihr Bruder gewesen war. »Von hier aus betrachtet vielleicht schon.«

»Obwohl ja, genau genommen, Höhenangst nicht die Angst vor der Höhe ist, sondern die, von dort herunterzufallen. Ich will nur hoffen, dass er es genossen hat.«

Jeder geht auf seine Weise mit dem Tod um. Manche weinen und jammern, gehen in Sack und Asche. Andere tun cool, begegnen ihm mit billigen Scherzen und hoffen, dass sie dafür geschlagen werden, damit sie endlich weinen können.

Wir hatten uns immer noch an den Händen gefasst. Ich ließ jetzt los.

»Sie sind sentimental«, sagte sie. Es war eine Anklage. »Sie sind genau wie die anderen, Sie wollen die Wahrheit nicht hören.«

»Vielleicht wollen die anderen ja bloß Sie nicht hören.«

Das schwer fassbare Blau flammte erneut auf. Sie gab einen Laut von sich wie eine neugierige Katze. »Oh, Sie sind anders. Wir beide sollten uns mal unterhalten.«

»Jederzeit. Rufen Sie einfach die Telefonseelsorge an, ich bin immer im Dienst.«

Ich hätte ihre Hand nicht loslassen sollen, aber es war bereits zu spät. Ich war total erschöpft, da macht man nun mal Fehler. Ihre Fingernägel kratzten über meine Wange. Ohne weitere Körperbewegung. Sie streckte einfach die Hand aus und bohrte ihre Krallen in mein Fleisch.

In einer einzigen, flüssigen Bewegung. Es war nicht das erste Mal.

Ich schnellte zurück und legte eine Hand an die Wange, betastete die Wunde. Ich blutete. Genau darauf hatte sie es abgesehen. Wegen des Anblicks oder vielleicht auch des Geruchs, irgendwas erregte sie daran. Beim zweiten Mal sprang sie auf mich zu. Ich stemmte meine flache Hand gegen ihre Stirn. Sie schlug wild um sich, streifte meine Brust und versuchte dann, mit ihren nackten Füßen nach meinem Schienbein zu treten, stöhnte laut auf und bleckte die Zähne, während sich weißer Schaum in den Winkeln ihrer babyfarbenen Lippen bildete.

Ich hörte, wie eine Tür aufging.

»Wenn Sie so freundlich wären, Mr Rig- ... *Grainne*!«

Sie prallte zurück wie ein überdehntes Gummiband, das sich zusammenzieht, sackte in sich zusammen und flitzte die Treppe hinauf. Eine Tür wurde zugeschlagen.

Ich fand eine Serviette mit aufgedruckten bunten Luftballons in meiner Tasche und tupfte mir die Wange ab, während Simon sich in Grainnes Namen entschuldigte.

»Sie ist völlig verstört, wie Sie sich denken können. Der Arzt hat ihr ein Beruhigungsmittel gegeben, aber…« Er brach ab und zuckte mit den Schultern. »Sie ist recht eigenwillig, selbst wenn es ihr gutgeht.«

Sinnloses Geschwätz. Simon redete sich heraus, anstatt sich zu entschuldigen.

»Können wir das jetzt bitte hinter uns bringen?«, sagte ich. »Ich hatte eine anstrengende Nacht.«

»Selbstverständlich. Hier entlang, bitte.«

Ich folgte ihm, die Serviette an die Wange gedrückt, und hoffte nur, die trauernde Mrs Hamilton würde mir nicht in einem Anfall von überschwänglichem Schmerz ein Auge ausreißen.

13

Ich hatte Priester erwartet, vielleicht sogar einen Monsignore, musste mich aber mit Gillick begnügen, dessen Statur immerhin einen Bischof ersetzte. Er stand neben dem Kamin aus Marmor und seine Körpersprache imitierte, ob nun bewusst oder nicht, das Porträt eines Patriarchen mit stolzgeschwellter Brust, das über dem Kaminsims hing.

Vermutlich zeigte es Bob Hamilton, überlebensgroß, auch wenn er im wirklichen Leben schon reichlich groß gewesen war. Kräftig und gebräunt, mit der Miene eines Piraten, so hatte ihn der Künstler auf dem Deck einer Yacht positioniert, wo eine Meeresbrise sich nun bis in alle Ewigkeit damit amüsieren durfte, seine dunklen Locken zu verwehen. Oder zumindest so lange, bis jemand zu der Ansicht kam, ein Pasticcio von Knuttel mit Gangstern und Huren würde besser in diese Umgebung passen. Gillicks Anwesenheit deutete jedenfalls darauf hin, dass es nicht mehr lange dauern konnte. Das mit Brandy gefüllte Ballonglas in seinen Patschhändchen gab dieser Zusammenkunft einen unpassenden Anstrich von Feierlichkeit.

Im Zimmer hätte ein kleiner Helikopter Platz gefunden, wenn der Pilot ein Tausendsassa gewesen wäre und es hätte vermeiden können, beim Landen die obligatorischen Schnörkel und Kritzeleien zu verstümmeln, die drei der vier Wände verunzierten. Die vierte Wand bestand vollständig aus Glas. Die gerafften Samtvorhänge waren zurückgezogen und gaben den Blick frei auf den im bleichen Licht der Dämmerung liegenden Atlantik, der sich von hier bis nach Island erstreckte, unter einem Himmel, der so hart wirkte wie Carrara-Marmor mit einem eisigen Hauch von Rosa.

Gillick wirkte sehr zufrieden, wie er da neben dem Kamin stand. Angesichts seiner lässigen Haltung fragte ich mich, ob seine Beziehung zu Mrs Hamilton es erforderte, regelmäßig neben der Feuerstelle zu stehen und dabei Brandy aus einem Glas zu süffeln, das groß genug war, um darin Guppys zu züchten.

Ich konnte ihm einen gewissen Geschmack nicht absprechen. Zwischen all den viktorianischen Lehnstühlen, polierten französischen Mahagoni-Möbeln und neben dem dreißig Zentimeter hohen Cupido aus Messing, der versuchte, seinen Pfeil von einem leicht gequält wirkenden Couchtisch zu verschießen, war Mrs Saoirse Hamilton mit Abstand die am besten erhaltene Antiquität im Raum. Sie lag auf dem Sofa, das dem Feuer zugewandt war, dessen Flammen mit ihrer rotbraunen Mähne konkurrierten. Sie war auf der reiferen Seite der Fünfzig und üppig wie eine frische Mango. Sie trug ein knielanges Nachthemd aus lavendelfarbener Seide, das die meisten Frauen liebend gern zu einer Hochzeit getragen hätten, jedenfalls wenn sie etwas gegen die Braut hatten. Das Tuch mit Spitzenbesatz hätte genügt, um ihre Garderobe zu vervollständigen, aber sie hatte sich außerdem noch lose – im wahrsten Sinne des Wortes – mit einem fluffigen rosafarbenen Morgenmantel, schwarz-blau gestreiften Leggins und kniehohen Reitstiefeln ausgestattet. Nichts davon konnte auch nur im Entferntesten davon ablenken, dass sie mehr Kurven hatte als der Große Preis von Monaco. Ihrer rauchigen Stimme nach zu urteilen, pflegte sie ihre Kehle regelmäßig mit Sweet Afton.

»Mr Rigby. Es ist sehr nett, dass Sie gekommen sind.«

»Mein herzliches Beileid, Mrs Hamilton.«

»Sie sind sehr freundlich.« Sie deutete mit dem Kopf auf den Sessel, der ihr gegenüberstand. »Bitte, möchten Sie sich nicht setzen?«

Ich setzte mich. Sie hob ihr Glas. »Möchten Sie mit uns das Glas heben?«

Es war nicht ihr erster und sie hätten auch ohne mich weitergetrunken, also ließ ich mir von Simon einen Jack mit Eis mixen. Wir hoben schweigend unsere Gläser zu Ehren von Finn. »Gentlemen«, sagte sie dann, »würden Sie uns einen Moment allein lassen?«

Da ich kein Gentleman war, sollte ich wohl bleiben. Sie wartete, bis Simon und Gillick gegangen waren, und schaute mich dann aus verträumten Augen an. Grainne hatte mit ihrem Kobaltblau den Kürzeren gezogen: Die Augen ihrer Mutter schimmerten wie die Ägäis an einem dunstigen Tag im Juni. »Was können Sie mir mitteilen, Mr Rigby?«

»Nicht viel mehr als das, was ich Simon bereits erzählt habe, fürchte ich. Tut mir leid.«

»Ja, Simon hat mir erzählt, dass Sie schon mal hier waren. Sehr rücksichtsvoll von Ihnen, Mr Rigby.«

»Jeder andere hätte das Gleiche getan.«

»Wenn's doch nur so wäre. Aber leider tendieren die meisten Menschen dazu, sich vor dem Überbringen einer schlimmen Nachricht zu drücken.«

»Ich kannte Finn, Mrs Hamilton. Deshalb dachte ich, es wäre besser, wenn Sie es zuerst von mir und nicht von den Cops erfahren.«

»Das dachte ich mir. Unglücklicherweise ist Simon bezüglich der genauen Einzelheiten recht vage geblieben. Offenbar ist Finn, kurz nachdem er mit Ihnen gesprochen hatte, aus dem Fenster des Studios gesprungen.«

»Das ist richtig.«

Sie zupfte etwas von der verrutschten Seide zurück über ihren Knöchel. »Und wie war Finn so, als Sie mit ihm gesprochen haben?«

»In guter Verfassung, ja. Er war so wie immer, Finn eben.«

»Und Sie sahen keinen Hinweis darauf, dass er…« Sie zögerte, dann riss sie sich zusammen. »… auf etwas, das erklären könnte, warum er sich das Leben genommen hat?«

»Nichts. Wirklich.«

»Darf ich erfahren, worüber Sie miteinander gesprochen haben?«

»Finn hat am meisten geredet. Er war ziemlich begeistert von seiner neuen Investition.«

Ein leichtes Flirren huschte über ihre Stirn, mehr war aufgrund der Botox-Behandlung wahrscheinlich nicht drin, ich nahm es als Stirnrunzeln. »Investition?«

Gillick war offenbar damit ausgelastet gewesen, das Brandyglas zu heben, und hatte die wirklich schweren Themen mir aufgeladen.

»Es sollte eine Überraschung werden«, sagte ich. »Ein Hochzeitsgeschenk. Luxusapartments mit einem Salon für Maria.«

»Und wo genau wollte er diese Investition durchführen?«, fragte sie gedehnt und schaute nach unten, um etwas von der Seide neu zu arrangieren.

»Auf Zypern.«

»*Zypern*?«

»Ganz genau. Im Norden von Zypern.«

»Dort wollten sie sich niederlassen?«

»So hat er es mir gesagt, ja.«

»Und für wie lange?«

»Wenn alles gut gelaufen wäre, für immer.«

Sie dachte darüber nach. »Und hat er auch gesagt, wann er das zu tun beabsichtigte?«

»Er war sich nicht ganz sicher. Auf Zypern hatten sie noch mit einigen bürokratischen Hürden zu kämpfen. Und außerdem wollte er noch sein Studio verkaufen, um Kapital zu haben, also ...«

Ihre Stirn flirrte wieder. »Sein Studio?«

»Das ehemalige Hafenamtsgebäude.«

»Ich weiß, was mit Studio gemeint ist, Mr Rigby.« Sie richtete sich auf und kippte dabei etwas von ihrem Martini über den Aufschlag ihres fluffigen Morgenmantels. »Was genau bezwecken Sie hier eigentlich?«, fragte sie und ein eisiger Sturm braute sich in der Dämmerung der Ägäis zusammen.

»Wie bitte?«

»Die Frage war doch ganz einfach. Was bezwecken Sie damit, mir derartige Lügen aufzutischen?«

»Welche Lügen? Ich habe nicht ...«

»Über diese Immobilie konnte Finn nicht verfügen, Mr Rigby. Sie gehört Hamilton Holdings. Und niemand wusste das besser als Finn.« Sie bemühte sich zu lächeln. Zumindest darüber war sie sich sicher. »Wie hätte er also auf die Idee verfallen können, dieses Gebäude zu verkaufen?«

»Ich habe nicht die leiseste Ahnung. Sie wollten wissen, worüber ich mit Finn gestern Abend gesprochen habe, und ich habe es Ihnen gesagt.«

»Ich glaube Ihnen kein Wort.«

»Das steht Ihnen frei, aber Finn hat mir gesagt, er habe die Absicht, das Gebäude zu verkaufen. Wenn Sie mir nun sagen, dass er das gar nicht gekonnt hätte, dann weiß ich auch nicht. Dann sollten Sie diese Unterhaltung vielleicht besser mit Gillick fortführen. Vielleicht gibt es ja irgendwo eine Hintertür, die es Finn erlaubt hätte, das Gebäude zu verkaufen.«

Sie starrte mich herrisch an, und ich schätze, sie erwartete von mir, dass ich mich irgendwo verkroch oder einfach nur zu wimmern anfing. Ich nippte an meinem Drink.

»Sie müssen doch wohl einsehen, dass das, was Sie mir da gerade aufgetischt haben, absolut lächerlich ist«, sagte sie.

Ich fragte mich, wie lächerlich sie es wohl finden würde, wenn ich ihr von Finns plötzlichem Drang erzählen würde, einen Ort zu finden, wo Familie noch etwas bedeutete. Ich stellte mein Glas auf dem Couchtisch ab, vorsichtig, um die Bierdeckel aus Keramik nicht zu beschmutzen. »Ich sage Ihnen, was ich nicht einsehe, Mrs Hamilton. Als Lügner bezeichnet zu werden. Mir die halbe Nacht auf der Wache um die Ohren zu schlagen, weil ich versucht habe, das Richtige zu tun. Mein Taxi als Totalschaden abbuchen zu müssen.« Ich tastete meine aufgekratzte Wange ab. »Sagen Sie mir, wenn es Ihnen reicht. Ich könnte noch einiges mehr aufzählen.«

»Falls Sie auf eine Entschädigung aus sind …«

»Ich wurde bezahlt, Mrs Hamilton, nicht gekauft. Der Söldnerlohn der Königin wird heutzutage nicht mehr überall anerkannt.«

Wenn Blicke töten könnten, wäre ich auf der Stelle zu Asche zerfallen. »Wie können Sie es wagen …«

Ich stand auf. »Wenn Sie noch einen Rat haben wollen, dann kaufen Sie Ihrer Tochter ein Paar Handschuhe. Eines Tages vergreift sie sich womöglich an jemandem, der wichtig ist.« Ich ging zur Tür.

»Mr Rigby.«

Ich ging weiter.

»Bitte?«

Ich zögerte, blieb stehen und drehte mich um. »Erlauben Sie mir, dass ich mich entschuldige«, sagte sie heiser. »Wie Sie sich denken können, ist dies eine schwere Zeit für mich.« Sie deutete auf den Sessel. »Bitte?«

Ich war der Ansicht, dass Gillick genug für seine fünfhundert Euro bekommen hatte, aber so wie sie »bitte« gesagt hatte, klang es, als hätte sie das Wort von der Zunge eines Leprakranken geleckt. Ich setzte mich wieder hin und griff nach dem Whisky. Sie lehnte sich zurück und bemühte sich um Fassung. »Ich vermute, Ihnen ist bekannt, dass Finn und ich uns seit geraumer Zeit entfremdet haben?«

»Mrs Hamilton«, sagte ich. »Was genau wollen Sie von mir?«

Sie presste die Lippen aufeinander, trank ihren Martini aus, setzte sich auf und zupfte wieder an ihrem Seidenstoff herum. Unter einem Kissen zog sie einen hellbraunen Umschlag hervor und holte ein A4-Blatt heraus. »Ich möchte, dass Sie sich seinen Abschiedsbrief durchlesen, Mr Rigby.«

Mein Magen drehte sich. Ich fühlte mich gefangen, der Raum verengte sich, ein Anfall von Klaustrophobie quetschte mir die Luft aus den Lungen. »Wenn es Ihnen sowieso egal ist…«

»Ist es nicht.« Sie bemühte sich um einen sanfteren Tonfall. »Sie haben ihn gekannt, Mr Rigby. Vielleicht können Sie mir helfen, das zu verstehen.«

»Vielleicht sollten Sie mit Maria darüber reden.«

Ihre kobaltblauen Augen spießten mich auf. »Sie können es nicht wissen, Mr Rigby, aber ich habe angeordnet, dass der Name dieser Hure in diesem Haus niemals ausgesprochen wird.«

»Bei allem Respekt, Anordnungen sind nicht so mein Ding.«

Ich wartete gespannt ab, während sich die Beruhigungsmittel und die Martinis in ihren Augen ein kleines Scharmützel lieferten. Ich vermutete, dass sie viel brutaler sein konnte als ihre Tochter, wenn sie…

Scheiße.

Wie der Vater, so der Sohn.

Wieso war mir das nicht längst aufgegangen? Wieso hatte ich nicht schon früher versucht mir vorzustellen, wie es sich anfühlte, Saoirse Hamilton zu sein, die daran gewöhnt war, jeden Wunsch erfüllt zu bekommen, deren Befehle strikt befolgt wurden, und die nun bis ins Mark erschüttert worden war durch die Selbstmorde ihres Ehemanns und ihres Sohns? Wie sich diese entmachtete Königin fühlte, die verängstigt und ratlos um ihren Thron herumschlich und sich duckte, während sich Steinbrocken aus dem Gemäuer ihres Palastes lösten und auf sie herabfielen, weil das blinde Schicksal sich mit barbarischer Brutalität auf sie gestürzt hatte.

Ich hätte jetzt Mitleid haben können, klar. Wenn Ben sich umbringen würde, würde ich wahrscheinlich völlig durchdrehen. Aber Maria hatte etwas Besseres verdient als bösartige Herabwürdigung, auch von einer Frau, die nichts weiter war als fleischgewordene Agonie, eine alte, wieder aufgerissene Wunde, in die zum wiederholten Mal Salz gestreut wurde.

»Weiß Maria denn davon?«, fragte ich. »Hat man es ihr gesagt?«

»Ich erinnere Sie daran«, sagte sie, »dass Sie hier unter meinem Dach sind.«

»Und ich erinnere Sie daran, dass ich hergekommen bin, um Finn einen Gefallen zu tun, nicht Ihnen.«

Sein Name schien einiges geradezurücken. Sie starrte mich immer noch finster an, aber ihr Blick wurde fester und klarer. Sie klopfte auf das Blatt Papier wie eine Dirigentin, die sich der Streichersektion zuwendet. »*Hey Joe*«, las sie, »*where are you going with that gun in your hand*?«

Es war obszön. Sie las den ganzen Text bis zum Ende durch mit monotoner, heiserer Stimme. Als sie fertig war, schaute sie auf. »Darf ich Sie fragen, Mr Rigby, was Ihnen dazu einfällt?«

»Es ist ein Lied. Ein Songtext.«

»So viel weiß ich auch inzwischen. Ich frage Sie, ob Sie eine Ahnung haben, warum Finn ausgerechnet diesen Text hinterlassen hat.«

»Er mochte den Song. Das war eins seiner Lieblingslieder.«

»Ich verstehe. Aber Sie stimmen mir doch sicherlich zu, wenn ich sage, dass dieser Text mir nicht wirklich passend erscheint. Dies hier«, fuhr sie fort und warf einen verächtlichen Blick auf das Blatt, »handelt davon, dass eine untreue

Geliebte erschossen werden soll. Wohingegen die meisten Abschiedsbriefe, wenn ich mich da nicht täusche, zumindest den Versuch darstellen, die Motive des Selbstmörders zu erklären.«

»Vielleicht ist das hier ja auch so.«

»Sie glauben also«, sagte sie mit vor Triumph zitternder Stimme, »dass er wegen ihrer Untreue in die Verzweiflung getrieben wurde.«

»Marias Untreue?«

Ihre Mundwinkel strafften sich. »Wessen denn sonst?«

»Das ist aber eine weit hergeholte Interpretation. Ich will damit sagen, dass man sich in Finns Gedanken versetzen müsste, um herauszufinden, was er gemeint hat.«

»Könnten Sie das nicht tun?«

»Er war selbstmordgefährdet«, sagte ich. »Niemand kann ...«

»Mr Gillick hat mir erzählt, dass Sie mit Finn ein ...«, ihre Mundwinkel senkten sich, »... Zimmer geteilt haben. Fast ein Jahr lang.«

»Eine Zelle, ja. Aber das ist lange her.«

»Mr Gillick hat mir ebenfalls erzählt, dass Sie einmal als Privatermittler tätig waren.«

»Das war in einem anderen Leben. Und außerdem, ich ...«

»Wären sie so freundlich?« Sie hielt mir das Blatt hin. »Vielleicht finden Sie ja mit Ihrer Erfahrung doch noch einen Hinweis.«

Einen Hinweis, na klar. Ein kurzer Blick auf den Brief und Meisterdetektiv Rigby würde herausfinden, dass Colonel Mustard das Bleirohr benutzt hatte, um Finn vom Dach der Bibliothek zu stoßen.

»Bitte?«, sagte sie und wedelte mit dem Blatt. »Sie würden mir einen großen Gefallen tun.«

Zuerst Jimmy, jetzt Saoirse Hamilton. Alles Leute, mit denen ich nichts zu tun haben wollte, und die mir unbedingt einen Gefallen schulden wollten.

»Ich sehne mich ja nur nach einem kleinen Winkel in meinem Gemüt, wo ich ein bisschen Frieden finden kann«, sagte sie. »Wenn Sie sich weigern«, kicherte sie eisig, »sehe ich mich gezwungen, mich an einen Priester zu wenden.«

Ich nahm das Blatt. Es war ganz offensichtlich eine Kopie. Die Cops würden zu diesem Zeitpunkt nicht das Original rausgeben. Der Text war in Finns flüssiger Handschrift geschrieben, und auch wenn man einen Experten gebraucht hätte, um hundertprozentig sicherzugehen, sah dieser Text so aus, als hätte er ihn ganz entspannt und nicht in Todesstimmung notiert. Abgesehen von den Anmerkungen zwischen den Zeilen, bei denen es sich vor allem um die Akkordfolge handelte, gab es keine Zusätze. Nicht mal eine Unterschrift.

»Also?«, drängte sie.

»Wie gesagt ist das einer von Finns Lieblingssongs. Es ist die Version von Jimi Hendrix, die allgemein als die gelungenste gilt. Finn bevorzugte allerdings die Fassung von Love, weil sie mehr Energie hat und verzweifelter klingt.«

»Weiter.«

»Finn kennt den Song auswendig. Es hätte keinen Grund gegeben, den Text aufzuschreiben, das wäre so, wie wenn der Papst sich Notizen fürs Ave Maria machen würde.«

»Worauf wollen Sie hinaus, Mr Rigby?«

»Ich bin nicht schnippisch, ich versuche bloß, bestimmte Möglichkeiten zu eliminieren. Sie haben mir gesagt, dies sei ein Abschiedsbrief, aber ich könnte auch andere Möglichkeiten in Betracht ziehen.«

»Zum Beispiel?«

»Da er Akkorde hineingeschrieben hat, wäre die naheliegendste Möglichkeit, dass er den Text für eine andere Person aufgeschrieben hat, die das Lied lernen möchte. Ein talentierter Anfänger zum Beispiel. Es ist nicht gerade der einfachste Song der Welt, aber die Akkorde hier sind ziemlich einfach gehalten.«

»Sie glauben also nicht, dass es ein Abschiedsbrief ist?«

»Das ist ganz bestimmt seine Handschrift, ja, aber Finn

hatte seinen eigenen Kopf. Wenn er etwas zu sagen hatte, dann hat er es in eigenen Worten ausgedrückt.

Sie legte den Zeigefinger an die Lippen, dann wischte sie sich verstohlen eine Träne aus dem Augenwinkel. Sie verlangte den Zettel zurück. »Vielen Dank«, sagte sie.

»Wofür?«

»Mir bestätigt zu haben, dass ich geistig gesund bin.«

»Was ich glaube und was wahr ist, ist nicht notwendigerweise dasselbe, Mrs Hamilton. Und ...«

»Saoirse, bitte.«

»Okay.« So langsam übertrieb sie. Erst die Tränen, jetzt diese schamlose Verbrüderung mit einem Lumpenproletarier. »Was ich damit sagen will, ist, dass nur weil ... he!«

Sie knüllte das Blatt zusammen und warf es ins Kaminfeuer. Ich sah zu, wie es in einer grünen Flamme verging, während sie zur Bar schritt. Sie kam mit einem frischen Martini und einem Whiskey zurück. Sie reichte mir das Glas, setzte sich auf den Rand des Sofas, beugte sich vor, ein Knie übers andere geschlagen. Jetzt klang sie forsch.

»Entfremdet oder nicht, Mr Rigby, ich kenne doch meinen Sohn. Er hätte einen Abschiedsbrief hinterlassen. Und wenn er einen geschrieben hat, dann dürfte es nicht schwer sein, ihn zu finden, sogar für einen ...« Sie räusperte sich. »... Detektiv im Ruhestand. So was versteckt man nicht so, dass es nicht gefunden werden kann.«

Ich war ganz ihrer Meinung, aber ein Selbstmord ist qua Definition etwas, das nicht ins Bild passt. Und wenn jemand erst einmal jenseits der Grenze in diesem Bereich gelandet ist, wo es keine Regeln, Gesetze und Sitten mehr gibt, wer weiß, was er dann tut?

»Tut mir leid, Mrs Hamilton, aber ich bin nicht der Richtige für ...«

»Ich würde gerne weiterhin Ihre Dienste in Anspruch nehmen, Mr Rigby. Ich möchte, dass Sie Finns Abschiedsbrief für mich finden, falls es einen gibt.«

»Bei allem Respekt, Mrs Hamilton ...«

»Saoirse.«

»... ich würde nur Ihre Zeit verschwenden. Ich bin schon viel zu lange aus diesem Spiel raus und habe auch überhaupt keine Absicht, wieder damit anzufangen. Abgesehen davon haben die Cops schon das Studio durchsucht. Und wie Sie sagten: Falls Finn einen Abschiedsbrief geschrieben hat, hätte er ihn nicht irgendwo versteckt. Er hätte ihn so platziert, dass man ihn gefunden hätte.«

»Vielleicht hat er ihn ja nicht im Studio gelassen.«

»Dann gehen Sie doch in seine Wohnung. Wenn er einen Abschiedsbrief geschrieben hat – wobei nicht alle Selbstmörder so etwas hinterlassen –, dann wird er sehr wahrscheinlich dort sein.«

»Das ist absolut unmöglich.«

»Ich bin sicher, dass Maria unter diesen Umständen ...«

»Mr Rigby, ich habe Sie bereits gewarnt. Ich werde es nicht noch einmal tun.«

Ich stellte den Whiskey auf den Couchtisch und stand auf. »Sie haben mein Mitgefühl, Mrs Hamilton, wirklich. Aber einen Abschiedsbrief suchen, den es wahrscheinlich gar nicht ...«

»Ich bitte Sie inständig.«

Man hört heraus, wenn jemand eine Phrase zum ersten Mal benutzt. Die jungfräulichen Worte klingen ungelenk, die Zunge tastet ungeschickt die Silben ab, die sich rau anfühlen wie abgebrochene Zähne. Sie schaute flehend zu mir auf. Der fluffige Bademantel war herabgefallen und entblößte ein enormes Dekolleté, aber es war die Nacktheit ihres flehenden Blicks, die mir so unangenehm war, dass ich mich abwenden musste. Eine rohe, wilde, geheime Sehnsucht.

»Simon hat meine Karte«, sagte ich. »Wenn Sie morgen früh immer noch diesen Drang verspüren, dann rufen Sie mich an und wir reden noch mal darüber.«

Ich sagte das so freundlich wie nur möglich, aber eine Ablehnung ist eine Ablehnung, und Saoirse Hamilton war es nicht gewohnt, einer Zurückweisung mit Würde zu begegnen.

»Glauben Sie denn, eine Mutter könnte jemals aufhören, sich zu fragen, warum ihr Sohn so etwas getan hat, Mr Rigby?« Jedes Wort war ein Peitschenhieb. »Können Sie ernsthaft glauben, dass meine Gefühle in dieser Angelegenheit morgen anders sein werden?«

Ich dachte darüber nach. »Gillick hat Ihnen doch erzählt, dass ich in Haft war«, sagte ich.

»Ja, hat er.« Ein Hauch von Hohn lag in ihrer Stimme. »Und auch warum.«

»Dann werden Sie sicher verstehen, warum ich keine falschen Hoffnungen wecken möchte. Gute Nacht, Mrs Hamilton.«

Ich fühlte mich wie ein Landstreicher, der sich davonstiehlt. Aber als ich die Tür aufzog, zerschellte ein Glas am Rahmen und bespritzte mich mit Whiskey.

Das half.

14

Du weißt, dass du arriviert bist, wenn ein Anwalt dir sagt, dir würde noch der letzte Fitzel menschlichen Anstands fehlen, denn diese Anwälte messen menschlichen Anstand in Fitzelgröße.

In diesem Jahr wohnte ich an der Castle Street im dritten Stock über einem Coffee Shop namens »Early 'Til Latte«, der schon geöffnet war, als Gillick mich dort absetzte und der metallischgrau aufgerüstete Morgen den Hahn spannte. Im zweiten Stock gab es einen kleinen Treppenabsatz, wo ich mal mein Büro gehabt hatte. Damals hatte ich mich Rechercheberater genannt, aber im Allgemeinen hatte ich mich selbst beraten. Jetzt wohnte ich ein

Stockwerk höher unterm Dach. Die Lakaien von Hamilton Holdings hätten die Bude wahrscheinlich als »Penthouse mit Potenzial« beschrieben, weniger begabte Literaten sie eher als »unbenutzten Dachboden« bezeichnet. Ein einzelner Raum mit Dachschrägen, niedrigen breiten Fenstern, die nach Osten und Westen gingen, wobei der Treppenschacht mit den nackten Holzstufen den größten Teil des südlichen Bereichs einnahm. Ein Gasherd mit einer Flamme stand in einer Ecke, ein paar Bücher und CDs auf dem Fensterbrett, eine Sturmlaterne auf dem Boden neben dem ausgeklappten Sofa. Kein Strom, aber da ich ja größtenteils nachts arbeitete, war das okay. Die Toilette befand sich eine halbe Treppe tiefer. An den Wänden wechselte sich abblätternde Farbe mit feuchten Flecken ab, die Farbe changierte zwischen kanariengelb und einem bläulichen Ton. Eine Mäusefamilie hatte sich in einer Ecke eingerichtet, und ich bemühte mich, ihr Privatleben zu respektieren.

Ich war so müde, als ich vor der Tür ankam, dass ich drei Schlüssel ausprobieren musste, bevor ich feststellte, dass sie schon auf war. Ich trat ein.

»Dutch?«

»Auf dem Dach.«

Dutch betrieb The Cellars, den Pub auf der anderen Straßenseite. Manchmal kam er nach der Arbeit auf einen Joint vorbei, um sich zu entspannen, bevor er nach Hause ging. Wenn ich frei hatte, spielten wir eine Partie Schach. Wenn ich nicht da war, schloss er sich auf, tat, was nötig war, und ging wieder.

Es war ungewöhnlich für ihn, so lange zu bleiben. Also musste er schon gehört haben, was passiert war.

Ich stieg durch das Ostfenster auf das mit Teerpappe beklebte Dach, wo Dutch einen Liegestuhl aufgebaut und es sich gemütlich gemacht hatte. Von dort hatte man einen guten Blick über die Dächer bis rüber zum Fluss und zur Bucht, die sich hinter der Yeats-Brücke ausdehnte. Benbulben sechzehn Kilometer weiter lag in purpurrotem Dunst. Dutch warf mir einen müden Blick zu.

»Meine Güte«, sagte er, »was ist denn mit dir passiert?«

»Finn Hamilton hat sich von seinem Turm gestürzt.«

»Hab davon gehört. War aber nicht die Rede davon, dass er auf dir gelandet ist.«

»Wäre er aber fast.«

Ich nahm einen Zug von dem Spliff, den er mir anbot, und ignorierte den Geruch nach getrocknetem Blut unter meinen Fingernägeln. Er nickte vor sich hin, während ich ihm alles erzählte, düster, aber nicht besonders überrascht. Er hatte Finn gekannt, hatte seine Band mal in seiner Kneipe auftreten lassen. Zu den üblichen Konditionen: Sie durften umsonst trinken, solange sie spielten. Was Dutch nicht gerade arm gemacht hatte. Finns Gruppe war so eine Art Rollerskate-Skinny-Coverband, genauer gesagt eine Band, die sich bemühte, das Album *Horsedrawn Wishes* möglichst akkurat nachzuspielen, in lockerer Besetzung mit seinem Freund Paul am Schlagzeug, ein paar Typen, die normalerweise mit Dude McLynn spielten, an Bass und Percussion, Johnny Burrows zupfte die Akkorde und Finn spielte Leadgitarre und sang. Zuletzt hatten sie nach zwei Songs aufgegeben, weil Dutch hinterm Tresen Zitronen nach ihnen warf. Wie Schraubenschlüssel im Schleudergang, meinte er, bis ich ihm die CD gab und er eine Ahnung davon bekam, dass das so gehörte – wie die Sex Pistols, die sich an Beethovens Neunter vergingen. Trotzdem wollte er nichts davon wissen. »Er hat also eine Cover-Band zusammengestellt, um dieses Album zu spielen, von dem du behauptest, es sei das größte Ding aller Zeiten gewesen, nur dass die Band, die es eingespielt hat, sich auflösen musste, weil sie es live gar nicht spielen konnten. Meintest du das?«

Kurz und knapp erklärt, ja.

So war Finn nun mal. Ich sah ihn vor mir, wie er an diesem Abend auf einer nicht existierenden Bühne stand, sich vor heranfliegenden Flaschen wegduckte und seine ganze

Kraft hineinlegte, Stücke zu spielen, die niemand kannte oder die keinen interessierten, und sich kein bisschen darum kümmerte, was das Publikum vielleicht mögen könnte oder glaubte, was es mögen würde – ja, sicher, er war ein Dilettant und maßlos noch dazu. Aber man musste schon total abgestumpft sein, um der noblen Geste dieses Rockstars von der traurigen Gestalt nicht wenigstens ein kleines bisschen Beifall zu zollen.

Und vielleicht war genau das ja das Problem. Dass Finn sich mit Leuten umgeben hatte, die ihn bei jeder Extravaganz, der er sich verschrieben hatte, anstachelten. Die ihn laut klatschend auf die Bühne drängten, obwohl sie genau wussten, dass es in seiner jeweiligen Laune nur schlecht ausgehen konnte. Oder ihn auf eine Klippe steigen ließen, um zuzusehen, wie er heruntersprang, und ihn anfeuerten, den ganzen weiten Weg nach oben in den neunten Stock zu klettern.

»Und deine Schuldgefühle sind groß genug, dass du es versuchen willst«, sagte Dutch, nachdem ich ihm erklärt hatte, dass Saoirse Hamilton mich auf die Suche nach Finns Abschiedsbrief geschickt hatte.

»Seine Schwester meint, so was wäre üblich.«

»Blödsinn.« Er gähnte und kratzte sich den Stoppelhaarschnitt. »Nehmen wir mal an, du wärst ein Hellseher und hättest in der Glaskugel gesehen, was er vorhat. Na schön, dann hättest du ihn einmal davon abgehalten. Aber nur dieses eine Mal.«

»Das wäre vielleicht das entscheidende Mal gewesen.«

»Mach dich nicht fertig deswegen, Harry. Da draußen ist eine Epidemie im Gang, jeden Tag springen Leute aus dem Fenster. Und bei denen kriegst du's auch erst mit, wenn sie unten aufklatschen.«

»Das sind doch keine Lemminge, verdammt. Jeder von denen hat einen guten Grund, sich umzubringen.«

»Gründe. Plural. Es ist nie nur eine Sache.«

»Sicher, klar. Aber wenn du dir den letzten Grund anschaust, dann ist Geld fast immer ein Thema. Und was immer mit Finn los war, Geld war bestimmt nicht sein Problem.«

»Harry«, sagte er leise, »der Typ war schizo, ein klinischer Fall. Ich meine, dort hast du ihn doch schließlich kennengelernt, oder? Weil er total traumatisiert ist wegen seinem Vater. So einer brennt alles nieder, das nicht vor ihm wegrennen kann.«

»Das hab ich dir im Vertrauen erzählt, Dutch.«

Er schaute demonstrativ um sich. »Wer ist denn noch hier?«

»Wie auch immer, das ist doch schon ewig her.«

»Der Urknall ist auch schon ewig her, aber wir quälen uns immer noch mit den Folgen herum. Und dieser Typ hat sich die Birne weggekifft, Harry. Das war jedenfalls nicht das, was die Ärzte ihm verschrieben haben, hm?«

»Willst du damit sagen, dass ich ihm das ermöglicht habe?«

»Hör auf mit dem Scheiß. Wenn du ihn nicht versorgt hättest, wäre er woanders hingegangen.«

»Ist er aber nicht, oder?«

»Lass das, Harry. Ernsthaft, hör dir mal zu. Du klingst wie ein Teenie-Mädchen.« Er verstellte seine Stimme. »›Hätte ich es wissen müssen? Bin *ich* der Grund dafür, dass er gesprungen ist?‹ – Fehlt nur noch, dass du eine beschissene Facebook-Seite für ihn einrichtest.«

»Ja, meinetwegen. Aber es muss doch einen Grund dafür geben, dass er aus dem Fenster gesprungen ist.«

Er atmete ganz langsam den Rauch aus und hielt mir den Spliff hin. »Und du bist dir sicher, dass es *etwas* war und nicht *jemand.*«

»Ich war doch der Einzige, der dort war.«

»Soweit du weißt. Wie lange bist du denn oben gewesen?«

»Im Studio? Zwanzig Minuten, vielleicht auch länger.«

»Viel Zeit für Gillick und diesen Jimmy, um hinten hochzuklettern. Über die Feuerleiter. Oder für irgendeinen anderen.«

»Möglich, ja, nur dass die Cops keine Anzeichen für einen Kampf gefunden haben. Jimmy ist ziemlich kräftig, aber Finn war groß, den hätte er nicht so einfach durch das Fenster stoßen können. Und warum sollte Gillick überhaupt ein Interesse daran haben? Er ist der Anwalt der Familie, und er hatte irgendwelche Schiebereien am Laufen mit Finn wegen des alten Hafenamtsgebäudes.«

»Aber du hast auch gesagt, die Mutter hätte behauptet, so etwas wäre gar nicht möglich.«

»Das hat sie gesagt.«

»Vielleicht hat Gillick ja eine Möglichkeit gefunden, die Familie zu umgehen.«

»Das habe ich ja auch gesagt. Aber Gillick steckt in allem drin. Er kümmert sich um sämtliche Rechtsangelegenheiten der Hamilton Holdings. Schon immer. Ich kann mir nicht vorstellen, dass er so einen Job für eine Immobilienspekulation riskiert, für diese halbe Ruine, die keiner haben will.«

»Also war es jemand anderes.«

»Wer denn? Finn ist doch ein guter Mensch gewesen. Dutch, er war jede Woche im *Champion* mit einer neuen Wohltätigkeitsaktion. Er hat die Künstler-Kooperative ins Leben gerufen, er ist viel zu exponiert, um …«

»Klar, sicher. Aber ein gutaussehender Typ wie er, mit so viel Geld in der Hand, dass er gerne auf den Kopf haut …«

»Nicht, seit er mit Maria zusammen ist. Jedenfalls nicht, dass ich wüsste.«

»So was hätte er wohl kaum über seinen Sender verbreitet, oder?«

»Nein, aber er hatte große Pläne, wollte heiraten. Nach Zypern umsiedeln.«

»Klar«, sagte Dutch. »Immer einen Schritt voraus, aber die ganze Bande ist ihm dicht auf den Fersen, allen voran der Vater eines jungen Mädchens mit der Schrotflinte in der

Hand. Ich meine ja nur, diese Zypern-Geschichte, kam ganz schön plötzlich, oder?«

»Gestern Abend hab ich zum ersten Mal davon gehört, ja. Aber wer weiß denn, wie lang er das schon plante? Und außerdem, das hat er zwar nicht direkt ausgesprochen, aber ...«

»Was?«

»Er hat von Kindern gesprochen, Dutch. Davon, dass Zypern ein großartiger Ort ist, um eine Familie zu gründen.« Ich zuckte mit den Schultern. »Ich hatte das Gefühl, so wie er das sagte, wollte er andeuten, dass Maria schwanger ist.«

Dutch verzog das Gesicht. »Scheiße.«

»Ja.«

»Wie geht's ihr denn?«

»Weiß ich nicht. Ich bin vorbeigefahren, aber sie war nicht zu Hause. Am Telefon hab ich sie auch nicht erreicht.«

»Weiß sie es überhaupt schon?«

»Keine Ahnung.«

»Meine Güte.«

»Ich sollte sie noch mal anrufen«, sagte ich, und ganz plötzlich packte mich eine geradezu schmerzhafte Müdigkeit.

Dutch stemmte sich aus dem Liegestuhl und legte mir eine Hand auf die Schulter. »Lass dich nicht mit reinziehen. Dieser ganze Familienscheiß, damit hast du nichts zu tun. Wenn die Mutter was herausfinden will, dann lass sie doch selber suchen.«

Er ging. Ich ließ mich in den Liegestuhl fallen, nahm einen letzten Zug von dem Spliff und wartete auf das, was Mailer »die inneren Säfte in Wallung bringen« nannte.

Nichts passierte.

Vielleicht war es ja noch zu früh dafür. Ich stand immer noch unter Schock. War zu betäubt, um etwas zu spüren, und zu erschöpft, um Brücken zu bauen zwischen dem, was gewesen war, und dem, was würde sein müssen. Vielleicht lag es ja daran, dass er nicht tot war, jedenfalls noch nicht. Nicht bis ich meine Augen schloss und mich zur Seite drehte und morgen wieder aufwachte, Finn eingesperrt und versiegelt im Grab der Vergangenheit.

Auch bloß noch so eine beschissene Sache, Mann …

Ja, ich konnte ihn beinahe hören, sein hohles Kichern, wenn er sagte, dass der Tod auch bloß noch so eine beschissene Sache ist. Das war unser Mantra gewesen, unser Koan. Egal wie schlimm es kam, es war bloß noch so eine beschissene Sache, nicht schlimmer als alles andere …

*

An dem Abend, als ich Finn kennenlernte, wurde er in die Zelle geführt mit glänzenden Augen und einem Druckverband an jedem Handgelenk. Und ja, er stank wie die Boxengasse von Le Mans. Er kroch auf das untere Bett, lag die ganze Nacht auf dem Rücken und konnte kaum atmen. Mit weit aufgerissenen Augen starrte er endlos lange gebannt auf das Muster der rostigen Federn in der löchrigen Matratze über ihm, was immer er auch darin sah. Am nächsten Morgen versuchte ich, ihn aus dem Bett zu holen. Wenn er nicht warm gewesen wäre, hätte ich gedacht, er sei tot. Ich überließ ihn erstmal sich selbst. Ein gutaussehender Junge mit einem wirren Schopf blonder Haare und weit aufgerissenen blauen Augen. Schlimm genug, aber außerdem war er völlig passiv und leer und reagierte auf nichts und niemanden. Eine wandelnde Einladung für jeden, der keine Einladung brauchte, es sogar vorzog, nicht eingeladen zu werden.

Die Tage vergingen. Finn ließ sie dumpf an sich vorbeiziehen. Er bewegte sich, wenn sie es ihm sagten, und schluckte jede Pille, die sie ihm auf die Zunge legten. Wenn er angesprochen wurde, ruckte er kurz mit dem Kopf, so als würde jemand ihm vom Rande eines Brunnens ganz weit oben etwas hinunterrufen. Sein Gesicht veränderte sich kaum. Egal ob er schlief oder wachte, es war eine versteinerte Maske. Die einzigen Muskeln, die er bewegte, waren die,

die seine Kinnladen schlossen. Er kaute mechanisch, ohne jede Regung, und starrte dabei in die Leere zwischen den Schultern gegenüber am Tisch. Nichts davon war in Dundrum besonders ungewöhnlich.

Nach sechs Wochen oder so machte es schließlich klick. Während einer Gruppensitzung, als wir der Psychologin den üblichen Scheiß an den Kopf warfen und allesamt logen, dass sich die Balken bogen. Plötzlich fing Finn neben mir zu singen an, murmelte dieses Lied vor sich hin: »*Trying to get well, no lies here lies …*«

Ich schaute ihn an und bemerkte dieses anarchische Flackern in seinen Augen. Die nächste Zeile ergab sich aus der vorherigen, sodass wir sie zusammen vor uns hinsummten: »*Swab the temples of the untapped dreamboy, a jagged day in life …*«

Er nickte. »Und wie läuft's so mit dem Aufwischen des Tempels?«

Ich zuckte mit den Schultern. »Ich bemühe mich, damit's mir besser geht.«

Und damit war es passiert.

Manchmal braucht man gar nicht mehr, nur eine Textzeile und eine winzige Verbindungslinie. Wir waren beide davon überzeugt, dass Rollerskate Skinny ganz groß waren. Gegen sie klangen beispielsweise die Songs von Pet Sounds wie auf einem Xylophon geklimperte Kinderlieder, meinte Finn.

Doch ja, es ergab sich alles aus dieser einen Textzeile. Am Ende der Woche erzählte er mir von seinem ertrunkenen Vater. Wie Käpt'n Bob in seinem BMW abgesoffen war. Und von der unglaublichen Ironie, dass ausgerechnet seine Mutter Saoirse den Antrag auf Einlieferung ausgefüllt hatte und ihn hatte einsperren lassen. Weil »Saoirse« doch Freiheit bedeutet. Das hatte sie getan, nachdem Finn überall herumgegeistert war und Lagerhäuser und halbfertige Gebäude auf verlassenen Grundstücken abgefackelt hatte und vor The Grange mit einem Benzinkanister in der Hand aufgegriffen worden war.

Ich erzählte ihm von Ben und wie er fünf Tage nach dem Stichtag geboren worden war, weshalb er, wenn man den wissenschaftlichen Berechnungen Glauben schenken konnte, genau neun Monate, drei Wochen, fünf Tage und zweiundvierzig Minuten alt gewesen war, als ich ihn zum ersten Mal in die Arme nahm. Nicht viel größer als ein Volleyball, nur in ein paar Tücher eingehüllt, ein winziger schuppiger Kopf auf einem dünnen Hals. Wie ich ihn in den Armen gewiegt und ihm etwas versprochen hatte, das gar nicht so außergewöhnlich war: Dass ich nie zulassen würde, dass ihm etwas Schlimmes passiert, hatte ich ihm ins Ohr geflüstert, jedenfalls solange ich noch Einfluss darauf haben würde. Und dass dieses Versprechen letztlich dazu geführt hatte, dass ich seinen Vater erschossen hatte.

Ich erzählte ihm, dass Ben nicht von mir war, aber dass Blut nicht denken, nicht fühlen und nicht wehtun kann. Blut pulsiert und blutet, und das ist eigentlich schon alles, was es macht.

Wir legten alles offen, alle Karten kamen auf den Tisch. Es war ein sehr eigenartiges Pokerspiel ohne Bluffs oder Finten, wo jeder am Schluss als Gewinner dastand. Ich erzählte ihm sogar, für welchen Namen Harry die Kurzform darstellte. Das hatte ich bisher niemandem erzählt, nicht mal Dee, nicht mal, als wir noch richtig zusammen waren.

Er hatte elf Monate abgerissen. Am Abend, bevor er rauskam, warf er drei Pillen ein und sagte. »Hör mal, erzähl ihnen einfach nur, was sie hören wollen. Die denken sowieso, du bist ein Wurm. Das werden sie immer denken. Die wollen doch bloß glauben können, dass du dich selbst überzeugt hast, nicht sie.«

Er verließ Dundrum mit einem Stapel Leinwände und einer Idee. Er brauchte ein paar Monate, um das Projekt auszuformulieren, dann ging er zur Finanzchefin von Hamilton Holdings und fühlte ihr auf den Zahn, indem er ihr ein informelles Angebot machte. Drei Tage später stand er vorm Aufsichtsrat und blamierte sich mit einer PowerPoint-Präsentation. Spielte alles keine Rolle. Die Idee klang plausibel, und zu diesem Zeitpunkt stand die Hamilton Holdings schon mit einem Fuß im NAMA-Verfahren und hatte echte Probleme, musste dringend diversifizieren. Und so wurde Finn ganz offiziell zum Gutachter von Fine Arte Investments ernannt, einer Abteilung von Hamilton Holdings, die sich laut Eigendefinition mit der Erstellung und Verwaltung von Kunst-Portfolios für den anspruchsvollen Investor befasste.

Ganz so funktionierte es dann allerdings nicht. Nur wenige Kunden wollten die Kunstwerke überhaupt sehen. »Das Preisschild schon, klar, das genügt ihnen zum Einrahmen.« Finns Aufgabe war es, einen bestimmten Kunden mit einem bestimmten Werk zu kombinieren, damit es für den zufälligen Betrachter aussah, als wäre das Portfolio in sich eine stimmige Angelegenheit. Anschließend ging es dann darum, die Kunstwerke an Orten zu verteilen, wo es Platz an den Wänden gab – Krankenhäuser, Rathäuser, städtische Gebäude, Bibliotheken. Der Gedanke dahinter war, dass man die wohltätigen Spenden von der Steuer absetzen konnte. »Lass das Bild lange genug irgendwo anders an der Wand hängen«, erklärte er mir, »dann macht es sich von allein bezahlt. Und dann verkaufst du das Scheißding.«

Das erzählte er mir, als er mich in der Psychiatrischen Klinik von Sligo besuchte, wohin ich nach drei Jahren Dundrum wegen guter Führung verlegt worden war. Das war zwar keine offene Anstalt, aber ein Zeichen dafür, dass sie glaubten, ich hätte mich selbst davon überzeugt, dass das Leben keine einzige, ewig andauernde sadomasochistische Piñata-Party ist.

In der Theorie sollte die Verlegung dazu dienen, meine Wiedereingliederung in die Gesellschaft zu befördern, vor allem wegen Ben, zu dem ich eine Beziehung aufbauen sollte, und damit es Dee leichter fiel, ihn mitzubringen.

So weit kam es aber nie. War meine Schuld. Ich konnte es nicht ertragen, ihm gegenüberzutreten.

Dutch kam ab und zu mal vorbei und hielt mich auf dem

Laufenden bezüglich Dee und Ben. Sie schienen ohne mich ganz gut klarzukommen.

Finn kam regelmäßiger vorbei, vielleicht einmal im Monat, jedes Mal mit einer neuen Großen Idee. Die größte davon war die, mit der er aufkreuzte, nachdem er drei Monate lang abgetaucht war und braungebrannt und mit leuchtenden Augen zurückkam. Er war nach Zypern gegangen, um herauszufinden, ob er dort Oscar Epfs Konkurrenz machen könnte, und wie sich das berühmte Licht dort auf seine Landschaftsbilder auswirken würde. Er machte sogar Deirdre Guthrie ausfindig, die dort unter dem Namen Candela Flores als Flamenco-Tänzerin auftrat und ein Sprössling der Künstlerfamilie Guthrie war. Sie war als junges Mädchen von besagtem Epfs, auch bekannt als Lawrence Durrell, während seines Aufenthalts in Bellapais, diesem quasi-mythologischen Dorf hoch oben auf einem Plateau an der Nordküste, mehr oder weniger adoptiert worden.

Finn hatte es nie so gesagt, nicht direkt jedenfalls, aber ich hatte immer den Eindruck gehabt, dass die *Spiritus-Mundi*-Galerie mit ihrer lockeren genossenschaftlichen Organisationsform von Deirdre Guthries Galerie in Bellapais inspiriert war, aber auch von einer Art selbstkasteiender Boheme-Haltung aus Opposition zu seiner offiziellen Position als Berater von Hamilton Holdings. Zu Ha-Ho-Con, wie Finn sein krawattentragendes Alter ego gerne bezeichnete.

Er hatte sich ein Zimmer in Guthrie's Garden in Irini gemietet, sich ein Moped beschafft und zu Hause angerufen und mitgeteilt, er würde jetzt eine Auszeit nehmen. Die folgenden Wochen verbrachte er damit, durch die Berge zu fahren, trunken vom Licht und von dem, was geradezu magisch auf seinem Skizzenblock erschien. Eines Abends, als er in einem Dorf namens Özanköy allein zu Abend aß, hatte er Maria Malpas kennengelernt. Sie hatte gerade ihren Abschluss bei der exklusiven Gilligan Beauty Group an der Grafton Street in Dublin gemacht und besaß nun ein Internationales CIBTAC-Zertifikat, das ihr bestätigte, dass sie die Grundlagen der Schönheitstherapie und des Beauty Enhancement beherrschte, inklusive Basalt-Wärmestein-Massage und Hopi-Ohrkerzentherapie. Sie arbeitete als Kellnerin im Restaurant ihrer Eltern, wo während der harten Sommersaison drei Generationen mit anpacken mussten, ob sie nun perfekt manikürte Fingernägel hatten oder nicht. Er war dreißig, ein Taugenichts mit Geld zum Verjubeln; sie war einundzwanzig und die älteste Tochter eines Bauern, der der kargen Scholle von Bespamark seinen Lebensunterhalt abgerungen hatte, die Faust gegen den unglaublich blauen Himmel gereckt. Das sei, behauptete Finn, das türkisch-zypriotische Äquivalent zum Black-Power-Gruß.

Man kann solchen Dingen sehr leicht mit einer großen Skepsis begegnen, aber so wie Finn es erzählt hatte, musste er in einer Art Lawrence-Durrell-Rausch gewesen sein, und bei seiner ersten Begegnung mit Maria hatte er verstanden, nein empfunden, was Durrell mit seiner Beschreibung der Göttin Aphrodite gemeint hatte, in einer Sphäre irgendwo zwischen dem Unmöglichen und dem Unvermeidlichen. Mich erinnerte sie an Diane Lane in *Straßen in Flammen*, was für manche vielleicht so ziemlich dasselbe ist.

An diesem Abend erzählte er ihr, dass er Künstler sei, Landschaftsmaler, und dass er sein erstes Porträt mit ihr als Modell zeichnen wolle. Sie hatte den Kopf geschüttelt. Wenn er Bildhauer wäre, sagte sie, als sie das kleine hölzerne Schatzkästchen mit der Rechnung auf seinen Tisch stellte, dann hätte er vielleicht eine Chance gehabt. Aber ein Maler? Ein Nekrophiler, der mit totem Material herumpfuschte. Wahre Künstler, so sagte sie, indem sie mit makellosen Fingernägeln die sanften Linien ihres Gesichts nachzeichnete und ihr Kinn anhob, würden nur mit lebendigem Fleisch arbeiten.

Ein zypriotischer Vater, eine irische Mutter: Diese Verbindung und ihre unvermeidliche Scheidung hatten sie redselig gemacht, ausgesprochen freiheitsliebend und unwillig, Dummköpfe zu ertragen, ob nun zu ihrem Glück oder Unglück. Sie erzählte eine schöne Geschichte über ein sonniges mediterranes Paradies mit heißen Tagen und milden Nächten, grandiosen Stränden und gezackten Bergkämmen, grünen Ebenen mit Olivenbäumen, Lavendel und Bougainvillea. Eine mutige Insel, bewohnt von einem entwaffnend gastfreundlichen Volk, ein Charakterzug, der umso bemerkenswerter war, da sie von der Welt verstoßen wurden und unbeirrt ihren Weg harter Arbeit gingen, angetrieben von dem Überlebensinstinkt eines Menschenschlags, der eine Generation zuvor noch einem Genozid entkommen war.

Finn erzählte eine andere Geschichte. Zypern gedieh durch Schiebereien, meistens mit Russen. Das warme, trockene Klima war perfekt, um schmutziges Geld zu waschen, vor allem nachdem die Grenzkontrollen zum Süden gelockert worden waren, in Vorbereitung auf den unvermeidlichen EU-Beitritt. Es gab glitzernde Nachtklubs, grelle Kasinos, exklusive Neubauviertel mit Villen und grob geschätzt einen Währungsumtauschkiosk pro Tourist. Die offizielle Wirtschaft hing am Tropf türkischer Investitionen, genauso wie die gesamte Existenz der Insel von den türkischen Armeestützpunkten abhing, deren Soldaten regelmäßig aufbrachen, um ein Tänzchen zu wagen, nicht zuletzt in horizontaler Haltung in den Separés ein Stockwerk über den glitzernden Nachtklubs. »Nimm noch die schlechtesten Autofahrer der Welt dazu«, meinte Finn, »und du hast das gute alte Nordirland von anno dazumal, nur mit fieseren Moskitos.«

Natürlich hätte er so etwas niemals in der Gegenwart von Maria gesagt. Sie war glücklich und pragmatisch genug, um zuzugeben, dass sie dank ihrer Kindheit und Jugend in Irland Chancen bekommen hatte, die ihr in Zypern verwehrt geblieben wären. Aber sie hat nie ein Geheimnis daraus gemacht, dass sie eines Tages zurückkehren wollte, um sich dort niederzulassen. Finn schienen diese Pläne immer recht zu sein, solange es nur Pläne waren. In den letzten drei Sommern hatten sie Finns Wohnmobil vollgeladen mit Klamotten, Decken, Spielzeug, Krücken und was Ihnen sonst noch so in die Hände fiel, und waren quer durch Europa und den Balkan bis an die türkische Grenze nach Taşucu gefahren, von wo man in fünf Stunden mit der Fähre nach Girne kommt. Dort meldeten sie sich bei der SOS Kinderhilfe, um ihren Krempel zu verteilen und damit etwas Gutes zu bewirken. Den Sommer verbrachten sie dann auf dem Hof ihres Vaters. Maria arbeitete als Kellnerin, Finn wanderte mit einem Skizzenbuch im Rucksack durch die Berge und genoss das Licht.

Die große Offenbarung war dann nicht etwa, dass sie Finn glücklich machte oder dass sie ihm erlaubte zu glauben, er hätte ein Anrecht auf Glück, sondern dass er sie glücklich machen wollte.

Bell Jars awaaaaaaay…

Die Sonne ging über Cairns Hill auf und verpasste der Sandsteinfassade der Ulster Bank einen rosa Schimmer. Es war bereits warm, die Luft sirrte, der Tag war pfirsichfrisch wie ein Schulmädchen, das zum ersten Mal auf den Strich ging. Ich ließ meine Gedanken treiben, befolgte Dutchs Rat. Saoirse Hamilton hatte einen ziemlichen Schock bekommen, und das emotionale Durcheinander, das der Cocktail aus Martini und Beruhigungsmittel verursacht hatte, war auch keine große Hilfe gewesen. Aber schon die bloße Erwähnung von Marias Namen hatte sie beinahe zum Explodieren gebracht. Falls sich herausstellen sollte, dass ihre Beinahe-Schwiegertochter schwanger war, dann konnte jeder, der ihr zu nahe kam, zum Kollateralschaden werden.

Und vielleicht war das ja schon Grund genug zu springen, wenn man so fragil war wie Finn. Wenn man zu denen gehörte, denen alles immer leicht gefallen und zu gut von der Hand gegangen war. Wenn man aus dem Vollen geschöpft hatte mit Guinness und Whiskey. Ohne Bremsen, ohne Grenzen. Ein Leben im freien Fall mit einer warmen Brise im Gesicht, mit einer Verlobten, die dich für einen Snowboard-Champion hielt, einem Studio zum Malen oder um deine Musik zu hören, ohne sich über die Miete Gedanken oder sonstigen Druck machen zu müssen.

Ich war neidisch darauf gewesen, wie leicht er es gehabt hatte, klar. Wer wäre das nicht? Aber ich war nie missgünstig. Ich hätte niemals mit ihm tauschen wollen. Ich wollte sein Leben nicht leben.

Und vielleicht war es ihm ja genauso gegangen. Vielleicht hatte der Selbstmord seines Vaters ihn ja stärker gebrochen als alle gedacht hatten, vielleicht hatte es ihn innerlich zerrüttet, vielleicht hatten all diese großen kleinen Worte ihn nur noch belastet: Liebe, Pflicht, Vertrauen, Hoffnung. Und vielleicht, nur vielleicht, hatte er ja aufgeben müssen, weil er zwischen Saoirse Hamiltons Unnachgiebigkeit und Marias unbezwingbarer Lebenskraft zerrieben worden war. *Noch so eine beschissene Sache …*

Nein, danke.

FREITAG

15

Die Sonne war hart, strahlte wie ein Diamant und würde mir garantiert nur Ärger einbringen.

Herb strahlte gar nicht, sah aber auch hart und nach jeder Menge Ärger aus. Irgendwie schaffte er es, sich über den Liegestuhl zu beugen, ohne die Sonne auch nur ein bisschen zu verdecken. Ich hielt mir eine Hand vor die Augen und rollte im Uhrzeigersinn mit den Schultern, um den steifen Hals loszuwerden. Mein Kopf war kaum schwerer als ein Klavier.

»Was?«, sagte ich und roch den schalen Geruch des Whiskeys, den mein Hemd verströmte.

»Dieser Scheiß mit Finn. Was ist damit?«

Dutch, dieser alte Kiffer, war gegangen und hatte die Tür nicht abgeschlossen. Ich versuchte mich aus dem Sitz zu stemmen und stellte fest, dass ein perverser Vampir während der Nacht dagewesen sein musste, der das Blut in meinen Adern gegen klebrigen warmen Schweiß ausgetauscht hatte. Also gab ich es auf, schloss die Augen und überließ ihm das Wort.

»Scheiß auf diesen Scheißidioten«, sagte er, und nach etwa zehn Sekunden, was gut war, denn jedes Wort nahm mir eine Minute meines Lebens: »Was hast du mit dem Gras gemacht?«

»Ich kümmere mich drum.«

»Du hast es nicht hier?«

»Nein.«

»Wo ist es dann?«

Ich schaffte es, ein Augenlid anzuheben. »Warum? Was willst du denn machen? Es holen?«

Er starrte mich an. Dann sagte er: »Trinkst du diesen Scheiß jetzt, oder was?«

Ein Becher mit heißem schwarzen Nektar aus dem Erdgeschoss. Ich trank die erste Hälfte in zwei langen Schlucken und genoss das Brennen genauso wie den Koffeinschock. Dann ließ ich mich wieder in den Liegestuhl fallen und betrachtete das kleine Wunder, Herb bei Tageslicht an der frischen Luft zu sehen.

»Hast du meine Nachricht bekommen?«

Ich suchte in den Taschen und zog das Telefon heraus. Schaltete es ein und versuchte mich zu erinnern, wann ich es ausgeschaltet hatte. Bei Tohills Verhör wahrscheinlich. »Gut, dass du mich erinnerst«, sagte ich.

»Meine Güte.« Er stieß mit der Fußspitze gegen seinen schwarzen Adidas-Rucksack. »Aber du machst diese Fahrt nach Galway, oder?«

Das Handy zirpte und piepte. Fünf verpasste Anrufe. Einer von Herb, einer von Dee, einer von einem Kunden, zwei unbekannte Nummern.

Keine Nachricht von Maria.

»Das soll wohl ein Witz sein? Ich soll nach Galway fahren? Nach dem, was gestern Abend passiert ist?«

»Gestern Abend hast du gesagt, du würdest es tun. Und das hab ich auch Toto gesagt.«

»Schön, dann sag ihm, dass es sich geändert hat.«

»Na gut, mach ich. Dann zaubere mal das Gras her, dann mach ich mich auf die Socken.«

»Das Gras befindet sich in Finn's Studio. Und solange das noch als Tatort abgesperrt ist, kann ich nicht rein.«

Herb nickte vor sich hin. »Das hat Toto auch gesagt, ja. Also stehst du dafür gerade, bis er es wieder zurückbekommen hat. Was bedeutet, du musst nach Galway.«

»Blödsinn, Herb. Den Transport gestern Abend hab ich doch für *dich* durchgeführt.«

»Sicher, klar.« Er war jetzt in der Defensive, verlor eine Schlacht an zwei Fronten. »Es war ein Transport von Dope, für dessen Bezahlung du dich gegenüber Toto verbürgt hast.«

»Ich hab mich dafür verbürgt, dass Finn das Gras bezahlen wird, nicht dafür, dass er nicht aus dem Fenster springt.«

»Aber er *ist* gesprungen. Und ich vermute mal, dass er dir nicht das Geld gegeben hat, bevor er seinen dreifachen Salto mortale mit durchschlagendem Effekt gemacht hat.«

»Scheiße noch mal, Herb.«

»Ich hab damit nichts zu tun, Harry.«

»Meinetwegen. Scheiße.« Mir wurde klar, warum Herb so früh schon unterwegs war und ein leeres Taxi quer durch die Stadt gefahren hatte, um mir den langen Fußweg nach Larkhill zu ersparen. Was ja immerhin nett war. Ich nahm alle Energie zusammen, um dem Kraftfeld des Liegestuhls zu entkommen, und fiel wieder zurück. »Soll ich dich nach Hause fahren, bevor ich mich auf den Weg mache?«

»Keine Chance, Harry.«

»Keine Chance für was?«

»Toto hat festgelegt, dass du kein neues Taxi bekommst, bis du deine Schulden bezahlt hast.«

Ich schaute ihn schräg an. »Was dann? Soll ich etwa den Bus nach Galway nehmen?«

Er zuckte mit den Schultern und starrte über die Dächer irgendwo hin. »Kannst du nicht den Wagen von Dee ausleihen?«

Er schaute nicht deshalb weg, weil er die rußigen Schornsteine bemerkenswert fand. Toto hatte ihm aufgetragen mir zu sagen, ich solle Dees Wagen nehmen. Um mir zu verstehen zu geben, dass er wusste, wer sie war und welchen Wagen sie fuhr. Wo sie wohnte und mit wem.

Kalter Schweiß brach mir aus und gefror zu Eis.

»Ihren Wagen kann ich nicht fahren, wegen der Versicherung«, sagte ich langsam. »Schon gar nicht bis nach Galway, um eine Lieferung abzuholen. Was ist denn mit dir los, bist du auf Speed?«

»Sie weigert sich, dir das Auto zu leihen?«

»Vielleicht wenn ich ihr schwöre, dass ich den erstbesten Betontransporter ramme, der mir begegnet, dann vielleicht.«

»Sag ihr einfach, du machst eine normale Taxifahrt, jemanden zum Flughafen nach Knock bringen. Dass du ihn nicht hängen lassen kannst.«

»Das wäre aber höchstens eine zweistündige Fahrt. Und ich werde ungefähr fünf, sechs Stunden unterwegs sein.«

»Dann hast du eben einen Platten oder sonst einen Scheiß. Hör mal, Harry, hier geht's um eine Lieferung im Wert von zehn Riesen. Du fährst hin und wieder zurück und kannst das Gras bezahlen. Ganz einfach.«

Die Schlinge schnitt ins Fleisch, das Unvermeidliche zog sich zusammen wie ein eiserner Ring, der ganz langsam meinen Schädel zermalmte. Funken stoben hinter meinen Augen auf. Herb wartete, während ich mir eine Fluppe drehte, sie anzündete und etwas Lunge aushustete, das gerade nicht in Gebrauch war. »Ich brauche vorab ein paar Hundert«, sagte ich. »Ich bin mit Bens Unterhalt im Verzug. Und Dee muss ich auch mit irgendwas bezirzen, damit sie mir ihren Wagen überlässt.«

Er dachte darüber nach. »In Ordnung«, sagte er.

»Ich kann nichts versprechen. Es hängt alles davon ab, in welcher Stimmung sie gerade so ist.«

»Blödsinn. Wenn sie dich sieht, kriegt sie auf jeden Fall schlechte Laune. Du musst das Ruder halt rumreißen. Ein Tausender ist ein Tausender.«

Wenn seine Logik einen Haken hatte, konnte ich den jedenfalls nicht finden.

16

Nachdem Herb gegangen war, machte ich eine Katzenwäsche in der kleinen Toilette eine halbe Treppe tiefer. Was ich im Spiegel sah, hätte in Saoirse Hamiltons Wohnzimmer hängen können mit dem Titel »Etwas, das die Katze ausgekotzt hat«. Ein verrückter und bösartiger Präparator hatte mich mit den Augen eines trunksüchtigen Waschbären ausgestattet. Die schwärzlichen Blutreste unter meinen Nägeln ließen sich leicht auswaschen, aber die Rasur stellte eine geradezu herkulische Herausforderung dar. Das Zittern meiner Hände verursachte Erschütterungen, die Charles Francis Richter sich im Grab hätten umdrehen lassen. Meine zerschundenen Hände und die Schnittwunde über dem Auge hatten meine Selbstzerfleischungsquote für diese Woche eigentlich schon übererfüllt.

Ich bürstete mir den Belag von den Schneidezähnen und ging wieder nach oben, um mein whiskeygetränktes Hemd gegen ein graueres, aber weniger feuchtes und klebriges einzutauschen. Krawatte und Hose mussten aus dem Fundus des Vortags übernommen werden, aber ich vermutete, dass Ben beim Eltern-Lehrer-Gespräch jede Unterstützung gebrauchen konnte, also wäre ein zerknitterter Look mit Krawatte immer noch besser, als wenn er mit einer Vogelscheuche dort aufkreuzte.

Schließlich war ich für einen neuen Tag gerüstet, gestiefelt und gespornt und von kaum weniger Gottvertrauen als sonst auch. Ich warf mir den Adidas-Rucksack über, in dem sich die zehn Riesen befanden, und stolperte die drei Stockwerke hinunter ins Early 'Til Latte, wo ich mir bei Inez einen weiteren kleinen Eimer mit einem dreifach aufgemotzten Latte anschreiben ließ. Während das teuflische Elixier gebraut wurde, setzte ich mich an den Computer-Terminal im hinteren Bereich und tippte »Tohill Garda Síochána Detective« bei Google ein.

Diesen Tohill hatte ich vorher noch nie gesehen. Ich verbringe zwar nicht besonders viel Zeit in der Bullenzentrale und checke die Neuzugänge, aber wenn man in einem Ort von der Größe Sligos Taxi fährt, kennt man über kurz oder lang alle Cops, zumindest vom Sehen. Was bedeutete, dass er wahrscheinlich erst kürzlich hierher versetzt worden war. Ich hätte zu gerne gewusst warum, und ob er irgendwas taugte.

Null-komma-zwo-acht Sekunden später hatte ich 2.311

Ergebnisse. Nur die ersten sieben bezogen sich auf einen Detective-Sergeant Daniel Tohill von der An Garda Síochána, aber in dieser kleinen Auswahl stand mehr als genug, um mir nahezulegen, dass Saoirse Hamiltons Sehnsucht nach einem Abschiedsbrief von Finn, falls der überhaupt existierte, nicht ausschließlich dem Willen einer trauernden Mutter entsprang, die dieses Kapitel abschließen wollte.

Ich trank den Eimer mit Kaffee und gab einen weiteren Suchbegriff ein, diesmal »Hamilton Holdings«, was beinahe dazu führte, dass das Glasfaserkabel zerschmolz. Ich schränkte die Suche auf Ergebnisse vom letzten Jahr ein. Die meisten Resultate bestätigten mir, dass Finn nicht übertrieben hatte. Auf ihrer Website behauptete Hamilton Holdings noch immer, sie könnten mir das einzig wahre Immobilien-Portfolio zusammenstellen, wenn ich investieren wolle, mit erstklassigen Gewinnmargen, vor allem in Spanien und Portugal, auf dem Balkan und in Florida. Aber das wichtigste Ergebnis einiger hastiger Klicks war, dass Hamilton Holdings im Grunde genommen längst in den Besitz der NAMA übergegangen war, die nun so gut wie alles aus dem Katalog der Firma zu Ramschpreisen anpries. Oder dies beabsichtigte, wenn sie erstmal das Stacheldraht-Dickicht aus legalen Vorbehalten zerschnitten hatte, das ein gewisser Arthur Gillick darum geflochten hatte.

»Ich tue dir gern diesen einen Gefallen«, hatte er gesagt. Eine halbe Stunde später war Finn nur noch ein Klumpen verkokeltes Fleisch gewesen.

Was der Grund dafür sein konnte, dass Detective-Sergeant Tohill, ein aufrechter und respektierter Beamter der An Garda Síochána, der momentan in der Abteilung für Wirtschaftskriminalität tätig war, sich nicht dazu durchringen konnte, abschließend zu beurteilen, ob Finn nun aus dem Fenster gesprungen oder gestürzt worden war.

Und das hatte bewirkt, dass diese Vogelscheuche nun hilflos im Niemandsland herumflatterte, in den Schmutz geworfen wurde und sehr wahrscheinlich zwischen den Fronten der unaufhaltsam aufeinander zukriechenden widerstreitenden Kräfte zermalmt werden würde.

Es sei denn natürlich, einer von Toto McConnells Killern nahm mich schon vor der Zeit ins Visier.

Ich trank noch etwas mehr Latte, loggte mich aus und löschte den Suchverlauf. Fragte mich, wie viel Saoirse Hamilton wohl gewillt wäre zu zahlen, um Finns Abschiedsbrief lesen zu dürfen, und zu was Tohill sich wohl überreden lassen würde, wenn ich ihn erstmal gefunden hätte.

Ich schlenderte die Castle Street entlang, bog nach rechts in die Teeling Street Richtung Bullenzentrale. Blieb an der Ecke stehen, um mich kurz umzuschauen, um sicherzugehen, dass niemand mich beobachtete, bevor ich die Straße überquerte. Die Polizeistation war ein breiter Betonblock von stalinistischer Funktionalität und sogar noch grauer als der Retro-Gothic-Wahnsinn des gegenüberliegenden Gerichtsgebäudes. Es war noch nicht mal Mittag, aber der Typ hinter dem Empfangspult brauchte dringend eine zweite Rasur. Bulliger Körperbau, klobiger Schädel, winzige, weit auseinander stehende Augen. Seine Begrüßung lag irgendwo zwischen einem Schnauben und einem Bellen. Hätte es nicht so viele Ausgabenkürzungen gegeben, wäre ich zu dem Schluss gekommen, dass sie extra einen Schauspieler engagiert hatten, um Besucher des Gruselparks davor zu warnen, dass sie jetzt das Labyrinth betraten.

»Ich möchte zu Detective-Sergeant Tohill«, sagte ich.

»In welcher Angelegenheit?«

»In einer Angelegenheit, die mit Detective-Sergeant Tohill zu tun hat.«

»Tut mir leid.« Er hatte noch nicht von der Sportseite aufgesehen. »Von dem hab ich noch nie gehört.«

»Vielleicht ermittelt er ja verdeckt. Jedenfalls ist das ein ganz wichtiger Typ, der eine Lizenz hat, den Leuten ins Gesicht zu spucken.«

Nun hob er langsam den Kopf. Seine Augen waren fahl wie Quecksilber. »Möchten Sie sich beschweren?«

Ein Komiker. »Ich will bloß mit ihm reden. Die Aussage unterschreiben, die ich letzte Nacht gemacht habe.«

Das Quecksilber leuchtete auf. »Warten Sie mal«, sagte er und griff nach dem Telefon. Er wandte sich ab, zog die Schultern hoch, und ich hörte nur ein bisschen Grunzen und Schnauben, vielleicht auch einen Furz. »Er sagt, er trifft Sie draußen«, sagte er und knallte den Hörer auf die Gabel. »In fünf Minuten.«

Ein Mann kann sich seinen Ruf ruinieren, wenn er außerhalb einer Bullenstation herumlungert, also überquerte ich die Straße und rauchte eine Fluppe, während ich so tat, als würde ich eine Tafel an der Wand gegenüber des Gerichts lesen, auf der Stand: »Argue und Phibbs, Notare«.

Eine Hupe ertönte hinter mir. Tohill stand in der zweiten Reihe und winkte mich zu sich. Ich rollte mit den Schultern und tat großspurig, dann schlenderte ich auf seinen Passat zu, stieg ein und stellte den Rucksack zwischen meinen Füßen ab. »Ein schräges Paar, diese beiden, Argue und Phibbs«, sagte er grinsend, während er Gas gab und die Pearse Road entlangfuhr. »Irgendwann in den 1920ern planten sie, noch einen Dritten mit an Bord zu nehmen, einen englischen Anwalt namens Cheetham.«

»Argue, fib & cheat, sehr lustig. Das Justizwesen ist ein einziger kranker Witz, oder?«

»Immerhin haben diese Typen Sinn für Humor.«

»Wie William Gaddis sagte, Gerechtigkeit gibt's im Jenseits ...«

»... und hier auf Erden gibt's das Recht. Ich hörte davon. Wirklich interessant, aber ich hätte nicht gedacht, dass Sie eine religiöse Ader haben.« Er interpretierte mein Schweigen als Zustimmung. »Wir haben also alle auf die eine oder andere Art mit dem Gesetz zu tun. Erzählen Sie mir, warum Sie plötzlich ihre Aussage unterschreiben und sich wegen Behinderung der Justiz einlochen lassen wollen.«

»Erstmal ein paar andere Sachen.«

»Nur zu.«

»Ich weiß so gut wie nichts über Gillick. Bin ihm gestern Abend zum ersten Mal begegnet.«

»Okay.«

»Zweitens weiß ich nichts über Finn, das für die Abteilung Wirtschaftskriminalität interessant sein könnte. Soweit mir bekannt ist, hat er sich nichts zuschulden kommen lassen.«

»Ist notiert.«

»Das Gleiche gilt für die Hamiltons. Alles, was ich über deren Aktivitäten weiß, ist das, was Finn mir gestern Abend erzählt hat, dass sie offenbar fast ganz der NAMA gehören.«

»Na großartig. Gibt es auch etwas, *dass* Sie wissen?«

»Ein paar Kleinigkeiten, ja. Zuerst mal muss ich herausfinden, was für mich dabei rausspringt.«

»Das hinge davon ab, wie viel sie wert sind, oder?«

»Sicher.«

Wir schwiegen, bis wir vor der roten Ampel gegenüber dem Markievicz-Park angekommen waren. »Ich habe keine Ahnung, wie viel sie wert sind, das müssen Sie mir schon sagen«, sagte er.

»Ist mir klar«, sagte ich. »Aber zuerst muss ich wissen, wie der Markt aussieht.«

»Ich kann Ihnen nicht folgen.«

»Ich frage mich, und deshalb bin ich hier, welches Interesse die Abteilung Wirtschaftskriminalität an Finn hat. Ich frage mich außerdem, ob das Interesse Ihrer Abteilung nicht der Grund dafür ist, dass er aus dem Fenster gesprungen ist.«

Ein paar Falten in seinem ledrigen Gesicht verzogen sich zu der Andeutung eines Grinsens.

»Finden Sie das witzig?«, fragte ich. »Dass Finn gesprungen ist?«

»Überhaupt nicht. Wohin fahren wir übrigens?«

»Rasharkin.«

»Wo ist das?«

Wir fuhren am Sligo Park Hotel vorbei und dann nach Süden Richtung Carraroe, also sagte ich ihm, er sollte an Maugheraboy vorbei in das Industriegebiet von Finisklin fahren.

Am Kreisel bog er nach Westen auf die neue Straße, eine schnurgerade Variante dessen, was man von einer modernen Umgehungsstraße erwartet, abgesehen von der Tatsache, dass sie direkt durch die Stadt führte und sie in zwei Hälften schnitt. Wir nahmen die Oakfield Road. Im Straßengraben blühten verstaubte blaue Blumen mit seidenweichen Blättern.

»Letzte Nacht«, sagte er, »hab ich mich total daneben benommen.«

»Meinen Sie die Beleidigungen oder das Spucken?«

»Das Spucken. Das ist wirklich nicht meine Art.«

»Dann sollten Sie gut aufpassen, dass dieser böse Zwillingsbruder in Ihnen sich nicht wieder einmischt. Der ist wirklich die Pest.«

»Sehen Sie es mal aus meiner Perspektive. Sie lügen mir ins Gesicht und weigern sich, die Aussage zu unterschreiben.«

»Weiter so. Wenn's verfilmt wird, kann Tom Hanks Ihre Rolle übernehmen.«

Theoretisch ist ein Bullenauto ein Arbeitsplatz, also darf man da nicht rauchen. Das hielt Tohill aber nicht davon ab, einen Zigarillo aus der Brusttasche zu ziehen und anzuzünden. Ich holte meinen Tabak raus und folgte seinem Beispiel.

»Okay«, sagte er und atmete tief aus. »Jetzt haben wir also erstmal konstatiert, dass Sie ein radikaler Freidenker sind, der davon überzeugt ist, dass alle Bullen Nazischweine sind. Ich bin also so eine Art Fascho, richtig?«

»Eher Black and Tan.«

»Sehr schön, das hat einen historischen Touch, gefällt mir.« Er strich die Asche von seinem Zigarillo. »Nur dass Sie mich aufgesucht haben, um von mir eine Gegenleistung zu bekommen. Bedeutet das dann, dass Sie ein Kollaborateur sind?« Er zwinkerte, aber es war nicht wirklich witzig gemeint. »Beim letzten Mal waren Sie nicht so stolz, stimmt's? Da haben Sie Brady die Strippen ziehen lassen, nachdem Sie

Ihren Bruder umgebracht hatten, damit er Ihnen eine lockere Zeit in Dundrum beschert.«

»Er *mir*?«

»So hat er es ausgedrückt.«

»Ist ja interessant. Denn so wie es mir verkauft wurde, ging es darum, ihm einen Gefallen zu tun und den Mund zu halten über diesen korrupten Bullen, der sich mit ehemaligen Paramilitärs zusammengetan hatte und sich ein hübsches kleines Koks-Imperium aufbauen wollte. Und dann gehe ich los, räume Gonzo aus dem Weg und schaffe ihnen damit eine Menge Ärger vom Hals, die ganzen ärgerlichen Reportagen und Untersuchungskommissionen und Therapiesitzungen. Das Mindeste, was sie im Gegenzug für mich tun konnten, war dann doch wohl, mir ein hübsches weiches Kissen in Dundrum zu besorgen.«

Er fuhr weiter. Ein grandioser Sommertag, die Sonne stand hoch über dem Grab von Königin Medb auf dem Knocknarea. Mücken schwirrten über die Hecken auf der Suche nach einem Pharao, dem sie eine Plage sein konnten. »Ich habe heute Morgen mit Brady gesprochen«, sagte er. »Nicht gerade ein geschwätziger Typ.«

»Kann ich nicht beurteilen, so gut kenne ich ihn nicht.«

»Er hat auch nicht gerade begeistert von Ihnen gesprochen. Meinte, ich sollte eine Astgabel mitnehmen, wie Schlangenbändiger sie benutzen, wenn ich Sie treffe, und Gummihandschuhe tragen. Mir eventuell noch ein drittes Auge am Hinterkopf wachsen lassen.«

»Er hat ja ziemlich viel gesagt dafür, dass er kein geschwätziger Typ ist.«

»Ich kann bedeutungsvolles Schweigen ganz gut interpretieren.« Er nahm einen tiefen Zug von seinem Zigarillo, stieß den Rauch ganz langsam aus und kam zu einer Entscheidung. »Er sagte, Sie seien ein eiskalter Killer, darüber bestünde kein Zweifel. Durch und durch eiskalt. Aber er meinte, Sie wären durchaus in der Lage, sich an eine Abmachung zu halten. Also ziehen wir das durch, okay? Ich erzähl Ihnen was über Finn und die Arbeit der Abteilung für Wirtschaftskriminalität, und Sie erzählen mir, was Sie über Gillick wissen. Alles, was er gestern Abend gesagt hat, unten am Hafen oder nachdem er Sie aufgelesen hat. Wie wäre das?«

»Klingt gut.«

Er lehnte den Kopf gegen die Rückenlehne. »Da hinten liegt eine Ausgabe der *Irish Times*. Schlagen Sie mal Seite sieben auf, dritte Spalte, unten rechts.«

Es war ein Bericht über eine Gerichtsverhandlung, in der es um die Klage eines italienischen Kunsthändlers gegen einen nicht namentlich genannten Lieferanten wegen Vertragsverletzung und Geschäftsschädigung ging. Der Lieferant hatte dem Italiener ein gefälschtes Landschaftsgemälde von Paul Henry angedreht. Allerdings waren die Zusammenhänge etwas komplizierter, denn der Italiener wollte nicht den Lieferanten belangen, der schwor, er hätte das Bild in gutem Glauben erworben, sondern eine dritte Partei, die dem Lieferanten die Fälschung wissentlich angedreht hatte. Die dritte Partei, die ebenfalls nicht namentlich genannt wurde, setzte derzeit alles daran, den Prozess mit ständig neuen Anträgen zu verlangsamen, um die Kriegskasse des Italieners zu leeren. Der Richter sollte heute darüber entscheiden, ob die dritte Partei namentlich genannt und in die Schusslinie gebracht werden sollte.

Als ich den Artikel fertig gelesen hatte, fuhren wir am Hafen von Finisklin entlang auf die Hughes Bridge zu.

»Ich schätze, bei der dritten Partei handelt es sich um Fine Arte Investments?«, sagte ich.

»Ich würde mich der Missachtung des Gerichts schuldig machen, wenn ich das einfach so bestätigen würde.«

»Scheiße.«

»Tatsächlich ist die Sache ziemlich klar«, sagte er. »Wie das immer so ist bei der Spitze des Eisbergs.« Er tippte die Asche von seinem Zigarillo. »Eine lukrative Masche, wenn man das Geld hat, um die Basisinvestitionen zu tätigen. Man kauft ein Gemälde für einen Investor, der einen Pollock nicht von einem Tritt in den Arsch unterscheiden kann, lässt eine Kopie anfertigen und bringt diese im Namen des Investors in den Handel. Das Original landet dann bei jemandem, der den Mund halten kann.« Er zuckte mit den Schultern. »Das Dumme daran ist nur, dass die Fälschung zum Wert des Originals verkauft wird, während das Original zum Discountpreis losgeschlagen wird, weil es ja nicht auf dem freien Markt angeboten werden kann. Verrückt, diese Kunstszene, was?«

»Die wissen eben, was ihnen gefällt.«

Irische Gangster hatten schon lange die Kunstszene im Visier, noch bevor die Abteilung Wirtschaftskriminalität überhaupt gegründet wurde. Die Idee hinter der Gründung des Dezernats war, die Gangs und ihren unantastbaren Reichtum, der im Allgemeinen auf Bankkonten in Steueroasen und in Immobilien angelegt war, zu fassen zu kriegen. Ein nobles Unterfangen, zumal das Dezernat eine Art Denkmal für die ermordete investigative Journalistin Veronica Guerin war und sogar einigen Erfolg hatte, obwohl die Gangs sich anpassten und andere Wege der Geldwäsche einschlugen.

Früher wären die IRA oder Martin Cahill, der General, ganz einfach ins Russborough House marschiert, in einer dunklen und stürmischen Nacht, und hätten einen Goya oder Vermeer aus der Privatsammlung der Familie Beit geholt. Diese neue Betrugsmasche war da ein bisschen intelligenter angelegt. Man kaufte ein Original für billiges Geld und lagerte es erstmal ein. Nach ungefähr zehn Jahren oder auch mehr würde es dann einen Riesenbohei geben, wenn während einer Ausstellung ein Experte einen genaueren Blick auf das gefälschte Bild werfen und seine Echtheit anzweifeln würde. Zwar würde er das Echtheitszertifikat anerkennen, aber das würde dem Bild auch nicht viel helfen. Und dann würde das Original wundersamerweise in irgendeinem Keller oder auf einem Dachboden gefunden werden und wäre mindestens so viel wert, wie der Markt dafür bezahlt hätte, als es verschwand, sehr wahrscheinlich aber viel mehr.

Kein Wunder, dass Finn geplant hatte, nach Zypern abzuhauen, nach Nord-Zypern im Besonderen, da diese Enklave nicht gerade dafür berühmt war, auf Auslieferungsanträge prompt zu reagieren.

»Und wer hat Ihnen das alles gesteckt?«, fragte ich.

»Ich würde mich der Missachtung des Gerichts schuldig machen«, sagte er und starrte nach vorn, »wenn ich erklären würde, dass Finn Hamilton unsere Informationsquelle ist.«

»*Finn*?«

»Genau der.«

»Dieser dreckige Verräter.«

Tohill nickte zustimmend. »Jetzt können Sie sich ungefähr ausrechnen, warum wir so sehr daran interessiert sein könnten zu wissen, aus welchem Grund Gillick gestern Abend bei Finn aufgekreuzt ist. Vor allem falls Finn erwähnt haben sollte, was Gillick ihm gegenüber bezüglich einer Einigung zwischen Hamilton Holdings und dem Gericht am heutigen Tag erzählt haben könnte, die sehr wahrscheinlich zum Vorteil unseres italienischen Freundes sein wird.«

»Davon war nie die Rede.«

»Nein?«

»Gillick machte sich über Finn lustig in Bezug auf den Wert oder Nicht-Wert seiner eigenen Gemälde. Aber das war's dann auch schon.«

»Was genau hat er denn gesagt?«

»Keine Ahnung. Irgendwas darüber, dass Kunst unbezahlbar ist, weil tote Materialien wie Farbe und Leinwand etwas Lebendiges zustande bringen.«

»Und das war's?«

»So ziemlich.«

»Und hinterher, als Gillick Sie abgeholt hat?«

»Auch nichts. Er wollte, dass ich Saoirse Hamilton einen Besuch abstatte, weil ich der Letzte gewesen bin, der ihren Sohn lebend gesehen hat.«

»Was hat sie gesagt?«

»Was man erwarten konnte. Sie wollte genau wissen, in

welcher Verfassung er war und ob ich wüsste, warum er sich umgebracht hat. Ich hab ihr nichts anderes erzählt als Ihnen.«

»Und das ist alles, was Sie mir bieten können?«

»Was diese Leute betrifft, bin ich nur eine Art Dienstleister. Niemand, den man ins Vertrauen zieht. Ich kann Ihnen nur sagen, dass sie mir beide so ziemlich die gleichen Fragen gestellt haben wie Sie und sich fragten, was Finn wohl zuletzt gesagt hatte. Gab es Unterschiede? Gillick hat mich auf dem Weg dorthin ausgequetscht, während Saoirse Hamilton abwartete, bis Gillick den Raum verlassen hatte, bevor sie mir Fragen stellte. Es wirkte so, als würden sie sich Sorgen machen, Finn könnte etwas gesagt haben, dass er besser nicht gesagt hätte.«

Wir blieben im Verkehr stecken, die Hughes Bridge war ein Nadelöhr.

»Jetzt, wo ich erfahre, dass er mit der Abteilung für Wirtschaftskriminalität im Gespräch war«, sagte ich. »Das macht schon mehr Sinn. Ich frage mich bloß, was Finn sich davon versprochen hat.«

Tohill nickte. »Sie haben recht, das ist die Frage. Wie sind Sie denn nun mit Gillick verblieben?«

»In bestem Einvernehmen. Gestern Abend hat er mir einen Job angeboten. Hat versprochen, mir das alles vom Hals zu halten.«

»Was für einen Job?«

»Ach, Sie wissen schon. Zwangsräumungen, Schuldeneintreiben, solche Sachen. Allgemeines Banditentum. Ich vermute, er hat Angst, sein Freund Jimmy könnte eines Tages von all den Anabolika einen Anfall kriegen.«

»Könnte sein Freund Jimmy bürgerlich James Callaghan heißen und Limerick-Jim genannt werden?«

»Genau der.«

»Ich wage zu bezweifeln, dass Sie ihn ersetzen könnten, Rigby. Es sei denn, Sie halten noch ein ganz besonderes Licht unter Ihrem Scheffel.«

»Ich könnte den Umgang mit dem Messer erlernen. So schwer kann das ja nicht sein.«

»Schwerer jedenfalls, als bloß den Abzug durchzudrücken, würde ich sagen«, sagte er mit leicht knarzender Stimme. »Zum einen müssen Sie dicht rangehen, das macht die Sache persönlicher.« Er warf mir einen Blick zu, und seine kalten Augen drückten sehr deutlich aus, dass er mir am liebsten einen Tritt mit dem Stiefel in die Fresse verpassen würde. »Abgesehen davon haben Sie nicht die Statur eines Limerick-Jim. Seine Intelligenz vielleicht schon, aber solange Sie noch keine Autobombe vor der Notaufnahme eines Krankenhauses gezündet haben, sind Sie nur eine halbe Portion.« Der Zigarillo wanderte von einem Mundwinkel in den anderen. »Nehmen wir trotzdem mal an, Sie würden Gillicks Angebot annehmen. Sich mit ihm zusammensetzen und über sein Jobangebot reden.«

»Ein bisschen freischaffend arbeiten, klar. Und mich vorher vom Toningenieur ein bisschen verdrahten lassen, auch klar.«

Er zuckte mit den Schultern. »Wenn Sie sich freiwillig dafür melden, super. Das würde mich maßlos beruhigen, weil ich mir dann keine Sorgen darüber machen müsste, ob Sie sich Gillick nicht doch mit Haut und Haaren verschrieben haben. Es würde mich vielleicht sogar so sehr beruhigen, dass ich die Anklage wegen Behinderung der Justiz sang- und klanglos in den tiefsten Tiefen verschwinden lassen würde.«

»Sie wollen also, dass ich zum Spitzel werde?«

Er verzog das Gesicht und schnappte nach Luft. »›Spitzel‹ ist nun wirklich ein hässliches Wort, Rigby.«

»Es ist ein hässliches Geschäft.«

»Das ist wahr«, lenkte er ein. »Aber wäre es hübscher, wenn Sie sich Privatdetektiv nennen und dafür bezahlt würden, den Whistleblower zu spielen?« Er schnippte etwas Asche weg. »Glaube ich nicht. Und wie auch immer, es ist jedenfalls nicht hässlicher als eine Kugel im Hinterkopf.«

»Das klingt nach einer Drohung.«

»Absolut. Nur kommt die nicht von mir.«

»Sondern?«

Er schob sich den Zigarillo in den Mundwinkel und redete weiter. »Gillick hat im Rathaus einen Antrag gestellt. Er will am Hafen einen neuen Stadtteil bauen.«

»Hab davon gehört.«

»Von Finn.«

»Ja, aber der meinte, es sei ein Bluff. Vor fünf Jahren wäre das vielleicht noch möglich gewesen. Aber jetzt? Wer ist denn bereit, eine solche Investition zu finanzieren? Wer steigt da mit ein?«

»Hat Finn erwähnt, wer da mit drinsteckt?«

»Nein.«

»Irgendwelche Ideen?«

»Ich verkehre nicht in derartigen Kreisen, Tohill.«

»Das geht uns beiden so.« Er grinste kläglich, appellierte an das, was uns verband. Ich fuhr mir über die Wange an der Stelle, wo sein Rotz gelandet war. Sein Grinsen erstarb. »Hören Sie, ich hab doch nur gefragt, ob Finn irgendwelche Namen erwähnt hat«, sagte er. »Oder irgendwas, das uns helfen könnte, den Faden aufzudröseln.«

»Welchen Faden denn?«

»Gillicks Name steht überall in den Bauanträgen, aber wir wissen, dass er nicht genügend Kapital hat, um das allein durchzuziehen. Wie Sie schon sagten, er befasst sich mit Schuldeneintreibungen und nimmt die Hamiltons aus, soweit es irgend geht, um ihnen die NAMA vom Leib zu halten.«

»Sie meinen also, ich sollte den Job annehmen, den er mir angeboten hat.«

Er rieb sich das Kinn, seine Fingernägel waren sehr kurz und gelblich verfärbt. »Gillick zieht die Fäden hinter den Kulissen einer Geschäftsfeldentwicklungsgesellschaft, die eingerichtet wurde, um das Angebot einzureichen. Eine Gesellschaft in einer Steueroase, von wo man mit Urlaubsbräune zurückkommt, wenn man die Protokolle der Jahreshauptversammlung unterschrieben hat. Es gibt keinerlei Verbindungen zu Hamilton Holdings.«

»Die Ratte verlässt das sinkende Schiff. Na und?«

»Nur dass Gillick nun mal der Anwalt von Hamilton Holdings ist und ihr gesamtes Portfolio verwaltet. Inklusive dem ehemaligen Hafenamtsgebäude.«

»Kapitalgewinnung durch Liquidation, nicht schlecht. Damit nimmt er der NAMA die Arbeit ab.«

»Na klar, aber wer kauft?«

»Keiner, so wie ich Finn verstanden habe.«

»Kein offizieller Käufer jedenfalls. Aber Gillick ist ein großes Tier, Rigby. Der wirft einen weiten Schatten. Also sagen Sie mir mal, warum er das Geld seiner Hintermänner im Dunkeln hält.«

»Vermutlich, weil es schmutzig ist.«

Er grunzte zustimmend. »Okay, das ist immerhin schon mal ein Fortschritt. Nächste Frage: Warum liegt Finn jetzt auf Zwergenformat zusammengestaucht im Leichenschauhaus?«

Ich schnippte meine Fluppe aus dem Fenster. »Vielleicht konnte er das Spitzeldasein nicht mehr ertragen.«

»Finn war erstaunlich gelassen, was seine Mithilfe bei unseren Ermittlungen betraf. Ein verdammt vorbildlicher Staatsbürger.«

»Wenn das so wäre, wäre er aber sicher zu faul, das heraushängen zu lassen.«

»Glauben Sie?« Er zuckte mit den Schultern. »Ich hatte eher den Eindruck, dass es ihm gefiel. Dass er den Kick mochte. Es gibt eine Menge Leute, die gern den Allmächtigen markieren. Ein bisschen Macht trägt einen weit.«

Das klang in der Tag nach Finn. Etwas Schleimiges regte sich in meinen Gedärmen, als wir rechts abbogen und an Feehily's Bestattungsunternehmen vorbeifuhren und weiter Richtung Krankenhaus. Tohill fuhr nach links Richtung Rasharkin und dann krochen wir im zweiten Gang voran, weil die Straße wegen einer Trauerfeier in der St. Joseph's Church verstopft war. Wir schafften es durchzukommen und rollten dann den Berg runter nach Rasharkin. Tohill hielt gegenüber von Abbott's, neben einer kleinen Straße, die auf das Grundstück führte. Ich löste den Sicherheitsgurt. »Eins noch«, sagte er mit mahlenden Kiefern.

»Was denn?«

»Als Sie gestern Abend bei Finn waren und über nichts mit ihm geredet haben, haben Sie da irgendein Fernglas bemerkt?«

»Das Nachtsichtglas? Klar. Ich hab es selbst benutzt, nachdem Gillick gegangen war. Jetzt drehen Sie mir bloß keinen Strick daraus und behaupten, ich hätte ...«

»Das Fernglas war weg, als wir da oben ankamen.«

»Vielleicht hat er es weggepackt.«

»Wir haben alles durchsucht, besonders nach einem Nachtsichtglas, aber nichts gefunden.«

»Wieso haben Sie denn nach dem Fernglas gesucht?«

»Weil Finn eines Nachts etwas damit gesehen hat. Das Anlanden einer nicht näher bekannten Lieferung. Importware, wahrscheinlich Koks oder Heroin. Das wäre sozusagen der Bonus bei Gillicks Investitionsplänen zur Erneuerung des Hafengebiets. Sie hätten die nötige Infrastruktur. Hafenmeister, die überredet würden, woanders hinzuschauen. Lagerhäuser, die von ihrem eigenen Sicherheitsdienst bewacht würden. Der Punkt ist, dass wir Finns Beobachtungen nicht beweisen können, wenn das Nachtsichtglas nicht vorhanden ist.«

»Wie wollen Sie das denn überhaupt beweisen? Indem Sie eine Leiche in den Zeugenstand rufen?«

»Falls jemand das Nachtsichtglas genommen hat, dann gibt es einen Grund dafür. Wenn wir herausfinden, wer es war, haben wir einen Anhaltspunkt, den Ariadnefaden. Wenn wir daran ziehen, fällt vielleicht das ganze Konstrukt in sich zusammen.« Er rieb sich die Augen. »Da stehen wir nun also. Oder standen, bis Finn aus diesem verdammten Fenster gefallen ist.«

»Ich verstehe immer noch nicht, was das alles mit mir zu tun hat.«

»Sie waren da.«

»Na schön. Aber Finn hat mir von diesem ganzen Scheiß überhaupt nichts erzählt. Mir hat er nur seine grandiosen Zukunftspläne ausgemalt, und dann ist er gesprungen.«

»Vielleicht hat er Ihnen ja vorher noch erzählt, was er gesehen hat.«

»Er hat mir nichts erzählt.«

»Sicher. Aber *wenn* Sie sagen würden, er hätte es getan, wie soll dann jemand das Gegenteil beweisen?«

»Zuerst soll ich Spitzel sein, jetzt soll ich einen Meineid schwören? Wollen Sie das?«

»Es wäre Finns Aussage, und Ihr Name stünde darunter. Sie würden seine Aussage bestätigen.«

»Niemals, verdammt.«

»Im ungünstigsten Fall kriegen wir eine gerichtliche Verfügung gegen Gillick, können ihn erstmal stoppen.«

»Seine Investitionspläne einfrieren.«

»Mit aufschiebender Wirkung, am besten auf unbestimmte Zeit. Damit hätten wir schon viel erreicht.«

»Wirklich ein netter Job.«

»Könnte sein, ja. Wir brauchen nur Ihre …«

»Ich meine Ihren Job. Das ist ein netter Job.«

Er verzog das Gesicht. »Jetzt kommen Sie mir bloß nicht mit irgendeiner Scheißmoral, Rigby. Diese Brücke haben Sie schon lange hinter sich abgebrannt.«

»Ich sage damit nur, dass Sie einen Job haben. Was nett ist.« Ich deutete über die Straße zum Abbott-Gebäude. »Ich weiß nicht, ob Sie davon gehört haben, aber vor ein paar Monaten haben die da drüben 175 neue Jobs in ihrem Pharmaunternehmen annonciert.«

»Und?«

»Das letzte Mal, als jemand neue Jobs in Sligo annonciert hatte, war das Königin Medb, weil sie noch ein paar Speerwerfer für ihren Rinderraub von Cooley brauchte.«

Tohill setzte sein Pokerface auf, Zähne zusammengebissen, Lippen aufeinandergepresst, offenherzig wie ein Bluffer. »Wir reden hier von *schmutzigem* Geld, Rigby.«

»Mensch, Tohill – glauben Sie wirklich, irgendjemand in Sligo interessiert sich einen Scheiß dafür, wer hier investiert? Wenn jemand Arbeitsplätze schafft mit gewaschenem Geld, na und? Kein Arsch in Dublin schert sich um uns. Wenn Sligo nächste Woche Richtung Island abdriftet, dann wird es bloß in die Nachrichten kommen, wie die Rehe dann unter der Kälte leiden.«

Er kaute das Ende seines Zigarillos zu Matsch. »Lassen Sie mich mal deutlich machen, woher dieses schmutzige Geld kommt, Rigby.«

»Ich weiß, woher ...«

»In diesem besonderen Fall sprechen wir von den Jungs, die immer noch für die gute Sache kämpfen. Sie wissen schon, diese Typen, die von der Sozialistischen Republik Irlands faseln und ab und zu eine Bank überfallen, um die Räder am Laufen zu halten.«

»Scheiß doch auf die Scheiß*banken*.«

»Nun, diese lumpenproletarischen Menschenfreunde sind sozialistisch eingestellt und teilen Glück und Wohlstand gerne, allerdings, indem sie Heroin in den eigenen Hinterhöfen verteilen. Oder sie verteilen das Geld, indem sie mit Frauen handeln und ihre Mitmenschen glücklich machen, die ein paar Euros übrig haben und denen es nichts ausmacht, einen Zombie zu ficken. Oh, Sie haben ein Problem damit? Keine Sorge, dafür gibt's einen doppelten Knieschuss gratis. Oder sie prügeln Sie mit Bleirohren tot und vergewaltigen Ihre trauernde Witwe, damit sie nicht auf die dumme Idee kommt, sich an die Justiz zu wenden.«

»Sie haben die Kugel in den Hinterkopf vergessen.«

»Damit können Sie also leben?«

»Sie werden nicht glauben, womit ich alles leben kann.«

»Doch, ich denke schon. Aber ich wäre enttäuscht.«

»Das ist ja allerliebst. Ein enttäuschter Bulle.«

Er dachte darüber nach. »Sagen Sie mir mal Folgendes«, sagte er. »Wie lange, glauben Sie, dauert es, bis ich Ihnen Ihre Taxilizenz entzogen habe?«

»Keine Ahnung. Zehn Minuten?«

»Seien Sie nicht albern. Es würde mindestens einen Tag dauern.«

»Sie geben mir ganze vierundzwanzig Stunden?«

Er zuckte mit den Schultern. »Sie müssen mir nicht danken. Sonst werde ich noch rot.«

Ich dachte darüber nach. Aber nicht sehr lange, sonst hätte ich laut gelacht über Tohills Versuch, den dicken Larry zu markieren, indem er mir eine Lizenz für ein Taxi wegnahm, das bereits in Flammen aufgegangen war. Stattdessen dachte ich darüber nach, wie sich ein Meineid, der schwarz auf weiß in meinen Akten stand, wohl auswirken würde, wenn Tohill irgendwann mal auf die Idee käme, dieser ehemalige Häftling könnte ihm ruhig noch einen weiteren Gefallen tun.

»Ich unterschreibe nichts«, sagte ich. »Und ich werde mich auch nicht verkabeln lassen.«

»Wie Sie wollen. Aber wenn wir es auf die harte Tour machen, müssen wir Sie in den Zeugenstand bitten, wo Sie bezeugen werden, dass Sie das Nachtsichtglas in Finns Studio gesehen, es sogar benutzt haben; damit würden wir Finns Aussage bestätigen. Und wenn Sie den Zeugenstand wieder verlassen, werden Sie keinen einzigen Freund mehr auf der Welt haben. Also denken Sie mal über Ihren neuen Kumpel Gillick nach und ob Sie nicht in der nahen Zukunft mal ein Gespräch mit ihm führen möchten im seligen Angedenken an Ihren Freund Finn.«

Ich öffnete die Tür und wollte aussteigen, zögerte aber. »Da wäre noch eine Sache«, sagte ich.

»Ach ja?«

»Das ist aber streng vertraulich. Ein anonymer Hinweis.«

Er beugte sich zu mir und drehte den Kopf weg, während

er eine Hand hinter sein Ohr legte. »Es bleibt zwischen diesen vier Türen«, sagte er.

»Dann würde es aber nicht viel Sinn machen, dass ich es sage, oder?«

»Nein, ich meine ...«

Ich würgte einen Schleimklumpen hoch und spuckte ihn in sein Ohr. Als er sich schließlich aus dem Sicherheitsgurt gekämpft und die Tür aufgeschoben hatte, war ich schon längst in der Seitenstraße verschwunden.

17

Sligo nennt sich Stadt, weil es eine Kathedrale hat und Heroin. Die ausgedehnten Vorstädte sind nur die übrig gebliebenen Krümel des großen Goldrauschs. Rasharkin liegt im Nordosten, eine Meile von der O'Connell Street entfernt, gerade noch innerhalb der Stadtgrenze, und besteht aus ungefähr siebzig Einfamilienhäusern, die sich locker um eine Grünfläche gruppieren. Das Wohngebiet ist zwanzig Jahre alt und sieht schon ziemlich mitgenommen aus. Feuchtigkeitsflecken verunzieren die roten Backsteinfassaden.

Dees kleine Rasenfläche musste dringend mal gemäht und gewässert werden. Die Beete am Rand waren ein Durcheinander aus Löwenzahn und Ackerwinde, das Gras von zundertrockenem Moos durchsetzt. Ich zog die Vorhänge des Wohnzimmerfensters ein kleines Stück beiseite und warf einen Blick auf den ausgebrannten Ford Focus drei Häuser weiter, dort, wo eine kleine Gasse auf die Straße mündete.

Weit und breit kein Tohill zu sehen.

Es war wirklich dämlich gewesen, einen Bullen anzuspucken. Aber wenn man sich nur einmal klaglos misshandeln lässt, hört es nie mehr auf.

Ben saß wie ein Buddha vor dem Fernseher und drückte

wild auf dem Controller der Playstation herum. Sein Gesicht war ein Kaleidoskop aus grünen, roten und gelben Farbflecken. FIFA 2012. Die Vorhänge waren zugezogen, um die Reflexe des Sonnenlichts auf dem Bildschirm zu eliminieren und die Möglichkeit auszuschließen, dass er versehentlich echte Menschen draußen sehen könnte, die womöglich sogar mit einem echten Fußball spielten. Er trug Puma-Sportschuhe, eine beigefarbene Trainingshose mit weißen Streifen und ein orangefarbenes Fußballtrikot mit der Aufschrift »V. Persie« über der Nummer neun.

Ich hockte mich hinter ihn und fuhr ihm mit der Hand durch den aschblonden Haarschopf. »Hallo.«

Er duckte sich weg, ohne den Blick vom Bildschirm abzuwenden. »Hallo.«

»Wie läuft's so?«

»Gut.«

»Ja? Wer gewinnt?«

»Ich.«

»Wo ist deine Mutter?«

»Oben.«

Zwei Silben waren schon ein gewisser Fortschritt und für einen zwölfjährigen Jungen eine regelrechte Konversation. Oder für meinen zwölfjährigen Jungen jedenfalls. »Möchtest du einen Kaffee?«

»Nein.«

»Nein was?«

Er stöhnte auf. »Nein *danke.*«

Ich ging in die Küche und stellte den Wasserkocher an, schob die Verandatüren auf, ging raus und drehte mir eine Fluppe. Dee wurde fuchsteufelswild, wenn ich drinnen rauchte. Sie meinte, ein Raucherhaus sei viel schwerer zu verkaufen, und sie hoffte immer, es verkaufen zu können. Dafür gab es viele Gründe, aber vor allem fühlte sie sich hier nicht wohl, weil wir das Haus gekauft hatten, als sie mit Ben schwanger geworden war. Sie behauptete, sie wäre nachts mal aufgestanden und hätte kleine Schlangen in ihrer Hose gefunden. Schwer zu sagen, ob das als abfällige Bemerkung bezüglich meiner sechs Pfund schweren Dynamitstange gemeint war oder ob sie einfach nur gefühlsduselig geworden war. Dee kann manchmal ziemlich kompliziert um die Ecke denken.

Der Garten war klein und von einem hohen Lattenzaun umgeben, der die Sonne und die neugierigen Blicke der Nachbarn fernhielt. In der hinteren rechten Ecke sank ein Gartenhäuschen langsam in sich zusammen, eins der Fenster war zerbrochen und von innen mit Cornflakes-Schachteln notdürftig geflickt. Von der Veranda führte ein Plattenweg zu einem Platz mit einem Wäscheständer, der immer quietschte, wenn der Wind die Richtung änderte. Das Gras war üppig und knöchelhoch und wuchs besonders dicht an Stellen, wo der Hundekot verrottete.

Dee trat mit einem gefüllten Wäschekorb gegen die Hüfte gestemmt auf die Veranda.

»Buh«, sagte ich.

Sie wirbelte herum und legte die freie Hand auf die Brust. »*Je*sus!«

»Dee.«

Sie schaute mich wütend an, zornige rote Flecken breiteten sich wie Buschfeuer auf ihrem Gesicht und an ihrem Hals aus. »Kannst du das nächste Mal bitte anklopfen? Nein, zuerst klingeln und dann klopfen, wenn du reinkommst.«

»Wird gemacht.«

Dee sah gut aus, wenn sie wütend oder aufgebracht war, auch wenn sie meiner Erfahrung nach eigentlich immer wütend und aufgebracht war. Sie war eine sonnengebleichte Blondine mit großen Augen, Eichhörnchen-Wangen und Pirelli-Lippen. Ihre weiße Bluse hatte einen breiten Kragen und der Rest lag eng an, vom Hals bis zu den ausladenden Hüften, wo ein Stückchen vom Bauch zwischen Jacke und Hose ihres anthrazitfarbenen Anzugs mit dünnen grauen Nadelstreifen zu sehen war. Ihre ochsenblutroten Stiefel hatten fünf Zentimeter hohe Absätze und sahen aus, als könnte man damit Löcher in den Rumpf eines Kriegsschiffs treten. Falls nicht, könnte sie auch mit ihren Laseraugen ein Loch reinbrennen. Ich legte meine Zigarette auf die Fensterbank, nahm ihr den Wäschekorb ab und ging über die Steinplatten zum Wäscheständer, um das nasse Zeug aufzuhängen.

Sie warf einen Blick in die Küche und griff nach der Zigarette. »Das ist eine Normale, oder?«

Ich nickte. Sie zog daran, und blies den Rauch mit geschlossenen Augen wieder aus. »Du hast meine Nachricht bekommen«, sagte sie, ohne sie wieder zu öffnen.

»Wegen dem Eltern-Lehrer-Gespräch, klar.«

»Du hast sie dir aber nicht angehört, oder?«

»Nein.«

Jetzt machte sie die Augen wieder auf, sah zu mir hin und durchbohrte mich mit ihrem Blick. In meinem Unterleib prickelte es, und das nicht nur, weil ich gerade ein glänzendes Spitzenhöschen aufhängte. »Wie das?«

»Weil ich mir grundsätzlich keine Nachrichten anhöre, Dee. Das weiß auch jeder. Wenn man sich eine Nachricht anhört und den, der sie draufgesprochen hat, zurückruft, dann erzählt derjenige einem die ganze Story noch mal. Damit beide Ohren es zu hören bekommen, wahrscheinlich.«

»Aber vielleicht«, sage sie und schürzte die Lippen, als sie versuchte einen Rauchring zu blasen, »ist es dir auch einfach nur zu anstrengend, weil du ständig stoned bist oder den Tag verpennst.« Ein leichtes Zucken im Mundwinkel, es könnte ein Lächeln sein, aber ein trauriges. »Ich schwör dir, eines Tages wirst du anrufen, um mich zu fragen, wo Ben wohnt.«

Immer wieder in der alten Wunde stochern. Das konnte ich auch.

»Hör mal, Dee. Du warst diejenige, die vergessen hat, mit welchem Bruder sie ins Bett gehen sollte. Also lass uns das einfach …«

»Ist das alles, was dir einfällt?« Sie schnippte die Zigarette weg, zog die Verandatür zu und kam mit verschränkten Armen über die Steinplatten auf mich zu. »Ich frage nur, weil du jedes Mal, wenn wir eine Meinungsverschiedenheit haben, darauf zurückkommst.«

»Du hast doch mit Ben angefangen.«

»Scheiße, jetzt fang bloß nicht...« Sie brach ab und musterte mich genauer. »Oh, um Himmels willen«, sagte sie, »du hast dich doch nicht etwa schon wieder geprügelt?«

Ich konnte mich nicht entscheiden, was ich enttäuschender finden sollte, dass sie so lange gebraucht hatte, um die Wunde an meiner Stirn zu bemerken, oder dass sie glaubte, ich könnte je aufhören, mich zu prügeln

Bens Trikot von den Sligo Rovers war das letzte Stück, das ich aufhängen musste. »Das war wegen Finn«, sagte ich.

»Du hast dich mit Finn geprügelt?«

Sie hatte es also noch nicht gehört. »Nicht ganz.« Ich drehte mir eine neue Fluppe, während ich ihr die ganze Geschichte von Finns Fenstersprung erzählte, möglichst kurz, weil ich es leid war, diese traurige, elende Geschichte zu erzählen.

Der Tod kann heroisch, schockierend oder zumindest unvermeidlich sein, aber normalerweise schreckt man davor zurück, es sich für sich selbst auszumalen. Niemand will darüber nachdenken, dass er Krebs kriegen, vom Bus überfahren oder sein Gehirn im Alter löchrig werden könnte.

Selbstmord ist was anderes. So was kriecht einem unter die Haut, greift einen direkt an. Er hat nichts Tröstliches, man kann sich hinter keiner perversen Schadenfreude verschanzen. Für Selbstmord können wir uns alle entscheiden.

Ihre Augen glänzten. Meine Worte wirkten wie Salz auf Eis, ihr Panzer wurde durchlässig, sie nahm die Arme herunter und es sah kurz so aus, als wollte sie mich umarmen, riss sich dann aber zusammen. Die Hand, die schon auf dem Weg zu meiner linken Schulter war, womöglich, um sie zu liebkosen oder um mir über die Wange zu streicheln, endete schließlich vor ihrem offenen Mund.

»Scheiße, Harry«, sagte sie. »Das tut mir leid.«

Aber in ihren Augen war noch was anderes zu sehen: zuerst Gonzo, jetzt Finn.

Als wäre ich jemand, der Unglück bringt. Gott vergebe mir, aber den Bruchteil einer Sekunde lang fragte ich mich allen Ernstes, ob sie womöglich auch mit Finn geschlafen hatte.

»Hör mal«, sagte ich, »ich muss mir mal das Auto leihen.«

Ihre feuchten Augen wurden hart. »*Das* Auto? Du meinst *mein* Auto.«

»Genau das meine ich.«

»Nicht in tausend Jahren.«

Ich merkte schon, dass sie sich fragte, ob ich Finns Selbstmord womöglich erfunden hatte, bloß um sie milde zu stimmen.

»Das Taxi ist hin«, sagte ich, »und ich muss einen Stammkunden nach Knock bringen. Ich kann mir nicht leisten, ihn zu verprellen.«

»Die Versicherung gilt nicht für dich. Und abgesehen davon muss ich mit dem Auto zur Arbeit fahren.«

»Du könntest dir ein Taxi rufen.«

Sie schnaubte abfällig. »Du willst, dass ich ein Taxi rufe, damit du jemanden nach Knock fahren kannst?«

Dee brachte mal wieder Sarkasmus und Ironie durcheinander. Das war kein schlimmer Makel, aber doch nervig. »Ich bring's dir heute Abend zurück«, sagte ich. »Und mach dir keine Gedanken wegen der Versicherung. Es passiert schon nichts.«

»Ich nehme an, es ist auch nichts passiert, was dein Taxi defekt gemacht hat.«

»Das war Finn. Er ist auf dem Taxi gelandet und hat es total ruiniert.«

Man sollte meinen, Dee mit ihren großen, ausdrucksvollen Augen wäre eine leichte Beute beim Poker gewesen. Nur dass das mit dem verräterischen Blick bei ihr anders funktionierte, der Gesichtsausdruck wechselte oft. Ich stellte mir die Frage, ob sie sich wünschte, dass ich auf das Taxi gestürzt wäre, oder dass ich drin gesessen hätte, als Finn darauf stürzte.

Wahrscheinlich beides, wenn man mal die Gesetze der Physik außer Acht ließ.

»Es dauert bloß ein paar Stunden«, sagte ich. »Und anschließend muss ich das Taxi reparieren lassen. Wenn ich jemanden für die Rückfahrt in Knock aufgabeln kann, hab ich das Geld schon halb zusammen.«

Es fiel mir immer leicht, Dee anzulügen. Das Problem war nur, dass sie inzwischen an einem Punkt angelangt war, wo sie grundsätzlich davon ausging, dass ich sie anlog.

»Genau das ist dein Problem, Harry. Du hast alles immer nur schon halb zusammen.«

»Herrje, Dee, jetzt gönn mir mal 'ne Pause. Das hätte ich echt nötig im Moment.«

Sie warf mir einen skeptischen Blick zu, aber zumindest sagte sie nicht, dass ich ständig etwas Luft zum Atmen brauchte, und zwar meistens in dem Moment, wo die Unterhaltszahlung fällig war. Doch Ehre, wem Ehre gebührt. Dee hatte nie die Hand aufgehalten. Kein einziges Mal. Meine Zuwendungen waren sowieso nicht einklagbar, da Ben genetisch betrachtet Gonzos Kind war.

Sie war ziemlich gut zurechtgekommen während meiner Zeit im Knast. Als ich eingebuchtet wurde, hatte sie noch als Assistentin eines Unternehmensberaters gearbeitet, dann hatte sie einen Job im IT-Bereich des Krankenhauses bekommen und zuerst bloß Daten eingegeben, also die Drecksarbeit gemacht. Keine Ahnung warum, vielleicht sollte das so eine Art Buße sein. Gonzo war ein Psychopath gewesen, und ich hatte schon lange bevor er nach der Waffe griff gewusst, dass ich abdrücken würde. In den besten Dramen bringen Schuldgefühle dich immer voran. Aber Frauen suchen immer die Schuld bei sich. Und Schuld garantiert die Hauptrolle in allen guten Dramen. Dee jedenfalls wusste ihre Zeit zu nutzen. Sie arbeitete sich ein, übernahm spezielle Aufgaben und ließ nicht locker, praktizierte Multitasking wie ein

Oktopus bei einer Wirtshausschlägerei. Inzwischen leitete sie die IT-Abteilung und beklagte sich nur gelegentlich über eine leichte Gehirnerschütterung, weil sie ständig gegen die gläserne Decke stieß. Immerhin hatte sie es geschafft, sich in der Glasglocke des krisenfesten öffentlichen Dienstes zu etablieren und konnte ohne Angst hinausblicken auf den Trümmerhaufen einer darniederliegenden Wirtschaft.

Was bedeutete, dass sie mein Geld überhaupt nicht brauchte. Zumal sie es niemals ertragen hätte, noch mal von mir abhängig zu sein. Meine Zahlungen gingen direkt auf ein spezielles Konto, das sie eröffnet hatte, um Bens Studium zu finanzieren.

»Wann musst du die Fahrt machen?«

»Sein Flugzeug geht um sechs. Er will um drei Uhr abgeholt werden.«

»Okay, dann bist du ja rechtzeitig zurück.«

»Rechtzeitig für was, Dee?«

»Das wäre ein Grund, mal deine Nachrichten abzuhören, Harry. Um mit dem Rest der Menschheit in Verbindung zu bleiben.«

»Rechtzeitig zurück für was?«

»Ich gehe heute Abend aus. Du musst auf Ben aufpassen.«

»Babysitten?«

»Nein. Um was es geht, erfährst du beim Eltern-Lehrer-Gespräch.« Sie schaute hinter sich und senkte die Stimme. »Seine Noten werden immer schlechter, und zwar bedrohlich schlecht. Dabei ist er ein intelligenter Junge, er ist nicht so … du weißt schon.«

»So dämlich wie sein Vater, klar.«

»Wir müssen hier an einem Strang ziehen, Harry. Ben muss verstehen, dass das eine ernste Sache ist. Nächstes Jahr soll er auf die weiterführende Schule kommen, und wenn er mit der falschen Einstellung dort hingeht, mit miserablen Noten, dann ist er gleich von Anfang an erledigt. Dann ordnen die ihn falsch ein, dann wird er gleich nach unten gestuft und kann sich mit Laubsägearbeiten beschäftigen.«

»Ist ja schon gut, ich hab's kapiert.« Ich hob abwehrend die Hand. »Ist alles meine Schuld.«

»Verdammte Scheiße«, zischte sie, »werd endlich erwachsen. Hier geht es nicht um dich.« Sie war blass geworden, nur die Wangenknochen waren gerötet. »Es geht darum, dass du dich richtig verhältst und Ben erklärst, worauf es ankommt.«

»Dass er, wenn er sich nicht zusammenreißt, so enden wird wie sein Vater.«

»So was in der Art, ja.«

»Um welchen Vater geht's dabei, um den Psycho oder den Knastvogel?«

Sie presste die Lippen aufeinander. »Wirf eine Münze.«

18

Es war gut möglich, dass Tohill immer noch in der Nähe herumlungerte, aber falls das der Fall sein sollte, dann würde er nach einem Schleim hustenden Desperado suchen, der in einem PS-starken, sehr wahrscheinlich gestohlenen Wagen saß und mit durchdrehenden Reifen davonraste.

Mit Dees Wagen hingegen war es für mich ein Leichtes, unter seinem Radar hindurchzuschlüpfen, zumal wir wie die perfekte Kleinfamilie aussahen, mit einem Vater, der völlig harmlos und total hingebungsvoll war, was man daran erkennen konnte, dass er die Baseballmütze seines Sohnes und die Gucci-Sonnenbrille seiner Frau aufgesetzt hatte, nachdem er sich ans Steuer eines erbsengrünen Mini Cooper gesetzt hatte, ohne vor Scham spontan in Flammen aufzugehen.

»Wenn du die kaputt machst, kaufst du mir eine neue«, sagte Dee, als ich die Brille aufsetzte. Ben kicherte auf dem Rücksitz. Ich fuhr durch eine Gucci-getönte Welt, mit geschliffenen Gläsern und ebensolchen Worten in petto für den Fall, dass Tohill uns mit der Stoppkelle kam. Das Problem, so wie es sich mir darstellte, war, dass der Homo sapiens auf halbem Weg stecken geblieben war zwischen Mikros und Kosmos; gerade erst dem Quantenchaos entsprungen, greifen wir auch schon nach den Sternen und legen dabei durchaus genug Intelligenz an den Tag, um die Eleganz des nichtmenschlichen Universums erkennen zu können, sind gleichzeitig aber so unterentwickelt, dass wir Harmonie mit Ordnung verwechseln; als menschliche Wesen sehnen wir uns nach dem, was wir nicht erreichen können, und wollen das zähmen, was wir nicht verstehen, ohne zu begreifen oder zumindest ohne klammheimlich zuzugeben, dass wir Elemente sind, die mit allem anderen aus dem Gleichgewicht geraten sind, eine Armee von Darmparasiten, die ihrem Wirt, der Ewigkeit, den Krieg erklärt haben, so lange, bis er endlich bereit ist, uns die eine große Eigenschaft zu geben, die er gar nicht besitzt: Gerechtigkeit.

Daher die Portion Schleim in Tohills Ohr.

Ich setzte Dee vor dem Krankenhaus ab, fuhr anschließend durch die Stadt zu Bens Schule durch den dichten, aber immerhin flüssigen Verkehr um die Mittagszeit. Ben blieb auf dem Rücksitz und entlockte sein Gameboy diverse Piepgeräusche.

»Gute und schlechte Neuigkeiten«, sagte ich.

»Hm-hm?«

»Dieses Treffen heute, ich glaube nicht, dass ich es schaffe, mit allen Lehrern zu sprechen.«

»Cool.«

»Also werden wir uns auf die konzentrieren, die dir schlechte Noten gegeben haben.«

»Scheiße.«

»Wen müssen wir dann also treffen?«

»Keine Ahnung. Alle?«

Er übertrieb, aber nicht sehr. Die Schule hatte sich ein System ausgedacht: Man bekam einen A4-Zettel, wenn man in die Aula ging, wo die Lehrer an Pulten saßen und die Eltern sich in langen Schlangen anstellten, um mit ihnen zu reden. Eine Stunde später waren wir wieder draußen und starrten auf die Grafik, die Bens Lernerfolge darstellte und dem Verlauf der Schwarzen Piste in Davos ähnelte. Er war gut in Kunst, Informatik und Religion.

»Positiv betrachtet«, sagte ich, »würdest du einen großartigen Cyber-Papst abgeben. Deine Großmutter wäre wirklich stolz auf dich.«

Er starrte zerknirscht zu Boden und trat gegen den Reifen des Mini.

»Hör mal, Ben, wir müssen mal darüber reden. Ich meine das ernst. Wir setzen uns zusammen, wenn ich aus Knock zurück bin. In der Zwischenzeit«, ich wedelte mit dem Zettel, »solltest du mal über das hier nachdenken.«

»Und wohin gehe ich jetzt?«

»In den Unterricht. Wohin denn sonst.«

»Aber heute ist doch gar kein Unterricht.«

»Das soll wohl ein Scherz sein.«

»Heute sind die Eltern-Lehrer-Gespräche, Dad. Also sind die Lehrer alle beschäftigt.«

»Deine Noten sind im Keller, und denen fällt nichts Besseres dazu ein, als dir einen Tag frei zu geben?«

Er ließ die Schultern hängen.

»Ben«, sagte ich, »ich muss arbeiten. Ich muss eine Fahrt nach Knock machen.«

»Tut mir leid«, sagte er.

Er sagte es ganz leise, es war herzzerreißend. »Ist ja nicht dein Fehler, Ben. Hör mal, wer passt denn sonst auf dich auf, wenn deine Mutter nicht zu Hause ist?«

Er verzog das Gesicht angesichts der Tatsache, dass ich einen Babysitter ins Spiel brachte. »Katie«, sagte er, »aber die ist jetzt in der Schule.«

»Natürlich, klar. Na schön, steig ein.«

Ich rief Dee an. Die Unterhaltung war kurz und knapp. Nein, sie hatte nicht gewusst, dass Ben den Nachmittag frei hatte. Ja, Katie war nicht greifbar. Ja, einen Zwölfjährigen den ganzen Nachmittag sich selbst zu überlassen war Wahnsinn. Nein, das war mein Problem, ich musste damit klarkommen. *Exit* Dee, verfolgt von einem Bären.

»Na schön«, sagte ich, als ich in den Mini Cooper einstieg. »Sieht so aus, als wären wir heute aufeinander angewiesen.«

Wieder ließ er die Schultern hängen und den Gameboy piepen. Aber ich hätte schwören können, einen Hauch von Grinsen unter dem wirren Haarschopf gesehen zu haben.

Ich fuhr wieder durch die Stadt, über die Brücke und am Hafen entlang, und bog auf den Hof des alten Hafenamtsgebäudes. Das ausgebrannte Wrack des Taxis stand immer noch dort, und ich fragte mich, wer wohl die Abschleppfirma bezahlen würde.

»Was wollen wir denn hier?«

»Mal nach dem Hund sehen.«

Er verdrehte die Augen, dann bemerkte er das ausgebrannte Auto, die Rußspuren an der Wand des Gebäudes und das über Kreuz geklebte gelbe Band vor der Eingangstür. Eine uniformierte Polizistin schaute verkniffen zu, wie ich neben Finns Audi einparkte. »Ist das hier ein Tatort oder so was?«

»Du wirst schon noch früh genug einen Tatort besichtigen können. Deine Mutter stellt gerade ein Exekutionskommando zusammen.«

Er schaute mich scheel an und wandte sich wieder dem Gameboy zu. Ich stieg aus, winkte der Polizistin zu, um zu signalisieren, dass ich sie bemerkt hatte, und stieg vorsichtig über die verkohlten Überreste auf dem Boden. Sie steckte das Mobiltelefon ein, in das sie gerade eine SMS getippt hatte, und hob abwehrend eine Hand.

»Hier haben nur autorisierte Personen Zutritt«, sagte sie.

Ich fragte mich, ob das der Standardspruch war, oder ob sie gerade für eine Rolle bei *CSI* übte. So verschroben und entrückt, wie sie aussah, wäre das vielleicht keine schlechte Idee gewesen, zumal sie strahlend graue Augen und ein Grübchen am Kinn vorweisen konnte.

»Danke für den Hinweis«, sagte ich und nickte zustimmend. »Aber ich bin gekommen, um den Hund zu füttern. Sie haben ihn schon gehört, oder?« Ich ging an ihr vorbei und gab der Metalltür einen Tritt. Sofort ertönte eine ganze Breitseite kehliges Bellen. Sie zuckte zusammen, behielt aber ihren ausdruckslosen Blick. Keine Chance.

Es folgte eine kurze Debatte über ihre Befehle und meine Verantwortung gegenüber meinem toten Freund und den unersättlichen Hund da drinnen. Auch der Kinderschutzbund fand Erwähnung. Dann schilderte ich ihr, wie Bear das letzte Mal ausgebrochen war, nachdem er zwei Tage lang nichts zu fressen bekommen hatte. »Geben Sie das ruhig mal durch«, sagte ich und deutete auf ihr knackendes Funkgerät. »Vielleicht kann der Hundeführer ja mal vorbeikommen und sich darum kümmern.«

Aber bei den Sparmaßnahmen heutzutage wäre das so wahrscheinlich gewesen, wie wenn Jesus als Hundefreund auferstanden und mit einem mit Brot und Fisch gefüllten Doggy-Bag hier aufgekreuzt wäre.

»Hören Sie«, sagte ich, »ich war gestern Abend hier, also wissen die sowieso schon von mir. Ich kann also keine falschen Spuren mehr hinterlassen. Ich will wirklich niemandem Ärger machen.« Ich zuckte mit den Schultern und trat erneut gegen die Tür. Bear sprang von der anderen Seite dagegen und heulte wie ein Orkan. »Ich meine ja nur. Von mir aus kann auch sonst jemand die Aufgabe übernehmen, den Hund zu füttern. Hauptsache, er wird gefüttert.«

»Ich habe keinen Schlüssel«, sagte sie.

Dreißig Sekunden später war ich hinter dem Haus und schwang mich auf die rostige Feuertreppe. Das Ding wankte kaum mehr hin und her als eine Eiche im Sturm, wobei ich nie besonders scharf darauf gewesen bin, eine Eiche im Sturm zu erklimmen. Der Gestank nach vergammeltem Seetang drang mir in die Nase.

Die Tür vom Notausgang hatte einen Riegel auf der Innenseite, aber ich ging mal davon aus, dass Finn sich nicht die Mühe gemacht hatte, ihn vorzuschieben, bevor er gesprungen war. Ausnahmsweise hatte ich recht. Ich schob eine Hand durch den Spalt zwischen der verstärkten Metalltür und dem Rahmen und zog daran. Die Tür ging mit einem Ruck auf, so schnell, dass ich beinahe rückwärts über das hüfthohe Geländer gekippt wäre.

Drinnen war alles wie erstarrt, der Geruch nach kaltem Rauch hing in der Luft. Von unten drangen die Echos des Hundegeheuls herauf. Ich zog die Tür zum Studio auf und rief Bear etwas zu. Kurze Pause, dann war ein metallisches Stampfen zu hören, das diffuse rhythmische Klackern von Krallen.

Er war jetzt ganz konzentriert, hatte aufgehört zu heulen.

»Bear! Brav, mein Junge. Ganz brav, Bear!«

Die Akustik brachte ihn durcheinander und er blieb drei Treppen tiefer abrupt stehen. Winselte mürrisch vor sich hin. Ich stieg langsam nach unten, rief seinen Namen, und kurz darauf stürzte er mir taumelnd und sabbernd in die Arme. Ich stieß ihn weg, führte ihn nach unten ins Erdgeschoss und leerte drei Dosen mit Fleisch in seine Schüssel. Er verschlang es in Windeseile und schaute mich prüfend an, während ich ihm eine Schale mit frischem Wasser hinstellte. Ich bemerkte das sehr wohl, denn auch ich ließ ihn nicht aus den Augen. Alle Hunde waren irgendwann einmal Wölfe gewesen, man muss nur weit genug zurückgehen. Aber der Irische Wolfshund war, soweit ich wusste, die einzige Art, die extra gezüchtet worden war, um die eigenen Vorfahren zu jagen.

Man sollte niemals einem Hund trauen, der derart illoyal oder dumm ist, oder beides.

Als er fertig gefressen hatte, machte ich noch ein paar Dosen auf und kippte den Inhalt hin. Zurück im Studio und ziemlich aus der Puste, kramte ich hastig in den Schubladen unter dem Mischpult und suchte zum einen nach einem Abschiedsbrief, zum anderen nach seinem Nachtsichtglas. Ohne ernsthaft zu erwarten, das eine oder andere wirklich zu finden. Er hätte doch keinen Brief geschrieben und anschließend versteckt, und bis auf Tohill hatte niemand mir gegenüber erwähnt, dass das Fernglas verschwunden war.

Sie hatten schon alle Fingerabdrücke gesichert und meine sowieso überall gefunden, also war es egal, und ich konnte auch noch die Küche durchsuchen: Geschirrschrank, Kühlschrank, Gefriertruhe, Mülltonne. Ohne Erfolg. Zurück im Studio merkte ich, dass schwarzer Ruß an meinen Fingern klebte. Ich war schon eine ganze Weile zugange, und die Polizistin da unten fragte sich wahrscheinlich, ob ich mich selbst an den Hund verfüttert hatte. Ich ging zum Fenster, das immer noch offen stand, steckte den Kopf hindurch, um nachzuschauen, ob sie immer noch vor der Tür stand. Sie ging mit großen Schritten im Hof hin und her, tippte eine SMS in ihr Handy ein und warf ab und zu einen Blick auf das Gebäude. Aber alles schien ruhig zu sein. Ben hatte auch noch nicht angefangen, mit dem Auto seiner Mutter Donuts zu drehen, er war viel zu sehr von Finns Audi fasziniert, um den er bewundernd herumlief. Das Wasser im Hafenbecken lag ruhig da, petrolblau mit einem Stich ins dunklere Magenta dort, wo es tiefer wurde. Von Cartron her waren verschiedene Geräusche zu hören, das dumpfe Dröhnen des Verkehrs, das Kreischen der Möwen, Kinderlachen von einem Schulhof.

Ich untersuchte den Fensterrahmen nach Kratzspuren im Lack oder sonstigen Anzeichen dafür, dass er nicht gesprungen war. Dass er hinausgefallen war und noch verzweifelt versucht hatte, sich irgendwo festzuhalten. Aber da war nichts, was andererseits auch wieder nichts heißen musste. Im Leben läuft's nicht so wie im Kino. Es gibt keine Wiederholungen in Zeitlupe, und Unfälle passieren deshalb, weil es genau in dem Augenblick, wenn sie passieren, bereits zu spät ist. Lehn dich ein bisschen zu weit aus dem Fenster im neunten Stock…

Es traf mich hart. Wie ein Tiefschlag. Neun Stockwerke, das klingt vielleicht nicht nach sehr viel, aber nur, wenn man nicht oben steht und nach unten schaut. Mir wurde schwindelig und ich musste die Augen schließen. Das und das kurze Aufschimmern eines Körpers im freien Fall in meinem Kopf, mit zappelnden Armen und Beinen, die verzweifelt nach Halt suchten und keinen fanden.

Nur dass Finn so nicht gefallen war. Er war steil nach unten getaucht. Stromlinienförmig und pfeilgerade.

Aber es ging gar nicht darum, ob er nun im Schlusssprung oder im Kopfsprung gesprungen war. Was mir an seinem Sprung am meisten zu schaffen machte war die Tatsache, dass er ihn im vollen Bewusstsein getan hatte, wissend, dass Maria ein Kind erwartete.

Ich trat zurück, ganz langsam, nur keine hastigen Körperbewegungen. Ließ mich aufs Sofa fallen und spürte, wie mir der Schweiß ausbrach.

Klar könnte man zu seiner Entlastung auch sagen, dass er gesprungen war, als er noch nicht wissen konnte, was ihm entging. Dafür könnte man ihn bemitleiden.

Aber nicht ich.

Finn Hamilton war tot, weil er ein selbstsüchtiger Dreckskerl gewesen war, Punkt.

Ich saß da und starrte vor mich hin. Versuchte mich an seine Stelle zu versetzen in diesem Moment, als er auf der Fensterbank saß, aber es gelang mir nicht. Nicht jetzt, wo das Lachen der Kinder vom Wind herübergetragen wurde und Ben da unten war. Nicht, solange…

Es stand in einer Ecke hinter einer ganzen Reihe Landschaftsbilder. Sein erstes und einziges Porträt wahrscheinlich. Sogar quer durch den Raum konnte ich erkennen, dass es ihr wirklich sehr ähnelte. Ich zog es heraus und schaute es aus der Nähe an. Obwohl es mit roten Farbflecken übersät und die Leinwand an einigen Stellen zerschlitzt war, da, wo sie mit einem Messer bearbeitet worden war, konnte man immer noch Marias schelmisches Lächeln und den Übermut in ihrem Blick erkennen.

Sie glauben also, dass er wegen ihrer Untreue in die Verzweiflung getrieben wurde?

Der Schweiß trocknete so schnell, dass es beinahe schon zischte. Es war nicht direkt ein Abschiedsbrief, aber es könnte Saoirse Hamiltons Verdacht erhärten, ihr Vorurteil bestätigen. Mit zitternden Händen griff ich nach einem Messer und schnitt die Leinwand aus dem Rahmen. Als ich sie zusammenrollte, war ich kurz regelrecht erleichtert, weil ich diese übermütigen Augen nicht mehr sehen musste, aber dann wurde mir richtig schlecht und mir kam die Galle hoch. Ich rannte ins Klo und kam gerade noch rechtzeitig dort an, um in die Toilette zu kotzen, immer wieder und wieder, bis der ganze schwarze Kaffee wieder draußen war und ich schließlich nur noch würgte.

Ich kniete davor, die Ellbogen auf dem Rand der Schüssel und war zu schwach, um wieder aufzustehen, mein Herz schlug wild.

Da-*dum*, da-*dum*, da-*dum*.

Diese einfache und tiefgründige Sinfonie, der Soundtrack von sieben Milliarden oder wie vielen Rätseln, die diesen einzigen Klumpen aus Stein und Wasser bewohnen, der ihnen innerhalb eines Radius von sechs Trillionen Kilometern Leere eine Heimstatt bietet.

Was für eine Verschwendung.

Ich wusch mir das Gesicht, gurgelte, legte ein paar Lagen Toilettenpapier zusammen und wischte den Wasserbehälter, den Sitz und das Becken ab. Drückte auf den Spülknopf, ging zurück ins Studio, schloss das Fenster und hatte es plötzlich sehr eilig hier wegzukommen. Der große Raum kam mir klaustrophobisch klein vor, schien sich zu verengen, die Stille hier war so perfekt, dass ich das Knistern der Funken der elektrostatischen Ladung im Teppich hören konnte, als ich darüber …

Kein Klappern und Dröhnen, kein Tom-Waits-Soundtrack.

Die Toilette hatte nicht gespült.

Ich ging zurück ins Badezimmer, dachte schon, ich hätte sie verstopft mit dem vielen Papier, aber das war nicht der Fall. Was bedeutete, dass etwas den Mechanismus im Wasserbehälter blockierte.

Ich wetterte gegen mich selbst, dass es sich um das Nachtsichtglas handelte.

Und verlor die Wette.

Der Wasserbehälter war leer bis auf das, was nun mal reingehört, also Wasser, ein Überlaufrohr, ein Füllventil und ein roter Plastikschwimmer. Eindeutig kein Fernglas.

Ich drückte den Abzug langsam herunter und spülte erneut. Alles funktionierte wie es sollte, es spülte, der rote Plastikschwimmer sank ab, das Wasser lief aus dem Ventil und füllte den Behälter.

Aber es gab kein Geräusch.

Ich versuchte es noch mal. Diesmal stieg eine einzige Luftblase an die Oberfläche.

Ich krempelte den Ärmel hoch, schob meine Hand unter den Mechanismus und tastete die Unterseite des Behälters ab. Es fühlte sich ziemlich rau an für Porzellan. Uneben und leicht schwammartig.

Eine Styroporplatte, ja. Ein doppelter Boden.

Darunter, wasserdicht eingewickelt in Frischhaltefolie, ein schmaler gepolsterter Briefumschlag.

Kaum möglich, dass es das war, wonach ich suchte. Wer schreibt schon einen Abschiedsbrief und versteckt ihn dann unter einem doppelten Boden in einem Wasserkasten in der Toilette?

Ein Quietschen ertönte, als die Tür zur Feuerleiter geöffnet wurde. Ich schob das Päckchen in den Hosenbund, ließ das Hemd raushängen, um die nassen Flecken zu verdecken, und machte mich bereit für eine freundliche Zuwendung seitens Detective Tohill.

Aber als ich aus dem Badezimmer spähte, war es nur die Polizistin.

»Was tun Sie denn hier oben?«, fragte sie. »Der Hund ist doch unten.«

»Ja, klar. Aber ich musste mal zur Toilette.« Ich deutete

mit dem Daumen hinter mich. »Und die im Erdgeschoss funktioniert nicht.«

»Und da haben Sie sich die Mühe gemacht hier hochzukommen?«

»Hätten Sie doch auch, oder?«

Ein leicht rötlicher Anflug auf ihren Wangen sagte mir, dass sie sich eher hinter dem Gebäude in die Büsche geschlagen hätte.

»Raus hier«, sagte sie.

»Ich muss erst noch spülen«, sagte ich und verschwand in der Toilette, wo ich den Deckel des Wasserbehälters wieder aufsetzte, übertönt vom üblichen lauten Getöse der Spülung. Dann ging ich wieder ins Studio und rieb mir den Bauch, um die Ausbeulung unter meinem Hemd zu kaschieren. »Ich hätte mal besser die Finger von dem Curry gestern Abend lassen sollen«, sagte ich und verzog das Gesicht. »Das ist ja schon eine Gefahr für die Allgemeinheit.«

Sie verzog angewidert den Mund, und ich trat an ihr vorbei auf die Feuerleiter. »Vorsicht«, sagte ich, während sie die Tür hinter uns zuzog. »Ich glaube nicht, dass das Ding uns beide aushält.« Ich ruckte am Geländer, um ihr zu zeigen, wie wackelig es war. »Ladies first.«

»Ich denke, das hält uns beide aus«, sagte sie. »Sie gehen voran.«

Was sie sagte, war okay, aber das *Wie* war das Problem. Sie klang ziemlich angespannt. Es konnte natürlich daran liegen, dass wir jetzt diese Treppe hinuntersteigen mussten. Aber es konnte auch sein, dass sie Meldung gemacht und man sie aufgefordert hatte, mich festzuhalten, bis Verstärkung eingetroffen war.

Vielleicht auch beides.

»Na schön«, sagte ich und lief los. Nahm zwei Stufen auf einmal, dann drei.

»He«, rief sie, aber da war ich schon zwei Treppen unter ihr und rannte viel schneller, als sie sich traute. Sie hatte erst die halbe Strecke zurückgelegt, als ich auf den Boden sprang und lossprintete. Ich warf mich auf den Fahrersitz des Mini Cooper und stieß Luft aus wie ein auftauchender Wal. Fuhr zurück, legte den ersten Gang ein und drückte aufs Gaspedal. Warf einen Blick in den Rückspiegel.

Kein Ben.

Ich stieg in die Bremsen, der Kies spritzte. Beugte mich nach hinten, um nachzusehen, ob er sich ausgestreckt hatte, um ein Nickerchen zu machen.

Eine Hupe ertönte.

Finns Audi. Ben schaute mich fragend an. Wieso hatte ich es plötzlich so eilig?

Trotzdem ein schlauer Junge. Ich hätte mir gewünscht, seine Lehrer wären dagewesen, um mitzukriegen, wie schnell er die Lage peilte.

Ich sprang aus dem Mini Cooper, schwenkte den Adidas-Rucksack in der Luft und scheuchte ihn auf den Beifahrersitz. Die Polizistin kam mit hochrotem Gesicht um die Ecke des Gebäudes gerannt, das Funkgerät am Ohr.

Ben war schon auf den Beifahrersitz gerutscht, als ich die Fahrertür aufzog und den Rucksack auf den Rücksitz warf.

»Was ist los, Dad?«

»Polizeigewalt, mein Junge.« Ich verriegelte die Türen und fasste unter das Lenkrad.

Ich brauchte fünf Sekunden, um den Audi kurzzuschließen. Als der Motor aufheulte, kam die Polizistin mit ausgestreckten Armen auf uns zugerannt.

Ich gab mehrmals Gas und sie blieb stehen. Ich parkte den Audi rückwärts aus und legte den ersten Gang ein.

Sie schloss die Augen, ließ die Schultern hängen und sah total erleichtert aus, als wir durch das Tor davonrasten. Ben zeigte ihr den Finger und schrie: »Scheiße, Mann! GTA! Fickt euch, ihr Arschlöcher!« Ich hätte ihn fast getadelt wegen seiner vulgären Ausdrucksweise und seines Mangels an Respekt, aber ich hatte gerade ein Auto gestohlen und zehn Riesen schmutziges Geld an Bord, um davon Koks zu kaufen, mit einem Zwölfjährigen als Komplizen. Ganz zu schweigen von der Tatsache, dass ich im Knast gewesen war, weil ich seinen Vater erschossen hatte.

Ich schaute in den Rückspiegel, um nachzusehen, ob die Polizistin uns gefolgt war, und für den Bruchteil einer Sekunde sah ich Gonzo auf dem Rücksitz, mit seinem typischen Totenkopfgrinsen und der unausgesprochenen Frage, ob Ben es denn wirklich so schlecht getroffen hätte, wenn es Gonzo gelungen wäre, die Waffe aufzuheben, nach der er sich gebückt hatte, um mich aus dem Weg zu räumen.

19

Jedem Cop aus New York, der als Rentner zu Besuch kommt, bricht es das Herz, wenn er feststellt, dass die Sonne nicht über der Galway Bay untergeht. Tatsächlich endet der Sonnenuntergang an einem Punkt westlich der Cliffs of Moher, wo die Sonne hinter einer massiven Wolkenbank verschwindet, die sich um diese Zeit über den Aran Islands zusammenballt. Wir hätten uns beim Verlassen von Sligo ein Ei auf einem Stein braten können, falls wir ein Ei zur Hand gehabt hätten, aber Galway verschwand stets hinter einem dichten Vorhang von erbsensuppendickem Sprühregen.

Wir steuerten erstmal Supermacs am Eyre Square an. Ben war begeistert, aber der Geruch nach gebratenem Fleisch rief bei mir leider die falschen Assoziationen hervor.

»Super«, sagte er und stürzte sich auf meinen Teller.

Es war das erste Mal, dass er wieder lebendig wirkte, seit wir Sligo verlassen hatten. Während der Fahrt hatte er zusammengekauert auf dem Vordersitz gehockt, den Gameboy auf seinem Schoß keines Blickes gewürdigt und alle Fragen mit kaum verständlichem Murmeln beantwortet. Nickte sogar ein, nachdem wir an Knock vorbeigefahren waren und ich ihn gefragt hatte, ob er ein bisschen Ablenkung gebrauchen könnte, etwas, das ihn aufpeppte. Wachte erst auf, als ich ihn an der Schulter rüttelte, nachdem ich in der Tiefgarage am Eyre Square einen Platz gefunden hatte.

Wahrscheinlich stand er unter Schock. Es ist eine Sache, als Junge Schneebälle auf Polizeiautos zu werfen in der Hoffnung auf eine Verfolgungsjagd, aber eine andere, wenn man ernsthaft auf der Flucht ist, vor allem dann, wenn der eigene Vater am Steuer des Fluchtautos sitzt.

Jetzt warf er drei Mädchen klammheimliche Blicke zu, die drei Tische weiter saßen. »Vergiss es«, sagte ich, »in Galway sprechen sie nur Irisch.«

Er grinste kurz. »Monty war letzten Sommer in so einer Gaeltacht-Gegend«, sagte er. »Er meinte, das seien da alles Gael-goers.«

»Tatsächlich? Und was ist ein Gael-goer?«

»Du weißt schon. Leute, die Irisch als Sprache bewahren wollen.«

»Hab davon gehört.«

Ich spürte wieder dieses bekannte Stechen in der Herzgegend, als mir klar wurde, wie rasch er groß wurde, und wie viel ich versäumt hatte, als ich eingebuchtet gewesen war. Selbst jetzt verhielt ich mich immer wieder falsch, kaufte ihm Geschenke, die eher zu einem Achtjährigen gepasst hätten, und fing Gespräche zu Themen an, über die er längst hinaus war. Er war recht groß für sein Alter, musste aber in der Breite noch ein bisschen zulegen, die Schultern und die Gesichtszüge waren noch nicht endgültig ausgeprägt. Seine Haut war blass und von Akne überzogen, das Gesicht hager, und man sah ihm an, dass er zu lange vor flackernden Bildschirmen saß. Er hatte lange Wimpern, runde braune Augen wie seine Mutter und hätte vielleicht mädchenhaft gewirkt, wenn er nicht das breite Kinn und die hervorstehende Nase gehabt hätte.

»Was ist denn mit dieser Freundin, von der ich gehört habe?«, fragte ich. »Ist das auch eine Gael-goer?«

Seine Pickel schimmerten nacheinander rötlich auf. »Welche Freundin denn?«

»Gibt's mehr als eine?«

Er schüttelte den Kopf. »Es gibt keine Freundin, Dad.«

Ein trauriger Ton in dem Satz, der mir sehr naheging. »Na schön«, sagte ich, »Spaß beiseite, wir müssen reden.«

Er saugte an seinem Strohhalm und tat so, als wäre noch ein letzter Rest in seiner Pepsi-Flasche. »Worüber?«

»Über die Schule, worüber denn sonst? Deine Mutter und ich ...«

Er verdrehte die Augen. Ich hielt inne. Wir starrten uns an.

»Okay«, sagte ich. »Vergessen wir das. Ich will's mal anders formulieren: Willst du etwa so enden wie ich, als Arschgesicht, das sich mit Taxifahren durchschlägt?«

Er war eindeutig verwirrt und gleichzeitig fasziniert von meiner ordinären Ausdrucksweise. »Was ist denn so falsch am Taxifahren?«

»Daran ist nichts *falsch.* Aber man arbeitet sehr viel und verdient sauwenig Geld. Manchmal muss man sich mit besoffenen Arschlöchern herumschlagen. Und manche von denen können auch gefährlich sein.«

»Mom meint, die sollten sich eher vor dir in Acht nehmen.«

»Im Ernst? Was sagt sie denn sonst noch so?«

»Über dich? Nicht viel.«

»Glaub mir, das ist wirklich mal ein gutes Zeichen. Das alles wirst du auch noch auf die harte Tour lernen.

Ben kratzte an einem Flecken am Knie seiner Trainingshose. »Dad?«

»Was?«

»Kommst du jemals wieder zurück und wohnst bei uns?«

»Das hängt vor allem von deiner Mutter ab. Allerdings«, fügte ich hinzu und zuckte zusammen, als ich es laut aussprach, »wenn nicht, ist es meine Schuld und nicht ihre.«

»Wen interessiert denn schon, wessen Schuld es ist.«

»Es ist halt kompliziert, Ben.«

»Es ist halt kompliziert«, äffte er mich nach. »Alles ist kompliziert, wenn man erstmal alt ist.«

»Älter.«

»Alt.«

Ich grinste. »Hör mal, wir müssen nun mal darüber reden.« Er wich meinem Blick aus. »Was willst du denn mit deinem Leben anfangen?«

Er zuckte mit den Schultern. »Keine Ahnung.«

»Ich meine, was willst du mal machen, wenn du erwachsen bist?«

»Oh.« Er schaute auf. »Fußball spielen.«

»Du meinst als Profi?«

Er nickte.

»Gute Sache. Aber nehmen wir mal hypothetisch den total unwahrscheinlichen Fall an, dass du doch kein Fußballspieler wirst, was würdest du dann gerne tun?«

»Keine Ahnung.«

»Du bist doch gut in Kunst, oder?« Er nickte. »Ich meine, es macht dir Spaß.« Er nickte wieder. »Und mit Computern kannst du auch gut umgehen. Und du sitzt ständig vor der Playstation oder am Gameboy.«

»Und?«, sagte er abwehrend.

»Und wie wäre es also, wenn du später mal Computerspiele designst?«

Seine Augenbrauen zogen sich zusammen. »Computerspiele designen?«

»Das muss doch jemand machen. Die kommen ja nicht aus dem Nichts. Und manche Leute verdienen eine Menge Geld, wenn sie neue Spiele erfinden. Wenn du willst, kann ich dich mal mit einem Typen zusammenbringen, den ich kenne und der ein echter Computerexperte ist. Der kann dir erklären, wo man anfangen muss.«

Er schaute mich misstrauisch an. »Ja, okay.«

»Ich kläre das erst mit deiner Mutter, aber ich glaube nicht, dass sie Einwände hat.«

»Meinst du?«

»He, wenn deine Mutter ein Problem hat mit irgendetwas, was du tust, dann ist das zu deinem Besten. Klar?«

»Ja, schon klar.«

»Gut.«

Ich rief Herb an.

»Hast du das Zeug?«

»Noch nicht. Bin gerade auf dem Weg dorthin.«

»Wieso das?«

»Wegen Mäusen und Menschen, Herb. Hör mal, ich hab da mal 'ne Frage.«

»Schieß los.«

»Nimm mal an, du wolltest jemandem zeigen, wie man Computerspiele baut.« Ich merkte, wie Ben neben mir hellhörig wurde. »Was würde so was kosten?«

»Kommt drauf an, um was es so geht.«

»Das Beste vom Besten. Geld spielt keine Rolle.«

»Was soll denn gebaut werden?«

»Ballerspiele, Fußball, das Übliche.«

»Für ein paar Riesen kann man das Grundwissen vermitteln.«

»Zwei Riesen also, okay? Danke.«

Ben schaute mich mit großen braunen Augen an. »Bedeutet das zweitausend Euro?«

Ich nickte.

»Verdammte Scheiße«, stieß er hervor.

»Drück dich bitte gewählter aus.«

»Mach doch selbst.«

»Okay«, sagte ich, »dann treffen wir jetzt eine Abmachung. Wir dürfen so viel fluchen wie wir wollen, solange wir es auf Irisch tun.«

Er stöhnte und warf mir einen vernichtenden Blick zu, der einer Gorgone eine Woche lang den Appetit verdorben hätte. »Du bist echt witzig, wenn du versuchst witzig zu sein, Dad. Gar nicht witzig, ha, ha ...«

»Eigenartiger Humor«, sagten wir wie aus einem Mund.

Das war ein Standardspruch von Dee, aber die spezielle Betonung von »Dad« kam von ihm. Etwas langgezogen, als wollte er besonders boshaft klingen. Vielleicht lag es aber auch daran, dass er es nicht gewohnt war, dieses Wort zu benutzen.

»Denk drüber nach.«

»Worüber?«

»Ein Spiel, das du gerne spielen würdest und das es noch nicht gibt.«

Er runzelte die Stirn. Dann fiel der Groschen. Seine Kinnlade fiel runter und die runden Augen wurden noch runder. Ich lachte, streckte die Hand aus und fuhr ihm durchs Haar. Er erschrak so sehr, dass er nicht mal zurückzuckte.

*

Ich gab Ben fünf Euro, schickte ihn in die Spielhalle neben Supermacs und erklärte ihm, ich wäre in einer halben Stunde wieder zurück. Dann fuhr ich die Shop Street entlang, bog ab in die Quay Street und fuhr Richtung Crescent.

Das Telefon klingelte, als ich die Brücke überquerte. Unbekannte Nummer.

»Hallo?«

»Mr Rigby?«

»Wer spricht denn?«

»Saoirse Hamilton, Mr Rigby.«

Ich zog den Rucksack zu mir und griff hinein. Neben den zehn Riesen in bar lag der in Frischhaltefolie eingepackte Umschlag. »Ja?«, sagte ich.

»Ich habe meine Meinung nicht geändert. Aber ich hoffe, Sie haben Ihre geändert.«

»Bezüglich der Suche nach Finns Abschiedsbrief?«

»Richtig. Ich würde gerne Ihre Dienste in Anspruch nehmen.«

»Tut mir leid, Mrs Hamilton, aber ich kann mir wirklich nicht leisten meine Arbeit zu vernachlässigen, um nach etwas zu suchen, das sehr wahrscheinlich gar nicht existiert.«

»Sie würden großzügig entschädigt für Ihren Zeitaufwand.«

»Ich weiß das zu schätzen. Aber es geht nicht nur um den Zeitaufwand, nicht wahr?«

»Nein«, sagte sie, »vermutlich nicht.«

»Wenn ich der Polizei ins Handwerk pfusche«, sagte ich, »dann werden die gar nicht erfreut darüber sein. Einer von denen hat mir bereits gedroht, er würde mir die Taxilizenz wegnehmen. Und wenn es richtig heikel wird, dann könnte man mich wegen Verletzung der Bewährungsauflagen belangen.«

»Ich verstehe«, sagte sie. »Wie viel?«

»Na ja, es ist nicht unbedingt eine Frage des …«

»Wie viel, Mr Rigby?«

»Zehn Riesen. Bar. Nicht fortlaufend nummeriert.«

»Zehntausend Euro?«

»So was nennt man Gefahrenzulage, Mrs Hamilton. Ich habe nicht darum gebeten, in diese Sache reingezogen zu werden. Aber nun stecke ich drin, und Sie verlangen, dass ich noch tiefer grabe. Ich denke, ich habe ein Anrecht auf eine angemessene Entschädigung.«

Es war schwer zu sagen angesichts der Brise, die vom Fluss herkam, aber ich hatte den Eindruck, dass sie den Hörer abdeckte, um sich kurz mit jemandem zu besprechen.

»Zehntausend Euro sind eine nicht unerhebliche Summe«, sagte sie.

»Ja, und die Polizei macht es umsonst, wenn Sie höflich anfragen. Andererseits entspricht die Leistung dem gezahlten Preis. Vielleicht wollen Sie ja noch ein bisschen herumfragen, um den besten Preis rauszuschinden.«

»Ich verstehe nicht, wie …«

»Hören Sie, um Ihnen zu zeigen, dass ich Ihnen nicht böse bin, wenn Sie sich für jemand anderen entscheiden, möchte ich Ihnen noch den Tipp geben, es zuallererst im Hafenamtsgebäude zu versuchen. Tun Sie einfach so, als müssten

Sie den Hund füttern, und gehen Sie hoch in Finns Studio und suchen Sie im Wasserkasten in der Toilette. Da gibt's einen doppelten Boden, unter dem man sehr gut was verstecken kann.«

Schweigen. Kein Geräusch bis auf die sanfte Brise und das Summen des Telefons.

»Was haben Sie gefunden, Mr Rigby?«

»Ich will es mal so ausdrücken. Wenn die Bullen herausfinden sollten, dass ich es gefunden, aber nicht abgegeben habe, könnte es mich verdammt viel mehr kosten als bloß zehn Riesen.«

»Ich verstehe. Seien Sie doch so gut und kommen Sie mich besuchen, Mr Rigby. Ich könnte weitere Aufträge für Sie haben.«

»Mach ich.«

»Wann darf ich Sie erwarten?«

»Ich bin jetzt in Galway, also dürfte es wohl ein paar Stunden dauern. Wie wäre es, wenn ich Sie anrufe, wenn ich wieder in der Stadt bin?«

»Sehr gut. Meine Nummer ist …«

»Schon gut, die ist jetzt in meinem Handy gespeichert.«

Sie legte auf. Saoirse Hamilton war keine Frau überflüssiger Worte.

Auch keine Frau, die ihr Geld verschwendete, sollte man meinen. Zehn Riesen, das klang vielleicht nicht nach viel in diesem Zusammenhang, aber es war ein guter Preis für ein ganz bestimmtes Gemälde von Finn gewesen, und Saoirse Hamilton würde das locker dafür hinblättern, auch wenn der Rahmen fehlte.

Vielleicht hätte ich fünfzehntausend fordern sollen. Scheiße, es war sowieso alles Geld der NAMA und der unerschöpflichen Großzügigkeit der irischen Steuerzahler geschuldet.

The Crescent ist eine kurze gebogene Straße mit dreigeschossigen georgianischen Relikten, nicht weit von der Küste von Salthill entfernt. Eine ruhige, respektable, wohlhabende Gegend. In der Harley Street von Galway lag eine

Arztpraxis neben der anderen. Franny Moore, auch bekannt als Dr. Robert, hatte seine Praxis in einer schmalen Seitenstraße hinter dem Crescent, die parallel dazu verlief. Er hatte eine Garage direkt gegenüber von seinem Garten angemietet. Dank der hohen Gartenmauern und der Biegung der Straße musste man schon einen Hubschrauber bemühen, um zu sehen, was da unten vor sich ging. Infrarotkameras hätten vielleicht auch was gebracht. Ich legte dem Doktor die zehn Riesen hin und er steckte mir den entsprechenden Wert in Koks in den Rucksack. Wenn es sich um beste Qualität handelt, kann man sich mit zehn Riesen nicht gerade viel kaufen, mengenmäßig betrachtet.

Es dauerte gerade mal zehn Minuten. Als ich wieder am Eyre Square ankam, stand Ben wartend, nass und frierend unter einer Markise und blickte mich aus leeren Augen an.

»Was ist passiert?«, fragte ich.

»Mom hat angerufen.«

»Scheiße. Was hast du gesagt?«

»Was du mir aufgetragen hast.«

»Dass wir in Knock sind, richtig? Und auf einen verspäteten Flug warten.«

Er nickte. Mürrisch, distanziert.

»Guter Junge«, sagte ich und fühlte mich wie etwas, das er gerade von seiner Schuhsohle abgepult hatte.

»Sie sagte, du würdest ihr jetzt zwanzig Euro für das Taxi nach Hause schulden.«

»Meine Güte, hat sie sich eine Stretchlimousine gegönnt oder was?«

Keine Reaktion, nur leichtes Zittern. Ich schob ihn zurück zum Auto, fuhr los und drehte die Heizung ganz hoch. Schrieb im Kopf die Liste der zu erledigenden Dinge, wenn ich zurück in Sligo wäre: Ben absetzen, bei Herb vorbeischauen, einen Blick in den wasserdicht verpackten Umschlag werfen, bevor ich mich auf den Weg zum Anwesen der Hamiltons machte, um herauszufinden, ob ich mich mit den geforderten zehn Riesen womöglich unter Wert verkaufte.

Wir waren fast zu Hause, die Sonne leuchtete golden auf im Rückspiegel, als Ben plötzlich wieder zum Leben erwachte, seine Erstarrung überwand, als wir gerade die Eisenbahntrasse außerhalb von Ballindine überquerten. Er blinzelte, rieb sich die Augen und sagte: »Ich hab einen Riesenhunger.«

»Wie kannst du denn einen Riesenhunger haben? Du hast doch gerade erst zwei Cheeseburger gegessen.«

»Das war vor drei Stunden.«

»Ernsthaft?«

Ich hielt an einer Tankstelle und schickte Ben mit einem Fünfziger los, um das Benzin zu bezahlen und vom Wechselgeld was zum Knabbern zu besorgen. Während ich tankte, schaute ich zu, wie er sich unbekümmert zwischen den Erwachsenen bewegte. Ich konnte ein plötzlich auftretendes, lächerliches Gefühl von Stolz nicht ganz unterdrücken.

Okay, Ben war also der Sohn von Gonzo, und ich bin ein Anhänger von Darwin, und das was die Gene zum Thema zweite Chance wissen, kann man meiner Ansicht nach in Gregor Mendels Ohr stopfen und hätte dann sogar noch Platz für Ohropax. Und Gonzo war gestorben, weil er sich nach der Knarre gebückt hatte.

Aber falls Bens Groll gegen seine Mutter ein Indikator war, dann machte Dee alles richtig, indem sie ihn zu dem Jungen erzog, der ihr vorschwebte. Ben war intelligent und kreativ und fast schon übermäßig sensibel. Sozial offenbar auch, wenn man die Begrüßungen durch seine Kumpels in der Schule in Betracht zog. Sein Desinteresse an den Noten passte vielleicht nicht ins Schema, aber ich schätzte, die Psychofritzen würden durchaus einen Zusammenhang zwischen seinen abfallenden Leistungen und dem plötzlichen Auftauchen einer lang vermissten Vaterfigur sehen, zumal dieser Vater auch weiterhin nur sporadisch in Erscheinung trat.

Und dessen Vorstellung von einem gelungenen Vater-Sohn-Ausflug eine Fahrt als Drogenkurier in einem gestohlenen Wagen darstellte.

Ben kam aus dem Laden zurück, in der Hand eine braune Papiertüte, und unterdrückte ein Lächeln. Er setzte sich auf den Beifahrersitz.

»Wechselgeld«, sagte ich und wusste schon, was jetzt kommen würde.

Er reichte mir kichernd die restlichen sieben Cent und machte die Tüte auf. Schokoflakes, Marsriegel, Twix, Eiskonfekt, Linzer Augen, Pringles-Dosen und Sprite. Meine Kehle war ausgetrocknet, also kippte ich eine halbe Dose Sprite auf Ex und griff mir blind einen Marsriegel.

Wir fuhren weiter, geblendet vom grellen Sonnenlicht im Rückspiegel. Ich verstellte den Spiegel, sodass er meine linke Schulter beleuchtete, kippte den Seitenspiegel nach unten und ließ Ben das gleiche auf seiner Seite tun. Ich wollte so schnell wie möglich nach Hause, die anstehenden Dinge erledigen und einen Schlussstrich unter diesen Tag ziehen. Ben knabberte fleißig seine Pringles.

»Wie wär's mit ein bisschen Musik?«, fragte ich.

»Oh je.«

»Was heißt oh je?«

»Deine Musik ist totaler Schrott, Dad.«

Ich deutete auf die Stereoanlage und den Fünf-Disc-CD-Player. »Dieser Wagen gehört einem Typen, der einen Piratensender betreibt.« Ich wollte nicht in der Vergangenheitsform sprechen und damit die Spannung rausnehmen. »Ich garantiere dir, dass du was findest, was dir gefällt. Drück einfach auf irgendeinen Knopf.«

Er hinterließ einen Schokoladenfleck auf dem dritten Knopf. Ein Summen, ein Flirren und dann ein Zischen. »Swingboat Yawning« setzte ein, mit kratzigen Gitarren und lässigem Gesang, *digging trenches in the stars again.* Mein Magen zog sich zusammen, aber wenigstens war das nicht

»Bell Jars Away«. Ben wiegte den Kopf hin und her und überlegte.

»Die CD ist kaputt«, sagte er schließlich.

»Nein, das ist Rollerskater Skinny.«

Er gab ihnen noch zehn Sekunden. »Das ist grottenschlecht«, erklärte er.

»Gib ihnen eine Chance. Ist noch Sprite übrig?«

»Ist alle.«

»Säufer. Was gibt's noch zu essen?«

Er kicherte gurgelnd. »Nichts.«

»*Alles* weg? Die ganze Tüte ist leer?«

Er nickte und unterdrückte nur mühsam einen weiteren Kicheranfall.

»Meine Güte«, sagte ich, »du hast wohl ein Loch im Bauch.«

Und da kapierte ich endlich. Vielleicht weil ich an Finn denken musste, und wie er in seinem Audi durch die Gegend raste, »Horsedrawn Wishes« auf volle Lautstärke gedreht, das Fenster heruntergelassen und einen Riesenspliff in der Hand, dessen Funken im Fahrtwind sprühten.

Ich schaute Ben an und sah Finn, der mich angrinste, diesen überschwänglichen Jungen, immer auf der Suche nach dem nächsten Kick, mit seinen hungrigen Augen und dieser besonderen Gier, wenn er an seinem Joint zog. Sah die grauen Fleischfetzen auf dem glühend heißen Taxidach verbrennen.

Sah, was ich die ganze Zeit schon hätte sehen müssen. Oder hätte sehen können, wenn ich dagewesen wäre.

Vielleicht. Kann auch sein, dass ich nicht gerade der aufmerksamste Typ bin.

Genau in diesem Moment entschied ich, dass ich mich hinter Dee stellen musste. Bis jetzt hatte ich ihr immer wieder erklärt, es wäre besser für Ben, wenn ich ihm nicht allzu nahe kam, damit man sich nicht eines Tages über ihn lustig machte, weil er der Sohn eines Ex-Knackis war. Aber das war totaler Quatsch. In Wahrheit wollte ich mich bloß jetzt schon freisprechen von der Verantwortung für den Fall, dass Ben ausscherte und genauso ein Versager wurde wie ich.

Abgesehen davon wusste Ben schon längst, dass ich im Knast gesessen hatte. Und eines Tages würde er unvermeidlich auch herausfinden, warum und wegen wem. Wenn es soweit war, musste er seine eigene Entscheidung treffen, wer und was richtig war oder falsch, und vielleicht würde er zum gleichen Ergebnis kommen wie ich. Dass ein Ersatzvater immer noch besser war als gar keiner, und zwar für uns beide.

Wenn er das nicht so sehen würde, dann eben nicht. Aber bis dahin würde ich alles tun, was nötig war.

Ich stellte die Musik aus. »Ben?«

»Hm-hm?«

»Seit wann rauchst du Dope?«

Er stritt es ab, natürlich. Ich wäre enttäuscht gewesen, wenn er das nicht getan hätte. Aber er wurde knallrot und konnte mir nicht ins Gesicht sehen. Wir brüllten uns eine Weile an, Ben schrill und in der Defensive, aber das Kräfteverhältnis war ungefähr so wie bei King Kong und Fay Wray.

»Du bist ständig bedröhnt«, sagte ich. »Kein Wunder, dass deine Noten so miserabel sind. Du schiebst dir Riesenportionen an Knabberkram rein und kicherst wie ein kleines Mädchen auf einer schiefen Schaukel.«

Er schnaubte abfällig.

»Mensch, Ben, du bist *zwölf*!«

»Und?«

»Hör auf so dämlich zu grinsen, sonst hau ich dir eine rein.«

Er unterdrückte das Grinsen und sah wieder blass und leer aus, starrte stur geradeaus.

»Wie lange?«

»Wie lange was?«

»Wie lange rauchst du das Zeug schon?«

Er zuckte mit den Schultern »Paar Monate.«

»Wie viel?«

»Keine Ahnung.«

»Pro Tag? Fünf? Wie viele?«

»Kommt drauf an.«

»Nein. Es *kam* darauf an. Jetzt nämlich nicht mehr, weil du deinen letzten Joint geraucht hast.«

Keine Antwort. »Ich weiß, was du jetzt denkst«, sagte ich. »Wie sollte ich dich denn davon abhalten?« Er rutschte auf seinem Sitz herum, zog die Schultern hoch, um sein hinterlistiges Grinsen zu verbergen. »Ist ganz einfach«, sagte ich. »Ich gehe bloß zu den Bullen und erzähle ihnen, irgendein Mistkerl würde meinem Jungen auf dem Schulhof Drogen verkaufen.«

»Dad ...«

»Dann würden alle wissen, dass du es ausgeplaudert hast, richtig? Wer würde dir danach noch Dope verkaufen? Und wenn sich die Sitten nicht geändert haben, seit ich zur Schule gegangen bin, dürften noch zwei oder drei Abreibungen dazukommen. Hab ich recht?«

Er fing an zu zittern. »Ist ja nicht so, dass ich jeden Tag was rauchen würde«, sagte er mit bebender Stimme.

»Ist mir scheißegal, wie das so ist oder auch nicht. Von jetzt an ist das vorbei. Meine Güte, Ben, das ist eine Einstiegsdroge.«

»Jetzt chill mal. Ich weiß doch, was ...«

»Du hast nicht die geringste Ahnung, Ben. Und sag mir nicht noch mal, ich soll chillen, sonst mache ich dich kalt. Hast du verstanden?«

»Herrje«, murmelte er, »ich hab doch bloß ein paar Tüten geraucht, nicht irgendjemanden umgebracht.«

Für den Bruchteil einer Sekunde erstarrte ich. »Was hast du gesagt?«

»Nichts.«

»Du hast was von nicht irgendjemanden umbringen gesagt.«

Er zuckte mit den Schultern und rückte von mir weg. Sein Adamsapfel hüpfte hoch und runter. »Es ist doch bloß Dope, Dad.«

War das nur so dahingesagt? Oder wusste er was?

Wie auch immer, er hatte ja recht. Ich mäßigte meinen Ton. »Ich weiß, wovon ich rede, Ben. Du glaubst doch wohl nicht, dass du der erste Junge bist, der Gras geraucht hat.«

Er warf mir einen leicht verschämten, aber neugierigen Blick zu. Ehrlichkeit ist die beste Schocktherapie, also zog ich es ganz durch. »Ja, klar, ich hab das Zeug auch geraucht.« Ich bemühte mich, in der Vergangenheit zu bleiben. »Und ich sage dir, es ist eine Einstiegsdroge. Ich hab angefangen mit Haschisch und rauche heute sechzig Zigaretten pro Tag.« Das mit dem Speed ließ ich weg, auch Ecstasy, LSD, Koks, Pilze und PCP. Ich hatte das Gefühl, es könnte ganz nützlich sein, mir noch ein paar Schocks für die Zukunft aufzuheben.

»Zigaretten sind keine richtigen Drogen«, sagte er.

»Die bringen dich genauso um.«

»Ja, aber ich meine ...«

»Sie sind nicht illegal, stimmt. Aber nur für den Fall, dass ich mich nicht klar genug ausgedrückt haben sollte: Falls ich dich noch mal beim Haschischrauchen ertappe, breche ich dir alle Finger, die du zum Jointrollen brauchst. Haben wir uns verstanden?«

Das war vielleicht ein bisschen übertrieben, hatte aber den beabsichtigten Effekt. Er sank in sich zusammen, geschockt von meiner brutalen Drohung. Er war so blass, dass seine Haut in der aufkommenden Dämmerung zu leuchten schien. Ab und zu zog er die Nase hoch, dann wischte er sie sich mit dem übers Handgelenk gezogenen Hemdsärmel ab. Nach einer Weile sagte er leise: »Wirst du es Mom erzählen?«

»Ihr was *erzählen*? Ich werde wieder bei ihr einziehen.«

Er kicherte verhalten. Schaute mich an mit seinen großen, feuchten, hoffnungsvollen Augen.

»Ich sag dir, was ich tun werde«, sagte ich. »Dieses eine Mal, nur dieses eine einzige Mal gebe ich dir Amnestie. Du weißt, was Amnestie ist?« Er nickte, womit er mir den Wind aus den Segeln nahm. »Okay, die Amnestie ist, dass ich deiner Mutter nichts davon sage, nicht in deine Schule gehe, den Bullen keinen Tipp gebe. Und jetzt sagst du mir, was *du* tun wirst.«

Er spuckte es geradezu aus. »Kein Hasch mehr rauchen.«

»Korrekt. Denn mal ernsthaft, Ben, wenn du diesen Scheiß rauchst, ist nichts mehr mit Fußball. Kannst du voll vergessen. Deine Lungen sind noch nicht mal fertig ausgebildet. Wenn du dieses Scheißzeug rauchst, machst du dich zum Krüppel. Du weißt doch hoffentlich, dass Haschisch zehnmal stärker krebserregend ist als Zigaretten, oder?«

Er schüttelte den Kopf. »Nein«, sagte ich, »die erzählen dir nie was von den Nachteilen. Außerdem gibt's da noch das psychische Problem.«

»Ich hatte nie einen schlechten Traum deswegen«, sagte er.

»Noch nicht. Aber die haben Langzeitstudien über die Folgen des Haschischrauchens gemacht. Weißt du, was sie rausgefunden haben?«

»Nein.«

»Sie auch nicht. Und ich weiß ja nicht, wie es dir geht, aber mir macht das eine Heidenangst.«

»Vielleicht hat es ja keine Folgen.«

Ich bewunderte seinen Mumm, er ließ sich nicht einfach K.o. schlagen. Aber er sollte was lernen. »Ich kannte diesen Typen«, sagte ich, »er war total gechillt, wie du es ausdrücken würdest. Netter Typ, sehr umgänglich. Rauchte ziemlich viel davon. Er war reich, hatte eine gutaussehende Freundin, keine Probleme.«

»Und?«

»Er ist aus dem neunten Stock gesprungen, ohne ersichtlichen Grund. Gestern Abend. Wir sitzen hier gerade in seinem Auto.«

Damit hatte ich ihn. »Erinnerst du dich an das Tatort-Absperrband?«, fragte ich. »Ich war dabei, als es passiert ist. Er ist so hart aufgekommen, dass er hinterher wie ein Zwerg aussah. Jeder einzelne Knochen in seinem Körper war gebrochen. Morgen steht es in der Zeitung, dann kannst du es nachlesen. Sein Name war Finn Hamilton.«

»Er ist gesprungen, weil er Haschisch geraucht hatte?«

»Das kann ich so nicht sagen. Niemand weiß, *warum* er gesprungen ist. Aber Tatsache ist, dass er seit vielen Jahren jede Menge Gras geraucht hat. Mir ist es egal, ob du Acid nimmst oder irgendwelche beschissenen Branflakes, wenn du das jahrelang machst, hat es Folgen. Willst du schwachsinnig werden?«

»Nein.«

»Na also.«

Eine halbe Stunde lang sagte er gar nichts. Ich ließ ihn im eigenen Saft schmoren, drehte die Anlage auf, damit Rollerskate Skinny unsere Rückfahrt untermalen konnten. Wir ließen die Umgehung von Tubbercurry hinter uns, und ich hatte gerade den Tabak rausgeholt, um mir eine Zigarette zu drehen, als das Telefon klingelte und auf dem Display *Dee-Dee-Dee* aufleuchtete.

Ich reichte Ben die halb fertig gerollte Fluppe und ging dran.

»Dee?«

»Harry, wo bist du?«

»Im Moment kann ich ganz schlecht telefonieren. Ich ruf dich in zehn Minuten zurück.«

»Bist du weit weg?«

»Zwanzig Minuten, hängt vom Verkehr ab.«

Ich legte auf. Ben biss die Zähne zusammen, um nicht grinsen zu müssen und reichte mir die fertig gedrehte Zigarette. Ich schüttelte den Kopf, musste grinsen und gab mir Feuer. Rollerskater Skinny brachten einen Hauch Melancholie mit rein mit »Bell Jars Away« und Ken Griffins klagender Stimme: *This motionless ease, measure me by…*

»Okay«, sagte ich. »Die Amnestie funktioniert folgendermaßen. Mit achtzehn Jahren wirst du wissen, ob du alles beisammen hast, was du brauchst, um es zu schaffen. Ich meine als Fußballspieler. Wenn du bis dahin nicht von einem

Scout aufgegabelt wurdest, dann kannst du es vergessen. Und wenn du dann ganz gute Noten hast, kannst du wahrscheinlich aufs College gehen, wo es praktisch Pflicht ist, Dope zu rauchen.«

»Echt?«

»Nein. Hör mal, Ben, was ich damit sagen will, ist Folgendes: So lange, bis du alt genug bist, dich um dich selbst zu kümmern, bin ich dein Bewährungshelfer. Verstanden? Ich komme regelmäßig vorbei und schau, was du so treibst. Und mir kannst du nichts vormachen. Ich weiß Bescheid, glaub mir. Ich checke die einschlägigen Orte, schau nach, ob deine Klamotten riechen und trieze dich so, dass Dope-Rauchen dir überhaupt keinen Spaß mehr macht. Und wenn ich auch nur den leisesten Anhaltspunkt habe, dass du vielleicht was geraucht hast, dann geh ich zu den Bullen und zieh deine Kumpels mit rein. Was sagst du dazu?«

Fand er nicht gerade super, aber wenn er mich mit achtzehn immer noch hassen würde, hätte ich einen halbwegs guten Job gemacht.

»Und Mom muss nichts davon wissen?«

»Es ist ein Neuanfang, Ben, aber es ist ein einmaliges Angebot. Wenn du es versaust, bist du geliefert. Dann schickt sie dich auf eine Militärakademie. In Danzig oder so. Echt!«

Das Telefon klingelte wieder. *Dee-Dee-Dee.* Die Straße verlief jetzt schnurstracks nach unten auf den Kreisel von Collooney zu, der im Dunst kaum noch zu sehen war. Ich ging ran.

»Ich bin in beschissenen zehn Minuten da, okay. Chill mal!«

Ben kicherte. Ich schaute ihn an, zog die Augenbrauen zusammen, und das genügte schon.

Im Nachhinein ist so was schwer zu beurteilen, aber wenn ich mich nicht gleichzeitig mit Dee, dem Lenkrad und einer Zigarette herumgeschlagen hätte, dann hätte ich es vielleicht kommen sehen. Wenn ich den Rückspiegel wieder in die korrekte Position gebracht hätte, als die Sonne untergegangen war, hätte ich vielleicht mehr als nur eine vage Silhouette am Rand meines Sichtfelds wahrgenommen. Wenn ich mich nicht von Bens Kichern hätte ablenken lassen.

Vielleicht, vielleicht, vielleicht …

Die Welt verschob sich drei Meter nach rechts, der Audi erzitterte wie ein harpunierter Wal, als er ausbrach und auf den Seitenstreifen schleuderte. Ich ließ Handy und Zigarette fallen und stemmte mich ins Lenkrad. Brachte den Wagen zurück auf die Fahrspur, nachdem ich ein paar Leitpfosten am Rand der Böschung mitgenommen hatte. Dann wurde ein Pfosten hochgeschleudert, flog über die Motorhaube und zerschmetterte die Windschutzscheibe, die sich in ein undurchsichtiges Scherbennetz verwandelte.

Die Reifen auf der linken Seite verloren den Halt und rutschten über die Böschung den Abhang hinunter in den Straßengraben.

Ich glaube, Ben hat laut aufgeschrien. Mein letzter wacher Gedanke war: *O Gott, es wird ihn auch umbringen.*

Dann rammte jemand eine Riesenaxt in den Äquator. Der Audi überschlug sich und schien kurz kopfüber in der Luft zu hängen.

Wir kamen mit einem lauten Knirschen auf, das Metall wurde zerdrückt, das Glas splitterte. Jemand spaltete mir den Schädel mit der Axt. Die Welt zersprang in zwei Teile.

20

Die meisten irischen Polizisten werden gleich nach ihrer Ausbildung in Templemore nach Dublin geschickt. Mit dem Hintergedanken, dass sie überall zurechtkommen werden, wenn sie sich erstmal auf den Straßen von Dublin bewährt haben. Wenn einer in Dublin aufgewachsen ist, schickt man ihn wahrscheinlich nach Limerick. Gleicher Hintergedanke, mehr Messer.

Auf jeden Fall schicken sie einen nicht nach Hause, denn wenn man an einen Ort versetzt wird, wo einen keiner kennt, wo man selbst niemanden kennt und keine Familie hat, läuft man weniger Gefahr, ein Auge zuzudrücken oder bedroht, bestochen oder korrumpiert zu werden.

Das gilt auch für das Gerichtswesen.

Warum es aber nicht für Politiker gilt, wer weiß das schon. Vielleicht, weil sie aus edlerem Stoff gemacht sind als Polizisten und Richter.

Wie auch immer, in der Theorie klingt das alles super, aber in der Praxis gibt es immer wieder Rückschläge. Zum Beispiel fördert es eine »Wir gegen die«-Mentalität, was bedeutet, dass die meisten jungen Polizisten ihr Wissen über die lokalen Gepflogenheiten von anderen Polizisten vermittelt bekommen. Und das hat zur Folge, dass die persönlichen Erfahrungen eines Polizisten von Vorurteilen gegenüber speziellen Individuen oder Familien geprägt werden und diese Vorurteile im Laufe der Zeit zu einem sich selbst befeuernden Mythos werden.

Die Tatsache, dass solche Vorurteile im Allgemeinen hart erarbeitet und wohl begründet sind, tut nichts zur Sache.

Der Polizist, der vor der Tür meines Zimmers stand, war nervös, vermutete Pamela. Nicht, weil er mich kannte, sondern weil er nichts weiter von mir wusste, als dass ich wegen Mordes an meinem Bruder im Knast gesessen hatte, und man mir zutraute, dass ich wieder mordlüstern wurde, wenn ich aufwachte und feststellen sollte, dass die Laken meines Krankenhausbetts nicht scharf genug gebügelt waren, um sich damit rasieren zu können.

Meinte Pamela. Ich wusste nicht mal, welche Farbe die Laken hatten, geschweige denn, ob sie überhaupt gebügelt worden waren.

Ich wachte schweißgebadet auf in einer Welt, die kleiner und enger war als die, aus der ich kam. Die Decke war niedriger und drückte mir aufs Gemüt. Kurz dachte ich, ich wäre wieder in meiner Zelle und alles könnte nur ein Traum gewesen sein. Aber die Laken fühlten sich frisch an.

Dann hörte ich ein gedämpftes Piepen.

Die antiseptische Wärme, die über allem hing, war eher zu spüren als zu riechen. Ein Schlauch steckte in meinem Arm, ein Beutel mit klarer Flüssigkeit hing über meinem Kopf. Darunter ein Nachtschränkchen und darauf eine Karaffe mit Wasser und eine Schnabeltasse aus Plastik, halb gefüllt.

Meine Kehle fühlte sich an, als wäre ein Kaktus darin gewachsen. Ich streckte die Hand nach der Schnabeltasse aus und …

Schlechte Idee.

Ich lag auf einer Art Folterbett, das ein sadistischer Fiesling sich ausgedacht hatte, der winzigen Stacheldraht um meinen Körper geschlungen hatte. Wenn ich mich bewegte, sorgte er dafür, dass unerträgliche Schmerzen wie Peitschenhiebe von meinem linken Auge über die Schulter bis in meinen linken Ellbogen schossen.

Ich lag da und schnappte keuchend nach Luft. Schweißtropfen oder Tränen oder irgendeine Säure verätzten mein rechtes Auge.

Ich muss wohl gestöhnt haben.

»Du bist wach.« Sie tauchte in meinem Sichtfeld auf, mit einem gestärkten Knistern, ihre Schuhe quietschten auf dem Fußboden, der von orgastischen Mäusen besiedelt war. Sie bemühte sich um Strenge, war aber zu überrascht dafür. »Wie fühlst du dich?«

»Scheiße«, krächzte ich. »Was ist mit Ben?«

»Es geht ihm gut. Möchtest du was trinken?«

Ich nickte. Noch so eine schlechte Idee. Mein Kopf fühlte sich an wie ein Ballon, der unter die Niagarafälle geraten war. Der schmerzhafte Schwindel wurde zu einem Mahlstrom, dessen wirbelnde Masse mich verschlang. Sie hielt mir die Schnabeltasse an den Mund. »Versuch zu trinken.«

In einer Kombination aus napoleonischem Ehrgeiz und

puritanischem Masochismus gelang es mir, ein paar Schlucke zu trinken. Das Wasser war warm und schmeckte leicht staubig und antiseptisch, aber als es meine Kehle hinuntersickerte, verwandelte sich die Kaktuswüste in einen feuchten Hain mit leuchtenden Butterblumen. Sie nahm die Tasse wieder weg. »Hast du Schmerzen?«, fragte sie.

»Ben.«

»Du musst dich ausruhen.« Es war eher ein Befehl als ein Rat. »Du hast ein Schädeltrauma und …«

»Ben.«

Sie war kleiner, als ich sie in Erinnerung hatte. Jetzt stellte sie sich auf die Zehenspitzen, um mein Kissen zurechtzuzupfen. Ein Hauch von Kaugummi mit Zimtgeschmack ging von ihr aus. Aus der Nähe waren ihre Augen nicht so hypnotisch wie beim letzten Mal, als wir uns so nahe gewesen waren, auch wenn ich mich noch liebevoller an sie erinnert hätte, wenn sie mir ins Gesicht geblickt hätte, als sie über Ben sprach.

»Es geht ihm gut, Harry. Sein Zustand ist stabil, kein Anlass zur Sorge.«

Eine sehr pragmatische Frau, diese Pamela Burns. Tüchtig, gründlich und zynisch und nicht übermäßig zu weiblicher List geneigt. Zumindest wirkte sie auf Distanz so, klein und eher unscheinbar und nicht darauf erpicht, Fremden das Gegenteil zu vermitteln. Aber wenn man in einer überfüllten Bar gegen sie stieß – im Fiddlers zum Beispiel – und etwas von den drei Gin-Tonics überschwappen ließ, die sie gerade in den Händen hielt, und sie dich aus ihren großen braunen Augen mit grünen Einsprengseln anschaute, ihr Scheitel sich auf Höhe deines Kinns befand und sie eine barsche Bemerkung machte, die du nicht verstehen konntest, weil die Musik zu laut war und du zwei Bier zu viel intus hattest und du sowieso gerade dabei warst, dich in den Tiefen ihrer Augen zu verlieren, die so rund waren wie der Mond und eine ähnliche Anziehungskraft ausübten – äh, ich denke, das Wesentliche ist rübergekommen.

Es war schlecht ausgegangen mit uns beiden, aber solche Dinge enden nun mal schlecht, oder sie enden nie. Da Sligo nicht sehr groß ist, begegneten wir einander hinterher manchmal, übten uns in Entspannungspolitik, die wieder ins Wanken geriet, nachdem Ben auf der Bildfläche erschienen war – an dem Morgen nach seiner Geburt, dem großen leuchtenden Wendepunkt in meinem Leben, begegneten wir uns, als sie gerade zur Frühschicht kam. Aber später wurde daraus ein solider Waffenstillstand und wir zu kampferprobten Veteranen, die sich gegenseitig ihre Kriegserlebnisse erzählten, bevor sie dann selbst heiratete und zwei Kinder bekam, ob Jungs oder Mädchen, erinnerte ich nicht.

Ich hatte sie nicht mehr getroffen, seit ich weggegangen war, und nun stand sie da und fühlte meinen Puls. Ihre Hände waren kühl und trocken und irgendwie essenziell.

Langsam, ganz langsam hob ich die Hand an mein Gesicht und betastete vorsichtig mein linkes Auge. Es fühlte sich geschwollen und empfindlich an. Über der Schwellung an der Stelle, wo mein Auge sein sollte, spürte ich etwas Weiches, Gepolstertes. Eine Augenklappe oder so was.

»Wo ist er?«, fragte ich.

»Wer?«

»Ben.«

»Ben geht's gut«, wiederholte sie. Sie schaute weg und zog das Laken gerade. »Du solltest dich entspannen und dich ausruhen. Schlafen ist jetzt das Wichtigste.«

»Klar, okay.«

Sie zog einen Kugelschreiber aus ihrer Brusttasche, trat an das Fußteil des Betts und zog das Clipboard aus der Halterung. Der Schluck Wasser schwappte in mir, als ich die Bettdecke zurückwarf und aufstand. Sie schaute gerade noch rechtzeitig auf um zu sehen, wie ich die Infusion aus meinem Arm zog. Eine sieben Zentimeter lange Kanüle kam zum Vorschein. Blut spritzte auf die Bettdecke, wirklich Jackson-Pollock-like, aber Pamela hatte noch nie etwas für abstrakten Expressionismus übrig gehabt.

»Harry! Was zum Teufel tust du denn …«

»Wo ist er?«

Sie stellte sich vor die Tür. »Du kannst hier nicht raus«, sagte sie. Sie klang resolut, auch wenn ihre Stimme leicht zitterte. Ich hielt immer noch den Schlauch in der Hand, die Kanülenspitze auf sie gerichtet. Ich ließ beides aufs Bett fallen.

»Wo sind meine Klamotten?«

»Ich werde dich bestimmt nicht aufhalten«, sagte sie. Sie schob die Hand hinter den Rücken und drehte am Türknauf, aber nicht um ihren Fluchtweg zu sichern, sondern um nachzusehen, ob immer noch abgeschlossen war. Und nun rückte sie damit heraus, dass draußen ein Polizeiposten stand. Im Erdgeschoss wären noch mehr. Sie warteten, dass ich aufwachte, damit sie mir meine Rechte erklären konnten, bevor sie eine Blutprobe nahmen.

»Wie jetzt? Wegen Alkohol?« Sie nickte. »Da werden sie aber nichts finden«, sagte ich. Dann schwante mir etwas. »Wie spät ist es?«

»Kurz vor Mitternacht. Aber hör mal, die wollen mit dir auch über den Unfall reden. Am besten, du beruhigst dich erstmal und kommst wieder zu Kräften.«

»Mir geht's super, wirklich. Und ich gehe ja nirgendwo hin, wo sie mich nicht finden können. Ich will doch bloß Ben sehen.«

»Ich hab dir doch gesagt, Ben geht es …«

»Pam«, sagte ich. »Ich bin kein guter Mensch, das wissen wir beide. Aber ich werde doch dir nicht gefährlich, und auch sonst niemandem hier im Krankenhaus, und ich bin garantiert keine Gefahr für Ben. Wichtig ist aber, dass ich derjenige war, der den Wagen gefahren hat, als wir gerammt wurden, als es in meiner Verantwortung lag, dafür zu sorgen, dass Ben nichts passiert. Also muss ich jetzt …«

»Gerammt?«

»Gerammt, ja. Der Kerl hat uns von der Straße gedrängt.«

»Die Polizei behauptet, es war nur ein Auto beteiligt. Ihr

seid von der Straße abgekommen, weil du die Kontrolle verloren hast.«

»Haben die denn nicht die Beulen in der Karosserie bemerkt?«

»Die haben bloß von Totalschaden gesprochen.« Eine zweifelhafte Einschätzung. »Der Wagen hat sich drei oder vier Mal überschlagen. Sie meinten, es würde an ein Wunder grenzen, dass ihr das beide überlebt habt.«

»Was sagen sie denn noch so?«

Sie zögerte. »Ich darf dir überhaupt nichts sagen. Mir wurde befohlen, ich soll sofort unten Bescheid sagen, wenn du aufwachst, damit die Polizisten ...«

»Befohlen?«

»Ja, genau.« Sie presste die Lippen aufeinander. »Es ist ein Befehl. Außerdem wurde uns noch befohlen, dich unter dem Namen Gerry Smith und Ben als Francis Browne aufzunehmen.«

»Hör mal, Pam.« Ich krallte mich an der Bettdecke fest, als mir plötzlich übel wurde, weil der Adrenalin-Flash verebbte. »Jemand hat versucht mich umzubringen und es war ihm scheißegal, dass da auch noch Ben mit im Auto gesessen hat. Mein einziges Kind, und als es darauf ankam, konnte ich ihn nicht beschützen.« Ich kniff die Augen fest zusammen und öffnete sie wieder. Die Welt zerfaserte am Rand meines Blickfelds. »Wenn die Bullen fragen, was passiert ist, dann sag ihnen, ich hätte dich mit der Kanüle bedroht und du hättest keine Chance gehabt. Aber ich flehe dich an.«

Ich würgte die aufkommende Übelkeit herunter, und vielleicht dachte sie ja, ich würde ein Schluchzen unterdrücken. Wie auch immer, sie holte tief Luft und atmete langsam wieder aus, schüttelte den Kopf, ging zum Schrank, holte meine Jeans und mein T-Shirt heraus und legte sie zusammen mit meinen Socken und den Boxershorts aufs Bett.

Sie musste mir beim Anziehen assistieren und erzählte mir, was in den vergangenen vier Stunden passiert war, während sie mir in die verschiedenen Ärmel und Hosenbeine half.

Dee hatte am Telefon gehört, wie der Unfall passiert war, das Knirschen und Krachen und Splittern von Glas, und hatte sofort den Notruf gewählt. Wer weiß, wie lange wir da im Straßengraben gelegen hätten, wenn sie das nicht getan hätte. Ich hatte einen Schlag ins Gesicht bekommen, wahrscheinlich als ich gegen das Lenkrad geprallt war, wodurch mein Wangenknochen gebrochen und mein linkes Auge komplett zugeschwollen war. Positiv war, dass ich abgesehen von der Gehirnerschütterung, die mich furchtbar durstig machte, meinen Blick und meine Orientierung trübte und mir Übelkeit verursachte, immerhin zum ersten Mal seit einer geschlagenen Woche vier Stunden an einem Stück durchgeschlafen hatte. Ich war von mancher Junggesellenparty in deutlich schlechterem Zustand weggegangen.

Ben war nirgendwo hingegangen. Der Audi war zuerst auf die Beifahrerseite geprallt. Sie hatten ihn herausschneiden müssen und er war immer noch nicht zu Bewusstsein gekommen. Sein linker Arm war zweifach gebrochen und er hatte einen komplizierten Bruch am linken Oberschenkelknochen. Ein mandarinengroßes Hämatom an seiner rechten Schläfe blutete in die Hirnschale.

Die Cops waren im Erdgeschoss in der Kantine, tranken umsonst Kaffee und beklagten sich über die Qualität der Muffins. Pamela sollte dem Arzt sofort mitteilen, wenn ich aufwachte.

»Dann tu es«, sagte ich, während ich versuchte, meine Sportschuhe zuzubinden, die erstaunlich viele Senkel hatten. »Ich will dich nicht in Schwierigkeiten bringen.«

»Tja, das ist zu billig und zu spät«, sagte sie mit einem traurigen Lächeln. »Warte hier.«

Sie schloss die Tür auf und ging nach draußen. Ich schlich zur Tür und hörte, wie sie sagte, ich sei aufgewacht und könne in zehn Minuten befragt werden. Nein, er dürfe sein Mobiltelefon hier nicht benutzen, und es sei ihr egal, dass sein Funkgerät defekt ist, aber in diesem Stockwerk sei die Benutzung von Mobiltelefonen nun mal untersagt, weil sie die Funktion der medizinischen Geräte stören konnten. Zwanzig Sekunden später kam sie wieder rein.

»Ich würde sagen, du hast ungefähr fünfzehn Minuten«, sagte sie.

Sie klebte ein Pflaster auf die Stelle, wo die Kanüle gewesen war und erklärte mir, die Intensivstation sei drei Stockwerke über uns. Dann gab sie mir zwei Dilaudid und zehn Minuten Vorsprung. Mehr kann man von einer Frau nicht verlangen.

21

Der Korridor sah auch nicht länger aus als der Mariannengraben. Es nützte mir auch nichts, dass ich von einem Irren operiert worden war, der jeden angeknacksten Knochen durch Watte ersetzt hatte, was bedeutete, dass ich nur im Zickzackkurs zwischen den Rollstühlen und Krankenbetten und versteinert dreinblickenden Krankenpflegern vorankam. Mir war schwindelig, ich hatte keine Kraft, mir war schlecht, und der frisch gewischte Fußboden schien sich aufzubäumen und dann wegzusacken.

Der Bereich vor den Fahrstühlen war ein sicherer Hafen. Ich stützte mich an der Wand zwischen zwei Türen ab und schluckte eine von den Dilaudid-Tabletten, während ich auf den Aufzug wartete. Meine Sehkraft wurde offenbar immer schlechter. Nicht nur, dass alles kürzer und schmaler aussah wegen meines Augenverbands, auch mit dem anderen Auge konnte ich nur verzerrt sehen. Vielleicht war das aber bloß die Intention des Künstlers gewesen, dessen feuriger Sonnenuntergang an der gegenüberliegenden Wand hing und mir ein derart intensives Zinnoberrot entgegenschleuderte, dass meine dumpf pochenden Kopfschmerzen sich herausgefordert fühlten.

Drei Minuten hatte ich schon verbraucht. Die Aufzugtür klingelte und ging auf. Ich stolperte hinein. Die Türen schlossen und der Boden hob sich. Ich starrte mein verzerrtes Spiegelbild an, das aussah wie der Elephant Man, nachdem er fünfzehn Runden gegen Jake La Motta überstanden hatte. Ich fragte mich, warum sie Spiegel in Aufzüge einbauten, und kam zu dem Schluss, dass es wohl wegen der Leute war, die zu klaustrophobischen Anfällen neigten. Gleichzeitig war mir bewusst, dass ich mich damit nur von der grausigen Furcht ablenken wollte, die mich schleichend erfasste, wenn ich darüber nachdachte, was mich drei Stockwerke über mir erwartete, nämlich ein mandarinengroßes Hämatom, das in seine Hirnschale blutete.

Als ich auf dem Stockwerk der Intensivstation angekommen war und den Aufzug verließ, setzte die Wirkung des Dilaudid mit voller Kraft ein. Mir war flau im Magen und schwindelig im Kopf, und ich fühlte mich wackelig wie ein dreibeiniger Esel auf nassem Kopfsteinpflaster. Ich ging durch den Wartebereich, vorbei an niedrigen Stühlen und Tischen und Leuten, die nervös umhergingen, sorgenvolle Gesichter machten oder leise vor sich hin weinten. Das Schlimmste gibt es nicht, hatte Gerard Manley Hopkins erklärt, aber er hatte auch kein Kind auf der Intensivstation gehabt. Hier lag Verzweiflung in der Luft wie das Salz im Küstennebel ganz früh am Morgen.

Unter den Anwesenden befanden sich auch Dee und ein eckig aussehender Typ Anfang vierzig mit nach vorne gekämmten Haaren und weit aufgerissenen Augen. Sein Kinn ähnelte einem weichgekochten Ei. Er hatte breite Schultern und trug ein malvenfarbenes Hemd unter einer karierten Sportjacke mit Lederflicken an den Ellbogen.

Sie sah mich kommen. Schloss die Augen und ließ demonstrativ den Kopf nach vorne fallen. Dann drehte sie sich weg und hob abwehrend eine Hand.

»Komm mir bloß nicht zu nahe«, sagte sie mit dumpfer rauer Stimme. Der Typ neben ihr stand auf, indem er sich langsam auseinanderfaltete. Ich musste jetzt unter seinen Achseln durchspähen, um mit ihr reden zu können.

»Ich weiß nicht, was sie dir erzählt haben, aber es stimmt nicht.« Meine Stimme krächzte erbärmlich. »Wir wurden gerammt und von der Straße gedrängt.«

»Meine Güte, Harry. Glaubst du wirklich, es interessiert mich einen Scheiß, *wie* es passiert ist?«

Da hatte sie nicht ganz unrecht. Ich schaute den Typen an. »He, würde es Ihnen was ausmachen ... Wir sprechen hier gerade über unseren Sohn.«

»Sie sagt, sie möchte nicht, dass Sie ihr zu nahe kommen.« Er klang ruhig und beherrscht. Vielleicht lag es auch daran, dass er nicht so erbärmlich krächzte wie ich. Er deutete über meine Schulter. »Wieso setzen Sie sich nicht einfach dort hin? Da ist noch ein freier Platz.«

»Warum setzen *Sie* sich nicht da hin?«

»Ich sitze schon hier.«

»Ich weiß ja nicht, wer zum Teufel Sie überhaupt sind, aber ...«

»Frank.«

»Na gut.«

Ich starrte ihn finster an. Jetzt fühlte es sich an, als wäre das Kopfsteinpflaster mit Glatteis überzogen und als hätte der Esel nur noch zwei Beine. Ich neigte den Kopf, um wieder unter seinen Achseln hindurchzuspähen. Um mich herum verschwamm alles, schien sich zu drehen und wurde zu einem Strudel. Frank streckte eine Hand aus, vielleicht um mich festzuhalten, oder um mich wegzustoßen, als ich nach vorne kippte, auf Dee zu. Ich taumelte zur Seite, verfehlte die Hand und landete mit dem Gesicht an Franks Brustkorb.

Dee wirbelte herum und wischte sich mit den Handrücken über die Wangen. Ihre Augen waren rot und dunkel umrandet. Ein Striemen Wimperntusche lief über ihre rechte Wange bis zum Ohr. »Um Himmels willen, Harry, ich versuche hier zu beten, verflucht noch mal!«

Ich hatte schon schlimmere Momente erlebt, allerdings war da meistens eine geladene Pistole auf mich gerichtet gewesen. »Beten?«

Also war es richtig schlimm. Ich machte mich von Frank frei, das heißt, eigentlich stellte er mich wieder aufrecht hin, als ein beleibter Sikh, offenbar der Arzt, durch eine Doppelschwingtür am Ende des Korridors trat. Alle Blicke wandten sich ihm zu, aber er kam direkt auf uns zu, das Klemmbrett unter dem Arm. Ich weiß nicht, warum er es dabeihatte, er schaute kein einziges Mal drauf. Dee stand auf und hielt sich eine Hand vor den Mund. Frank legte einen Arm um sie. Er machte einen soliden Eindruck wie jemand, auf den man sich verlassen kann, also lehnte ich mich auch an ihn.

»Ms Gorman?«, fragte der Sikh.

Sie nickte. Er holte tief Luft. »Es tut mir sehr leid«, sagte er, wobei er die Rs weniger rollte, als er mit ihnen zu kegeln schien, »aber ich habe keine Neuigkeiten für Sie. Sein Zustand hat sich nicht signifikant geändert.«

»O Jesus«, stieß sie hervor.

Der Sikh hob den Zeigefinger. »Das bedeutet aber auch, dass keine Verschlechterung eingetreten ist, verstehen Sie? Aber er wird sehr bald eine Bluttransfusion benötigen. Er hat sehr viel Blut verloren.« Das klang beinahe vorwurfsvoll, als wäre das Bens Schuld. »Der Junge hatte jetzt zwei Transfusionen innerhalb von vier Stunden. Bei dieser Frequenz …« Er brach ab und zuckte mit den Schultern, machte eine hilflose Handbewegung.

Dee gab ein Geräusch von sich, halb lautes Schluchzen, halb leises Kreischen. Frank drückte ihre Schulter. Der Sikh schaute von einem zum anderen, als würde er so was wie Applaus erwarten.

»Dann geben Sie ihm doch eine Transfusion«, sagte ich.

»So einfach ist das nicht«, sagte Frank zu mir.

Der Sikh schaute mich zum ersten Mal an. »Wer ist das?«, fragte er.

»Der Vater«, sagte Frank.

Es folgte eine Unterhaltung, der ich nicht vollständig folgen konnte, ihr Fluss war verstopft mit AB negativ, Anti-D, Antigen-Faktoren und irgendwelchen Unverträglichkeiten, alles wirbelte durcheinander, aber dann wurde es wieder klarer und ich merkte, dass alle mich anstarrten und auf eine Antwort warteten.

»Worauf warten wir denn noch, verdammt«, sagte ich und riss mir die Kompresse vom Unterarm. Blut spritzte auf die Kacheln und die Slippers des Sikhs.

Die Anstrengung, oder einfach die Bewegung brachte mich aus dem Gleichgewicht und ich fiel zur Seite. Frank drehte sich zu mir und wollte mich festhalten. Aber der Esel hatte nur noch ein Bein und das zuckte schwach.

Ich merkte nicht mehr, wie ich unten aufschlug.

22

Wieder Schläuche, blitzsaubere Laken, gedämpftes Piepen. Ein anderes Zimmer, eine andere Krankenschwester, diesmal eine kesse Blondine mit einem krassen Überbiss. Tohill lehnte an der Wand am Fußende des Bettes, die Hände in den Hosentaschen, und sah aus, als hätte er gerade einen alten Stiefel aus dem Kanal gezogen.

»Keine Sorge wegen des Bullen«, sagte ich zur Schwester, »das nennen die Bürgernähe. Er möchte einfach nur sein Mitgefühl zeigen.« Ich glaubte mich fit genug, Sprüche zu klopfen, auch wenn ich mich anhörte, als würde ich auf Alufolie kauen.

Sie errötete leicht und vermied den Augenkontakt, während sie hier und da herumfummelte, kontrollierte und prüfte. Der pochende Schmerz in meinem Schädel war immer noch da. Aber das Dilaudid hatte ihn auf ein erträgliches Maß reduziert.

Ich schlief wieder ein. Lange genug, um ihnen Zeit zu lassen, den Esel einzufangen und in irgendeinen Unterschlupf in den Bergen zu bringen. Die Übelkeit war verschwunden, und ich konnte wieder klar sehen, auch wenn die Welt immer noch kürzer und enger war, als Gott sie erschaffen hatte. »Wie geht es Ben?«, stieß ich hervor.

Die Krankenschwester warf Tohill einen fragenden Blick zu. Er nickte knapp. »Keine Veränderung«, sagte sie. »Stabil, aber keine Veränderung.«

»Ist mein Blut brauchbar?«

»Ist erledigt«, sagte Tohill. »Sie geben ihm eine Transfusion, wenn sie's getestet haben.«

»Sie werden bestimmt keinen Alkohol drin finden«, sagte ich. »Und selbst wenn, müssten Sie erstmal einen Antrag stellen, damit dieser Tatbestand vor Gericht als Beweismittel zugelassen wird.«

Er nickte grimmig. »Sind Sie gleich fertig?«, fragte er die Krankenschwester.

»Gleich«, sagte sie. Als sie fertig war, fragte sie, ob ich eine Tasse Tee wollte und vielleicht ein Stück Toast.

»Kaffee wäre super.« Aber mein Herz war aus Watte, also musste es Tee sein. Die Krankenschwester ging. Tohill schloss die Tür ab, machte ein Fenster auf und zog eine Packung Marlboro Lights aus der Tasche, zündete jedem von uns eine an.

»Tut mir leid wegen des Jungen«, sagte er.

»Er lebt ja noch.«

Nachdem die Höflichkeiten ausgetauscht waren, ging's los. »Also erzählen Sie mir mal, wie Sie das ohne Alkohol hingekriegt haben«, sagte er.

»Wir wurden gerammt. Vielleicht sieht das in Ihren Augen nicht danach aus, aber jemand hat uns abgedrängt.«

»Wer denn?«

»Woher zum Teufel soll ich das wissen? Der kam von hinten, war im toten Winkel und hat uns gerammt.«

Er zog an der Zigarette und dachte darüber nach. »Wie passend, dass die einzige Person, die Ihre Geschichte bestätigen könnte, im Koma liegt.«

»Dann warten wir halt, bis er wieder aufwacht.«

Er starrte mich ausdruckslos an, sein Blick sagte deutlich: »ob«.

»Wir haben das Zeug gefunden«, sagte er. »Womöglich wollen Sie mir jetzt auch noch erzählen, dass der Typ, der Sie gerammt hat, es Ihnen untergejubelt hat.«

»Welches Zeug?«

»Das Koks«, sagte er geduldig. »Im Wert von ungefähr zehn Riesen, aber wir werden den Wert mit fünfzigtausend angeben. Jedenfalls genug, um Sie wieder dorthin zurückzubringen, wo Sie hingehören.«

Das war keine leere Drohung. Bei meinem Vorstrafenregister war Koks im Wert von zehntausend Euro genug, um mich auf die dunkle Seite des Jupiters zu schießen. Ich zog an der Marlboro und wartete, bis der kalte Schweiß an meinem Rücken wieder getrocknet war. »Ich habe keine Ahnung, wovon Sie da reden.«

»Wahrscheinlich, weil Sie einen Schlag auf den Kopf bekommen haben«, sagte er. »Kurzzeitige Amnesie. Sagen Sie uns Bescheid, wenn Sie sich wieder dran erinnern. Es gibt da ein paar Kollegen, die gerne wüssten, wohin das Zeug geliefert werden sollte, und wer die zehn Riesen spendiert hat. Es sei denn, es war für den persönlichen Gebrauch bestimmt, hm?« Er zwinkerte und grinste wie eine Hyäne mit Blähungen. Dann drückte er seine Zigarette in eine Nierenschale aus Metall und zog ein paar Latexhandschuhe aus der Tasche. Eine Schrecksekunde lang dachte ich schon, er wolle sich an meinen Körperöffnungen zu schaffen machen, aber stattdessen griff er in seine Brusttasche und holte einen gepolsterten Umschlag heraus. Die Frischhaltefolie war abgewickelt worden und hing lose herunter.

»Ich für meinen Teil bin eher an dem hier interessiert«, sagte er.

»Was ist das?«

»Das sollen Sie mir sagen. Das haben wir auf dem Rücksitz gefunden.«

»Rücksitz?«

Er starrte mich kalt an. Dann warf er den Umschlag aufs Bett.

»Wie wär's damit«, sagte er. »Sie haben einen selbst verschuldeten Autounfall verursacht, weil Sie anscheinend die Kontrolle verloren haben, da Sie unter dem Einfluss irgendeiner Substanz standen.« Er hob die Hand, um meinen Protest wegzuwischen. »Im Auto finden wir Kokain allererster Qualität, aber auch Ihren Sohn. Ziemlich üble Sache, aber der Fall ist eigentlich eindeutig. Aber dann finden wir auch noch das da.« Er deutete auf den Umschlag. »Also schauen Sie lieber mal kurz rein, bevor Sie was dazu sagen.«

»Zuerst einmal weiß ich nichts von irgendwelchem Kokain allererster Qualität.«

»Und ihre Fingerabdrücke sind da nicht überall verteilt?«

»Scheißegal, ob sie das sind, ich war bewusstlos, als das Zeug gefunden wurde, oder zu dem Zeitpunkt, von dem Sie behaupten, sie hätten es gefunden. Könnte doch auch sein, dass Sie es mir untergeschoben haben. Es besteht ein begründeter Verdacht, Tohill. Vor allem angesichts der Tatsache, dass ich vorher nie etwas mit Drogen zu tun hatte.«

»Und damit wollen Sie durchkommen?«

»Sie fischen im Trüben, Tohill. Und Sie brauchen definitiv ein besseres Netz.«

Er zuckte mit den Schultern. »Was ist also damit?« Er deutete auf den Umschlag.

»Ich hab keine Ahnung, was da drin ist. Sie können ja die Polizistin befragen, die Finns Studio bewacht. Ich bin dort gewesen, um seinen Hund zu füttern. Dann musste ich pissen und stellte fest, dass die Toilettenspülung nicht funktionierte. Also hab ich in den Wasserkasten geschaut und den doppelten Boden gefunden. Ich dachte, es wäre vielleicht sein Abschiedsbrief, also hab ich ihn mitgenommen, um ihn seiner Mutter zu überbringen.«

»Ein Abschiedsbrief?«

»Ja, ich weiß schon. Sie würden mir das jetzt nicht zeigen, wenn es ein Abschiedsbrief wäre. Aber zu diesem Zeitpunkt dachte ich, so was wäre da drin.«

»Sagen Sie.«

»Fragen Sie doch Saoirse Hamilton. Sie wird bestätigen, dass sie mich gebeten hat, danach zu suchen.«

»Und Sie haben nicht mal einen ganz kurzen Blick reingeworfen?«

»In seinen Abschiedsbrief?«

Er kratzte sich an der Nase, deutete wieder auf den Umschlag. Meine Fingerabdrücke waren sowieso schon auf der Folie, also machte ich ihn auf. Darin befand sich ein Reisepass, der vor sechs Monaten ausgestellt worden war. Im Innenfutter steckten zehn nagelneue, fein säuberlich zusammengefaltete Fünfhundert-Euro-Scheine. Ganz kurz dachte ich, sie könnten gefälscht sein. Ich hatte noch nie einen Fünfhundert-Euro-Schein gesehen.

Auf dem Pass klebte Finns Foto und er war unterschrieben in einer Schrift, die eindeutig nach der von Finn aussah, auch das Geburtsdatum war das von Finn. Seltsamerweise war der Reisepass aber auf einen gewissen Philip Winston Byrne ausgestellt.

»Nun erklären Sie mir mal«, sagte Tohill, »was das für ein Selbstmordkandidat sein soll, der sich einen Reisepass fälschen lässt und fünftausend Euro für eine schnelle Flucht versteckt. Und wenn Sie schon mal dabei sind, dann erklären Sie mir auch noch, wieso Sie vor dem Hafenamtsgebäude gestanden haben, als er gesprungen ist.«

Ich drückte meine Kippe aus und ließ mir eine neue geben. Die Marlboro schmeckte scharf und trocken, aber ich brauchte ein bisschen Zeit zum Nachdenken.

»Ich gehe mal davon aus, dass Sie einen Durchsuchungsbeschluss hatten, als sie das Auto gefilzt haben«, sagte ich. »Andernfalls wäre Ihr Fund nicht verwertbar.«

»Jetzt kommen Sie mir schon wieder mit Verfahrensfragen.« Er grinste wölfisch. »Ihr Junge musste aus dem Wrack geschnitten werden, und Sie machen sich über so was Gedanken?«

»Gesetz ist Gesetz.«

»Nicht wenn es von Arschlöchern wie Sie eins sind verdreht wird. Außerdem gab es keine Durchsuchung. Das Zeug lag einfach so herum.«

»Sagen Sie.«

»Sagen weitere zehn Polizisten und Feuerwehrleute, alles ehrliche Männer. Also scheiß auf den Durchsuchungsbeschluss und die Vorschriften. Wenn Sie jetzt nicht parieren, dann übergebe ich Sie den Kollegen und lasse Sie wegen des Koks belangen. Und ich gehe mal stark davon aus, dass sie Sie so lange verhören werden, dass derjenige, dem das Zeug gehört, sich so langsam Gedanken darüber macht, was Sie denen erzählen.«

»Ich weiß nichts über irgendwelches …«

»Es sieht folgendermaßen aus, Rigby.« Er zählte alles an seinen Fingern ab. »Wir haben Sie auf frischer Tat als Drogenkurier ertappt. Mit einem Minderjährigen im Auto. Das nicht auf Sie versichert war. Und dann«, er deutete mit dem Kopf auf den Reisepass und das Geld, »liegen auch noch belastende Hinweise vor, die es uns erlauben würden, Ermittlungen wegen Mordes anzustellen.«

»Alles reiner Zufall. Sie interpretieren das bloß so, wie es Ihnen passt. Damit sie Gillick und Hamilton Holdings drankriegen können.«

Die Hitze machte ihm zu schaffen. Er zog sein Jackett aus und legte es auf das Fußende des Bettes. Dann lehnte er sich gegen die Wand. »Erklären Sie mir, was es mit dem falschen Pass und den Fünftausend auf sich hat.«

»Sie wissen doch gar nicht, wann Finn das dort versteckt

hat. Vielleicht hatte er etwas geplant und dann seine Meinung geändert.«

»Nach dem, was Sie uns erzählt haben, hatte er solche Pläne zwanzig Minuten, bevor er aus dem Fenster gesprungen ist.« Er stieß sich von der Wand ab und begann auf und ab zu gehen. Drei Schritte zum Fenster, Kehrtwende, drei Schritte zur Tür. »Betrachten Sie es mal aus meiner Perspektive. Zuerst einmal hauen Sie vom Tatort ab. Dann kommen Sie zu uns und machen eine Falschaussage. Wenig später fahren Sie durch die Gegend und haben den gefälschten Ausweis des Opfers und fünf Riesen in bar bei sich.«

»Ich hab doch beim Notruf angerufen, hab dem Sanitäter meine Nummer gegeben. Dann bin ich zu Finns Mutter gefahren. Anschließend kam ich freiwillig zu Ihnen, um meine Aussage zu machen. Guter-Samariter-mäßig. Und der Umschlag war verschlossen. Ich hab ihn nicht aufgemacht, weil ich dachte, Finns Abschiedsbrief sei darin. Den wollte ich seiner Mutter bringen.«

Er blieb stehen und schaute mich an. Breitete die Arme aus, als wollte er ein Plädoyer halten. »Das könnte ja funktionieren, gäbe es da nicht diesen besonderen Clou.«

»Welchen?«

»Ihre Vorstrafen, Rigby. Sie haben schon mal jemanden umgebracht, und zwar Ihren eigenen Bruder.«

»Versuchen Sie mal, das vor Gericht anzubringen, die werden Sie auslachen.«

»Es kommt nicht darauf an, was gesagt wird, Rigby.« Das wölfische Grinsen war kurz davor, sich in ein Heulen zu verwandeln. »Sondern darauf, was alle wissen.«

Ich nickte. Er verschränkte zufrieden die Arme.

»Tut mir leid.«

»Was tut Ihnen leid?«

»Dass ich nicht mitspiele. Ich wusste ja nicht, dass das hier eine *CSI*-Folge ist.« Ich warf einen demonstrativen Blick in die Zimmerecke. »Wo sind die Kameras?«

»Rigby.« Er biss die Zähne zusammen. »Was Sie verdammt noch mal nicht kapieren, ist ...«

»Blödsinn. Absoluter Scheißblödsinn.«

»Glauben Sie? Ich muss bloß ein Wort sagen, und Sie sitzen in der Zelle und ...«

»Zunächst einmal«, sagte ich, »sind Sie für Wirtschaftsdelikte zuständig. Also fällt dieser ganze Scheiß, von dem Sie die ganze Zeit schwafeln, überhaupt nicht in Ihre Zuständigkeit. Zweitens, wenn Sie genug gegen mich in der Hand hätten, um mich einzulochen, würde ich schon längst sitzen. Drittens kommt es nicht darauf an, was alle *wissen,* Tohill, sondern, was Sie beweisen können. Wenn Sie den Fall vor den Untersuchungsrichter bringen und ihm damit kommen, was alle *wissen,* dann fliegen Sie hochkant raus.«

»Wollen Sie es darauf ankommen lassen?«

»Will ich. Weil das hier nämlich ein Spiel ist, und Sie versuchen, mich in eine Ecke zu drängen, aus der es dann nur noch einen Ausweg gibt. Weil Sie nämlich nicht mich drankriegen wollen, sondern die Hamiltons und Gillick oder wen auch immer die im Rücken haben. Und ich bin am Arsch, wenn ich mich von Ihnen benutzen lasse.«

»Sie sind am Arsch, wenn Sie's nicht tun.«

»Aber denn wenigstens auf meine Art.« Das war der Auslöser eines Gefechts der finsteren Blicke. »Hören Sie«, sagte ich schließlich, »ich weiß nicht, was Finn Ihnen erzählt hat, was er angeblich da unten im Hafen beobachtet hat, aber er ist jetzt tot. Dieser Spitzel ist verbrannt. Sie können ihn vergessen und woanders neu anfangen.«

»Na klar, kein Problem. Mensch, wir könnten sogar diese fünf Riesen in unser Budget aufnehmen.«

»Geht es darum? Um Budgets?«

»Wir sind ganz dicht dran, darum geht es. Und Sie sollten mal den Kopf aus dem Sand nehmen und sich umschauen. Vielleicht könnte die Sache sich ja für Sie auszahlen.«

»Auszahlen?«

»Finns Telefonnummer ist in Ihrem Handy«, sagte er geduldig. »Er hat Sie angerufen, Sie wussten, wo er war und dass er allein war. Dann fliegt er durchs Fenster. Sie sind kurz davor, eine Falschaussage zu unterschreiben, als Gillick aufkreuzt und Sie rausholt. Dann finden wir ein paar Sachen in Ihrem Auto, die es so aussehen lassen, als wollten Sie Spuren verwischen. Vielleicht Ihre eigenen, vielleicht die von Gillick, keine Ahnung.«

»Falls Sie glauben, dass ich für jemanden …«

»Wir haben Ihr Telefon, Rigby. Wollen Sie mir jetzt sagen, wen Sie heute angerufen haben oder lieber warten, bis wir es selbst herausgefunden haben?«

»Ich warte lieber, vielen Dank. Weil Sie nämlich eine richterliche Genehmigung brauchen, um meine Telefongespräche nachzuverfolgen. Aber zuallererst brauchen Sie einen hieb- und stichfesten Grund, um mich verhaften zu können, nicht bloß irgendwas, das alle *wissen*. In der Zwischenzeit hätte ich gern mein Telefon zurück, vielen Dank dafür. Es sei denn, Sie wollen die Ermittlungen schon in die Grütze reiten, bevor sie überhaupt begonnen haben.«

»Und was ist mit dem Koks? Wollen Sie das auch zurückhaben?«

»Zum letzten Mal, ich weiß nichts von irgendwelchem Koks.« Ich streckte die Hände aus. »Wenn Sie mir jetzt auf die Finger klopfen wollen, dann nur zu, bitte.«

So wie er die Fäuste ballte, sah es aus, als würde er lieber etwas wesentlich Dramatischeres tun, als mir auf die Finger zu klopfen oder mir eine Kopfnuss zu verpassen. Stattdessen ließ er sich am Fußende auf das Bett fallen, rieb sich die Augen und das Gesicht. Er sah erschöpft aus.

»Okay«, sagte er. Er klang beinahe normal. »Spielen wir mit offenen Karten. Wir glauben, dass Gillick Finn auf dem Gewissen hat. Vielleicht hat er es selbst getan, vielleicht hat er Sie angestiftet, und vielleicht waren Sie ja auch bloß zufällig da, als es passierte. Wie auch immer, für Gillick ist es ganz prima, dass Sie da mit drinstecken, weil wir an Ihnen nicht vorbeikommen. Also kam uns folgender Gedanke: Warum bringen wir Sie nicht als Zeuge vor Gericht? Erzählen allen, was wir wissen, und lassen die Bombe platzen.«

»Entweder ich schwöre einen Meineid oder Sie kriegen mich dran wegen Finn.«

»Sie können sich meinetwegen gezwungen sehen, vor Gericht auszusagen. Aber vielleicht wollen Sie ja vorher noch einen Blick hierauf werfen.« Er zog ein winziges, in Alufolie eingewickeltes Päckchen aus der Hosentasche und legte es auf die Bettdecke.

Das altbekannte schwarze Loch öffnete sich in meinen Gedärmen und saugte alles in sich auf. »Was soll das denn darstellen?«

»Das soll gar nichts darstellen. Das ist Haschisch. Ungefähr zwei Joints weniger als ein Zehner. Nicht gerade viel, aber immerhin.«

»Und?«

»Das haben wir in der Hosentasche des Jungen gefunden, Rigby. Was bedeutet, dass er es entweder für Sie aufbewahrt hat oder dass Sie Ihren Sohn mit Dope versorgt haben.«

»Blödsinn.«

»Erzählen Sie das mal den Schmierenblättern.« Er lachte. Es klang wie eine Ducati, die zwischen den Gängen hängen geblieben ist. »Ich denke da an so was wie…« Er hob die Hände und deutete den Rahmen an, in dem die Headline zu lesen wäre: »Koksdealender Killer verkauft seinem Sohn, Schüler, Drogen.« Er ließ die Hände fallen und hörte auf zu grinsen, schaute mich ausdruckslos an. »Was glauben Sie wohl, wie sich das in seinem Lebenslauf machen wird in ein paar Jahren?«

23

Tohill schloss die Tür ab und murmelte etwas, das ich nicht verstand und das wohl an den draußen stationierten Polizisten gerichtet war. Ich wartete eine halbe Stunde, damit alle sich beruhigen konnten, dann griff ich nach dem Telefon auf dem Nachtschränkchen, einem der wenigen Privilegien, die inoffiziell und unter falschem Namen in einer Privatklinik Inhaftierte genießen, während die Wächter des Friedens darauf warten, dass schwarz durchgeführte Operationen das Orakel bestätigen.

Die Telefonauskunft verband mich mit der Rezeption des Krankenhauses, wo ich die Dame am Tresen bat, mich mit der göttlichen Pamela zu verbinden. Es klickte ein paar Minuten lang in der Leitung, rauschte und musste wiederholt werden, dann ging sie ran.

»Hallo?«

»Hey, hier ist Harry.«

Ein Seufzen war zu hören, das nichts mit unerwiderter Sehnsucht zu tun hatte. Dann: »Hast du ihn gesehen?«

»Nicht wirklich. Aber ich wollte mich bedanken.«

»Meine Fresse. Sag lieber gleich, was du willst.«

»Es geht um mein Auge.«

»Mach dir keine Sorgen deswegen. Das ist nur ein Trauma der …«

»Nicht das Auge. Das andere, das gute. Es ist geblendet.«

»Geblendet?«

»Von deiner Ausstrahlung. Ich denke da so an ein paar Martinis auf der Veranda in der Abenddämmerung.«

Das bekannte schmutzige Lachen war zu hören. »Dazu müssten wir es erstmal bis zur Abenddämmerung schaffen. Dann sehen wir, was noch möglich ist.«

»Also abgemacht. In der Zwischenzeit bräuchte ich mal eine Röntgenuntersuchung. Weil ich total heftige Schmerzen im Auge habe.«

»Welches denn?«

»Das Hühnerauge. Was dachtest du denn?«

»Das ist ganz normal. Du rufst die Krankenschwester und fragst sie, ob sie dir Erleichterung verschaffen kann. Nee, warte mal, hast du das Dilaudid genommen?«

»Eine Tablette.«

»Okay, dann musst du es einfach aushalten.«

»Ich mein's ernst, Pam. Es ist ganz schön stark. Und wenn ich jetzt blind werde, dann muss ich dich womöglich wegen unterlassener Hilfeleistung verklagen.«

»Wenn du blind bist, wie willst du mich denn dann finden?«

»Ich mach's wie Odysseus, ich sehe einfach alles. Komm schon, tu mir den Gefallen. Was ist denn so schlimm daran, jemanden nachts mal eben schnell röntgen zu lassen?«

»Es müsste schon ein Notfall sein. Hast du ernsthafte Beschwerden?«

»Gibt's 'ne andere Möglichkeit?«

Ich hörte, wie sie mit den Fingernägeln auf Plastik herumtippte. »Okay, dann reiß dich zusammen. Ich will sehen, was sich machen lässt. Aber ich kann dir nichts versprechen.«

»Du bist großartig. Ach, übrigens: Der Bulle draußen im Flur wird dich bestimmt nicht reinlassen wollen.«

»Na, dann werde ich ihm gut zureden.«

Man sollte einer Frau nie erklären, was sie ohnehin besser weiß.

*

Der neue Cop, den sie draußen hingestellt hatten, war groß und aalglatt. Er war total erpicht darauf, sich bloß nicht zu blamieren. Also machte er alles nach Vorschrift, telefonierte mit seinem Vorgesetzten, um ihn davon in Kenntnis zu setzen, dass ich geröntgt werden sollte. Er wartete, bis er die Genehmigung in dreifacher Ausführung bekommen hatte, bevor er Pam erlaubte, mich im Rollstuhl durch den Korridor zu schieben. Die ganze Zeit über blieb er so dicht neben mir, dass ich die Härchen in seiner Nase zählen konnte.

Ein Patient wartete bereits. Er saß auf einem Platz in einer Reihe von gelben Schalensitzen, ein kahlköpfiger Mann mit großen Ohren und Augenbrauen wie kleine Wolkenfetzen, bekleidet mit einem schmuddeligen braunen Bademantel über einem braun-blau gestreiften Pyjama. Er war barfuß und sah aus, als würde er sich nach Gesellschaft sehnen. Pam schob mich an ihm vorbei, durch die Doppelschwingtür direkt neben die Liege unter dem Röntgenapparat. Sie half mir, mich darauf zu legen, und machte es mir so bequem, wie das auf einem antiken Amboss halt möglich ist. Dann zog sie die Bleischürze über meinen Unterleib und schaute den Bullen an.

»Sie können sich gern hier hinsetzen«, sagte sie.

Der Cop warf einen Blick auf die Schutzdecke. »Ist das nicht, äh, gefährlich oder so?«

»Nicht unbedingt«, sagte sie leichthin, während sie zur Schutznische mit der verglasten Sichtluke in der hinteren Ecke ging. »Das ist allein Ihre Entscheidung.«

Er wägte ab und entschied, aus Rücksicht gegenüber seiner potenziellen Nachkommenschaft lieber draußen zu warten. Im gleichen Moment trat die Radiologin aus der Nische. Eine Blondine mit scharf geschnittenem Gesicht, die Haare zu einem Dutt geknotet, mit einem graubraunen Ordner unterm Arm. Sie warf nur einen kurzen Blick in meine Richtung, ging mit klappernden Sohlen zum Leuchtkasten und hängte ein paar Röntgenbilder auf. Sie würdigte mich keines Blickes, als sie einige Bilder direkt über meinem Kopf ansteckte. Ihre Augen sahen übermüdet aus, und ich fragte mich, wie lange sie wohl schon im Dienst war.

Sie ging zurück in ihre Nische. Ermahnte mich durch ein

Mikrofon, dass ich mich nicht bewegen sollte. Ich wartete auf das Summen und warf einen kurzen Blick zur Tür. Der Bulle stand vor dem rechtwinkligen Fenster und behielt mich im Auge. Ein lautes Klack-Bumm ertönte unter der Liege.

»Bitte, Mr Rigby.« Ihre Stimme klang irritiert. »Es ist wichtig, dass Sie ganz ruhig liegen bleiben.«

Ich hob eine Hand. »Ich muss dringend zur Toilette. Tut mir leid.«

»Bleiben Sie ruhig. Das dauert nicht …«

»Ja, gut, aber ich muss sofort. Wenn ich nervös werde …«

»Es gibt keinen Grund, nervös zu sein, Mr Rig- …«

Ich setzte mich auf, schob die schwere Schürze beiseite, die mich vor irgendwas schützen sollte, was mich nicht die Bohne interessierte. Ich rutschte von der Liege und deutete auf die Tür neben ihrer Nische. »Geht's da zur Toilette?«

»Ja, aber der Zugang ist nicht gestattet. Die Patiententoiletten sind … Mr Rigby!«

Aber da war ich schon durch die Tür, schloss sie hinter mir und legte den Riegel vor. Auf beiden Seiten des Gangs standen hohe Aktenschränke, dazwischen lagen dunkle Nischen, in einer brannte Licht. Wahrscheinlich das Büro der Blondine. Dahinter war der Notausgang.

Zwei Sekunden, nachdem ich die Tür aufgetreten hatte, ging der Alarm los, aber da hatte ich schon die Hälfte des Zuliefererbereichs überquert und humpelte auf einen Durchgang in der hintersten Ecke zu. Ich legte noch einen Zahn zu, steigerte meinen schlurfigen Krebsgang zu einem krüppelhaften Joggen. Der Durchgang war orangefarben erhellt, dahinter tat sich der grell ausgeleuchtete Krankenhausparkplatz auf. Und hier war das Universum ausnahmsweise mal auf meiner Seite. Der Parkplatz war groß, in Segmente gegliedert und von Grünflächen unterteilt, die einzelnen Ebenen führten einen sanften Hügel hinab. Die Erdanziehungskraft half mir, mich von einem Strauchbüschel zum nächsten fortzubewegen. Meine Lungen brannten und mein watteweiches Herz zersprang in zwei Hälften, die in meinen Ohren dröhnten.

Als ich im unteren Bereich des Parkplatzes angekommen war, zerschlug ich das Seitenfenster eines Sierra mit einem Stein, schloss den Motor beim zweiten Versuch kurz und fuhr Richtung Connaughton Road. An der Ampel bog ich nach rechts und fuhr dann nach Norden, den vagen düsteren Umrissen des Benbulben entgegen, die sich vor einer gefälscht wirkenden Dämmerung abhoben.

Ich war in denkbar schlechtem Zustand. Schwach und schwindelig rang ich schnaufend nach Luft, mein Gehirn prickelte wie Badesalz in Sprudelwasser. Autofahren ist auch nicht gerade einfach, wenn das eine Auge die Wirklichkeit verzerrt wahrnimmt und das andere für so etwas wie eine Wiederaufführung von Guernica vorbereitet wurde.

Immerhin hatte ich es nicht schlimmer getroffen. Ich hätte auch im Koma liegen können, mit einem mandarinengroßen Hämatom, das in meine Hirnschale blutet.

Wie lange dauerte es wohl, bis der Sierra als gestohlen gemeldet wurde und die Bullen zu dem Schluss kamen, dass ich ihn mir unter den Nagel gerissen hatte? Mindestens ein paar Stunden, wahrscheinlich länger.

Also hatte ich viel Zeit, um der trauernden Saoirse Hamilton mal eben zehn Riesen aus dem Kreuz zu leiern.

24

Ich drückte so lange auf die Klingel, bis ich ein Klicken hörte und dann eine blecherne wütende Stimme, die mich fragte, wer zum Teufel ich sei und was ich glaubte da zu tun. Eine ziemlich metaphysische Frage, fast schon cartesianisch, aber ich war nicht in der Stimmung dazu. Also sagte ich ihm, ich hätte eine Verabredung mit Saoirse Hamilton, und wenn er nicht sofort die Tür öffnen und mich hereinlassen würde, würde ihre Halle, die sie als Kunstgalerie missbrauchte, eine neue Installation bekommen, bestehend aus einem Ford Sierra mit aufgespießter Eingangstür und einem nicht funktionierenden Türklopfer im Elefanten-Design als Verzierung.

Drei Minuten später stand ich wieder in der riesigen Eingangshalle. Simon bemühte sich, zornig auszusehen, während er sich den Schlaf aus den Augen rieb. Er trug ein zerknittertes weißes T-Shirt, eine graue Jogginghose ohne Seitenstreifen und schicke Flipflops. Seine Augen waren blutunterlaufen, was am fehlenden Schlaf oder ausgiebigem Brandy-Genuss liegen konnte, wahrscheinlich beides. »Das soll wohl ein Scherz sein«, murmelte er vor sich hin.

»He, sehen Sie mich mal an. Wären Sie so gut, mich mal anzuschauen? Sehe ich aus, als wäre ich zu Scherzen aufgelegt? Sehe ich so aus?«

Er unterdrückte ein Gähnen. »Was ist passiert?«

»Das spielt keine Rolle. Ich will zu Ihrer Chefin.«

»Sie schläft bereits. Und sie hat nicht sehr viel …«

»Sie wollte mich sprechen. Jetzt bin ich da.«

Seine Augenbrauen zuckten nach oben, vielleicht vor Überraschung oder Unglaube oder Verachtung. Egal was es bedeutete, er hatte jedenfalls keinen blassen Schimmer. »Hat es was mit Finn zu tun?«

»Wenn sie will, dass Sie etwas erfahren, wird sie es Ihnen später erzählen. Los jetzt, gehen wir, hopp-hopp!«

Er starrte mich an. Ich warf ihm einen tödlichen Blick zu. Er trat unwillkürlich einen Schritt zurück. »Warten Sie hier, ich werde fragen, ob sie Sie empfangen möchte.«

»Sagen Sie ihr, wenn nicht, komme ich garantiert nicht wieder.«

»Das wird ihr bestimmt das Herz brechen«, gab er hinterhältig zurück, aber bloß halbherzig, während er in seinen Flipflops die Treppe hinaufstieg. Ich wartete, bis er sich oben auf dem Treppenabsatz nach links wandte, sprang ins Arbeitszimmer und schnappte mir das Telefon.

»Hallo?«

»Ich bin's, Dee.«

»Scheiße.«

»Wie geht's ihm?«

»Super, ja. Großartig. Geradezu fantastisch.« Ihre Verbitterung wehte wie Senfgas durch die Leitung. »Ich glaube, ich habe ihn schon ewig nicht mehr so friedlich daliegen sehen.«

»Bist du immer noch im Krankenhaus?«

»Ja, klar.« Dann: »Wieso, wo bist du denn jetzt?«

»Ich musste da weg. Ich hab noch ein paar Sachen zu erledigen.«

»Und die sind wichtiger als Ben?«

»Du hättest mich doch sowieso nicht zu ihm gelassen.«

»Darum geht es nicht, Harry.«

»Worum geht es denn?«

»Es geht darum, dass du daran schuld bist, dass er im Krankenhaus liegt. Und jetzt musst du auf einmal irgendwelche Sachen erledigen.«

»Ich bin nicht dran schuld, dass er im Krankenhaus liegt. Wir wurden ...«

»Heb dir das für die Bullen auf. Du hast jedenfalls am Steuer gesessen und gleichzeitig mit dem Handy telefoniert.«

»Dee, du hast mich doch angerufen.«

»Willst du damit sagen, dass es meine Schuld ist?«

Ich konnte die Drohung beinahe körperlich spüren. »Ich versuche doch bloß, dir zu erklären, dass wir von der Straße abgedrängt wurden.«

Langes Schweigen, dann: »Wenn ich herausfinden sollte, dass du mich anlügst, Harry, werde ich vor Gericht gegen dich aussagen.«

»Frag Ben. Wenn er aufwacht, frag ihn. Er wird es dir bestätigen.«

Sie unterdrückte ein Schluchzen. »Meinst du, er wird wieder gesund?«

»Klar wird er das. Hör mal, ich kann dir nichts von diesen Sachen erzählen, die ich noch erledigen muss, aber …«

»Aber was?«

Ich musste schlucken. Es auszusprechen bedeutet, es wahrzumachen. »Ich gehe wieder in den Knast, Dee. Ein Bulle ist mir auf den Fersen, und der wird mich einbuchten.«

»Weswegen denn?«

»Spielt das eine Rolle?«

Ihre Stimme klang weit entfernt, fast wie in einem Traum. »Nein«, sagte sie, »ich schätze nicht.«

»Ich melde mich wieder. Falls sich bei Ben etwas ändert, sag mir Bescheid.«

»Ja.«

»Bleib tapfer, Dee.«

»Arschloch.«

Sie legte auf. Ich rief Herb an. Es war so still, dass ich das Gefühl hatte, das ganze Haus würde um mich herumschleichen und horchen. Und vielleicht war da ja ein ganz leichtes Echo zu hören, als wäre die Leitung angezapft.

»Yello.«

»Ich bin's.«

»Das wird ja auch Zeit, Mann. Wo bist du denn?«

»Sei vorsichtig. Das ist keine sichere Verbindung.«

»Wieso, was ist denn mit deinem Handy?«

Ich erzählte ihm alles und endete mit der Beschreibung von Bens Zustand.

»Verdammte Scheiße. Wird er wieder gesund?«

So vorsichtig, wie er es ausdrückte, war schon klar, was er eigentlich meinte. Dee hatte sich ähnlich ausgedrückt, als sie die Frage gestellt hatte, die mit »Hirn« und »Schaden« aufgehört hatte.

»Wir hoffen das Beste«, sagte ich. »Es sieht ganz gut aus.«

»Kann ich irgendwas von hier aus tun?«

»Nicht viel, Herb. Aber danke fürs Angebot.«

»Okay, aber wenn dir irgendwas einfällt … Hör mal, Harry? Was ist mit dem …«

»Nicht jetzt, Herb. Ich hab dich auf dem Zettel und

komme so schnell ich kann zu dir. Aber nicht jetzt, bitte.«

»In Ordnung. Aber hau bloß nicht ab. Sonst muss ich noch jemanden losschicken, der nach dir sucht.«

»Mensch, Herb ... ich bin dein Mann fürs Grobe. Wenn, dann müsstest du mich losschicken.«

»Dann lass es nicht so weit kommen. Du bist schon kaputt genug, du musst nicht auch noch schizophren werden.«

Er legte auf. Ich wartete volle drei Minuten, bis ich ein leises Klicken in der Leitung hörte. Dann legte ich ebenfalls auf.

25

Ich fragte mich, ob meine neue Augenklappe bei Saoirse Hamilton Erinnerungen an das Piratengebahren von Big Bob wachrief, aber sie war so höflich, das nicht zu kommentieren, als sie mich auf dem Balkon ihres neben dem Schlafzimmer gelegenen Morgenzimmers empfing. Vielleicht lag es auch an ihrer Trauer oder daran, dass sie es nicht gewohnt war, das Leiden einfacher Menschen zur Kenntnis zu nehmen. Sie trug einen fliederfarbenen Morgenrock, ihr Gesicht war noch vom Schlaf zerknittert und ihr Haar so schlampig frisiert, dass sie wie eine gut situierte ehemalige Puffmutter aussah.

Hinter der niedrigen Brüstung ging es steil nach unten, ungefähr dreißig Meter oder so, auf eine langgestreckte, krumm verlaufende Bucht. Also setzte ich mich lieber auf den Rohrsessel, der rechtwinklig zu ihrem stand, und legte die Füße auf das Mäuerchen. Die Aussicht war nicht schlecht. Die Sonne zeigte sich bereits golden schimmernd am Horizont, ein laues Lüftchen wehte, und je nachdem wohin ich schaute, hätte ich den morgendlichen Strahlenkranz über dem Grab von Königin Medb auf dem Knocknerea, die silbrige Patina des Atlantiks oder den rosigen Glanz von

Saoirse Hamiltons Dekolleté bewundern können. Da ich mich grundsätzlich nicht von Naturschauspielen beeindrucken ließ, konzentrierte ich mich auf den Kaffee, den sie mir einschenkte.

Sie ließ zwei Zuckerwürfel in den Becher fallen ohne zu fragen und reichte ihn mir. Ich rührte um, nahm einen Schluck und schloss die Augen. Es war wahrscheinlich der beste Kaffee, den ich je getrunken hatte.

»Sie sind kein Danaer«, sagte sie.

Ich machte die Augen wieder auf. »Wie bitte?«

»Ich meine damit, dass Sie ohne Geschenk gekommen sind, Mr Rigby.«

»Ah, ja, richtig. Sehr klassisch.«

Sie zündete sich eine Mentholzigarette an, lehnte sich zurück und stellte ihren Becher unterhalb ihrer Brust ab, sodass ich zwei Mal hinschauen musste, um mich zu vergewissern, dass es nicht ihr Dekolleté war, das dampfte. »Weshalb also?«, fragte sie.

»Als ich Sie gestern anrief, dachte ich, ich hätte das, was Sie haben wollten.«

»Den Abschiedsbrief von Finn. Wir müssen nicht darum herumreden.«

»Meinetwegen. Tatsächlich befanden sich ein Reisepass und Fünftausend in bar in dem Päckchen.«

Sie hielt den Becher mit beiden Händen fest, damit sie daran nippen konnte, ohne mich aus den Augen zu lassen. Sie glaubte, ich würde sie anlügen, wartete auf die Ausrede, auf ein Zucken, oder dass ich mir die Nase rieb oder woanders hinschaute. Also blinzelte ich, fuhr mir mit dem Finger über den Nasenrücken und schaute in den Sonnenaufgang, einfach um auszuprobieren, wohin uns das führen würde.

»Aber falls Finn geplant haben sollte…« Sie hörte die Worte, die sie beinahe ausgesprochen hätte, und zuckte fast schon hörbar zusammen. Das Botox knirschte, als würden sich zwei tektonische Platten übereinanderschieben. »Sie sagten mir doch«, fuhr sie mit fester Stimme fort, »dass Finn eine Reise geplant hatte. Nach Zypern.«

»Ich sagte, er wollte dort hinziehen. Um dort zu leben. Aber es ist nicht nur der Reisepass.«

»Was denn noch?«

»Die Cops fragen sich, wieso er gefälscht ist.«

»Gefälscht?«

»Entweder das, oder er hat den Pass von einem gewissen Philip Byrne gestohlen und sein eigenes Konterfei reingeklebt.«

Ihre Augenlider flackerten so stark, dass sich in Brasilien ein Wirbelsturm zusammenbraute. »Aber wieso sollte Finn einen gestohlenen Reisepass benötigen?«

»Rein spekulativ würde ich vermuten, dass er inkognito reisen wollte.« Ich trank den restlichen Kaffee aus und stellte den Becher auf dem Holztisch ab. Ich hatte mich ziemlich lange zusammengerissen, aber da ich schon seit acht Stunden keine mehr geraucht hatte, nahm ich mir ungefragt eine von den Mentholzigaretten und zündete sie mit ihrem niedlichen goldenen Cartier-Feuerzeug an. Sie schmeckte nicht exakt wie Kuhfladen mit Minzgeschmack, aber so ähnlich.

»Mrs Hamilton«, sagte ich, »können wir einfach mal davon ausgehen, dass ich keinen blassen Schimmer habe, warum Finn dies oder das getan hat? Was mich beschäftigt, ist die Tatsache, dass er den Pass an einer Stelle versteckt hat, an dem ihn irgendwann garantiert jemand gefunden hätte.«

»Ich fürchte, ich kann Ihnen nicht folgen.«

»Dann sind wir ja immerhin schon zwei. Ich will damit sagen, dass Sie es den Bullen sagen sollten. Die scheinen es nämlich nicht für besonders bedeutsam zu halten.«

»Warum denn nicht?«

»Nun ja«, ich blies den Rauch aus. »Vor allem deshalb, weil sie glauben, ich hätte Finn aus dem Fenster gestoßen. Weshalb ich es sehr begrüßen würde, wenn wir jetzt rasch ein Stückchen weiterkämen mit dem Job, den Sie sich ausgedacht haben. Weil ich nämlich technisch betrachtet bereits in Gewahrsam bin und daher nicht mehr besonders viel Zeit habe, mich irgendwelchen Spielchen hinzugeben.« Aber sie hatte mir nur bis »aus dem Fenster gestoßen« zugehört. Ihre vollen Lippen kräuselten sich zu einem Katzenarschloch. »Wie können Sie es *wagen*«, begann sie, aber da wedelte ich schon mit der Mentholzichte herum, als wäre sie Yodas Laserschwert, um sie abzulenken.

»Ich habe niemanden aus dem Fenster gestoßen oder zu irgendwas gedrängt«, sagte ich. »Und ich bin auch kein Märchenerzähler. Es ist spät, ich bin total fertig und habe schon genug Sorgen. Ich muss mir nicht auch noch Gedanken darum machen, ob Finn einfach so ins Gras gebissen hat oder auf zarten Engelsschwingen in den Äther aufgestiegen ist. Ich bin hier, weil Sie mir einen Job angeboten haben. Also sagen Sie mir einfach, um was es sich handelt und wie viel dabei herausspringt, dann sehen wir ja, wie weit wir kommen.«

Sie bäumte sich auf, erzitterte und wäre fast losgaloppiert. »Sie vergessen Ihre Kinderstube«, zischte sie.

»Das mag sein, aber ich glaube nicht, dass gute Manieren die Voraussetzung für den Job darstellen, den Sie im Kopf haben. Um was geht es also?«

Sie kochte eine Weile vor sich hin. Ich ließ die Kippe in den Kaffeebecher fallen. Das Zischen der Glut brachte sie wieder zu sich. Sie beugte sich vor und stellte ihren Becher auf den Tisch. Zupfte noch ein bisschen an ihrem Seidenmantel herum und zerrte am Gürtel, um ihre Gedanken zu ordnen.

»Eine Voraussetzung wäre«, sagte sie steif, »dass Sie in der Lage sind, Ihr gegebenes Versprechen einzuhalten. Ganz gleich, was Sie in Finns Studio gefunden haben, Sie haben es jedenfalls nicht mitgebracht. Was Sie eigentlich versprochen hatten.«

»Ja, aber das liegt unter anderem daran, dass mein Auto gerammt und von der Straße abgedrängt wurde. Anschließend haben die Bullen mich einkassiert. Das nächste Mal bin ich dann vorgewarnt, wie sie es gerne ausdrücken, und achte darauf, was der *deus* mit seiner *machina* im Schilde führt.«

»Ja, die Polizei. Wieso, sagten Sie, sind Sie technisch betrachtet bereits in Gewahrsam?«

»Ich meinte damit, ich könnte es sein, keine Ahnung. Die Bullen glauben mir nicht, dass ich von der Straße gedrängt wurde. Sie behaupten, es sei ein selbstverschuldeter Unfall gewesen, ich hätte unter Alkohol oder Drogen gestanden. Im Moment warten sie auf das Ergebnis des Bluttests.«

»Aber sie haben Sie nicht ins Röhrchen blasen lassen.«

»Ich war vier Stunden lang bewusstlos, vielleicht sogar länger. Und sie hätten mich um Erlaubnis bitten müssen, um in meinem Hals herumzustochern.«

»Sollte ich Sie vielleicht fragen, ob Sie unter Drogen standen?«

»Können Sie gerne machen. Aber das ist Zeitverschwendung.«

Sie nahm sich die Zeit, noch eine Mentholzigarette anzuzünden und bot mir wieder keine an. Ich griff trotzdem danach, brach den Filter ab, streckte die Hand aus und bat um das Cartier-Feuerzeug. Als sie es mir reichte, wusste ich, dass sie richtig tief in der Scheiße steckte. So tief, dass sie sogar einen einäugigen Desperado in ihr Vertrauen ziehen würde.

»Finn hatte einen Laptop-Computer«, sagte sie. »Der gehört Hamilton Holdings. Ich hätte ihn gern wieder zurück.«

»Und er befindet sich in seiner Wohnung?«

Sie neigte den Kopf.

»Und wo ist der Haken?«

»Es gibt keinen Haken.«

»Bei so einer Rückholungsaktion gibt es immer einen Haken.«

»Vielleicht weil manche Leute anfälliger dafür sind, ertappt zu werden als andere.«

»Ja, gut, ich bin einer der wenigen Glücklichen.«

»Umso besser, dass es keinen Haken bei der Sache gibt.«

»Ich nehme an, wir sprechen hier wieder von einer Entlohnung in gleicher Höhe.«

Eine Augenbraue wurde aus ihrer Botox-Verankerung gerissen. »Zehntausend Euro? Um einen Laptop wiederzubeschaffen?«

»Das klingt ein bisschen hoch gegriffen, das gebe ich zu, aber wir sprechen hier von Einbruch und das ist nun mal, na ja, illegal. Und den Bullen gefällt meine Visage sowieso nicht, schon gar nicht in ihrem jetzigen Zustand.«

»Sie müssen doch gar nicht einbrechen.« Sie schob eine Hand in die Seitentasche ihres Morgenmantels und legte einen Schlüsselring auf den Tisch. Es hingen zwei Schlüssel daran. »Die Wohnung gehört Hamilton Holdings, Finn wohnt dort nur.« Sie bezwang ihren Frosch im Hals und presste die Lippen aufeinander. »Wohnte dort.«

»Und Simon können Sie nicht hinschicken, weil ...«

»Meine Gründe möchte ich gerne für mich behalten.«

»Der Hauptgrund dürfte sein, vermute ich, dass Sie nicht wollen, dass Maria erfährt, dass Sie Finns Laptop haben.«

Arktische Kälte sickerte in ihre ägäisblauen Augen. »Das wäre einer der Vorteile, ja.«

»Um das also klarzustellen: Sie bezahlen mich nicht für einen Einbruchsdiebstahl, sondern dafür, dass es danach aussieht.«

»Richtig.«

»Okay. Und was sind die anderen Gründe?«

»Die müssen Sie nicht interessieren, Mr Rigby. Und ich wäre Ihnen sehr zu Dank verpflichtet, wenn Sie Ihre schamlose Neugier im Zaum halten könnten.«

Ich grinste. »Schamlosigkeit, Mrs Hamilton, ist ein Grundzug der menschlichen Spezies. Sie sollten Ihren Milton mal wieder aufpolieren.«

Ihre Wangenknochen überzogen sich mit rötlichen Flecken. Wut, vermutlich, die das Botox zu Lava werden ließ. »Zehntausend Euro sind eine stolze Summe, Mr Rigby. Sind

Sie bereit, die entsprechende Dienstleistung zu erbringen oder nicht?«

»Auf jeden Fall, klar. Wenn ich mir sicher bin, nicht als niederer Handlanger ausgenutzt zu werden.«

»Wenn Sie den Eindruck haben, dass ich Sie manipuliere«, sagte sie schroff, »wie könnte ich Sie dann vom Gegenteil überzeugen?«

»Ein paar Fragen zu beanworten würde schon genügen.«

»Sie sind wirklich nicht in der Position ...«

»Was denn? Sie zu verhören, weil Sie gesellschaftlich über mir stehen? Tut mir leid, aber der Spaß ist vorbei, seit die Leibeigenschaft abgeschafft wurde und Van-Diemens-Land Tasmanien heißt.«

Ich weiß nicht, ob es die Leibeigenschaft oder Van-Diemens-Land war, aber etwas schien gesessen zu haben. Sie zwang sich zu einem nachsichtigen Kopfschütteln und zupfte wieder ein bisschen an ihrem Seidenmantel und ihrem Gürtel herum. »Welche Fragen denn?«, sagte sie dann.

Ich kämpfte mich aus dem Sessel, ging ein paar Schritte und setzte mich auf die Balkonbrüstung. Ein strategischer Zug, um höher zu sitzen, damit sie gezwungen war, zu mir aufzusehen, wenn sie sprach. Eine schlechte Idee. Die Wellen brandeten gegen die schwarzen Felsen weit unter mir und die Gischt spritzte über das kleine Bootshaus am Rand des Kliffs. Ein Anblick, der schwindelig machte, selbst wenn man nicht kurz zuvor Blut gespendet hatte und zudem als Einäugiger an einer Verzerrung der Perspektive litt.

»Zuallererst einmal«, sagte ich und hielt mich gut fest, »vermutet Gillick offenbar, dass Sie wussten, dass er in Finns Studio war, bevor Finn gesprungen ist. Richtig?«

»Ja.«

»Sie hatten ihn dort hingeschickt?«

»Ja.«

»Warum?«

Sie konnte sich immer noch nicht mit meiner unbotmäßigen Haltung abfinden. Sie drückte sich kurz und knapp aus, ihre Worte klangen wie abgeknipste Fußnägel bei der Pediküre. »Mr Gillick war dort in seiner Funktion als Anwalt von Hamilton Holdings. Er war autorisiert worden, alles Angemessene zu tun, um Finn davon zu überzeugen, dass er im Begriff war, einen Fehler zu begehen.«

»Autorisiert von Ihnen.«

»Ja.«

»Ich dachte, Sie hätten gesagt, Finn hätte nicht das Recht gehabt, das ehemalige Hafenamtsgebäude zu verkaufen.«

»Hatte er nicht.«

»Was für einen Fehler wollte er dann begehen?«

»Ich denke, wir beide kennen die Antwort auf diese Frage, Mr Rigby.«

»Maria.«

Sie nickte.

»Also war Gillick dort, um Finn dazu zu bringen, Maria fallen zu lassen.«

»Plump ausgedrückt, aber korrekt.«

»Autorisiert, alles Angemessene zu tun. Was genau heißt das?«

»Genau das.«

»Bestechung?«

»Es wäre ganz bestimmt in Finns Interesse gewesen, diese Frau nicht zu heiraten.«

»In seinem finanziellen Interesse.«

»Unter anderem.«

»Zum Beispiel?«

Sie wich meinem Blick aus und schaute zu der Stelle, wo ihre Finger den spitzenverzierten Saum des Morgenmantels rieben. »Wie ich hörte, haben Sie einen Sohn, Mr Rigby.«

»Und?«

»Zweifellos wollen Sie nur das Beste für ihn.«

»Sicher.«

»Dann werden Sie sicher verstehen, dass ich dasselbe für Finn empfinde.«

»Finn glaubte, Maria sei das Beste für ihn.«

Sie schüttelte schon den Kopf, bevor ich ihren Namen ausgesprochen hatte. »Sie wollte ihn von hier fortbringen, Mr Rigby. Nach Zypern. An die Nordküste von Zypern, um es genau zu sagen, einen armen, armseligen Landstrich, von russischen Gangstern regiert. Wo meine Enkel früher oder später verelenden würden, während *sie* Finns Erbschaft verschwendet, um ihren Launen und Liebhabereien nachzugehen.«

»Und der edle Name der Hamiltons ginge den Bach runter.«

»Sie enttäuschen mich, Mr Rigby. Umgekehrter Snobismus ist genauso übel wie sein Gegenpart. Und ist es denn wirklich ein Verbrechen, wenn man möchte, dass die eigenen Enkel später einmal sorglos in Wohlstand leben?«

»Wahrscheinlich nicht. Aber vielleicht wollte Finn ja genau deswegen abhauen.«

Etwas beinahe Tödliches blitzte in ihren azurblauen Augen auf, so grell und vehement, dass ich beinahe von der Mauer gefallen wäre. Dann schaute sie weg und senkte den Kopf. »Setzen Sie sich doch bitte, Mr Rigby. Zu Ihnen aufschauen zu müssen verursacht mir Nackenschmerzen.«

Ich verkniff mir eine geistreiche Bemerkung und setzte mich wieder in den Rohrsessel. Sie deutete über die Bucht zum Grab von Königin Medb auf dem Knocknerea. Der Berg leuchtete golden. Nicht eine Wolke am Himmel. Es würde ein heißer Tag werden.

»Kennen Sie sich ein bisschen mit der hiesigen Geschichte aus, Mr Rigby? Ich denke da vor allem an Königin Medb.«

»Ich hab von ihr gehört, ja.«

»Eine eiserne Frau. Sehr kämpferisch.«

»Und tot, soweit ich weiß.«

Sie nickte. »Seit zweitausend oder mehr Jahren tot. Und trotzdem sprechen wir immer noch von ihr.«

Sie jedenfalls. »Und Finn hat nicht einlenken wollen, sagten Sie?«

»Sie kennen ja Finn. Er reagiert sehr schnell über. Als kleiner Junge hatte er Panikattacken, wussten Sie das?«

»Nein, wusste ich nicht. Hören Sie, Mrs Hamilton ...«

»Das hier ist ein altes Land, Mr Rigby. Es gibt Ganggräber in den Hügeln von Carrowkeel, deren Grabsteine schon Moos angesetzt hatten, lange bevor die Pyramiden gebaut wurden. Die Griechen kamen mit ihren Schiffen in die Bucht von Sligo, als Berlin noch ein übelriechender Sumpf in einem gottverlassenen Urwald war. Wenn Sie mal unsere nagelneuen Straßen verlassen, befinden Sie sich in einem Labyrinth, weil kein einziger Römer jemals auch nur einen Grundstein in diesem Land gelegt hat. Sie nannten es Hibernia.« Sie lächelte schief. »Winterland.«

»Na ja, inzwischen sind die Straßen begradigt.«

»In der Tat. Irische Reifen zischen aalglatt über den Schweiß des deutschen Steuerzahlers, der Ihnen sagen wird, dass er in den letzten vierzig Jahren jeden einzelnen Quadratzentimeter Asphalt in diesem Land bezahlt hat. Wissen Sie«, sagte sie, »es gab immer Leute, die Brüssel oder Frankfurt den Rücken kehren wollten, aber nicht jeder, der meint, wir sollten uns ganz allein auf uns verlassen, ist deswegen gleich ein Anhänger der IRA oder Sinn Feins. Aber ich habe das trotzdem nie verstanden. Ich fand den Gedanken gar nicht so schlecht, dass der Fritz seine Marshallplan-Gelder großzügig verteilt hat, um sich ein paar Freunde zu kaufen, die er dringend nötig hatte.« Sie zuckte mit den Schultern. Ihre Stimme klang jetzt eiskalt, als würde sie aus einem Grab heraus sprechen. »Vielleicht lag ich ja falsch. Jetzt ist der deutsche Shylock wieder da und fordert sein Pfund von unserem Fleische, und so wie es aussieht, jetzt doch mit Blutzins. Aber schöne gerade Straßen, natürlich, und mehr Selbstmorde als Todesfälle im Straßenverkehr.«

»Das bleibt nicht für immer so«, sagte ich. »Nichts bleibt je für immer.«

Ihre perfekten Zähne blitzten. »Ganz meine Meinung, Mr Rigby. Zuletzt hörte ich aus Frankfurt, dass unsere deutschen

Freunde erfreut feststellen, dass die Iren keine Griechen sind, sondern brav die verschriebene Medizin schlucken. Keine Streiks, keine brennenden Scheiterhaufen für die Anleihegläubiger, und schon gar nicht für die Banken. Aber ein bisschen verächtlich sind sie schon, wenn sie im Reichstag den neuesten irischen Haushalt beschließen und dabei lästern, wie wir in achthundert Jahren Unterdrückung gelernt haben, uns noch ehrerbietig zu verneigen, während wir ihnen die Bettlerschale hinhalten – ein typisch irisches Kunststück.

Unsere deutschen Freunde sind wie Kinder, Mr Rigby. Seit den Zeiten Karls des Großen haben sie sich darauf konditioniert zu glauben, etwas zu wollen und etwas zu brauchen sei dasselbe. Programmiert für Blitzkrieg und Übergriffe und nicht dafür, die langfristigen Folgen im Blick zu behalten. Nichts gelernt aus den eisigen Wintern, wenn sie sich in einem fernen Land im gefrorenen Morast festgefahren haben.« Ihre Stimme zitterte. Es war nicht das erste Mal, dass sie diese Rede hielt. »Die Römer waren nicht dumm. Die Fremden, die hierher kamen, verkümmerten und starben. Die Kelten, die Dänen, die Normannen und die Engländer landeten an unseren Küsten und schwangen ihre Äxte und Schwerter, und wir gaben unser Blut und nahmen, was wir von ihnen kriegen konnten, und wenn sie dann in unserem Morast versanken, verbrannten wir sie, um uns zu wärmen, und schnitzten unsere Geschichten aus ihrem Rauch und ihren Worten.«

Ich kapierte durchaus, was sie damit meinte. Big Bob war tot und Finn hatte nicht genug Format. Aber Saoirse Hamilton war immer noch entschlossen, die Glut anzufachen, um als Eiserne Königin die Pflugscharen wieder zu Schwertern zu schmieden.

»Ich mache mir Vorwürfe, dass ich zugelassen habe, dass Finn ein so behütetes Leben führen konnte. Das Ergebnis war, dass sein Verständnis der Anforderungen des Lebens nicht immer von, sagen wir mal, praktischen Erwägungen abhing.«

»Er hatte keinen Sinn für langfristige Pläne.«

»So könnte man es auch ausdrücken.«

»Und war schlaff genug, sich von Maria ausnehmen zu lassen.«

»Dieser Ansicht bin ich allerdings. Und was Sie mir da erzählt haben von seinen lächerlichen Plänen bezüglich einer Immobilieninvestition in Nord-Zypern, bestätigt nur meinen Verdacht.«

»Meiner Ansicht nach ist Maria keine Betrügerin«, sagte ich.

Sie lächelte gespenstisch. »Das spielt jetzt keine Rolle mehr, meinen Sie nicht auch?«

»Vielleicht, wenn Sie mir nicht gerade zehn Riesen angeboten hätten, um Finns Laptop zu klauen. Was beunruhigt Sie denn so sehr?«

»Ich verstehe Ihre Frage nicht.«

»Meine Frage lautet: Was erhoffen Sie sich von dem Laptop?«

»Ich will seinen Computer, Mr Rigby. Dafür bezahle ich Sie und mehr müssen Sie nicht wissen.«

»Das reicht mir nicht.« Ich schnippte die Mentholkippe ins Nichts, stand auf und sah zu, wie die orange glühende Spitze nach unten in die Gischt fiel. »Sie müssen sich einen anderen suchen.«

Aber ich machte keine Anstalten zu gehen. Wir starrten uns gegenseitig an und wussten beide, dass sie keine andere Wahl hatte.

»Haben Sie es immer noch nicht verstanden?«, sagte sie schließlich.

»Offenbar nicht.«

»Denken Sie mal nach, Mr Rigby. Wer profitiert von Finns Tod?«

»Wenn ich daran denke, wie er gesprungen ist, würde ich sagen, er selbst.«

Sie ignorierte diese Bemerkung. »Sie können es natürlich nicht wissen, aber Finn hatte eine beachtliche Lebensversicherung abgeschlossen. Die sogar im Falle eines Selbstmords ausgezahlt wird, wenn er sie mindestens zwei Jahre vor seinem Sprung abgeschlossen hat.«

»Aber damit geraten Sie, als nächste Verwandte, in den Kreis der Verdächtigen. Finn und Maria waren ja noch nicht mal verlobt.«

»Theoretisch ja.« Sie nickte zustimmend. »Aber umso wichtiger wird die Frage nach Finns Testament.«

»Ah, natürlich. Das Testament.« Die Kobaltspieße glitzerten. Sie warf den Kaffeebecher zur Seite, der an der Wand zerschellte. Ich hatte keinen blassen Schimmer, was Saoirse Hamilton gegen eine Heirat von Finn und Maria einzuwenden hatte. Auf einer Hochzeitsfeier auf Zypern hätte sie sich großartig amüsiert.

Ich setzte mich wieder auf die Brüstung und legte die Hände in den Schoß. »Es geht also um das Testament«, sagte ich.

Sie beruhigte sich, indem sie einige Kaffeeflecken in den Seidenstoff rieb. Dann sagte sie mit gesenkter Stimme: »Ich hege den begründeten Verdacht, dass diese Herumtreiberin meinen Sohn betrogen hat, Mr Rigby. Und ich will verdammt sein, wenn ich es zulasse, dass sie von seiner Naivität profitiert.«

»Wie kommen Sie darauf, Maria könnte ihn …«

»Wenn ich auch nur den leisesten Hinweis auf ihre Untreue in seinem Computer finde, und sei er auch noch so vage, werde ich alle mir zur Verfügung stehenden Möglichkeiten nutzen, um sie der Mitschuld am Tod meines Sohnes zu bezichtigen. Sind Sie jetzt zufrieden?«

»Da brauchen Sie aber einen besseren Anwalt als Gillick, um ihr so was anzuhängen. Ich meine, selbst wenn Sie auf dem Laptop etwas platzieren wollen …« Ich zuckte mit den Schultern. »Nicht dass ich damit behaupten will, Sie könnten auf einen derartigen Gedanken gekommen sein.«

»In diesem Fall«, sagte sie, »sähe ich mich gezwungen, andere Wege zu gehen.« Damit war die Drohung ausgesprochen. Sie war ganz offensichtlich zutiefst verstört und nicht ganz zurechnungsfähig, aber dennoch nahm ich mir vor, Maria vor ihr zu warnen.

»Darum geht es also«, sagte ich. »Seinen Laptop einzukassieren und die Wohnung ein bisschen zu verwüsten, damit es wie ein Einbruch aussieht.«

Sie neigte den Kopf. »Und wenn Sie dann schon mal in seiner Wohnung sind, könnten Sie auch noch nach seinem Abschiedsbrief suchen.« Und noch leiser: »Falls es einen gibt.«

»Vermutlich ohne im Laptop danach zu suchen.«

»Richtig.«

»Und alles zusammen für zehn Riesen.«

»Da wäre noch eine Sache.«

»Das Testament.«

Sie ließ ihre ägäisblauen Augen aufflammen. »Ein Revolver, Mr Rigby. Er gehörte Finns Vater. Finn hat ihn gestohlen, als er ausgezogen ist. Ich hätte ihn gern wieder zurück.«

Aus irgendeinem Grund musste ich an Hemingway denken und daran, dass seine Mutter ihm die Waffe geschickt hatte, mit der sein Vater Selbstmord begangen hatte. Es kam mir durchaus passend pervers vor, dass in diesem Haus, das wie ein Museum ausstaffiert war, eine solche Waffe aus sentimentalen Gründen aufbewahrt werden sollte.

»Was für ein Revolver denn?«

»Es wird nur einer dort sein«, sagte sie mit ätzendem Unterton. »Finn war kein Waffensammler.«

»Ich frage deshalb, weil eine Schusswaffe vom Kaliber .22, sagen wir, meist dazu genutzt wird, um auf Krähen zu schießen, das wäre okay, für die gäbe es wahrscheinlich eine Lizenz. Wenn's eine andere ist und ich finde sie und nehme sie an mich, könnte ich wegen unerlaubten Waffenbesitzes belangt werden. Das wäre ein ziemlicher Albtraum für den Fall, das ich erneut von der Straße abgedrängt werde.«

»Es gibt keine Lizenz dafür.«

»Dann fasse ich sie nicht an.«

»Ich würde Ihr Honorar verdoppeln.«

»Zwanzig Riesen?«

Ein Nicken.

»Gebongt.« Sie machte keine Anstalten, es per Handschlag zu besiegeln. Ich schnappte mir noch eine Mentholzigarette und zündete sie an. »Brauchen Sie sonst noch was? Ein bisschen von dem Plutonium, das er unterm Bett versteckt hat? Soll ich auf dem Rückweg was im Asia-Imbiss besorgen?«

Sie wedelte mit der Hand, als wollte sie einen Schwarm Fliegen vertreiben.

SAMSTAG

26

Es gab eine Zeit, da waren zwanzig Riesen eine Menge Geld. Wenn man damals in ein Theaterstück mit dem Titel *Twenty Grand* ging, dann konnte man ziemlich sicher sein, dass es darin um mehr ging als nur die Grunderwerbsteuer für eine hochpreisige Hundehütte.

Sie war verzweifelt, schon klar.

Aber trotzdem, zwanzig Riesen, einfach so?

Das war zu einfach.

Ich trottete die Treppe hinunter in die dunkle große Eingangshalle und spürte dieses Kribbeln im Nacken, hatte das Gefühl, beobachtet zu werden. Überall waren Augen. Kaum ein leerer Fleck an den Wänden. Tote Augen, blind, nichts weiter als Schlieren von Ölfarbe, aber ich fühlte mich wie entleibt unter ihrem mitleidlosen Blick, wie eine arme Seele auf dem Weg in den Hades, von unheilvollen Dünsten umwogt. Nicht nur beobachtet, sondern auch gerichtet. Ich hätte mich nicht gewundert, wenn Simon plötzlich aus dem Schatten getreten wäre und mir undeutlich murmelnd eine Strafe androhte, falls ich es wagen sollte, die Eiserne Königin zu hintergehen, aber er tauchte nicht auf. Vielleicht horchte er ja gerade an einem Telefon in der Hoffnung, ich würde einen weiteren Anruf machen. Oder er trat dienstbeflissen auf den Balkon, um ihre Gelenke zu ölen.

Draußen war es bereits warm, ein neuer Tag hatte begonnen. Ich tastete meine Taschen ab, als ich mich dem Sierra näherte, um nachzuschauen, ob ich eine Nachricht von Dee verpasst hatte, dann fiel mir ein, dass Tohill mir das Handy weggenommen hatte. Ich setzte mich in den Sierra, schloss ihn kurz, gab mehr Gas als nötig und setzte mit jaulendem Motor zurück, als wollte ich ein kämpferisches Zeichen setzen, indem ich die Wagenflotte der Hamiltons demolierte. Bremste dann aber laut knirschend auf dem Kiesweg ab, legte den ersten Gang ein und ließ die Reifen durchdrehen, sodass der Kies nach hinten spritzte. Für den Bruchteil einer Sekunde war ich geblendet, als das grelle Licht der aufgehenden Sonne im Rückspiegel aufleuchtete, und da wurde mir klar, woher dieses Bedürfnis kam, irgendetwas demolieren zu müssen.

Bell jars away …

Ich war schon mal um diese Tageszeit hier gewesen, bei Sonnenaufgang. Damals war auf dem Rasen vor dem Haus ein Festzelt aufgebaut gewesen, auf dem zertrampelten Rasen, der bei Tagesanbruch mit Luftschlangen, Konfetti, zerknüllten Papptellern und zerbrochenen Gläsern und ein oder zwei Schnapsleichen übersät war. Das war der Tag gewesen, an dem Paul und Andrea geheiratet hatten, der folgende Morgen, um genau zu sein. Paul war so bekifft, dass er beinahe vergessen hätte, dass er einen Gehstock brauchte. Finn war sein Trauzeuge und hatte die Gäste unter der Markise willkommen geheißen und mit Getränken versorgt. Am Morgen stapften diejenigen, die noch stehen konnten, überwiegend der harte Kern der Surferfreunde, über einen Pfad durch den Wald hinunter zu der kleinen Bucht unterhalb des Herrenhauses. Paul allen voran mit wehenden weißen Frackschößen, wild gestikulierend mit einer Flasche Château de Piss 1995.

Spiel und Spaß wurden reichlich geboten. Das war Finns Geschenk an Paul gewesen.

Was für ein Jammer. All diese Energie und Anmut waren verschwunden. So schnell ausgemerzt, wie ein Sturz aus dem neunten Stock dauerte.

Und jetzt lag ein kleiner Junge in einem Krankenhausbett, ausgeschlossen von der Welt durch seinen eigenen Körper, der ihn ins Koma versetzt hatte, um den letzten Funken Leben zu erhalten, der noch in ihm steckte.

Ich stieg aus dem Sierra, warf die Mentholkippe weg, überquerte den Kiesweg und ging in den Wald hinein. Musste wieder an Finns Freunde denken, wie sie durch den Wald gestapft waren, wie sie über Wurzeln gestolpert und ins Taumeln geraten waren, und erinnerte mich daran, das damals etwas Elektrisierendes, Erwartungsvolles in der Luft gelegen hatte. Am Saum von Pauls Frackhose blieb Sand kleben, während er barfuß über die Felsnase rutschte, die die Bucht überragte, wo es einen schmalen Sandstrand und einen Steg gab und ein Bootshaus, das am Fuß der Klippe aus dem Stein gehauen worden war. Es war Flut, und das Meer brandete gegen die Felsen.

Ganz großes Kino. Sie hockten sich hin und warteten, manche drehten sich Joints, andere breiteten Decken aus und tranken den übrig gebliebenen Champagner. Paul suchte die Felsvorsprünge über uns ab, dann beugte er sich weit nach hinten und deutete mit dem Gehstock auf eine Stelle ungefähr acht oder zehn Meter unterhalb des Balkons, der die zerklüftete Felswand überragte.

»Der große Moment ist gekommen«, deklamierte er feierlich.

Alle reckten die Köpfe und blickten zu der Stelle, auf die er mit seinem Gehstock zeigte. Die meisten, die eher daran gewöhnt waren, tagsüber am Strand zu sein als in der Morgendämmerung, hielten sich instinktiv die Hände über die Augen, wodurch es aussah, als würden sie salutieren. Sie entdeckten Finn weit oben, wo er unbeholfen hockte wie ein Falke mit gebrochenen Flügeln, das eine Bein vor die Brust gezogen, das andere baumelnd.

Hinter mir fragte eine entsetzte Frau flüsternd, ob Finn wirklich die Absicht habe zu *springen*?

»Nein«, sagte Paul, ohne Finn aus den Augen zu lassen, »er wird tauchen.«

Andrea war die Einzige, die nicht hinschaute. Sie saß mit dem Rücken zum Kliff, starrte aufs Meer und die hell schimmernden Schaumkronen. In ihrem weißen 60er-Jahre-Retro-Minikleid saß sie auf einem Felsblock und sah selbst aus wie eine Schaumkrone. Vielleicht fragte sie sich gerade, wie sie darauf verfallen konnte, einen 29-Jährigen zu heiraten, der einen Gehstock brauchte und unter der Dusche ein Nacken- und Rückenkorsett tragen musste, einen Drummer, der immer noch hinter seinem Schlagzeug saß, auch wenn sein Trommeln nur noch darin bestand, auf die Tasten eines Laptops zu drücken, um die programmierten Rhythmen anzuklicken.

Ein leises Skandieren hob an. »Finn-Finn-Finn-*Finn.*«

Hände klatschten, Füße trampelten auf den Sand. Der Rhythmus hallte die Felswand hinauf.

Maria schaute mich an und rollte mit den Augen. »Meine Güte«, sagte sie gedehnt, »als ob er noch eine Ermutigung bräuchte.«

Aber alle bewunderten ihn. Sie bewunderten ihn, weil sie selbst gerne bewundert worden wären, und wären sie Finn gewesen, hätten sie nichts anderes erwartet.

Citius, altius, fortius: Finn Hamilton war eine Ein-Mann-Olympia-Show, und trotz ihres knorrigen Surferjargons verstanden die Zuschauer sehr wohl, ob nun bewusst oder unbewusst, dass er ein Atavismus war, der die antiken Spiele repräsentierte, ein Mensch, der zum Halbgott wurde, indem er sich übermenschliche Kräfte zusprach. Und indem sie ihn anriefen, Zeugen seiner Taten wurden, feierten sie seinen Mut, seine Ausdauer und seine Kühnheit.

Sie hatten keine Ahnung.

Finn war an ihren Lobpreisungen, ihren erhobenen Champagnerkelchen und ihrem Schulterklopfen genauso wenig interessiert wie ein Blitz, der aus einem Gewitter schlägt. Er hing einer instinktiven Philosophie an, von einem Bewusstsein hervorgebracht, das sich auf perverse Weise der Selbstzerstörung verschrieben hatte, von einem Gehirn, das in einer chemischen Suppe schwamm, die schon vor langer Zeit von falsch geschalteten Synapsen verdorben und vergiftet worden war.

Natürlich kannten sie alle seine Geschichte. Sein Achterbahn fahrendes Gemüt, die Brandstiftung, die Gummizellen. Paul konnte, wenn man ihn danach fragte, Finns komplette Unfall- und Einlieferungsstatistik rezitieren, all die Knochenbrüche, Gehirnerschütterungen, Schädelfrakturen, Netzhautablösungen. Alle schlugen einen ehrfürchtigen Ton an, wenn sie von der unzähmbaren Energie sprachen, die durch seine Adern rauschte und alle Vorsicht und Angstgefühle verdampfen ließ, ihn dazu drängte, die höchsten Klippen und gefährlichsten Abfahrtshänge zu erklimmen.

Sie hatten keine Ahnung.

Was Paul zu wissen glaubte, und das wollte er unbedingt allen anderen auf die Nase binden, weil er die Ehre hatte, darüber Bescheid zu wissen, war, dass Finn keineswegs ein Kindskopf mit einem Ego-Problem war. Sein Drang, von einer Klippe in die von Felsvorsprüngen gesäumten Wogen unter sich einzutauchen, war kein dummes Draufgängertum eines Mannes in der vorgezogenen Midlife-Crisis und auch nicht Finns perverse Version des Brauchs, den Hochzeitsstrauß zu werfen. Tatsächlich handelte es sich, wie Paul jetzt erklärte, um ein uraltes, vorzeitliches Ritual, eine Probe.

Dass er zwischendurch an seinem Joint zog, verdarb den erhabenen Rokoko-Ton etwas. »Sehet, da ist der Mensch«, deklamierte er, während er den Rauch ausstieß und blinzeln musste, als er ihm in die Augen stieg, »wie er sich anschickt, den Kräften der Natur die Stirn zu bieten.« Ein paar krächzende Hochrufe ertönten, nicht alle ironisch gemeint. »Wie er sich dem Abgrund stellt, der Leere, und triumphiert, indem er das Leben und die Zeit herausfordert, angesichts der grausigen Zähne des, des ...« Er stockte und runzelte die Stirn beim Versuch, sich an das Besondere von Finns Trauzeugenrede zu erinnern, der Paul mit ähnlichen Worten gepriesen hatte. Seine Schultern versteiften sich, was bei Paul die größtmögliche Annäherung an ein Achselzucken war, und er nahm einen Schluck aus der Flasche Château de Piss, die er noch immer in der Hand hielt. »Ist ja auch egal«, murmelte er, »passt schon irgendwie.« Dann legte er den Kopf zur Seite, tat so, als würde er sich verbeugen und das vereinzelte heisere Prusten oder Buhen entgegennehmen, und schlug mit seinem Gehstock auf einen Stein, worauf das Johlen und Trampeln von Neuem begann.

Er lag natürlich falsch, aber Paul war einer von denen, die eigentlich immer falsch lagen. Er stolperte durchs Leben und klaubte hie und da Informationen aus zweiter oder dritter Hand auf, die er zu Antworten zusammenfügte, wählte zielsicher immer die schlechteste Option und bemerkte es erst, wenn es schon zu spät war, falls überhaupt. Meine Güte, der Typ war halt Schlagzeuger.

Finn war nicht bloß irgendein Endorphin-Junkie. Ihn trieb ein Zwang, der jedem Adrenalinsüchtigen die Flügel versengte, der gedankenlos genug war, sich seiner Flamme zu nähern. Er war eine zerbrochene Seele, vom grellen Licht zerstört und ständig auf der Suche nach einem schattigen Ort, der ihm Frieden spenden könnte. Ein Zwangsneurotiker, wie er im Buche steht.

Ich hatte Paul mal gefragt, warum er immer noch dabei war, obwohl er doch gar nicht mehr surfen und auch nicht Schlagzeug spielen konnte. Wie er den Anblick von Finn ertragen konnte.

Er versteifte die Schulter und sagte: »Wenn du drin bist, bist du drin.«

Dagegen ließ sich schwer etwas einwenden.

Von weit oben war leise, aber klar und deutlich, Finns Schrei zu hören.

Bell Jars awaaaaaaay …

Das Getrampel hörte auf. Die Rufe verstummten.

Ein nervöses Kichern. Wellen, die über den Sand rauschten.

Finn richtete sich auf. Einen unendlich langen Moment stand er ganz souverän am Rand des Felsvorsprungs, wie der Gekreuzigte, das Gesicht der aufgehenden Sonne zugewandt.

Dann stieß er sich ab, die Arme pfeilgerade ausgestreckt, und durchschnitt das Licht des anbrechenden Morgens.

27

Sie wartete im Wald auf mich. Saß auf dem Stamm eines entwurzelten Baums, rauchte und schaute hinunter auf die kleine Bucht. Diesmal trug sie Trauerkleidung, ein schwarzes T-Shirt, schwarze Jeans. Zuerst dachte ich, jemand hätte sie verprügelt, aber bei näherem Hinsehen entpuppte sich das Ganze als Make-up aus violetten Lidschatten und dickem Kajalstrich.

»Hey«, sagte sie.

»Hey«, sagte ich und ging weiter, weil ich gar nicht erst herausfinden wollte, welche Carmen ich heute vor mir hatte, die lasterhafte Miss Sternwood oder die leidenschaftliche Zigeunerin, die wegen unerwiderter Arien zu opernhafter Hysterie getrieben wird.

Sie ließ ihre Zigarette fallen, trat sie aus und eilte hinter mir her. »Warten Sie mal«, sagte sie, »ich möchte mich bei Ihnen entschuldigen.«

»Mach dir deswegen keinen Kopf«, sagte ich. Ich war ihr einen halben Schritt voraus und blieb außerhalb der Reichweite ihrer Krallen, die nicht kürzer waren als zu dem Zeitpunkt, als sie mich in der Eingangshalle angefallen hatte. »Du hast unter Schock gestanden, warst mit Tabletten vollgepumpt, wusstest nicht, was du …«

»Doch nicht *deswegen*.«

»Oh.«

»Ich hab am Telefon mitgehört«, sagte sie. »Vorher, als Sie mit Ihrer Frau telefoniert haben wegen Ihres Sohns.«

»Sie ist nicht meine Frau.«

»Wie auch immer, ich hoffe, er schafft es.«

»Danke.«

»Also, was will sie?«

»Dass es Ben wieder gutgeht. Was denkst du denn?«

Sie legte einen Schritt zu, als wir den Waldrand erreichten, legte eine Hand auf meinen Arm und zog daran. Ich hielt an und trat einen Schritt zurück.

»Sie wissen genau, wen ich meine.«

Sie hatte sich die Fingernägel in ungefähr vier Schichten schwarz lackiert. Ich machte mich so freundlich wie möglich von ihrem Griff frei. »Falls du deine Mutter meinst, dann geht das nur sie und mich etwas an. Absprachen mit Kunden sind streng vertraulich. Tut mir leid.«

Was, genau genommen, gar nicht stimmte, denn es gibt keinen Moralkodex zwischen einem Einbrecher und der Person, die ihm den Auftrag gibt. Es sei denn, wir sprechen hier von der guten alten Ganovenehre.

»Aber es hat was mit Finn zu tun, stimmt's?«

»Tut mir leid, dazu kann ich nichts sagen.«

Unter den Bäumen war es noch recht dunkel, aber ihre Augen schimmerten dennoch in einem zarten Porzellanblau. Sie versuchte ein Wimpernklimpern, aber es klebte einfach zu dick Mascara dran. »Können Sie nicht oder wollen Sie nicht?«, fragte sie.

»Das kommt aufs Gleiche raus.«

Ich ging nach unten in die grasbewachsene Senke auf den Sierra zu. Sie war bei mir, als ich die Fahrertür aufzog, und legte eine Hand auf den Türrahmen.

»Der ist gestohlen«, sagte sie. »Hab ich recht?«

»Es ist bestimmt besser für dich, wenn du nichts darüber weißt.«

Sie grinste verschlagen. »Können Sie sich vorstellen, wie oft ich mir das in den letzten zwei Tagen anhören musste?«

»Nein. Und jetzt nimm bitte deine Hand dort weg.«

»Es wäre wahrscheinlich einfacher für Sie, wenn Sie ein Auto hätten, das nicht von den Bullen gesucht wird«, sagte sie. »Und so wie es aussieht, brauchen Sie auch ein Telefon.«

»Glaub mir, es wäre besser für dich, wenn du außen vor bleibst.«

»Finn ist tot«, sagte sie. »Wie kann ich da außen vor bleiben?«

»Das meine ich nicht.« Mir wurde schlagartig bewusst, dass wir diese Unterhaltung vor ungefähr zwanzig Fenstern führten, und aus jedem konnte uns ein Augenpaar zusehen. »Ich will damit sagen, dass ich einen Job erledigen muss. Und du solltest dich nicht …«

»Ich kann Ihnen helfen.«

»Das möchte ich stark bezweifeln.«

»Ich kann es.«

»Du weißt ja noch nicht mal, um was es …«

»Sie will den Laptop«, sagte sie. »Und den Revolver.«

*

Wir einigten uns darauf, dass sie mir ins Gesicht schlagen sollte, ohne dass gleich Blut fließen musste, um den Augen hinter den Fenstern ein passendes Schauspiel zu bieten. Dann würde sie zu ihrem Mini Cooper rennen und wegfahren, während ich schulterzuckend in den Sierra einstieg und ihr in gemessenem Tempo folgte. Am Tor des Anwesens würden wir uns dann treffen. Also zuckte ich mit den Schultern und schaute zu, wie sie wegrannte, und rieb mir mit der Hand die malträtierte Wange. Dann setzte ich mich hinters Steuer und fuhr ihr nach.

Am Tor blieb ich neben ihr stehen und bedeutete ihr, das Fenster herunterzulassen. Beim Sierra war das nicht nötig, der hatte keine Fenster mehr. Dann sagte ich ihr, sie solle mir folgen.

Raus auf die Hauptstraße und geradeaus, dann die Nebenstraße Richtung Ballintrillick, die sich um den Benbulben herum windet. Nach einer halben Meile oder so bog ich auf einen Feldweg ab und hielt an der nächsten Abzweigung an. Ich sagte ihr, sie solle den Mini wenden, und bat sie um ihren Zigarettenanzünder. Dann knotete ich sechs Kleenex-Tücher aus der Packung, die vor dem Beifahrersitz gelegen hatte, zusammen, drehte den Tankdeckel ab und tränkte die Tücher gut mit Benzin.

Zwei Minuten später waren wir wieder unterwegs, und der Sierra hinter uns ging fröhlich in Flammen auf. Die Sonne sorgte dafür, das der Dunst um den Benbulben sich auflöste, und als wir die Hauptstraße erreichten, erstrahlte die Landschaft um uns herum in schönstem Gold.

Ein weiterer wunderbarer Morgen brach an in Sligo, ein weiterer grandios beschissener Tag.

*

Grainne bevorzugte Marlboro Lights. Ich brach den Filter ab und inhalierte das Gift endlich wieder ohne Minzgeschmack. »Jetzt erkläre mir mal, was es mit der Waffe auf sich hat«, sagte ich.

»Du bist zuerst dran.«

»Ich weiß überhaupt nichts davon.«

»Nicht die Waffe. Finn.«

»Was ist mit ihm?

»Finn ist tot«, sagte sie. Es klang ziemlich pathetisch, aber dann musste sie schlucken und alles sprudelte in einem vorwurfsvollen Aufschluchzen heraus. »Mein einziger Bruder ist tot und irgendwas geht vor, aber niemand sagt mir was.«

»Vielleicht gibt's ja nichts zu sagen.«

»Ach, komm. Ich bin doch kein dummes Kind.«

Dem konnte ich nicht widersprechen. Sie hatte die Gene ihrer Mutter geerbt, und die zeigten Wirkung, ließen überall an den richtigen Stellen die passenden Rundungen erscheinen. Aber in den Augen war es am deutlichsten zu sehen, diesen Augen, die sich nicht mit Tränen füllten, egal wie sehr ihre Stimme auch zitterte. Die Augen ihrer Mutter, transparent und gleichzeitig durchdringend.

»Was glaubst du, was hier passiert?«, fragte ich. Typischer Schachzug eines Psychofritzen.

»Das weiß ich ja nicht. Es ist als ob …« Sie hielt inne. »Du warst doch in Finns Studio. Stimmt's? Donnerstagabend.«

»Ja, war ich.«

»Und hast gesehen, wie es passiert ist.«

»Richtig.«

»Deshalb kamst du zu uns nach Hause. Weil du es meiner Mutter mitteilen wolltest.«

»Genau. Ich dachte, es wäre angebracht. Besser als ...«

»Und du hast wirklich mitangesehen, wie er gesprungen ist?«

»Ja, hab ich.«

»Hat er irgendwas gesagt?«

Über sie, meinte sie offenbar. Obwohl sie mir hier das unschuldige Mädchen vorspielte, hörte sie sich an wie eine jammernde Frau, die sich über den Salzgehalt des Ozeans beschwert, in dem sie gerade ertrinkt.

»Er hat eine ganze Menge gesagt. Falls du mich fragst, ob er speziell etwas über dich gesagt hat, dann nein. Genauso wenig hat er darüber gesprochen, dass er allem ein Ende machen will. Er war in ziemlich guter Verfassung.«

»Warum ist er dann gesprungen?«

»Ich weiß es nicht.« Ich fragte mich, wie oft ich mir diese Frage noch anhören musste. Vielleicht sollte ich mir die Worte *Ich weiß es nicht* auf die Stirn tätowieren lassen. »Mir ist auch nichts Besseres eingefallen als zu vermuten, dass er den Druck nicht mehr ausgehalten hat.«

»Den Druck?«

»Na ja, deine Mutter scheint ja von Maria nicht besonders angetan zu sein.«

Sie johlte auf, als sie das hörte, laut und schrill. »Hast du ihr gegenüber Marias Namen ausgesprochen?«

»Ein paar Mal, ja.«

»Hat sie sie ein Flittchen genannt?«

»Sagen wir mal so: Es gab gewisse Variationen dieses Themas.«

»Sie hat sie einmal sogar als Hure von Babylon bezeichnet.«

»Sehr hübsch. Alttestamentarisch.«

Sie klappte die Sonnenblende herunter, während wir nach Drumcliffe hinunterfuhren und die Sonne durch die Windschutzscheibe strahlte. »Das Problem dabei war«, sagte sie, »dass genau das in Finns Augen ein Pluspunkt war. Alles, was Saoirse genervt hat, war ihm recht.«

»Wenn du es sagst.«

»Ja, sage ich.«

»Schön für dich.«

»Wenn es also nicht der Druck gewesen ist, warum ist er dann gesprungen?«

»Ich habe nicht die leiseste Ahnung.« Ich stibitzte mir noch eine Marlboro Light und zündete sie an. »Vielleicht hilft es dir ja, wenn ich dir sage, dass die Bullen glauben, er sei gestoßen worden.«

»Gestoßen?«

»Ja, aber du solltest das nicht in allzu positivem Licht sehen. Sie glauben nämlich, ich hätte ihn gestoßen.«

Ich war froh, dass ich die Kippe geschnorrt hatte, bevor ich das sagte. Jetzt herrschte Eiszeit zwischen uns. »Wie kommen die denn darauf?«

»Weil ich dort war und sie keinen anderen Grund finden, warum er gesprungen ist. Und bevor du jetzt auch noch anfängst, wie ein Bulle zu denken, sollte ich dir vielleicht noch kurz erklären, dass ich draufgegangen wäre, wenn ich im Taxi gesessen hätte, als Finn darauf landete.«

»Ich wusste nicht, dass er ...« Sie musste schlucken.

»Tja, so war es aber.« Das war das erste Mal, dass ich es aussprach. Und einer von diesen Momenten, wo einem klar wird, dass man die ganze Zeit einen Gedanken hatte und gar nicht gemerkt hatte, dass man ihn hatte. *Ich könnte jetzt tot sein.*

Das traf mich mit voller Wucht und ziemlich vernichtend, nach dem ganzen Schlafmangel, dem vielen Kaffee, der Gehirnerschütterung und dem Schock und der Sache mit Ben. Meine Güte, er lag im Koma! Ich lachte laut auf. Es klang dünn und zittrig. »Das ist ganz schön schräg, oder? Wie eine Hexenprobe früher, im Wasser. Wenn ich im Taxi gesessen hätte, wäre ich unschuldig, aber tot. Aber ich saß nicht drin, also werde ich verdächtigt. Meine Güte, ich hätte nie gedacht, dass ich mal ein Alibi wegen eines Selbstmords brauchen würde.«

Sie zuckte zusammen und warf mir einen finsteren Blick zu. »Du bist ein schrecklicher Mensch.«

»Pass lieber auf, wo du hinfährst.«

»Warum sagst du solche Sachen?«

»Weil du mir die ganze Zeit diese bescheuerten Fragen stellst, weil du dich nicht der Tatsache stellen willst, dass Finn tot ist und sich nicht mal die Mühe gemacht hat, sich vorher zu verabschieden.«

Ich schätzte, damit waren wir quitt. Es war nicht gerade ein Schlag ins Gesicht, aber sie prallte zurück, wurde bleich und dann rot. Ich rutschte zur Tür für den Fall, dass sie wieder ihre Krallen ausfuhr. Aber sie nahm bloß eine Hand vom Lenkrad, um sie vor den Mund zu halten, vielleicht um diesen einen kostbaren Schmerzenslaut einzufangen, den sie ausstieß.

»Grainne«, sagte ich und bemühte mich, so sanft wie möglich zu klingen, hörte mich aber doch eher an wie ein Frosch, der mit Kieselsteinen gurgelt. »Es wird eine ganze Weile dauern, aber du solltest den Tatsachen eher früher als später ins Auge sehen. Glaub mir.«

Ihre Augen füllten sich jetzt doch mit Tränen, schimmerten hell und scharf. Aus irgendeinem Grund musste ich an den ängstlichen Fiver in *Unten am Fluss* denken. Aber dann ruinierte sie alles mit einem höhnischen Auflachen. »Ach ja? Hattest du auch einen Bruder, der Selbstmord begangen hat?« Die Ähnlichkeit lag nicht nur in den Augen. Sie hatte auch den gleichen Tonfall gegenüber Untergebenen wie ihre Mutter.

»Ganz so war es nicht«, sagte ich. »Ich habe ihn umgebracht.«

Jetzt glotzte sie wie ein Goldfisch, hübsch, aber begriffsstutzig. »Du hast …?«

»Ihn umgebracht, ja. Und pass bitte auf, wo du hinfährst, sonst bringst du uns auch noch um.«

»Aber warum hast du …«

»Das ist nicht wichtig. Wichtig ist, dass ich es verdrängt habe, statt mich damit auseinanderzusetzen, aber jetzt ist es zu spät. Deshalb rate ich dir, dich in ein dunkles Zimmer zurückzuziehen und ausgiebig darüber nachzudenken, warum Finn sich für immer verabschiedet hat. Wirklich für immer. Falls du dir ausgemalt hast, er könnte dich am Tag deiner Hochzeit zum Altar geleiten, das ist nun passé. Es wird nie geschehen.«

»Meine Güte«, flüsterte sie. »Warum sagst du denn solche …«

»Weil es *seine* Schuld ist, dass es nie geschehen wird. Hör auf, die Schuld bei dir zu suchen, such sie bei ihm. Sonst drehst du noch durch.«

»Aber …«

»Kein Aber. Vielleicht hatte er ja gute Gründe, mag sein. Aber welche das auch waren, sie hatten nichts mit dir zu tun. Also halt dich nicht zurück, fang an zu heulen und ertränke ihn in deinen Tränen.«

»Du bist ein beschissener eiskalter Zyniker.«

»Einer muss die Rolle spielen.«

Wir erreichten die lange gerade Straße, die in die Stadt führte, kamen am Golfplatz vorbei, was keine Rolle spielte, denn sie trat in die Bremsen und hielt abrupt auf dem Seitenstreifen an, ohne einen einzigen Blick in den Rückspiegel. Ich drückte auf den Schalter fürs Warnblinklicht. Sie saß da, mit herabhängenden Schultern, die Hände ums Lenkrad gekrallt, und starrte nach vorn, ohne irgendwas wahrzunehmen. Jetzt ähnelte sie nicht mehr Fiver. Eher Bigwig. Oder General Woundwort vielleicht.

Ich wägte kurz ab, ob ich mir leisten konnte, noch ein paar Marlboros zu schnorren, und entschied mich dann dagegen. Ich streckte die Hand nach dem Türgriff aus.

»Steig nicht aus«, sagte sie. Sie starrte immer noch stur nach vorn. Sie klang tonlos verzweifelt wie ein alter Mönch, der ein Stoßgebet aussendet.

»Grainne…«

»Er hat es nicht getan. Er ist nicht gesprungen.«

»Wenn du darauf bestehst…«

»Hör mir einfach mal kurz zu«, sagte sie leise. »Hör zu, okay?« Und dann zündete die Rakete in ihrem Kopf und sie schlug auf das Lenkrad ein und schrie gegen die Windschutzscheibe: »Ich will doch nur, dass mir endlich mal jemand *zuhört*, verdammt noch mal!«

Ich begriff. Hinter ihren transparenten Augen, den Kajalschichten und der arktischen Kälte, der Trauer und der Wut hatte Grainne Hamilton eine Scheißangst.

28

Alle weiblichen Mitglieder der Hamilton-Familie wollten unbedingt, dass ich ihre persönliche Korrespondenz las. Vielleicht lag es an meinem virilen Bariton und meinem mitfühlenden Dichterblick. Oder vielleicht waren sie auch einfach Analphabeten.

»Hier«, sagte sie und reichte mir ihr iPhone.

Finn hatte ihr vor Jahren eine E-Mail-Adresse eingerichtet, damals, als sie auf das Mädcheninternat der Kylemore Abbey ging, damit Grainne sich das Maul zerreißen konnte, ohne dass Saoirse was davon mitbekam. Die Mail, auf die ich nun starrte, hatte den Betreff: *Sein oder Nicht.*

»Shakespeare«, sagte sie.

»Schon klar.«

»So wie *Will* Shakespeare.«

»Ah.« Ich scrollte zum Nachrichtentext und sagte: »Wir

sollten nicht hier am Straßenrand parken, das ist ein bisschen auffällig.«

Sie fuhr genauso, wie sie ging, leicht nach vorn gebeugt, mit runden Schultern. Als hätte sie das Gefühl, gejagt zu werden, aber noch nicht lange genug, dass es Teil ihres Wesens geworden wäre.

Hey Gra, so fing die E-Mail an, was irgendwie süß war, denn Gra ist zum einen die Kurzform von Grainne, zum anderen das irische Wort für »meine Liebe«.

Nur kurz, damit du weißt, dass ich einige Änderungen beim TF vornehmen musste. Kann dir im Moment nicht viel mehr dazu sagen, aber das verstehst du sicherlich – ich will es aber nicht tun, ohne dich auf dem Laufenden zu halten. ALLES WIRD ENTHÜLLT WERDEN (LOL!). Ernsthaft, es wird dir gefallen, wenn es losgeht – der Drache wird Gillick die Hölle heißmachen. Meine Güte, wie gern wäre ich dabei. Mach Fotos. Das sind die großen Kodak-Momente!

Wie auch immer, das Update befindet sich bei Cenk Mehmet, 7C Mustafa Çağatay Cad., Girne (Nummer siehe unten). Und tu mir den großen Gefallen und sag Maria nichts davon, erst, wenn ich dir grünes Licht gebe. Okay? Das musst du mir versprechen …

Wir reden bald,
Sei umarmt,
F

Ich scrollte weiter nach unten, aber abgesehen vom Anhang war das alles. Wir waren jetzt auf der Hughes Bridge und der Verkehr wurde dichter, trotz der frühen Stunde. Grainne fuhr im ersten Gang, die Hand auf dem Schalthebel, ihre schlanken Finger zitterten. Ich legte das Handy wieder auf den CD-Stapel hinter dem Sitz und genehmigte mir eine weitere Marlboro, gewissermaßen als Beraterhonorar.

»Also?«, sagte sie.

»Also was?«

»Warum sollte er mir so etwas schreiben?«

»Ich vermute, er wollte dich darüber informieren, dass er seine Pläne ›für den TF‹ geändert hat. Steht ja auch da.«

Sie schnaubte und sagte ziemlich ungeduldig. »Ich möchte wissen, *warum* er seine Pläne ändern wollte. Es sei denn ...«

»Es sei denn was?«

»Es sei denn, er wusste, dass etwas passieren würde. Oder glaubte, dass etwas passieren könnte.«

»Was denn zum Beispiel?«

»Weiß *ich* doch nicht.«

Mein Magen knurrte. »Du hast nicht zufällig was zu essen dabei?«

»Zu essen?«

Ich erklärte ihr, ich wüsste nicht, wann ich zuletzt etwas gegessen hätte, und dachte sehnsüchtig an den Tee und das Toastbrot, das sie mir im Krankenhaus versprochen hatten. Daraus war nichts geworden, weil ich vorher durch den Notausgang verschwunden war, und so nahm ich mir vor, einen Leserbrief an die *Irish Times* zu schreiben, um mich über den Zustand des Gesundheitssystems zu beklagen.

Sie seufzte widerwillig, kramte dann aber in der Ablage der Fahrertür herum und reichte mir eine Rolle Polo-Mints. Ein schmaler Ring Minzzucker um ein großes Nichts herum. Das Universum, so vermutete ich, machte sich mal wieder über mich lustig. Ich hätte besser das Papier und die Alufolie aufgegessen.

»Dieses TF in der Mail«, sagte ich, nachdem ich drei Mints in den Mund gesteckt hatte, »steht für Treuhandfonds, richtig?«

Sie nickte.

»Und du glaubst, Finn wurde aus dem Fenster gestoßen oder dazu gezwungen zu springen, weil er etwas bei diesem Fonds geändert hatte oder ändern wollte. Und weil du die Begünstigte dieses Fonds bist, fürchtest du, als Nächste dranzukommen. Liege ich damit so ungefähr richtig?«

Sie starrte nach vorn, nagte an ihrer Unterlippe und nickte wieder.

»Ich würde mir keine Sorgen deswegen machen.«

»Du kennst Saoirse nicht.«

»Das stimmt. Aber betrachten wir es aus einer anderen Perspektive. Wie groß ist denn dieser Treuhandfonds?«

»Ich habe keine Ahnung.«

»Aber sicher nicht mehr als eine halbe Million.«

»Eine halbe *Million*?«

»Hör mal, ich weiß ja nicht, was deine Mutter dir über ihre finanzielle Situation erzählt hat, aber unter uns: Sie kämpft ums Überleben. Finn war sicher, dass die NAMA sich sowieso schon alles unter den Nagel gerissen hat. Und das Anwesen ist ihr nur deswegen geblieben, weil jemand, wahrscheinlich Gillick, es rechtzeitig auf deine Mutter persönlich übertragen hat, bevor der Hammer gefallen ist.«

»Aber das kann nicht sein.«

»Es ist aber so. Warum, glaubst du wohl, wollte Finn aussteigen?«

»Aussteigen ...«

»Hat er dir nichts davon gesagt?« Sie schüttelte den Kopf, schaute mich fragend an. »Finn war schon dabei, abzuhauen, Grainne. Er wollte nach Zypern ziehen. Dort eine eigene Firma gründen, Maria heiraten. Er wollte ihr ein ganzes Neubauviertel zur Hochzeit schenken.« Jetzt schlug ich ihr nicht mehr ins Gesicht, ich rammte ihr den Dolch in den Rücken. »Ich nehme an, das hat er dir gegenüber nie erwähnt.«

»Nein.«

»Schnall dich an, denn jetzt wird es kompliziert. Finn hatte vor, das alte Hafenamtsgebäude an Gillick zu verkaufen, um das Kapital für seine Investition auf Zypern zu bekommen. Deine Mutter behauptet, das wäre deshalb nicht möglich gewesen, weil dieses Gebäude nicht auf Finns Namen eingetragen war. Allerdings bin ich der Ansicht, dass es deshalb nicht geht, weil es schon der NAMA gehört. Wie auch immer, sie behauptet, Gillick sei an diesem Abend in ihrem Auftrag bei Finn gewesen, um ihn davon zu überzeugen, Maria den Laufpass zu geben.«

»Das würde er niemals tun.«

»Es sind schon die tollsten Sachen passiert. Wie auch immer…« Ich deutete auf das iPhone. »Ich vermute, Finn hat Gillick irgendeinen Schwachsinn erzählt, wie er das Gebäude zu einem Spottpreis von der NAMA zurückkaufen könnte, und wollte von ihm Kapital aus dem Treuhandfonds dafür. Nur dass Finn halt schon diese Immobilieninvestition auf Zypern geplant hatte.«

Rechts von uns tat sich eine Lücke auf. Sie setzte den Blinker und reihte sich ein, fuhr von der Brücke und weiter die Markievicz Road entlang. »Das hätte er mir ruhig sagen können«, murmelte sie dumpf.

»Hat er ja. Er hat dir diese E-Mail geschickt.«

»Das mit Maria. Und dass er nach Zypern gehen wollte.«

»Hätte er bestimmt getan, zu einem geeigneten Zeitpunkt. Es sollte eine Riesenüberraschung werden für Maria.«

Sie folgte den Einbahnstraßen, bis wir auf der Connaughton Road waren und das Krankenhaus über dem Berggipfel sichtbar wurde. Ich schloss die Augen, stellte mir vor, wie Ben dort im Bett lag, und hörte ein ersticktes Lachen. Ich schaute sie an. »Meine Güte«, sagte sie, »ich hätte wirklich gern ihr Gesicht gesehen.« Trotzig, obwohl ihr Tränen über die Wangen rollten.

»War kein schöner Anblick.«

Sie bog nach rechts und fuhr die Lake Isle Road entlang Richtung Thomas Street. »Sie *weiß* es?«

»Ja.«

»Aber woher…«

»Ich hab's ihr gesagt.«

»Warum zum Teufel hast du das getan?«

»Sie hat mich gefragt.«

»Und du hast sein Vertrauen missbraucht, einfach so?«

»Ganz so einfach war es nicht.«

»Sie hat dich *bezahlt*, Harry. Man muss nicht gerade Astrophysik studiert haben, um zu verstehen.«

»Sie hat mir nicht einen Penny gezahlt. Und wenn du es genau wissen willst, war es Finns Schuld. Er hat mich angelogen, als er sagte, er wolle das Hafenamtsgebäude verkaufen. Deine Mutter hat gesagt, das sei absolut unmöglich. Von diesem Punkt aus hat sich das alles dann weiterentwickelt.«

»Und in welche Richtung genau?«

Ich nahm einen letzten Zug von der Marlboro und schnippte sie aus dem Fenster. Machte es mir auf dem Sitz bequem. Ich hatte durchaus Mitgefühl mit ihr, aber nicht genug Energie, es aus ihrer Perspektive zu sehen. Wenn man jung ist, ist alles entweder schwarz oder weiß, richtig oder falsch, wir oder die anderen. Man braucht ziemlich viel Kraft, diese Art von Idealismus länger durchzuhalten. Oder diese Art Naivität oder Dummheit. Und ich war jetzt schon total am Ende, dabei fing dieser lange nervenaufreibende Tag gerade erst an.

»Wenn deine Mutter möchte, dass du etwas davon erfährst, wird sie es dir schon erzählen«, sagte ich.

Wieder abfälliges Schnauben. »Saoirse ist es lieber, wenn ich überhaupt nichts weiß.«

»Sie will bestimmt nur das Beste für dich.«

»So wie bei Finn?«

»Vielleicht glaubte sie das ja.«

»Dann hat sie ja eine eigenartige Art, das zu zeigen.«

Du bist echt witzig, wenn du versuchst witzig zu sein, Dad…

Wir verließen die Brücke und fuhren nach rechts auf die Kennedy Parade und dann den Fluss entlang.

»Was hat es nun also mit dieser Waffe auf sich?«, fragte ich.

»Du bist doch so clever«, sagte sie. »Du weißt doch alles. Dann erzähl *mir* mal, was es mit diesem Revolver auf sich hat.«

Damit steckten wir in einer Pattsituation, und ich war einfach zu müde, um mir zu überlegen, wie wir da wieder rauskommen könnten. Wir fuhren eine Weile schweigend weiter, bis sie vor dem Eingang von Weir's Folly anhielt und das Tor mit der Fernbedienung aufzappte. Es schwang leise rumpelnd auf, und sie fuhr auf den halbleeren Parkplatz. Ich hatte Zeit genug, mich umzuschauen, während sie sich einen Parkplatz mit Blick über den Fluss bis zu dem dahinterliegenden See aussuchte. Die anderen parkenden Autos waren leer, es saßen keine zwielichtigen Typen hinter verkehrtherum gehaltenen Zeitungen darin. Warum auch? Wenn ich an Tohills Stelle die Absicht gehabt hätte, Finns Wohnung auszukundschaften, wäre ich einfach reinmarschiert, hätte es mir dort mit einer guten Tasse Kaffee und dem Sportteil der Zeitung bequem gemacht und gewartet, bis der flüchtige Harry Rigby hereinspaziert wäre.

Ich machte die Tür auf, und Grainne sagte: »Es war der Revolver meines Vaters. Finn hat ihn mitgenommen, als er von zu Hause auszog, als Erinnerung sozusagen.« Sie fummelte an ihrer Zigarettenschachtel herum, holte zwei raus und reichte mir eine. Ich brach den Filter ab und nahm das Feuerzeug entgegen. »Das sollte wohl so eine Art Warnung sein«, sagte sie. »So in dem Sinne: *Wehe, ihr spioniert mir hinterher*. Finn sprach nie darüber.«

»Und das war der Moment, wo sie sich voneinander entfremdet haben.«

»Entfremdet?«

»Das war das Wort, das deine Mutter verwendet hat.«

Sie schüttelte den Kopf. »Das ist doch sowieso der Normalzustand bei uns, Harry. Oder war es. Es gab Streit, ein riesiges Donnerwetter, aber zehn Minuten später war schon wieder alles ruhig, so als wäre nichts gewesen.«

»Und was hat sich dann verändert?«

»Maria. Saoirse erlaubte nicht mal, dass ihr Name in ihrer Gegenwart ausgesprochen wurde. Behauptete, sie sei eine Schlampe und Hure und Herumtreiberin.« Sie rollte mit den Augen.

»Aber du magst sie schon.«

Sie zuckte mit den Schultern. »Sie kann manchmal auch ganz schön anstrengend sein, will viel Aufmerksamkeit, aber ansonsten ist sie okay, ja.« Sie nahm einen Zug von ihrer Marlboro und schaute über den Fluss. »Sie war gut für Finn, und das genügte mir. Du kanntest ihn ja. Finn war total launisch, bevor er sie kennenlernte. Versteh mich nicht falsch, als großer Bruder war er echt cool. Ich durfte bei ihm übernachten, wenn ich in den Ferien zu Hause war, wir tranken Bier, rauchten einen Joint.« Sie schaute eingehend ihr Spiegelbild auf ihrem schwarz lackierten Daumennagel an. »Aber jede Nacht hatte er ein anderes Mädchen da. Eines Abends, als ich ankam, stand das Mädchen auf und ging sofort weg, und als ich ihn fragte, wer das gewesen sei, konnte er sich nicht mal an ihren Namen erinnern. Er machte einen Witz darüber, aber ich bin mir ziemlich sicher, dass es eine Prostituierte war. Meine Güte«, sagte sie mit einem bitteren Lächeln. »Ich würde gerne mal Saoirses Gesichtsausdruck sehen, wenn ich ihr *das* erzählen würde.«

»Sie hätte es wahrscheinlich verkraftet«, sagte ich, »da sie sowieso davon ausgegangen ist, dass Maria Finn nur wegen seines Geldes gefickt hat.«

Sie presste die Lippen zusammen. »Das ist typisch Saoirse. Bei ihr dreht sich *alles* nur ums Geld. Niemand hat je einen anderen Grund, etwas zu tun.«

Ich saß in einem parkenden Auto und war drauf und dran, in eine Wohnung einzubrechen, um eine Schusswaffe und einen Laptop zu stehlen, also blickte ich ehrfürchtig zu ihrer moralischen Größe auf und verkniff mir jeden Kommentar.

»Du hättest die beiden mal zusammen erleben sollen«, sagte Grainne. »Das letzte Mal, als ich dort war, in den Osterferien, haben wir uns kaputtgelacht, als sie versuchten, sich irisch-zypriotische Namen für ihre Kinder auszudenken.«

»Ich glaube, das war das Problem«, sagte ich. »Deine Mutter hatte Angst, Maria könnte ihn ihr wegnehmen.«

»Nach Zypern? Das ist doch bloß vier Stunden entfernt.«

Flugstunden, klar. Zehn insgesamt, wenn man die Sicherheitskontrollen dazurechnete. Ich drückte meine Zigarette aus und kam auf das eigentliche Thema zu sprechen, Die Zeit lief mir davon. »Du weißt nicht zufällig, wie diese Waffe aussieht?«

»Klein«, sagte sie. »Und schwer.«

»Hat er sie dir gezeigt?«

Sie zuckte mit den Schultern. »Er hat sie herumliegen lassen.«

»Ernsthaft?«

»Phil ist total unordentlich. Wirst du ja gleich sehen.«

»Unordnung ist eine Sache«, sagte ich und registrierte das Präsens, »eine Schusswaffe herumliegen lassen eine andere.«

Sie kräuselte die Nase. »Sie liegt in der unteren Schublade des Sekretärs in seinem Arbeitszimmer«, sagte sie ausdruckslos.

»Das nennst du offen herumliegen lassen?«

»Manchmal hab ich die Fähigkeit zum Röntgenblick.«

»Hatte er die Schublade denn abgeschlossen?«

»Natürlich.«

»Aber er hat den Schlüssel an einem Ort aufbewahrt, an dem man ihn finden konnte.«

Sie nickte. »Mit Tape hinter das Abflussrohr unter dem Waschbecken in der Küche geklebt.«

»Ziemlich leichtsinnig.«

Sie grinste verschmitzt. »Ja, wirklich.«

Ich schob die Tür auf und sagte: »Wer ist Phil?«

Sie wurde rot. »Wie bitte?«

»Phil. Du sagtest gerade: Phil ist total unordentlich.«

»Hab ich das?«

»Hast du.«

»Also, Finn natürlich, meinte ich.«

»Natürlich. Passiert ja schnell, dass man den Namen des toten Bruders durcheinanderkriegt.«

Ich wartete. Sie starrte geradeaus, als wäre sie völlig gebannt von dem Anblick des Lough Gill, der hinter dem

Burger-Einwickelpapier zu sehen war, das am Drahtzaun klebte. Als sie merkte, dass ich nicht die Absicht hatte auszusteigen, schaute sie mich an und lenkte ein.

»Sein echter Name ist Philip. Nachdem sie ihn adoptiert hatte, hat Saoirse ihn Finn genannt. Sie fand, dass Philip zu englisch klingt.« Sie zuckte mit den Schultern. »Also nenne ich ihn Phil, wenn wir unter uns sind.«

Immer noch im Präsens. »Ich wusste gar nicht, dass er adoptiert wurde.«

»Nein?« Wieder ein Schulterzucken. »Wurden wir beide. Sie konnten keine Kinder kriegen, es gab irgendwelche Probleme mit der Fruchtbarkeit. Saoirse hat das nie genau erklärt.«

»Das ist ja schade.«

Sie blickte mich abweisend an. »Wieso?«

»Ich weiß nicht. Für die beiden? Tut mir leid, das war eine dumme Bemerkung.«

Aber es erklärte dennoch so einiges. Zum Beispiel konnte es sein, dass der Reisepass auf den Namen Philip Winston Byrne gar keine Fälschung war. Und vielleicht entfremdet sich mancher ja eher von einem adoptierten Kind als von einem leiblichen. Aber das erklärte immer noch nicht, warum Finn den Pass im Wasserkasten versteckt hatte, zusammen mit fünf Riesen.

»Okay«, sagte ich. »Du bleibst hier. Ich gehe nach oben und …«

»Auf keinen Fall.« Sie öffnete die Wagentür. Ich beugte mich zu ihr, packte sie am Unterarm und zog sie zurück auf den Sitz. Sie starrte wütend meine rechte Hand an. Was ideal war, denn das bedeutete, dass sie nicht sehen konnte, was ich mit meiner Linken tat.

»Maria *braucht* mich«, sagte sie. »Ich hab immer wieder bei ihr angerufen, aber sie ist nicht drangegangen. Sie ist wahrscheinlich …«

»Weg.«

»Weg? Wohin denn?«

»Weiß ich nicht. Zurück nach Dublin. Oder nach Zypern.«

»Aber warum sollte sie …?«

»Wieso hat Finn dir eine E-Mail geschickt? Wieso hat er nicht angerufen oder sich mit dir getroffen, um dir von dem Treuhandfonds zu erzählen?«

»Weiß *ich* doch nicht. Warum?«

»Ich hab einen Reisepass in seinem Studio gefunden, Grainne. Im Wasserkasten auf der Toilette. Fünftausend Euro waren auch dabei.«

»Also?«

»Es war ein gefälschter Ausweis. Wenn wir das mit der E-Mail in Zusammenhang bringen und damit, dass er beabsichtigte, den Treuhandfonds mit Hilfe eines zypriotischen Anwalts umzuschreiben, dann würde ich sagen, dass er geplant hatte abzuhauen. Bevor irgendjemand diese Änderungen womöglich wieder rückgängig macht.«

»Und Maria?«

»Er wäre bestimmt nicht ohne sie abgehauen, stimmt's? Ich an seiner Stelle hätte sie schon mal vorgeschickt.«

»Aber, aber, aber …« Sie war so verwirrt, dass sie wie ein tuckernder Außenbordmotor klang. »Wenn er das vorhatte, warum sollte er sich dann …?«

»Ich habe keine Ahnung. Falls dir eine solide Theorie dazu einfällt, erzähl den Bullen davon.« Ich stieg aus dem Wagen und beugte mich noch mal zu ihr. »Du hast doch die Nummer des Telefons in der Wohnung, oder?« Sie nickte, immer noch benommen und damit beschäftigt, die neuen Informationen zu verarbeiten. »Gut, prima. Du hältst die Augen auf. Falls jemand aufkreuzt, der verdächtig aussieht, lässt du es zweimal klingeln und legst dann auf.«

Ich wandte mich ab. »Harry«, sagte sie. Es klang wie aus weiter Ferne.

Ich beugte mich wieder rein. »Was?«

»Ich bezahl dich«, sagte sie. »Egal wie viel sie dir für den Laptop geben will, ich zahle es.«

»Gebongt. Hast du zwanzig Riesen in bar bei dir?«

Jetzt war sie wieder hellwach. »Zwanzig*tausend*?«

»Wie auch immer, deine Mutter möchte, dass ich ihr Finns Abschiedsbrief beschaffe. Es könnte ja sein, dass er im Laptop gespeichert ist.«

Sie hob störrisch den Kopf. »Ja, könnte sein. Und womöglich müsste sie keine Abschiedsbriefe lesen, wenn sie sich zu seinen Lebzeiten genauso viele Sorgen um ihn gemacht hätte wie jetzt.«

»Meiner Ansicht nach braucht deine Mutter jetzt vor allem Trost und Zuspruch. Von ihrer Tochter beispielsweise.«

»Meine Mutter braucht keinen Zuspruch von irgendjemandem. Wenn sie jemanden braucht, kauft sie ihn sich.«

»So wie du versucht hast, mich zu kaufen?«

Sie war ruhig gewesen, seit ich sie ins Auto zurückgezerrt hatte. Jetzt schnellte sie vor, mit ausgefahrenen Krallen, aber ich konnte gerade noch rechtzeitig die Tür zuschlagen, so dass ihre polierten Fingernägel nur über das Glas kratzten. Ich hob drohend den Zeigefinger, zeigte ihr die Autoschlüssel in meiner Hand und drückte auf den Knopf für die Zentralverriegelung. Dann drehte ich mich um, ignorierte ihre Schreie und ihr Klopfen und ging auf den Eingang des Apartmentgebäudes zu. Jenseits des Flusses auf dem Berg flammten die Frontscheiben des Krankenhauses in der morgendlichen Sonne auf.

Ich fragte mich, ob Dees Eltern inzwischen eingetroffen waren, und hoffte es inständig. Falls mein Name erwähnt würde, wäre ihre Empörung so groß, dass es sie eine oder zwei Minuten von Bens traurigem Zustand ablenken würde.

Der Schmerz in meiner Brust beantwortete zumindest eine Frage.

Nein, es fällt nicht leichter, sich von einem adoptierten Kind zu entfremden.

Liebe, was zum Teufel das auch sein mag und woher zum Teufel sie kommt, hat nichts mit Fleisch und Blut zu tun.

29

Es war einmal vor langer Zeit, da wurden die Weir's-Folly-Apartments sehr gut bewacht. Damals brauchte man eine Fernbedienung, um das Tor des Parkplatzes passieren zu können, und musste einen vierstelligen Code in ein Display neben der Tür zur Eingangshalle tippen, um das Gebäude zu betreten. Drinnen kam man auf dem Weg zu den Aufzügen an einer Nische vorbei, in der ein Pförtner saß, der die Augen offen hielt. Der im jeweiligen Apartment anrief, um sicherzugehen, dass man auch wirklich erwartet wurde.

Nun aber, in Zeiten der Rezession, wo die Einbrüche zunahmen, hatte man die Verwaltungskosten reduziert und verzichtete auf einen Wachmann. Perverse Logik, aber so ist das nun mal.

Ich fuhr ganz hinauf bis zum Penthouse, das eine eigene Vorhalle hatte, die ganz leer war bis auf eine Bambuspflanze, deren Blätter schon braun und trocken waren. Kein schöner Anblick für potenzielle Kunden, zumal die Penthouse-Suite auch die Zentrale von Fine Arte Investments war. Aber wenn die Geschäfte im Upmarket-Bereich nicht mehr so gut laufen, müssen ja immer zuerst die Topfpflanzen darunter leiden.

Als ich eintrat, ging kein Alarm los, ein Hinweis darauf, dass jemand zu Hause war. Diese Schlussfolgerung wurde bestätigt durch das Plätschern der Dusche, das mir durch den Flur entgegenhallte. Finn hatte das Penthouse in einen Wohn- und einen Geschäftsbereich aufgeteilt. Der Korridor führte in ein Wohnzimmer, das zu einem geräumigen Empfangsbereich umgestaltet worden war, der dank der Kunstwerke oder Reproduktionen an den Wänden wie eine Galerie wirkte und repräsentative Beispiele aus dem Angebot von

Fine Arte zeigte. Die hintere Wand wurde von einem Panoramafenster eingenommen, das im Augenblick von Vorhängen verdeckt wurde. In einer Ecke befand sich eine geschlossene Tür, an der eine kleine schwarze Tafel hing mit der Aufschrift »Finn Hamilton Fine Arte Investment« in Goldprägedruck.

Ich durchquerte den Empfangsbereich und gelangte in einen weiteren Korridor, wo ich vor der Badezimmertür stehen blieb. Die Dusche prasselte fröhlich vor sich hin, aber die duschende Person war offenbar nicht in der Stimmung, dazu zu singen. Der Flur führte in das echte Wohnzimmer, in dem massenweise Pizzakartons, Alupackungen und leere Flaschen herumlagen. Größtenteils Weinflaschen. Auch hier waren die Vorhänge zugezogen und das dämmrige Zwielicht hatte eine grobkörnige Qualität, wie es der Fall ist, wenn man der Dunkelheit erlaubt, sich dauerhaft einzunisten.

Ich trat in die Küche, wo ich Stapel von schmutzigem Geschirr in der Spüle erwartete, aber hier war alles ziemlich ordentlich, bis auf die neun oder zehn Weingläser, die auf der Geschirrspülmaschine nebeneinanderstanden, jedes davon mit dunkelroten Flecken. Maria liebte fruchtige Rotweine. Sogar der Mülleimer unter der Spüle war sauber. Ich fasste hinter das Abflussrohr und nahm den dort festgeklebten Schlüssel ab. Damit bewaffnet, durchquerte ich erneut das Wohnzimmer, hörte die Dusche immer noch plätschern und ging durchs Schlafzimmer in Finns Büro. Dort stand ein abgewetzter Sekretär vor dem Fenster und hinter der Tür ein Aktenschrank. In einer Ecke vegetierte eine rezessionsfeste Zimmerpalme vor sich hin und schräg gegenüber befand sich eine schmale Lavalampe in Form einer Palmlilie. Neben dem Schreibtisch stand ein vollgepacktes Bücherregal, ansonsten waren die Wände eine einzige Collage aus Zypernbildern: Ansichtskarten, Fotos, Kalenderblätter und herausgerissene Seiten von Zeitschriften. Angesichts des Kartons auf dem Pitch-Pine-Fußboden fragte ich mich, wieso nicht mehr davon herumstanden oder andere Anzeichen darauf hindeuteten, dass Finn für seine bevorstehende Reise gepackt hatte.

Den Laptop entdeckte ich zwischen dem üblichen Müll auf dem Schreibtisch, aufgeklappt und eingeschaltet, aber im Ruhemodus. Darüber klebte am Schreibtischrahmen ein Zettel mit dem Bukowski-Satz: *Wenn du von deiner Schreibmaschine aufstehst, legst du deine Maschinenpistole aus der Hand und lässt den Ratten freien Lauf.*

Offenbar war Finn einmal zu viel aufgestanden und von seiner Schreibmaschine weggegangen.

Die unterste Schublade war schon aufgeschlossen. Ich brauchte fünf Sekunden, um mich zu versichern, dass der Revolver nicht mehr da war und dass die Schublade keinen doppelten Boden hatte. Ich fand nichts weiter als einen dicken gelbbraunen Aktenordner mit der Aufschrift »Zypern«, in dem sich jede Menge Notizen, Kontoauszüge, Ausdrucke von Internetseiten und E-Mails befanden sowie Briefe von und an Immobilienhändler, die zumeist in Girne ansässig waren. Ich blätterte kurz alles durch und stellte fest, dass kein Abschiedsbrief dazwischensteckte, worüber ich sehr froh war.

Der Laptop fuhr sofort hoch, kaum dass ich ihn berührt hatte. Ich öffnete Finns iTunes-Ordner, suchte nach »Look What They Done To My Song, Ma« von Melanie Safka und stellte das Gerät auf allerhöchste Lautstärke ein. Dann ging ich zurück ins Wohnzimmer, genehmigte mir eine Zigarette aus dem Päckchen auf dem Sofatisch und zündete sie an. Ich hatte es mir gerade auf dem zerknautschten Ledersofa bequem gemacht, während Melanie sich darüber beklagte, dass man ihr das Hirn verdreht hatte, als die Musik abbrach.

An der Küchentür hing ein gerahmtes Foto, das eine Frau zeigte, die nur mit Früchten bekleidet war: Eine Ananas für die Haare, ein Kleid aus verschiedenen Nusssorten, Erdbeeren als Ohrringe und so weiter. Im Glas spiegelten sich außerdem diffus die Umrisse einer Frau, die hinter mir stand, mit nassen Haaren, die in Strähnen herunterhingen, breitbeinig und angespannt. Sie streckte die Hände aus und richtete etwas auf meinen Hinterkopf.

Ihre Stimme klang eisig und scharf.

»Warst du es?«, fragte sie.

»Sei nicht albern.«

Die Spiegelung verzerrte sich, als sie sich vorwärts bewegte. Sie spannte den Hahn, das Klicken war so laut wie ein Schuss. Sie setzte die Mündung direkt auf meinen Halswirbel.

»Warst. Du. Es.«

»Maria, du denkst doch nicht etwa …«

»Ich werde längst weg sein, bevor sie dich finden.« Sie bohrte den Lauf tiefer in meinen Hals, drückte meinen Kopf nach vorn. »Zum letzten Mal. Warst du es?«

»Nein.«

»Gut.« Sie entspannte sich und nahm den Pistolenlauf weg. Ich musste den Kopf sehr weit drehen, um zu ihr hochzuschauen, aber da stieß sie den Lauf auch schon gegen meine Schläfe. »Und falls du jemals wieder versuchen solltest, mir zu sagen, was ich denken soll, dann blase ich dir deinen Schädel weg.«

»Hab ich verstanden.«

*

Bei unserer ersten Begegnung sagte ich zu Maria, ihre Augen würden mich an die von Lauren Bacall erinnern. Schmale grüne Schlitze unter streng gezupften Brauen. Jetzt waren sie tot, genau wie die von Lauren Bacall. Ihre Nase war noch immer gebieterisch, wie ein am Berghang errichtetes Zelt, ihre Wangen waren noch rosig von der warmen Dusche, was den harschen Eindruck etwas dämpfte. Sie hatte ein hübsches rundliches Kinn, ihr Mund war breiter als eine Melonenscheibe und saftig wie ein aufgeschnittener Pfirsich.

Offenbar war ich hungriger, als ich gedacht hatte.

»Hättest du nicht vorher anrufen können?«, sagte sie. Sie

war verkatert, ihre Stimme klang wie eine Wespe, die in ein Metallrohr geraten ist. »Meine Güte, ich hätte mich beinahe vor Angst angeschissen unter der Dusche.«

Ich stellte die beiden Kaffeebecher auf den Glastisch, nahm eine Flasche Courvoisier vom Sideboard und kippte eine großzügige Portion davon in beide Becher. Sie ließ den Kaffee stehen und schnappte sich gleich die Flasche, sie nahm drei große Schlucke, bevor sie nach Atem rang.

Ich nippte an meinem Kaffee und drehte eine Fluppe aus den Tabakresten, die Finn auf dem Tisch liegen gelassen hatte, während der Cognac meine Blutkörperchen herumscheuchte wie ein Feldwebel beim Morgenappell. Sie streckte brüsk die Hand aus. Ich warf ihr die Zigarette hin. Sie griff in ihren Kimono-Morgenmantel und zog ein Feuerzeug aus der Tasche, in der sich nicht die Detective Special Kaliber .38 befand, zündete die Fluppe an und stieß den Rauch aus, ohne den Blick von mir zu wenden.

»Wie ist es dir ergangen?«, fragte ich.

»Wie wäre es dir ergangen?«

»Hätte mich betrunken.«

»Genau so hab ich's auch gemacht.«

Sie lehnte sich auf dem Ohrensessel zurück und schob einen nackten Fuß unter den Oberschenkel. Der Kimono klebte nass an ihren Schultern, die Taschen waren schwarz verschmiert vom Öl, das an ihren Händen klebte. Immerhin hatte Finn seinen Revolver gut gepflegt, dafür, dass er nur ein Erinnerungsstück war.

Auch Maria sah nicht gerade schlecht aus.

In abgetrocknetem und frisiertem Zustand war Maria Malpas ohne Zweifel die schönste Frau, die ich jemals gesehen hatte.

Leicht ramponiert, verkatert und frisch aus der Dusche, die Haare medusagleich zu einem Sturmkranz zerzaust, kam sie immer noch locker auf einen der ersten drei Plätze.

»Wie hast du es erfahren?«, fragte ich.

»Gestern morgen, auf der Arbeit. Ich war gerade angekommen. Mary sah, wie ich reinkam und fing gleich damit an, wie tapfer ich doch sei. Sie hatte es im Auto in den Nachrichten gehört.« Sie presste die Lippen zusammen. »Dieses Miststück hätte mich ruhig mal anrufen können.«

Mit »diesem Miststück« war zweifellos Saoirse Hamilton gemeint. Sie kippte noch ein paar Schluck Cognac in sich hinein. »Und du?«, fragte sie.

»Ich hab dich angerufen, wollte aber keine Nachricht hinterlassen.«

Sie nickte vage zur Bestätigung. »Ich meine, wie hast du davon gehört?«

»Ich war dort.«

»Dort?«

»Als es passierte.«

Ihr Mund war eine Hüpfburg, die Worte ein hilfloses Stolpern. »Und hat er ... war er ...?«

Ich erzählte ihr das, was ich auch allen anderen erzählt hatte, nur dass ich diesmal hinzufügte, dass ich zum Studio gefahren war, um Gras dort abzuliefern. Ich erwartete großen Protest von wegen, dass doch niemand so viel Gras bestellt und dann aus dem neunten Stock springt, aber sie verzog nur das Gesicht zu einer Grimasse, die zur Hälfte aus einem Lächeln, zur anderen Hälfte aus Zähnefletschen bestand. »Das passt«, sagte sie. »Das ist Finn.«

»War.«

»Ja, das war Finn.« Sie prostete mir mit der Flasche zu und nahm noch einen Schluck. Ihre Augen glänzten feucht und hart wie dunkles Eis. Kurz fühlte ich mich schuldig, weil ich ihr nicht die Flasche wegnahm, aber Maria gehörte nicht zu denen, die sich gerne in etwas reinreden ließen, sogar wenn sie keine Knarre in der Tasche hatte. Und ich wollte mir ja noch die zwanzig Riesen verdienen.

»Weißt du was?«, sagte sie. »Scheiß auf Finn, scheiß auf seine Mutter, scheiß auf diese ganze Inzucht.«

»Skol«, sagte ich und hob den Kaffeebecher. »Und was wirst du nun tun?«

Abfälliges Schulterzucken. »Das Begräbnis abwarten, schätze ich. Dann fahr ich nach Hause. Aber ich weiß nicht, schon der Gedanke, alles zusammenzupacken ...«

Sie war gefangen in diesem Augenblick und unwillig oder unfähig, sich mit der Frage zu beschäftigen, dass sie weitermachen musste.

»Ich schätze, mit dem Salon wird es jetzt wohl nichts werden«, sagte ich.

»Dorthin gehe ich bestimmt nicht zurück.«

»Ich meine doch den auf Zypern. Finns Investition.«

Sie kniff die Augen zu winzigen Schlitzen zusammen. »Wovon zum Teufel redest du denn da?«

»Finn hatte Pläne.« Ich erzählte ihr von dem Apartment-Komplex, von Finns Verkaufsabsichten, von den Änderungen im Treuhandfonds von Grainne. »Es sollte eine Überraschung werden. Ein Hochzeitsgeschenk gewissermaßen.«

Einen Moment lang starrte sie vor sich hin, dann schüttelte sie den Kopf und lachte, aber das Lachen blieb ihr im Hals stecken und es endete in einem Hustenanfall. Ich ging zu ihr und klopfte ihr auf den Rücken. Sie duckte sich weg. Demütig schlurfte ich wieder zu meinem Beichtstuhl auf der anderen Seite des Glastisches zurück.

»Finn wollte nach Zypern ziehen?«, fragte sie. »Das soll wohl ein Witz sein, oder?«

»Das hat er mir erzählt.«

»Finn hat viel erzählt.« Sie starrte mich wieder an, und ich fragte mich, ob nicht ich besser nur ihr Spiegelbild auf der Tischplatte anschauen sollte, um nicht zu Stein zu erstarren. Sie schnippte mit dem Daumen am Filter ihrer Zigarette, sodass die Asche auf den Teppich fiel. »Er hat es erwähnt, ja«, lenkte sie ein. »Aber das war nur Gerede. Ein ganzes Jahr lang hat er davon gefaselt. Aber er hatte nie die Absicht wirklich zu gehen, Harry. Niemals. Sie hielt ihn an der kurzen Leine und, und...«

Sie würgte etwas herunter und warf die Flasche gegen den Backstein-Kamin. Sie zerschellte und zahllose Glassplitter regneten auf den Teppich, außerdem eine nicht unerhebliche Menge teurer Cognac. Ich hätte einiges dafür gegeben, sie und Saoirse Hamilton mal in einem Porzellanladen ausflippen zu sehen. »Zuletzt«, fuhr sie fort, »hat er darüber gesprochen, dass wir mal darüber nachdenken sollten, eine Auszeit zu nehmen. Kannst du dir das vorstellen? Ich warte ein Jahr lang darauf, dass dieser Idiot sich endlich mal zu etwas durchringt, und dann kommt er mir damit, wir sollten mal eine Auszeit nehmen.«

»Hat er gesagt warum?«

»Na, warum wohl?« Ihr Lächeln war eine einzige Wunde. »Dieses Miststück hat ihm die Daumenschrauben angelegt. Entweder lässt er mich fallen oder sie enterbt ihn.«

»So was in der Art hat er erwähnt.«

»Er hat doch ständig davon gesprochen.«

»Und was hast du dazu gesagt?«

»Was hätte ich denn schon sagen können?« Sie wedelte mit beiden Händen, es sah aus, als würde sie einen Clown imitieren. »›Hey, dann nimm doch mich. Ich bin ein paar Millionen wert.‹«

»Damit hättest du dich noch unter Wert verkauft.«

Sie schloss die Augen. »Nicht jetzt, Harry«, flüsterte sie. »Das ist nicht der richtige Moment.«

»Maria, er hat den Treuhandfonds umschreiben lassen …«

»Sch-sch.« Sie hielt sich einen Finger vor den Mund, die Augen noch immer geschlossen. »Nicht jetzt«, wiederholte sie. Sie ließ ihre Zigarette fallen und wiegte sich vor und zurück in stummer Klage. Ich stand auf, ging um den Tisch herum, hob die Zigarette auf und legte sie in den Aschenbecher. Dann setzte ich mich neben sie.

»Lass es mich tun«, sagte ich. »Es bedeutet nichts. Aber es könnte helfen.«

Ich legte einen Arm um ihre Schultern und drückte sie sanft. Sie reagierte nicht, aber sie entzog sich auch nicht. Ich verstärkte den Druck, zog sie an mich und mit einem Mal löste sich die Spannung in ihrem Oberkörper. Sie drehte sich zu mir, vergrub das Gesicht in meiner Brust, krallte sich auf beiden Seiten in mein T-Shirt und heulte laut auf vor Schmerz. Ich legte mein Kinn auf ihren Kopf und spürte jedes Schluchzen in meinem Brustkorb vibrieren und meinem Herz einen Kickstart verpassen. Etwas Hartes drückte gegen meine Seite.

»Du hast doch die Knarre wieder gesichert?«, fragte ich.

Sie nickte und schniefte, dann lachte sie kurz auf. »Ich hasse dich«, sagte sie gegen meine Brust, die Worte klangen dumpf.

»Ich weiß.« Es ist wirklich grausam, aber ich kann nicht anders, ich mag nun mal Frauen, die mich nicht leiden können. Wahrscheinlich liegt es daran, dass ich ihre Intelligenz zu schätzen weiß. »Hör zu, Maria – hörst du mir zu?« Sie nickte. »Ich glaube, du stehst unter Schock. Du solltest zum Arzt gehen, dir ein paar Schmerztabletten verschreiben lassen, ein Beruhigungsmittel. Ich bring dich hin, wenn du willst.«

Sie stieß einen Seufzer aus, der meine Beine kribbeln ließ, dann richtete sie sich auf und wischte sich die Tränen von den Wangen. Sie schob mich weg und schaute sich um, als würde sie das Zimmer zum ersten Mal überhaupt wahrnehmen.

»Scheiße«, sagte sie.

Das Telefon klingelte ein, zwei, drei Mal und brach mitten im vierten Klingeln ab. Maria schaute nicht mal in seine Richtung. »Schuld ist totaler Mist«, sagte sie. Sie starrte ins Leere, irgendwo zu einem Punkt zwischen dem Hier und Jetzt und der Vergangenheit.

»Es gibt überhaupt keinen Grund, warum du dich schuldig fühlen solltest«, sagte ich und versuchte mich an das zu erinnern, was Dutch zu mir gesagt hatte. »Wenn einer wirklich Schluss machen will, dann kann niemand ihn aufhalten …«

»Ich doch nicht.« Die Worte fielen herab wie Daunenfedern. »Finn.«

»Glaubst du?«

»Ich weiß es.«

»Das ist auch meine Theorie. Finn, wie er nun mal ist, seine Mutter, die ihn an der Kandare hält, der Druck, den er nicht mehr aushielt …«

»Sein Vater, Harry. Sein Vater.«

Sie griff in die Tasche und zog den Revolver heraus. Ein hässlicher Anblick. Maria hatte schmale Hände und schlanke Finger, die Maniküre war perfekt, es war eine Hand, die dazu da war, etwas Schönes anzufassen, ein Kunstwerk. Der ölig glänzende Revolver war hässlich, schwarz, stumpf und gedrungen. Nichts weiter als eine Tötungsmaschine.

»Was ist mit seinem Vater?«, fragte ich.

»Weißt du denn nichts davon?«

»Finn hat mir erzählt, er sei ertrunken.«

»Hat er dir erzählt, dass er dabei war, als es passierte?«

»Nein«, sagte ich. In Marias Gegenwart fiel es mir leicht zu lügen. »Dieses Detail hat er ausgespart.«

Sie fuhr mit dem Lauf des Revolvers über einen Ölfleck auf ihrem Kimono. »Offenbar hat er Finn erklärt, was ihm eines Tages alles gehören würde und so weiter. Sie standen unten am Hafen auf dem Kai. Und dann hat sein Vater Finn aufgefordert auszusteigen. Das Auto stand ziemlich dicht am Hafenbecken. Und Finn stieg aus. Hinterher hieß es dann, so was könne halt passieren. Hat den ersten Gang mit dem Rückwärtsgang verwechselt. Der neue Schalthebel war noch ungewohnt.«

Das war mir auch schon passiert, aber nicht am Rand eines Kais.

»Finn erzählte, das Letzte, was er sah, sei das Gesicht seines Vaters gewesen, wie er sich über das Lenkrad beugte. Dann war er weg. Einfach so. Kippte nach unten und war weg. Finn ist total durchgedreht. Aber was sollte er denn tun, hinter ihm herspringen? Er war doch noch ein Kind, gerade mal ein Teenager. Und als er dann ein Telefon gefunden hatte …« Sie machte eine leere Geste mit der Hand, in der sich keine Waffe befand. »Hinterher musste er dann eine Befragung durch die Cops über sich ergehen lassen, dann eine bei der Versicherungsgesellschaft, die eigene Ermittlungen anstellte. Das zog sich über zwei Jahre hin.«

»Muss sehr hart gewesen sein.«

»Ich frage mich ernsthaft, ob er je darüber hinweggekommen ist.«

»Und sie hat Finn dafür verantwortlich gemacht.«

Sie hob den Kopf und brauchte eine Sekunde oder so, um mich zu fixieren. Der Cognac entfaltete seine besänftigende Wirkung. »Wer? Saoirse?«

»Sie erzählte mir, sie hätten sich voneinander entfremdet. Ich fand, das war ein eigenartiges Wort aus dem Mund einer Mutter, die das Verhältnis zu ihrem Sohn beschreibt, aber ich schätze, es passt irgendwie.«

Ein sardonisches Lächeln zeichnete sich in ihren Mundwinkeln ab. »Entfremdet?«

»So hat sie es ausgedrückt.«

»Diese beschissene Saoirse Hamilton macht nie einen Fehler. Wenn sie dieses Wort benutzt hat, dann hat sie genau das auch gemeint.« Sie zögerte, dann schaute sie mich verschlagen an. »Man könnte es auch so sehen: Da Finn der einzige Zeuge war, konnte niemand behaupten, es sei vielleicht gar kein Selbstmord gewesen.«

»Es kommt ziemlich selten vor, dass jemand mit seinem BMW ins Hafenbecken kippt, Maria.«

»Es konnte auch niemand mit Sicherheit behaupten, dass es Selbstmord war.«

»Was willst du damit andeuten?«

»Wir waren im letzten Sommer dort an der Stelle«, sagte sie. »Saßen am Kai und rauchten einen Joint. Finn hätte eigentlich im Studio sein müssen, aber er hatte eine CD aufgelegt. Er hatte die Autotür aufgemacht, das Radio lief. Über Cartron hing eine hübsche Halbmondsichel ... Wie auch immer, ganz plötzlich, ohne Anlass, sagte er, er hätte seinen Vater umgebracht.«

Ihre Worte hingen zwischen uns in diesem dämmrigen, grobkörnigen Zwielicht. Sie war betrunken, durchtrieben und böse auf alles, schlug um sich, genau wie Finns Mutter und Schwester es getan hatten. Im Moment hätte ich beinahe Grainnes ausgefahrene Krallen bevorzugt. Das war zwar eine primitive Reaktion, aber immerhin instinktiv und ehrlich.

»Du hast es doch selbst gesagt«, erklärte ich. »Er war jung, er musste mitansehen, wie es passierte. Dass ist eine ziemlich schwere Last, vor allem in diesem Alter, wenn man sowieso dazu tendiert, sich für alles schuldig zu fühlen, Kriege, Hungersnöte und was nicht alles. Und wenn seine Mutter ihn dafür verantwortlich machte …« Sie wartete ab und grinste hämisch. »Ich vermute«, sagte ich, »dass er sich schuldig fühlte, weil er nicht hinterhergesprungen ist und versucht hat, seinen Vater zu retten. Wenn man sich in diesen Blödsinn lange genug reinsteigert, dann baut sich genug Druck auf um … he, zeig damit woanders hin.«

Sie zielte mit dem Revolver auf mein gesundes Auge, ungefähr dreißig Zentimeter von meinem Gesicht entfernt.

»Finn hat gesagt, dass er ihn umgebracht hat, Harry.« Sie nahm den Revolver herunter und legte ihn auf ihren Oberschenkel. *»Hab ihm die Waffe an den Kopf gesetzt und abgedrückt …*, das hat er selbst gesagt.«

»Und nun ist er tot, na klar. Meine Güte, Maria, er hat diesen beschissenen Song zitiert, ›Bohemian Rapsody‹: *Put a gun against his head, pulled the trigger, now he's dead.*«

»Das hab ich auch verstanden, danke. Hat Saoirse dir gesagt, warum sie den Revolver wiederhaben will?«

»Nein, hat sie nicht. Aber das ist doch scheißegal. Spätestens bei der Autopsie hätte man …«

»Autopsie?«

»Klar. Es gibt immer eine gerichtsmedizinische Untersuchung, wenn …«

»Aber es gab doch gar keine *Leiche*, Harry. Offiziell hieß es, Bob hat es wohl noch irgendwie geschafft, aus dem Auto zu kommen, durch das offene Fenster vielleicht, und wurde dann weggeschwemmt.«

Ich starrte sie an, versuchte mich genau an das zu erinnern, was Finn mir vom Tod seines Vaters erzählt hatte. Ob er das Verschwinden der Leiche erwähnt hatte. »Maria, warum zum Teufel sollte Finn denn seinen Vater erschießen wollen?«

»Harry«, ahmte sie mich nach, »warum zum Teufel sollte Saoirse denn den Revolver zurückhaben wollen?«

»Weil er ihrem Ehemann gehörte. Sie hat ein Recht darauf.«

»Klar, sicher. Nur dass es schon ein bisschen schräg ist, nach dem Selbstmord des eigenen Sohns als Erstes unbedingt die Waffe zurückhaben zu wollen, mit der dieser, wie er behauptet hat, seinen Vater umgebracht hat.«

Da war durchaus was dran, und ich hätte vielleicht sogar etwas damit anfangen können, wenn ich mich für Finn, Saoirse und Big Bob Hamilton interessiert hätte. Aber ich hatte einen Auftrag zu erledigen. Saoirse Hamilton wollte den Revolver zurückhaben, und ich wollte ihn ihr bringen. Ende der Geschichte.

»Vergiss die Knarre«, sagte ich. »Vergiss Finn und seinen Vater. Sorg dich mal lieber darum, dass Saoirse dich dafür verantwortlich macht, dass Finn aus dem Fenster gesprungen ist. Sie hat komische Dinge gesagt und eine Menge Drohungen ausgestoßen. Wenn du meinen …«

Das Telefon klingelte: einmal, zweimal. Dann verstummte es und fing wieder an. Ich beugte mich rüber und nahm ab: »Ja?«

»Ich muss mal auf Toilette.«

»Wir sind auf dem Weg nach unten. Reiß dich zusammen.«

»Aber …«

»Reiß dich zusammen!« Ich legte auf und schaute Maria an. »Das mit Saoirse war ernst gemeint. Sie kann dir eine Menge Schwierigkeiten machen.«

Sie lächelte bitter, wenn auch etwas schief. »Saoirse macht mir Schwierigkeiten, seit ich hier bin, Harry.«

»Ja, klar, aber jetzt will sie dir ernsthaften Schaden zufügen. Ohne Scherz, der Frau geht es im Augenblick wirklich nicht gut. Und wenn sie einen Auftrag erteilt, wird der auch erledigt.«

»Sie kann's ja mal versuchen.«

»Du willst es mit ihr aufnehmen. Geht's darum? In einem Zickenkrieg machst du sie fertig, klar.«

Sie zuckte ziemlich arrogant mit den Schultern.

»Aber sie wird nicht persönlich kommen, Maria. Sie wird ein paar Schläger schicken, die dann besoffen über dich herfallen und wer weiß was mit dir machen.«

Sie macht eine lässige Handbewegung.

»Na schön«, sagte ich und stand auf. »Wenn du es so willst ...« Ich ging um den Tisch herum, ballte die Faust, ging in Stellung und schlug zu.

Sie schrie auf, duckte sich weg und kroch in die hinterste Sofaecke. »Stell dir einfach vor, das da ist dein Gesicht«, sagte ich und deutete auf das zerknüllte Kissen.

»Du verdammter ...«

»Oder stell dir vor, ich hätte ein Messer. Oder ein Eisenrohr. Vielleicht bin ich ja einer von den Typen, der Frauen hasst und nur einen hochkriegt, wenn sie schreiend und blutend vor ihm liegen.«

Sie schrie, reckte sich und warf das Kissen auf mich, stürzte hinterher und holte mit dem Revolver aus. Ich wollte sie an den Handgelenken packen, bekam aber nur eins zu fassen. Ihre Faust landete auf meinem Hinterkopf. Ich wich aus, ließ ihr Gelenk aber nicht los, ballte die Faust und hob sie drohend. Sie zuckte zusammen und wich aus, ihr Adrenalinstoß verebbte. Sie sackte zusammen. Ich zerrte sie hoch und wir taumelten durch das Zimmer wie das letzte Paar in *Nur Pferden gibt man den Gnadenschuss*, bis sie endlich wieder gerade stehen konnte. Ich fasste sie am Kinn, schob es hoch, aber sie wandte sich ab und warf den Kopf zurück. Ich entwand ihr die Waffe, dann ließ ich sie los und trat rasch zurück für den Fall, dass sie ihre Benommenheit nur spielte.

»Pack einen Koffer«, sagte ich. »Vergiss den Reisepass nicht. Ich geb dir fünf Minuten.«

Sie gab ein trotziges Schnauben von sich, drehte sich aber um und stolzierte aus dem Zimmer. Ich wartete ab, bis ich hörte, wie sie sich im Schlafzimmer zu schaffen machte, bevor ich einen kurzen Blick auf den Revolver warf. Ich klappte die Trommel heraus, fünf Patronen steckten schussbereit darin. Ich nahm sie raus und ließ die Trommel wieder einrasten, löste die Sicherung, spannte den Hahn und drückte ab. Sogar das Klicken klang noch tödlich.

Ich ging in die Küche und wusch mir das Öl von den Händen, anschließend rieb ich die Waffe ab. Ich fragte mich, wieso Finn gesprungen war, wo er doch eine so perfekte Tötungsmaschine besessen hatte. Mit solchen merkwürdigen Gedankengängen verschwendet man seine Zeit. Ich wickelte den Revolver und die Patronen in ein Handtuch und fand ein paar Einkaufstaschen aus grüner Baumwolle unter dem Waschbecken. Dann ging ich durch den Flur in Finns Arbeitszimmer und steckte den Ordner in die Tasche mit der Waffe. Ich wollte schon den Laptop zuklappen, als ich meinen Namen im iTunes-Ordner entdeckte.

Skinny for Harry.

Ich klickte auf die Liste und schon ging es los. »Swingboat Yawning« dröhnte aus den Lautsprechern. Ich klickte wieder und Stille brach aus. Diese Art von Stille, die wie ein Echo nachhallt.

Das machte überhaupt keinen Sinn. Ich dachte, es sei ein Versehen gewesen, dass Finn an diesem Abend in seinem Studio die falsche CD für mich gebrannt hatte und mir Rollerskate Skinny statt seiner gerade zusammengestellten Compilation gegeben hatte. Aber nun stellte ich beim Blick auf den iTunes-Ordner fest, dass er es vorher geplant hatte. Aber wieso glaubte er, ich bräuchte eine Extra-Kopie von *Horsedrawn*

Wishes, wo ich doch schon längst eine perfekt abspielbare Original-CD zu Hause hatte?

Eine letzte große Geste vielleicht. Eine Erinnerung an den Moment, als wir uns zum ersten Mal trafen und warum. Typisch Finn eben, irgendwo in der Mitte zwischen Don Quichote und sentimental angesiedelt.

Ich schloss alle Ordner und wollte den Mac schon ausschalten, da erinnerte ich mich an etwas, das Tohill gesagt hatte. Also machte ich Google auf und tippte »James Callaghan Bombenanschlag Krankenhaus« ein.

Es war nicht so dramatisch gewesen, wie Tohill behauptet hatte, aber das lag vielleicht daran, dass ich mir vorgestellt hatte, Callaghan hätte die Autobombe in der Tiefgarage angebracht in der Absicht, das ganze Gebäude zum Einsturz zu bringen. Aber immerhin stand da zu lesen, dass der tapfere James Callaghan 1994 verurteilt worden war, weil er unter dem Ford Sierra eines Kriminaldirektors eine Bombe angebracht hatte, während der Besitzer des Wagens im Altnagelvin Hospital von Derry seine Frau und die neugeborene Tochter besucht hatte. Der Beamte verlor beide Beine, überlebte aber, weil der Motorblock den Druck der Explosion gedämpft hatte. Callaghan saß vier Jahre im Knast und wurde dann im Zuge des Karfreitagsabkommens wieder auf freien Fuß gesetzt.

Was gut zu wissen war. Ich schob den Laptop in die Tasche zu dem Ordner und dem Revolver. Ein wirklich lukrativer Raubzug.

Ich sah ihr von der Tür aus beim Packen zu. Das Bett war ungemacht, auf dem Boden lagen die Schrapnelle einer Waschmaschinenbombe. Sie legte Kleidungsstücke in einen Koffer, der auf dem Boden stand, änderte ihre Meinung, packte die Hälfte davon wieder aus und legte andere Dinge rein. Sie wandte mir den Rücken zu, beugte sich nach vorn, das feuchte Handtuch klebte an ihren üppigen Kurven, dort, wo die Schenkel schmaler wurden, am Übergang zur Hüfte und dann wieder breiter. Ein leichter Hauch von Parfüm, eher verführerisch als bloß flüchtig, aber irgendwo dazwischen. Ich stellte die Tasche ab und ging zwei Schritte auf sie zu, legte eine Hand auf ihre Hüfte. Sie erstarrte, dann richtete sie sich auf. »Tu's nicht«, sagte sie.

»Mach ich nicht«, sagte ich, schob die klebrigen Strähnen beiseite und küsste die feinen silbrigen Härchen in ihrem Nacken. Sie schüttelte den Kopf und ihre Haare streiften mein Gesicht wie nach Apfel duftende Farnwedel aus irgendwelchen unterirdischen Tiefen, und dann drehte sie sich um, murmelte etwas Obszönes, und für eine Weile, eine sehr kurze Weile, waren wir nur noch verkrampftes Fleisch und pochendes Blut, und das hatte nichts mit Liebe zu tun, überhaupt nichts.

30

Anschließend drehte sie sich weg von mir, stand vom Bett auf und ging ins Badezimmer. Als sie zurückkam, schaute sie mich nicht an, sondern kniete sich hin und packte weiter ihren Koffer.

»Wenn du etwas vergisst«, log ich, »komme ich später noch mal her und hole es.«

»Leck mich.« Sie griff sich zwei Hände voll Slips und BHs, warf sie in den Koffer und zog den Reißverschluss halb zu. Als sie aufstand und mich anschaute, rosig, aber irgendwie leer, ähnelte ihr Gesichtsausdruck dem Klang einer verrosteten Tuba. »Glaubst du, er wusste es?«, fragte sie.

»Wusste was?«

»Von dir.«

Ich stand auf, ging zur Tür und griff nach der Tasche. »Ich glaube nicht, nein. Aber selbst wenn, hätte er sich nicht meinetwegen Sorgen gemacht.«

»Womit du meinst, ich war das Problem.«

»Lass gut sein, Maria. Finn war nicht der Typ, der sich umbringt, weil man ihm das Herz gebrochen hat.«

»Aber irgendwas hat ihn dazu gebracht zu springen.«

»Meist gibt es mehr als einen Grund.«

»Vielleicht.« Sie hob den Koffer an und schob sich an mir vorbei in den Flur. »Aber vielleicht waren wir ja der Grund dafür, dass er den letzten Schritt gemacht hat.«

*

Es gab viele Umarmungen und zahlreiche Tränen flossen, als die Schwägerinnen zusammentrafen, das Innere des Mini Cooper wurde praktisch zum Treibhaus angesichts dieser unsterblichen Zuneigung. Vor allem von Grainnes Seite, wie es schien.

»Okay«, sagte ich beim Einsteigen. »Und Meilen gehen, bevor ich schlafen kann etcetera pp.«

Grainne befreite sich aus der Umarmung und zog die Nase hoch. »Wohin fahren wir jetzt?«

»Da drin ist ein Revolver.« Ich deutete auf die grüne Tasche. »Und ich möchte damit nicht länger als unbedingt nötig unterwegs sein.«

»Willst du es immer noch tun?«

»Will ich.«

Sie drehte sich um zu Maria. »Hat er dir von Finns E-Mail erzählt?«

»Das ist jetzt nicht der richtige Moment, Grainne«, sagte Maria. Ihre Stimme klang so künstlich wie die eines Bankautomaten. Metallisch, körperlos, desinteressiert.

»Aber wenn wir Saoirse den Laptop geben, dann wird sie *alles* erfahren.«

»Sie ist sowieso schon drauf gekommen, dass er etwas Schräges vorhatte«, sagte ich. »Der Laptop wird ihr bloß die letzten Details liefern.«

»*Das* weiß ich ja längst. Aber wenn wir ihr das Ding lange genug vorenthalten, bis ...«

»Wer ist denn ›wir‹?«, fragte ich und schaute Maria an. »Willst du es ihr sagen oder soll ich?«

»Mir was sagen?«

Einen ziemlich langen Augenblick hätte es in jede mögliche Richtung weitergehen können, aber dann blinzelte Maria und schaute zu Grainne. »Harry sagt, Saoirse hätte gedroht«, sagte sie.

»Gedroht?«

»Sagt er.«

»Was denn für Drohungen?«

»Deine Mutter«, sagte ich, »ist momentan in keiner guten Verfassung. Sie macht Maria für Finns Selbstmord verantwortlich und sucht nach Beweisen dafür. Deshalb schlage ich vor, dass wir ihr sofort den Laptop übergeben, dann kann sie sich an der Suche nach Beweisen für Marias Schuld abarbeiten. Und während sie damit beschäftigt ist, bringen wir Maria an einen sicheren Ort, bis wir sie in ein Flugzeug setzen können.«

»Und außerdem«, sagte Grainne abfällig, »lässt du dich noch dafür bezahlen, dass du ihr den Laptop gebracht hast.«

»Das auch.«

»Und wo ist dieser sichere Ort?«, fragte Maria.

»Bei einem Freund von mir. Bei ihm kannst du eine Weile unterkommen.« Ich stieß Grainne mit dem Ellbogen an. »Auf geht's. Fahr los.«

»Aber …«

»Sonst schmeiß ich dich raus, und dann kannst du zu Fuß gehen.«

»Es ist am besten so«, sagte Maria auf dem Rücksitz. Dumpf und schicksalsergeben.

Grainne wollte noch etwas erwidern, startete dann aber den Motor. »Was ist mit den Bullen?«

»Die Bullen suchen mich, weil sie mich mit einer Portion Koks erwischt haben. Aber ich schätze, sie werden sich nicht die Mühe machen, Straßensperren zu errichten.«

Grainne lenkte den Mini vom Parkplatz und auf die Kennedy Parade.

»Dieses Koks, wegen dem die Bullen hinter dir her sind«, sagte Maria. »Hat Finn das bestellt?«

»Das ist eine andere Baustelle.«

»Aber die Cops wissen, dass du dabei warst, als er gesprungen ist?«

»Yep.«

»Aber sie glauben nicht, dass du ihn aus dem Fenster gestoßen hast.«

»Ein paar von denen schon.«

»Haben sie recht?«

»Nee.«

So wie Grainne ihr Ohr spitzte, hätte sie glatt einen Satelliten in der Umlaufbahn des Io abhören können.

»Bist du dir sicher?«, fragte Maria.

»Absolut sicher«, sagte ich. »Ich war dort. Wenn ich derjenige gewesen wäre, der ihn gestoßen hat, dann würde ich mich mittlerweile daran erinnern. Vor allem deshalb, weil mir ständig immer wieder dieselbe beschissene Frage gestellt wird.«

»Warum hätte Harry denn Finn aus dem Fenster stoßen sollen?«, fragte Grainne mit angespannter Stimme.

»Keine Ahnung«, sagte Maria. »Ich frag ja bloß. Da niemand mir etwas erzählt, muss ich halt nachfragen.«

»Von mir aus gerne«, sagte ich. »Aber das nächste Mal solltest du, bevor du den Mund aufmachst, daran denken, dass du betrunken bist.«

»Leck mich.«

»Undankbare Schlampe.«

»Arschloch.«

Wir machten so weiter, bis wir bei Herb angekommen waren. Meine Strategie war, Grainne davon abzuhalten, heikle Fragen über Finn zu stellen. Maria wiederum legte es darauf an, ein Maximum an Beleidigungen mit einem Minimum an Vokalen auszustoßen.

Als wir im Haus waren, schickte ich Grainne nach unten zur Toilette und Maria in die Küche, wo ein Wasserkessel und so viel Kaffee vorhanden war, wie ihre Nieren gerade noch verkraften konnten. Und ein bisschen Buttertoast für mich war auch noch da.

Herb beobachtete das alles entsetzt. Dann zog er mich aus der Küche.

»Was zum Teufel machst du denn da, Harry?«

»Sie muss für ein paar Stunden irgendwo unterkommen. Wenn wir einen Flug gebucht haben, bring ich sie nach Knock und setz sie ins Flugzeug.«

»Jetzt? Bist du wahnsinnig geworden?«

»Auf dem besten Weg dahin.« Ich holte den Tabak aus der Tasche, den ich aus Finns Wohnzimmer mitgenommen hatte, und drehte mir eine Fluppe. »Du wolltest mich doch sehen. Jetzt bin ich hier.«

»Ich wollte«, sagte er grob, »dass du hier endlich mit Totos Koks aufkreuzt. Spät ist immer noch besser als nie, denn ›nie‹ willst du nicht bei Toto McConnell. Und jetzt schleppst du mir Finns Braut an, auch noch total besoffen, und eine minderjährige Fotze, die aussieht wie Marilyn Manson nach einer Sauftour. Und du selbst«, er deutete auf meine Augenklappe, »siehst aus wie ein beknackter Piratenkapitän.«

»Das mit dem Piratenkapitän war so …«

»Scheiß auf den! Wo ist das Koks?«

»Das haben die Bullen.«

»Die *Bullen*? Wieso das denn?«

»Na ja, ich kann nur Vermutungen anstellen, aber ich würde sagen, es passierte, als ich bewusstlos war, nachdem mein Wagen von der Straße abgedrängt worden war und lauter Bullen und Feuerwehrleute drumherum standen.«

»Von der Straße abgedrängt?«

»Gerammt worden, ja.«

»Aber wer zum Henker …«

»Keine Ahnung. Dieser Typ aus Galway, dieser Moore. Wie gut kennst du den?«

»Gar nicht, das ist einer von Totos Kontakten.« Er dachte darüber nach. »Willst du damit andeuten, dass dieser Typ Toto übers Ohr gehauen hat?«

»Könnte sein. Nur dass es aus der Perspektive so aussieht, als würdest du mit drinhängen.«

Er musterte mich schief. »Was soll das denn heißen?«

»Das soll heißen, dass dein Kumpel in Galway mir das Koks übergeben hat, mehr weiß er nicht. Und Toto weiß, dass kein Koks mehr da ist. Damit stehen wir beide, du und ich, im Mittelpunkt der ganzen Angelegenheit, denn die Cops haben das Koks und wollen Namen wissen, damit sie die Verbindungslinien ziehen können.«

Er trat einen halben Schritt zurück, als würde er jetzt erst merken, dass ich ein gemeingefährlicher Irrer war. »Hör mal«, sagte er, »du denkst doch nicht etwa ernsthaft darüber nach, Toto McConnell zu verpfeifen?«

Ich schloss die Augen. Die Sonne schien warm und sanft in die Küche, und für den Bruchteil einer Sekunde sah ich alles in einer perfekten Verkettung vor mir. Wie ich Herb wegen des Kokains an die Bullen liefern würde, wie er die McConnells an die Bullen liefern würde, und wie wir alle anschließend glücklich und zufrieden bis an unser Lebensende in einem Wolkenkuckucksheim leben würden. Eine hübsche kleine Fantasie, auch wenn diese schlimmen Bauchschmerzen mich daran erinnerten, dass ich mir das nur ausmalte um auszublenden, dass Ben reglos wie eine Statue unter einem makellos weißen Laken lag mit einem mandarinengroßen Hämatom, dass in seine Hirnschale blutete.

Ich wandte mich wieder Herb und seiner Schimpftirade zu. »... sieht das für *mich* so aus, dass Toto glauben muss, dass du beide Seiten gegeneinander ausspielen willst und dich nebenbei noch mit den Scheißbullen verbündet hast.«

Ich starrte ihn an, eiskalt, ausdruckslos. »Sag das noch mal.«

Jetzt trat er einen ganzen Schritt zurück, machte sich keine Illusionen mehr darüber, wie gemeingefährlich wahnsinnig ich mich gerade fühlte. Er holte tief Luft und sprach ganz langsam: »Ich gehe nur die möglichen Optionen durch.«

»Red weiter. Vielleicht liegst du ja bald in einem Bett neben Ben.«

»Was war das denn, eine Drohung? Meine Güte, Harry. Du hast zehn Riesen versenkt und jetzt willst du *mir* drohen?«

»Kapier's doch endlich, Herb. Ich bin nicht daran schuld, dass Ben jetzt im Koma liegt. Und du verschwendest bloß deine Zeit mit mir. Wenn ich du wäre, dann würde ich Toto mal was stecken. Ihn in Kenntnis setzen. Wenn es nämlich nicht Totos Jungs gewesen sind, die mich von der Straße gedrängt haben, dann war es jemand, der sich auf seinem Gebiet breitmacht. Und bei deiner Funkstille denkt er vielleicht noch, du könntest das sein.«

Seine Gesichtsfarbe nahm die kranke grünliche Färbung von Munchs »Schrei« an, aber ich hatte durchaus ins Schwarze getroffen. »Und da wäre noch etwas, das du wissen solltest«, fügte ich hinzu.

»Hoffentlich zur Abwechslung mal was Gutes, Harry.«

»Ein Bulle hat mir gesteckt, das Finn ihnen zugearbeitet hat.«

»Er war ein Spitzel?«

»Nicht in Bezug auf das Gras. Aber er hat mit ihnen geredet, ja.«

Er sagte nichts dazu. Musste er auch nicht. Herb war schon immer der Meinung gewesen, dass man sich auf Finn nicht verlassen konnte. Und die ganze traurige Geschichte hatte ja damit angefangen, dass Finn drei Beutel mit Gras bestellt hatte, was Herb von Anfang an verdächtig vorgekommen war. Und ich hatte für Finn gebürgt.

Wir starrten uns eine Weile an, und keiner stimmte eine Ode an über Augen so klar und blau wie das Meer. »Aber es gibt auch gute Nachrichten«, sagte ich schließlich.

»Ach ja?«

Ich erzählte ihm von Saoirse Hamilton und dem Laptop, ließ aber den Teil mit dem Revolver weg, um ihn vor dem

Zusammenbruch zu bewahren. Und den zwanzig Riesen, von denen zehn an Toto gehen sollten als Kompensation für das verlorene Koks und zehn, um einen Ersatz für das ausgebrannte Auto zu beschaffen.

»Toto wollte das Koks wirklich heute Abend haben.«

»Nun ja ...«

»Scheiße«, sagte er. »Beschissene verfickte *Scheiße.*«

Dem konnte ich nicht viel hinzufügen. »Hör mal, wegen Maria. Sie braucht nur ein paar Stunden Ruhe, um wieder runterzukommen.«

»Ist jemand hinter ihr her?«

»Glaube ich nicht. Auf jeden Fall wird niemand hier nach ihr suchen«, sagte ich. »Und während ich weg bin, kannst du ihr den nächsten Flug von Knock nach London buchen.«

»Bin ich jetzt eine Reiseagentur?«

»Je schneller du das erledigst, umso schneller ist sie wieder weg. Und es wäre auch besser, wir haben die zehn Riesen parat, wenn Toto reinschneit und nach dem Koks fragt.«

Das leuchtete ihm ein. »Wann bist du zurück?«

»Sobald ich das Geld und eine Möglichkeit gefunden habe, Ben zu sehen.«

Er nickte. »Gibt es da was Neues?«

»Meine letzte Info ist, dass er durchhält. Dee ist nicht besonders scharf darauf, von mir zu hören.« Etwas wogte durch meine Brust, wollte sich Bahn brechen, kämpfte sich hoch bis in meine Kehle. Herb trat zu mir und legte mir eine Hand auf die Schulter.

»Soll ich mal anrufen?«, fragte er.

»Das wäre gut, ja.«

Wir gingen durch die Küche zurück ins Haus. Es gab keinen schwarzen Kaffee, keinen gebutterten Toast. Grainne saß am Tisch und beugte sich über den Laptop, rauchend und verbissen. Ich stellte sie einander vor und fragte, wo Maria war. Sie deutete mit dem Daumen zum Wohnzimmer.

Maria lag ausgestreckt auf dem Sofa und schnarchte leise.

»Mi casa, su casa«, stellte Herb fest, während er die Kontaktliste auf seinem Mobiltelefon durchging. Er fand Dees Nummer und drückte auf das Anrufsymbol.

Er kam nicht dazu, viel zu sagen. Vor allem drückte er dumpf sein Mitgefühl aus und fragte sie dann, ob er irgendwas für sie tun könnte.

»Wenn ich dich zu fassen kriege«, sagte er, nachdem er aufgelegt hatte, »soll ich dir so fest in die Eier treten, dass sie dir zum Hals rauskommen, sie heraussaugen und in einen Mixer spucken. Und ihr dann den Mixer bringen.«

»Wie geht es ihm?«

»Besser, sagt sie. Vor einer Stunde hat er einen Finger bewegt, allerdings meint der Doc, das könnte auch bloß ein Reflex gewesen sein und nichts weiter bedeuten.«

»Scheiße.«

»Du kannst es auch anders sehen«, schlug er vor. »Wenn es ihm richtig schlecht ginge, hätte sie ihn schon nach Dublin gebracht. Wonach suchst du denn?«

Ich hatte mich neben das Sofa gehockt und durchsuchte Marias Koffer. Ich fand ihren Reisepass und schlug ihn auf. War nur so ein Gedanke gewesen, aber er sah echt aus und es lagen keine fünf Riesen drin. »Den hier brauchst du, wenn du ihr einen Flug buchen willst«, sagte ich. »Ihr Portemonnaie muss auch irgendwo sein, mit ihrer Kreditkarte.«

»Wie lange dauert es bei dir?«

»Ein paar Stunden, höchstens.«

»Soll ich den Flug für sie für …«

»Heute Abend. So spät wie möglich. Dann kann ich rechtzeitig zurück sein und sie bringen.«

»Wir können ihr auch immer noch ein Taxi rufen«, sagte er. Und ganz kurz flackerte in seinen ausdruckslosen Augen so etwas wie ein leichter Anflug von Humor auf.

Manchmal reicht so was schon. Zum ersten Mal seit ewiger Zeit hatte ich das Gefühl, alles könnte sich doch noch zum Guten wenden.

Ich holte Grainne aus der Küche und wir fuhren los. Erst in dem Moment, als wir Herbs Einfahrt verließen, traf es mich mit voller Wucht. Der Gedanke, dass Ben womöglich deswegen nicht nach Dublin gebracht wurde, weil sein Zustand den Transport gar nicht erlaubte.

31

Wir fuhren die Strandhill Road entlang, und ich dachte, es wäre schlau, Grainne durch die Orchard Road zu dirigieren und dann die Rathedmond entlang, um den Innenstadtverkehr zu vermeiden und am Hafen in der Nähe der Hughes Bridge herauszukommen. Leider gab es hinter dem Eircom-Gebäude eine Baustelle mit einer provisorischen Ampel. Sie saß angespannt hinterm Steuer, die Hände in der Zehn-vor-Zwei-Position auf dem Lenkrad.

»Maria hat dich gefragt, ob du Finn aus dem Fenster gestoßen hast«, sagte sie.

»Und?«

»Warum fragt sie so was?«

»Sie war betrunken.«

»Ich weiß, aber …«

»Ich sage es jetzt noch ein allerletztes Mal. Ich habe Finn nirgendwo hinausgestoßen, okay? Ich mochte ihn gern. Jetzt bin ich mir da nicht mehr so sicher, denn ständig entdecke ich eine weitere Lüge, die er mir erzählt hat. Aber ich habe ihn nicht aus dem Fenster gestoßen. Maria war betrunken und macht sich schon genug Sorgen wegen deiner Mutter, die sie belagert wie Cromwell einst Drogheda. Also versucht sie, ihre beschissenen Schuldgefühle anderen aufzuladen, und dieser andere bin ich. Im Moment bin ich einfach nur dankbar dafür, dass sie nicht versucht hat, mir die Augen auszukratzen.«

Sie wurde rot. »Ich versuche ja bloß …«

»Ich weiß ganz genau, was du versuchst. Ich kann dazu

nur eins sagen, such dir einen anderen Trottel zum Üben.«

»Was denn üben?«

»Deine Mutter zu imitieren.«

Sie wirbelte herum und starrte mich an. »Du dreckiger Mist-…«

»Schuldig im Sinne der Anklage. Die Ampel ist übrigens grün.«

Sie setzte eine finstere Miene auf, gab Gas, ruckte ein paar Wagenlängen vor und nahm den Gang wieder raus. Die provisorische Ampel hatte eine unregelmäßige Frequenz, was dazu führte, dass die Autos vor uns das Rot überfuhren und alles noch schlimmer machten. Inmitten des Durcheinanders wedelte ein Motorradpolizist in Ledermontur und gelber Weste mit den Armen.

»Vielleicht sollte ich ihm mal sagen, wen ich hier im Wagen habe«, sagte sie verbissen.

»Die Bullen sind doch keine Deppen, Grainne. Wenn sie ernsthaft glauben würden, dass ich Finn auf dem Gewissen habe, dann hätten Sie mich längst in eine Zelle verfrachtet.«

»Was ist mit dem Revolver?«

»Was soll damit sein?«

»Wenn Sie dich damit aufgreifen«, sagte sie mit leicht triumphierendem Unterton, »dann bist du geliefert.«

»*Mich* mit einem Revolver aufgreifen? In wessen Auto sitzen wir denn hier?«

Sie runzelte die Stirn. »Die Waffe ist auf deiner Seite«, entgegnete sie ziemlich lahm.

»Ich hab keine Seite, Grainne, das ist nicht mein Auto. Und außerdem gehört dieser Revolver deiner Mutter. Wenn jemand mich danach fragt, sage ich, sie hätte mich beauftragt, eine Tasche mit Sachen aus Finns Wohnung zu holen. Woher soll ich denn wissen, was drin ist?«

Sie fuhr wieder ein Stück vor und nahm den Gang raus, als wir noch drei Wagenlängen von der Kreuzung entfernt waren. Nahe genug, um das Weiße im Auge des Polizisten zu sehen.

»Und du denkst, sie glauben dir, dass du nicht in die Tasche geguckt hast?«, fragte sie.

»In der Rechtsprechung gibt es eine wunderbare Erfindung, die begründeter Zweifel genannt wird. Kannst ja mal nachschlagen. Und abgesehen davon, wenn die Bullen den Revolver finden, dann werden sie auch den Laptop einkassieren. Und was wird dann aus deinem hübschen kleinen Plan?«

»Welchem Plan?«

»Gibt es denn mehr als einen?« Nicht nur ihre blauen Augen erinnerten an ihre Mutter. Der gebieterische Tonfall hätte Glas zerschneiden können. »Ich fürchte, ich habe nicht die geringste Ahnung, wovon du …«

»Nein? Dann versuchst du also nicht, die Änderungen, die Finn beim Treuhandfonds in die Wege geleitet hat, weiterzuführen, sie vielleicht sogar ein bisschen zu optimieren, um die Position gegenüber deiner Mutter zu verbessern? Um dir ein bisschen mehr Unabhängigkeit zu sichern, damit du ausziehen und den ganzen familiären Mist hinter dir lassen kannst? Bin ich dicht dran?« Falls das Rot auf ihren Wangen ein Indikator war, dann war sie kurz vor der Selbstentzündung. »Ich sag dir, wie's läuft, Grainne. Wenn ich geschnappt werde, wirst du auch geschnappt, dann bricht alles zusammen. Deine Entscheidung. Und jetzt fahr los.«

Die Ampel war schon wieder rot, als sie über die Kreuzung raste und dem wütenden Bullen zuwinkte. Ich drehte mich um und sah nach, ob er ihre Nummer notierte, aber er stand nur da, die Hände in die Seiten gestemmt, und sah zu, wie uns ein senffarbener Peugeot und ein metallicgrüner Phaeton folgten.

Wir krochen weiter bis zur Umleitung und einer weiteren Ampelanlage, um uns herum dichter Verkehr. Sie bog nach links ab Richtung Hafen. Die Atmosphäre im Auto hatte sich in eine Art kaltes Brodeln verwandelt. Am Hafen gab es noch mehr Ampeln, aber weniger Verkehr. Ich holte das Päckchen mit dem Tabak raus und drehte mir eine Fluppe.

»Was passiert, wenn sie dich kriegen?«, fragte sie und starrte weiter geradeaus.

»Keine Ahnung.«

»Warum haust du nicht ab?«

»Wohin denn?«

»Weiß *ich* doch nicht.« Die Ampel wurde grün. »Irgendwohin«, sagte sie, als wir auf die Hughes Bridge abbogen.

»Cops gibt es überall.«

»Klar, aber …«

»Wenn ich abhaue, bin ich auf der Flucht und kann nicht mehr zurück.«

Sie verzog das Gesicht. »Das würde ich schon irgendwie hinkriegen.«

»Du hast kein Kind.«

»Wenn du im Knast landest, wirst du auch nicht viel von ihm haben.«

»Nach allem, was in den letzten Tagen passiert ist, kann ich mir nicht vorstellen, überhaupt noch mal viel von ihm zu haben. Verdammt noch mal, dieser beschissene Verkehr!«

Wir steckten auf der mittleren Spur der Brücke fest und wollten auf die Bundoran Road, die Hauptverkehrsader Richtung Norden und raus aus der Stadt. Der Verkehr auf der linken Spur, die bei Cartron abzweigte und nach Rosses Point führte, kam besser voran. Die Strecke war länger, aber ich war viel zu angespannt, um stillsitzen zu können. Besser wir blieben in Bewegung. »Fahr Richtung Rosses Point«, sagte ich.

Vielleicht dachte sie, ich hätte mich anders entschieden und wollte die Beute doch nicht abliefern, denn zum ersten Mal erhob sie keinen Einspruch. Sie blinkte, fädelte sich auf der linken Spur ein und schaltete in den dritten Gang. Wir fuhren über den Cartron Hill und dann wieder nach unten und am Hafendamm entlang, der parallel zur Bundoran Road verlief. Der Atlantik rauschte gegen die niedrige Steinmauer.

»Weiß Saoirse von den Drogen?«, fragte sie.

»Keine Ahnung.«

»Ich meine, dass Finn an diesem Abend welche gekauft hat.«

»Von mir hat sie es jedenfalls nicht erfahren, falls du das meinst.«

»Immerhin ist es dir gelungen, es vor ihr zu verheimlichen.«

»Der Grund dafür, warum Saoirse so viel weiß«, sagte ich, »liegt darin, dass dein wunderbarer Bruder so ein verdammter Lügner war. Wenn er ehrlich zu mir gewesen wäre, dann wüsste sie gar nichts, kapiert?« Ich drehte mich zu ihr und schaute sie an. »Und bevor du mir jetzt wieder mit deinen beschissenen Einwänden kommst, solltest du vielleicht noch wissen, dass Finn nicht vorhatte, die drei Beutel Premium-Gras ganz alleine zu rauchen. Und ich spreche jetzt nicht davon, dass er es auf einer Party freigebig verteilen wollte.«

Sie brauchte einen Moment, um das zu verdauen. »Finn hat mit Drogen gedealt?«

Das Wort »gedealt« sprach sie aus, als hätte sie ein Stück Scheiße in der Hand.

»So ist es«, sagte ich. »Finn hat *gedealt*, und ich würde mich doch sehr wundern, wenn du nicht eine seiner besten Kundinnen warst. Soll ich Saoirse davon erzählen?«

»Aber wieso hatte Finn es denn nötig, mit Drogen zu dealen?«

»Weiß ich nicht. Vielleicht haben zu viele Leute seine Gutmütigkeit ausgenutzt und sein Gras weggeraucht und er wollte das wieder ausgleichen.«

Sie lachte darüber. »Über eine Sache hat Finn sich nun wirklich nie Gedanken gemacht, nämlich über Geld.«

»Ja, vielleicht war es ja genau das.«

»War genau was?«

»Gras ist nicht so tödlich wie Geld, Grainne. Es macht nicht im Entferntesten so süchtig. Es ist eine viel angenehmere Droge und leichter zu handhaben. Dope zu verkaufen ist quasi umgekehrter Kapitalismus, es ist illegal, aber nicht unmoralisch.«

»Blödsinn.«

»Hör mal, es ist mir wirklich scheißegal, warum Finn mit Drogen gehandelt hat. Mich interessiert nur, wie ich das alles zu meinem Vorteil nutzen kann.«

Sie dachte kurz nach. »Also wirst du es den Cops erzählen.«

»Falls es sich ergeben sollte.«

»Und was soll das bringen, wenn er doch schon tot ist?«

»Ich sagte, *falls* es sich ergeben sollte. Wenn Saoirse mitspielt und mir gute Anwälte besorgt und ich mit einem Minimum an Strafmaß davonkomme, dann muss ich es nicht an die große Glocke hängen.«

»Du bist echt eiskalt.«

»War ich nicht immer. Ach ja, eine Sache noch.« Ich zog an der Fluppe und drehte den Kopf, um in den hinteren Teil des Autos auszuatmen, dann drehte ich mich wieder zu ihr. Dann schaute ich wieder nach hinten, wo ich etwas Metallicgrünes im Rückfenster aufblitzen sah. »Scheiße«, sagte ich und drehte mich wieder um. »Verdammter Mist.«

»Was ist denn?«

Wir fuhren jetzt die Ballincar entlang, rechts tauchte das Radisson auf. »Bieg beim Cregg House ab.«

»Warum?«

»Tu's einfach, verdammt.«

Dreißig Sekunden später tat sie es. Als wir am Eingang des Cregg House vorbeifuhren, sah ich, wie der metallicgrüne Phaeton mit seiner typischen VW-Kastenschnauze ebenfalls abbog und uns auf die von Bäumen gesäumte Straße folgte. Ich wartete noch ein paar Sekunden, ob der Wagen vielleicht das Cregg House zum Ziel hatte, aber als er dort vorbeifuhr, wusste ich bescheid.

»Wo ist dein Telefon?«, fragte ich.

»Was?«

»Dein Telefon. Ich muss telefonieren, und zwar schnell.«

Sie tastete nach dem Handy in ihrer Tasche. Ich rief die Auskunft an und fragte nach der Nummer der Wache.

»Sligo Garda Station.«

»Ich möchte mit Detective Tohill sprechen. Abteilung Wirtschaftskriminalität. Er sitzt bei Ihnen im Haus.«

»Und wen soll ich melden?«

»Harry Rigby.«

»Einen Moment, bitte.«

Wir waren jetzt auf dem Land, die Straße wurde schmaler und führte zwischen Trockensteinmauern und dichtem Dorngestrüpp hindurch. Grainne fuhr im dritten Gang und schaltete zurück in den zweiten, wenn eine scharfe Kurve kam. »Fahr auf den Berg zu«, sagte ich und deutete auf den Benbulben. »Dann kannst du nicht viel falsch machen.«

Tohill ging ans Telefon.

»Sie verdammter Mistkerl. Wo sind Sie denn jetzt?«

»Vergessen Sie das, ich bin auf dem Weg zu Ihnen.«

Ein kurzes Zischen war zu hören, und ich fragte mich, ob der Anruf aufgezeichnet wurde. »Sie sind auf dem Weg zu mir?«

»Rufen Sie Ihre Bluthunde zurück und geben Sie mir eine Stunde. Dann komme ich.«

»Welche Bluthunde?«

»Die in dem Phaeton.«

»Was denn für ein Scheiß-Phaeton? Rigby, ich will Ihnen mal was sagen …«

Ich legte auf. »Scheiße.«

»Was ist?«, fragte Grainne.

»Ich dachte, das sind die Bullen in dem Wagen hinter uns. Scheiße, guck nach vorne!«

Sie wich einem Schlagloch aus, geriet auf den Seitenstreifen und lenkte wieder zurück auf die Fahrbahn. »Wer ist es denn dann?«

»Weiß ich nicht.« Ich griff in die grüne Baumwolltasche und holte den Revolver und die in Papier eingewickelten Patronen heraus. »Jedenfalls führen sie nichts Gutes im Schilde. Hast du mal *Denn sie wissen nicht, was sie tun* gesehen?«

»Harry …«

»Das war vor deiner Zeit. Jimmy Dean. Nimmt an einem illegalen Autorennen teil und springt aus dem Wagen, bevor es über die Klippe rast.«

»Du willst aus dem fahrenden Auto springen?«

»Lass mich einfach machen.« Ich steckte die fünfte Patrone in die Trommel und ließ sie zuschnappen. Sah nach, ob die Waffe gesichert war. Schaute sie an. Sie hatte ein Auge auf der Straße, das andere auf der grünen Baumwolltasche.

»Hör zu, Grainne, dieser beschissene Laptop bringt mehr Ärger als Nutzen ein. Ernsthaft. Am besten du nimmst das Teil mit nach Hause und übergibst es. Langfristig betrachtet wird das besser für dich sein.«

»Du meinst, es wird besser für *dich* sein. Weil du zwanzigtausend Euro reicher bist.«

Was stimmte, zumindest in der Theorie. Und sie wusste ja, dass sich mich in der Hand hatte. Aus einem fahrenden Auto zu springen ist eine Sache. Mit einem Laptop in der Hand, in der Hoffnung, das Gerät und man selbst kommt heil davon, eine ganz andere.

»Mach mir ein Angebot«, sagte ich.

»Was?«

»Beteilige mich. Mit zwanzig Riesen aus dem Treuhandfonds. Ich helfe dir, diesen Typen auf Zypern zu finden, und dann tricksen wir Saoirse aus.«

Wir waren jetzt auf einer geraden Strecke, der Phaeton war noch einige hundert Meter hinter uns, und wir fuhren auf eine Kurve zu, die hinter einem Wäldchen nach links verlief. Ich steckte den Revolver hinten in meinen Hosenbund.

»Ich sollte dir ehrlicherweise noch sagen, dass ich gestern von der Straße abgedrängt wurde und mein Junge seitdem im Koma liegt. Also wäre das jetzt ein guter Zeitpunkt, den Deal ...«

»Ja, klar, wir haben einen Deal. Okay?«

»Gut. Egal, was passiert, halte nicht an. Fahr zurück zu Herb, dort wird sie dich nie finden. Ich spring nach der nächsten Kurve raus. Bereit?«

Sie nickte. Wir erreichten die Kurve hinter dem Wäldchen und sie stieg in die Bremsen. Die Reifen quietschten. Ich schob die Tür auf und stürzte nach draußen, drehte mich so, dass ich mit dem Rücken auf dem Boden aufkam und auf den Grasstreifen am Fahrbahnrand rollte. Die Dornen eines Schlehenstrauchs rissen meinen rechten Arm auf, als ich mich umdrehte und nach der Waffe griff.

Zu dem Zeitpunkt, als der Phaeton die Kurve erreichte, war ich schon auf den Knien, hatte höllische Schmerzen an der Schulter, weil ich über den Asphalt geschlittert war, und umklammerte mit beiden Händen den Griff des Revolvers.

Der Phaeton geriet kurz ins Schlingern, bremste ab und blieb stehen.

Es war nur einer drin. Ich stand auf und richtete die Waffe auf ihn.

Langsam, ganz langsam stieg er aus, ging ein paar Schritte zur Seite und blieb mitten auf der Straße stehen. Seine Arme hingen seitlich herab wie bei einem Revolverhelden, bereit, den Colt zu ziehen.

Das war keine Absicht. Wenn man eine Statur hat wie ein umgedrehtes Cello, dann hängen die Arme nun mal so herunter.

»Suchst du etwa mich, Jimmy?«, fragte ich.

Seine Augen glänzten, sein Gesicht war ausdruckslos. Er schaute nicht zum ersten Mal in den Lauf einer Waffe.

»Ich soll dir bloß eine Nachricht übermitteln«, sagte er.

»Warum hast du nicht angerufen?«

»Hab ich, aber die Bullen sind drangegangen.«

»Und wie lautete die Nachricht?«

»Ist das Ding da überhaupt geladen?«

»Wie lautet die Botschaft, Jimmy?«

»Gillick will mit dir reden.«

»Worüber?«

Er deutete mit dem Kinn in die Richtung, in die der Mini schon lange verschwunden war. »Über sie hauptsächlich.«

»Wen, Grainne? Was ist denn mit ihr?«

»Sie hat den Laptop, stimmt's?«

»Warum will Gillick mit mir über Grainne reden?«

»Ich würde mal vermuten, dass er glaubt, sie könnte ihm Geld verschaffen.« Er zuckte mit den Schultern. »Aber das ist nur so eine Vermutung.«

32

Ich fragte Jimmy, ob es ihm was ausmachen würde, seine Schirmmütze aufzusetzen, wenn er mich zu Herb zurückchauffierte, und er fragte mich, ob ich auch noch mein anderes Auge verlieren wolle. Danach fuhren wir eine Weile kameradschaftlich schweigend über diverse Landstraßen, bis Jimmy den Weg zurück in die Stadt einschlug.

»Wo hast du uns gefunden?«, fragte ich.

»Finns Wohnung.«

»Du warst da?«

Er deutete mit dem Daumen auf sein Auge. »Mit 'ner Augenbinde sieht man nicht mehr so gut. Du glaubst, du hättest alles im Blick, aber Pustekuchen ...«

Er war geradezu großzügig. »Woher wusstest du, dass ich in Finns Wohnung fahren würde?«

»Gillick vermutete, dass du dort früher oder später aufkreuzt.«

»Weil er von dem Laptop wusste.«

»Scheint so.«

»Und warum hast du mich da nicht abgefangen?«

Er schnippte die Asche aus dem Fenster. »Ich hab stattdessen Gillick angerufen, als du rauskamst, um ihm zu sagen, was los war.«

»Nämlich dass Maria bei mir war.« Er deutete ein Nicken an. »Und er hat dir gesagt, du sollst nicht eingreifen, sondern abwarten, was passiert.«

»So was in der Art, ja.«

»Dann haben wir ja alles geklärt«, sagte ich. »Ich war im Auftrag von Saoirse Hamilton in Finns Wohnung, um den Laptop zu holen. Gillick weiß das jetzt, richtig?«

»Er weiß es.«

»Weiß er auch, dass sie mir zwanzig Riesen dafür bezahlen will?«

Er nickte. »Okay«, sagte ich, »dann hol ihn mal ans Telefon.«

»Warum?«

»Ich will nur sichergehen, dass er zwanzig Riesen parat hat, für den Fall, dass er den Laptop haben will.«

»Mach dir darüber mal keine Sorgen.«

»Ich mache mir ständig Sorgen, Jimmy. Ruf ihn an.«

»Nur keine Panik. Er ist doch der Kofferträger von Saoirse Hamilton. Oder glaubst du, sie hat zwanzig Riesen unter der Matratze versteckt?«

»Das würde mich überhaupt nicht wundern.«

Seine weißen Zähne blitzten auf. »Ich würde mich gerne mal auf dieser Matratze austoben«, sagte er, »einfach so, um es herauszufinden.«

Wir fuhren über den Hügel, erreichten Cartron und dann die Hughes Bridge. Der Verkehr war zäh, aber flüssig. Weiter über die Brücke, dann folgten wir der Umleitung, bogen am Bahnhof nach rechts und fuhren die Strandhill Road entlang. Jimmy räusperte sich. »Übrigens«, sagte er, »ich hab da Übles wegen deines Jungen gehört. Wie geht's ihm denn?«

»Den Umständen entsprechend. Stabil.«

»Eine Kämpfernatur?«

»Er wird es schaffen, Jimmy. Das hat er von seiner Mutter.« Eine mitfühlende Grimasse. »Ich zünde eine Kerze für ihn an, sobald ich die Gelegenheit dazu habe.«

»Ich weiß das zu schätzen.«

Der Verkehr auf der Strandhill Road war aus irgendeinem Grund zäh, die Autos trödelten herum wie dicke Kinder auf dem Weg zur Schule. Und ich war immer noch damit beschäftigt, mir vorzustellen, wie Jimmy sich über einen Altar mit brennenden Kerzen beugte, als wir die Auffahrt von Herbs Grundstück erreichten. Ich griff nach dem Handy und gab durch, dass wir da waren. Die Tore schwangen auf und wir fuhren rein.

Herb machte die Haustür einen Spaltbreit auf, schaute kurz prüfend nach rechts und links, winkte uns rein und führte uns ins Wohnzimmer. Maria hockte in einem Sessel vor dem Fernseher, immer noch lädiert, immer noch wunderschön. Grainne lümmelte in einer Ecke des Sofas, mit leerem Blick, und so weit entfernt von Maria wie nur möglich, ohne sich aus dem Fenster zu lehnen. Die grüne Baumwolltasche klemmte zwischen ihr und dem Sofakissen. Es herrschte eine angespannte Atmosphäre, vielleicht weil Herb eine Waffe in der Hand hielt, vielleicht auch, weil sie sich gefragt hatten, ob ich jemals wieder auftauchen würde, nachdem ich aus dem Mini Cooper gesprungen war. Vielleicht lag es auch an der Wiederholung von *Coronation Street*, die im Fernsehen lief, wo die mausgraue Sally mal wieder eine neue Affäre hatte. Vor allem vor den Stillen, Unscheinbaren muss man sich in Acht nehmen.

Was Herbs Waffe betraf, so vermutete ich, dass er durchaus damit gerechnet hatte, sich einem Frontalangriff der McConnell-Brüder entgegenstellen zu müssen. Die Knarre war eckig und klotzig, sah aus wie die Billigausgabe einer SIG.

»Wo hast du die denn her?«, fragte ich.

»Von Toto.« Er zuckte mit den Schultern. »Woher denn sonst?«

»Toto hat dir eine Kanone gegeben?«

»Er hat mir eine Kanone *verkauft*. Damals, als wir noch zusammengearbeitet haben.«

Jimmy war eher fasziniert als verärgert. »Toto McConnell?«, fragte er.

»Genau der«, sagte Herb. »Kennst du ihn?«

»Das könnte man so sagen, ja.« Er klang beeindruckt, als

hätte Herb erklärt, er würde in der Küche einen Tiger halten und erwägen, mit ihm Gassi zu gehen. Er schaute demonstrativ auf seine Uhr. »Na schön, ich würde ja gerne noch länger bleiben und mich unterhalten, aber …«

»Ja«, sagte ich. »Maria? He, Maria?«

Es dauerte eine Weile, bis sie es schaffte, vom Fernseher aufzuschauen. Sie hatte geweint und dann ihr Make-up wieder aufgetragen, aber offenbar mit zitternder Hand. Mit ihren Augenringen sah sie aus wie eine Mischung aus heißblütiger Sioux-Indianerin und Waschbär. Ob ihr Aussehen Tarnung war oder Kriegsbemalung darstellen sollte, war schwer zu beurteilen. »Möchtest du nicht mal mit Grainne in die Küche gehen?«, fragte ich. Sie schaute mich mit glasigem Blick an. »Was?«, fragte sie.

»Wir haben uns ein kleines, äh, Chillum gegönnt«, sagte Herb. »Um das alles ein bisschen runterzukochen.«

»Ah.« Das erklärte auch Grainnes ziellosen Blick. Sie war total neben der Spur. »Na gut, dann gehen wir eben nach nebenan.«

Wir gingen im Gänsemarsch in die Küche, Herb bedeutete Jimmy, er solle vorangehen, ich war die Nachhut. Jimmy setzte sich mit einer Arschbacke auf den Küchentisch und sagte: »Und wo ist nun dieser Laptop?«

Ich deutete mit dem Daumen über die Schulter. »Grainne hat ihn. Er ist in der grünen Tasche auf dem Sofa. Aber bleib jetzt ruhig, okay? Wenn wir ihn ihr einfach wegnehmen, dann fängt sie womöglich an …«

Herbs Telefon klingelte, und eine blecherne Version des »Walkürenritts« hallte durch die Küche. Er hob entschuldigend eine Hand, als er es aus der Tasche zog, ging zum Telefonieren in den Flur und zog die Tür hinter sich zu.

Jimmy klopfte auf seine Armbanduhr. »Zeit ist Geld, Rigby.«

»In diesen Scheißzeiten scheint alles Geld zu sein, Jimmy. Ich will bloß sichergehen …«

»Und das ist jetzt schon das zweite Mal innerhalb einer

Stunde, dass jemand mit einer Knarre auf mich zielt.« Er deutete mit dem Kopf zur Tür.

»Er hat nicht auf dich *gezielt*, verdammt noch mal. Er hat sie einfach bloß in der Hand gehabt, als du reingekommen bist.«

»Ich will damit nur sagen, dass ich nervös werde, wenn andere Leute eine Knarre in der Hand haben.«

»Willst du meine haben?« Ich zog den Revolver aus dem Gürtel, hielt ihn hoch. »Fühlst du dich dann irgendwie …«

Die Tür ging auf. Herb stand da, die SIG in der einen, das Telefon in der anderen Hand. In den wenigen Sekunden seiner Abwesenheit schien er schmaler geworden zu sein, vor allem um die Schultern und den Brustkorb. Seine Augen glänzten leer, als er mich anschaute.

»Scheiße, Harry …«, krächzte er.

Und da wusste ich es.

33

Es traf mich wie ein eisiger Blitz. Meine Knie gaben nach, ich taumelte zurück, fasste nach dem Tresen. Ganz kurz dachte ich, ich hätte einen Herzschlag, ich konnte nicht mehr atmen, weil es so wehtat, als die tektonischen Platten in meiner Brust gegeneinanderkrachten.

Aus sehr großer Entfernung hörte ich, wie Herb sagte: »Harry, es tut mir so verdammt leid, Mann, Scheiße.« Ganz leise wie aus dem Herzen eines brüllenden Sturms. Die Welt verfinsterte sich, blutunterlaufen.

Dann durchbohrte mich ein einziger Gedanke, eine letzte Frage:

Hätte Ben sterben müssen, wenn Gonzo mich getötet hätte?

Der Sturm flaute ab. Die nachfolgende Klarheit war geradezu surreal. Herb stand wie angewurzelt da, mit dem Ausdruck vollkommener Hilflosigkeit im Gesicht. Seine Lippen bewegten sich, aber ich konnte nichts verstehen.

Mein Mund war taub, meine Kehle verschlossen. Aber von irgendwoher hörte ich eine Stimme: »Herb? Geht's um Ben?«

Er nickte.

»Ist er tot?«

Herb schloss die Augen. »Das war Dee. Sie sagte«, er musste schlucken, »dass du es sicherlich wissen möchtest.«

Die tektonischen Platten verschoben sich erneut, tiefe antarktische Verwerfungen, von denen ich nichts geahnt hatte. Und darunter brodelte eine bösartige, giftige Lava. Eiskalte, entfesselte Wut.

Jimmy hatte einfach Pech, dass er gerade da war.

Wirklich Pech, dass er sich auch noch bemüßigt fühlte, etwas zu sagen: »Schlimme Sache, Rigby. Mein Beileid.«

Wirklich Pech, dass er angeboten hatte, eine Kerze für Ben anzuzünden.

»Woher hast du es gewusst, Jimmy?«

»Was?«

»Dass Ben im Krankenhaus liegt. Woher hast du das gewusst?«

Er sprang vom Tisch, streckte abwehrend die Hände aus und starrte mich an. Schaute mir in die Augen, dann auf den Revolver. »Warte mal, Rigby. Du denkst doch nicht etwa …«

»Nein. Offenbar denke ich nicht, Jimmy. Habe nicht nachgedacht, habe mir nur viel zu viele Gedanken über den Laptop und die zwanzig Riesen gemacht. Aber jetzt kann ich wieder denken. Also, woher hast du es gewusst?«

»Lass das, verdammt«, sagte er, und erst da merkte ich, dass ich mich bewegte. Am Rand meines Gesichtsfelds flackerte etwas auf. Herb hob die SIG, und es war wieder Pech für Jimmy, dass er sich davon ablenken ließ. Als er wieder zu mir schaute, hatte ich den Revolver schon umgedreht und schlug ihm mit dem Griff direkt ins Gesicht. Sein Nasenrücken brach mit einem matschigen Knacken. Er brach schwerfällig zusammen, wie es nur richtig großen Kerlen passiert, nahm einen Stuhl mit, wand sich, versuchte aufzustehen. Ich trat ihm ins Gesicht, einmal, zweimal, das Blut spritzte über mein Schienbein. Knochen brachen. Er versuchte zu schreien, brachte aber nur ein ersticktes Gurgeln zustande. Ich holte aus und verpasste ihm einen Tritt unters Kinn. Sein Kopf prallte zurück und gab seinen Hals frei, also hielt ich mich an der Tischplatte fest, um Schwung zu holen, und trat mit voller Wucht auf seinen Adamsapfel.

Wenn Herb mich nicht an der Schulter gepackt hätte, um mich fortzuziehen, hätte ich ihn umgebracht, so wie er dalag. Aber mein Absatz traf zu weit oben, rutschte an seinem Kinn ab und landete auf seinem Wangenknochen. Das Gesicht waberte, schien sich aufzublähen, dann fiel es langsam in sich zusammen.

Herb brüllte mir etwas ins Ohr. Ich brauchte eine Weile, um zu kapieren, was er sagte: »Nicht hier, Harry, verdammt noch mal, nicht hier!«

Ich trat zu Jimmy und ging neben ihm in die Hocke. Drehte den Revolver wieder herum und löste die Sicherung. Er atmete schwer und sabberte blutige Blasen.

»Jimmy«, sagte ich. »Ich gebe dir drei beschissene Sekunden, bevor ich dir den Schädel wegblase. Woher wusstest du davon?«

*

Sein Gesicht ähnelte einem schlaffen Ballon. Die Nase war zerschlagen, ein Wangenknochen gebrochen, sein Mund ein blutiges Loch, beide Augen zugeschwollen. Also ging ich mal davon aus, dass er in seinem Zustand die Wahrheit sagte. Langsam und klebrig tröpfelten die Worte aus seinem zerfetzten Mund, als er murmelte, er hätte nichts mit dem Abdrängen des Audis zu tun. Das mit Ben hätte er von Gillick erfahren.

Woher Gillick es wusste, konnte er nicht sagen, nicht einmal, nachdem ich ihm den Revolver an die Stirn gesetzt hatte.

»Er ist es nicht wert, Harry«, sagte Herb, und er hatte recht, aber nicht auf die Art, wie er dachte.

Herb kam immer wieder mit der alten Leier. Dass es Ben nicht zurückbringen würde, wenn ich Jimmy ein Loch in den Schädel pustete. Dass Rache zwar süß, eine unbedachte Vergeltungsmaßnahme es aber nicht wert war, für zwanzig Jahre in einer Zelle zu enden.

Ein guter Rat, jedenfalls was Jimmy betraf.

Aber Gillick. Alles hing davon ab, wie er das von Ben erfahren hatte. Bei Gillick wäre es eine ganz andere Sache.

Ich sicherte den Revolver und steckte ihn weg. Herb holte eine Rolle Klebeband. Wir verschnürten Jimmy an Hand- und Fußgelenken, dann fuhr Herb den Phaeton vor die Küchentür. Jimmy war zwar keine Totlast, aber ziemlich groß, und es kostete einige Anstrengung, ihn in den Kofferraum zu wuchten. Dort lag er dann, halbblind und schnaufend.

»Was ist, wenn er erstickt?«, fragte Herb. »An seinem eigenen Blut oder so?«

»Dann bin ich schuld.«

»Ja, aber …«

»Ich brauch saubere Klamotten.« Meine Jeans waren bis zu den Knien verdreckt, Schuhe und Socken waren rot verfärbt. »Hast du vielleicht was?«

»Ja, klar. Hol dir was.«

»Und tu mir einen Gefallen. Mach Gillicks Wohnung ausfindig, am besten auf Google Maps.«

»Mach ich. Aber Harry, hör mir mal zu.« Legte eine Hand auf meine Schulter und drückte sie leicht. »Du musst zu Ben gehen.«

Einen Moment lang fragte ich mich, wie ich das Gleichgewicht halten sollte, wo ich meine Hände hintun sollte. »Ja, mach ich.«

»Ich meine jetzt gleich.«

»Nicht jetzt, Herb. Muss erst noch ein paar Sachen erledigen.«

»Harry ...«

Ich schüttelte seine Hand ab und sagte ihm, es würde bestimmt noch genug Zeit zum Trauern geben. Denn wenn ich mich jetzt hinsetzte und zugab, dass Ben nicht mehr da war, und Tränen vergoss über das, was er für mich gewesen war, nämlich das einzig Gute, das mir je in meinem Leben widerfahren war, dann würde es nie enden. Ich würde um den Erwachsenen trauern, der er hätte werden können, und all die Dinge beklagen, die er nun nicht mehr tun und die er nicht mehr sehen konnte, Musik, die er nicht mehr hören würde. Um die ungeheure Verschwendung.

Ich erklärte Herb, dass eine Welt ohne Ben für mich keine Bedeutung mehr hatte. Dass die Trauer um seine Abwesenheit wie ein Krebsgeschwür in mir wuchern und mich aushöhlen würde, ohne dass es irgendeinen Sinn machte, es sei denn, mein Tod würde bedeuten, dass es eine Person weniger gab, die sich an ihn erinnerte.

Ich erinnerte ihn an diese Fernsehdokumentation, die wir vergangene Woche gesehen hatten, über die Bronzezeit und zwei Männer, die ein Schwert geschmiedet hatten, indem sie geschmolzenes Metall in eine Form gossen, glühend heiße Bronze, die rasch erstarrte und so hart wurde, dass eine tödliche Waffe daraus wurde.

Ich erzählte ihm das alles, während Jimmy vor uns im Kofferraum des Phaeton lag, laut stöhnend, aber was ich eigentlich meinte, war: »Ich kann es nicht ertragen, Ben so zu sehen, Herb. Nicht so.«

Das zumindest verstand er, also ließ ich den Teil weg, wo es darum gegangen wäre, in einem Streitwagen vor dem Krankenhaus vorzufahren, den blutigen und zerfetzten Leichnam von Hektor hinter mir herschleifend.

»Tu es nicht«, sagte er.

»Ich muss aber, Herb. Ich muss.«

34

Der Schrei ertönte, als ich mir oben gerade eine von Herbs Jeans überzog.

Ich nahm vier Treppenstufen auf einmal und war Herb nur eine Nasenlänge voraus, als wir durch die Tür ins Wohnzimmer drängten.

Der Bund der Schwägerinnen war offenbar aufgelöst worden, oder aber die dazugehörigen Riten waren noch mysteriöser, als ich es mir ausgemalt hatte.

Grainne kroch über den Boden wie ein Krebs auf Maria zu, eine Schere in der rechten Hand. Maria hatte in einer Zimmerecke Zuflucht gesucht und benutzte den Laptop als schützenden Schild, der bereits einige Kratzer aufwies.

Ich sprang über den Sofatisch, legte einen Arm um Grainnes Hals und packte ihren Unterarm mit der anderen. Drückte die Hand mit der Schere nach unten und drehte sie auf ihren Rücken.

»Lass sie fallen«, zischte ich.

Ein Anfängerfehler. Sie war wie ein Sack mit ertrinkenden Katzen, sie wand sich und spuckte, mit der linken Hand versuchte sie mir die Augen auszukratzen. Die Spitze der Schere bohrte sich in meinen rechten Oberschenkel kurz über dem Knie. Ein stechender Schmerz, der Schock war groß genug, um mich nach hinten stolpern zu lassen. Ich zerrte sie mit mir und wir fielen über den niedrigen Tisch aufs Sofa, federten hoch und landeten auf dem Teppich. Grainne umklammerte noch immer die Schere. Ich ballte die Faust und schlug auf ihr Handgelenk. Ihre Hand öffnete sich, die Schere fiel zu Boden. Ich kickte sie außer Reichweite und fiel wieder zurück aufs Sofa. Ihre Fingernägel gruben sich in meinen Unterarm, also nahm ich sie in den Schwitzkasten. »Mach das noch mal«, sagte ich keuchend, »und ich breche dir den Hals.«

Ganz kurz schien sie darüber nachzudenken, das Für und Wider abzuwägen. Dann gab sie auf und erschlaffte. Ich lockerte meinen Griff, gab ihr noch ein paar Sekunden, dann schob ich sie von mir und rutschte seitlich unter ihr weg. Ich war darauf gefasst, dass sie sich aufbäumen und mich erneut angreifen würde, aber sie drehte sich bloß weg, streckte sich vor dem Sofa aus und heulte und schrie in den Teppich.

Herb führte Maria zu seinem Sessel. Ich stand auf. »Worum zum Teufel ging es denn *jetzt*?«

Maria schüttelte verständnislos den Kopf. »Ich wollte doch bloß die Abflugzeiten nachschauen«, sagte sie verwundert. Sie umklammerte noch immer den Laptop mit beiden Händen, um ihren Unterleib zu schützen. »Und plötzlich schrie sie auf und stürzte sich auf mich mit, mit ...« Sie brach ab und erschauerte.

»Das nächste Mal benutzt du besser dein Smartphone dafür«, sagte ich und deutete mit dem Kopf auf Grainne. »Sie ist ein bisschen eigen, was den Laptop betrifft.«

Ich setzte mich aufs Sofa und zog das Hosenbein hoch bis zum Knie. Die Schere war durch die Haut gedrungen, aber der Einstich war nicht so tief, dass ich in naher Zukunft verbluten würde. Ich zog das Hosenbein wieder nach unten, bückte mich zu Grainne und legte ihr eine Hand auf die Schulter. »He, alles in Ordnung?«

Gedämpftes Schluchzen.

»Hör zu«, sagte ich, »du kannst den Laptop haben. Niemand will ihn dir wegnehmen, okay?«

Als hätte er aufs Stichwort gewartet, legte Herb den Mac auf den Sofatisch. »Hier«, sagte ich. »Siehst du? Du kannst ihn haben.«

Sie murmelte etwas in den Teppich.

»Grainne«, sagte ich, »ich verstehe kein Wort von dem, was du sagst. Und ich habe keine Zeit ...«

Sie hob den Kopf und schaute mich an. »Du hast gesagt, wir hätten eine Abmachung.«

»Tja, nun ist alles wieder offen. Der Laptop gehört dir. Ich will ihn nicht haben.«

Sie rappelte sich auf und setzte sich hin. »Aber das hat keinen Zweck ... Ich dachte, wir machen das zusammen.«

»So war es eigentlich nicht gedacht. Du solltest mich dafür bezahlen, dass ich es dir gebe und nicht deiner Mutter. Das Geld brauche ich jetzt nicht mehr.«

»Aber ...«

»Vergiss es.« Ich schaute Maria an. »Alles in Ordnung?«

Sie nickte.

»Kleine Programmänderung«, sagte ich. »Herb bringt dich zum Flughafen.«

»Das ist doch Scheiße«, sagte Herb. »Und außerdem«, er deutete auf Grainne, »können wir sie nicht allein hier lassen.«

»Das ist nicht mein Problem. Jetzt nicht.«

Herb fluchte. Maria schnaubte abfällig, als hätte sie das alles schon mal gehört. Grainne zerrte an meiner Jeans.

»Was denn?«, fragte ich und schaute sie an, aber sie musste gar nichts weiter sagen. Sie schaute zu mir hoch, schüchtern und erwartungsvoll, verzweifelt hoffend, dass ich sie nicht zurückweisen würde. Sie hätte mir auch mit der Schere ins Herz stechen können.

Nicht mal vierundzwanzig Stunden zuvor hatte mich schon mal jemand so angeschaut. Ben, als er unter seinem Haarschopf hervorgelugt hatte, mit der Andeutung eines Lächelns, nachdem ich mal wieder versagt hatte, nachdem ich mal wieder erst Hoffnungen aufgebauscht und dann zerstört hatte. Ungesagte Versprechen, das wortlose Flehen eines vaterlosen Kindes nach etwas, das es gar nicht kannte, außer als etwas Abwesendes.

»Ich habe doch sonst niemanden«, flüsterte sie.

Ich schaute zu Herb. Er zuckte mit den Schultern. Maria

hatte den Kopf zur Seite gelegt und schaute uns wachsam an, eine spöttische Bemerkung auf den Lippen.

»Du glaubst doch nicht im Ernst, dass ich mit den beiden losfahre«, sagte Herb. »Nie im Leben. Da bricht der dritte Weltkrieg los.«

»Okay«, sagte ich. »Okay.«

*

Herb versprach, sich ums Saubermachen zu kümmern, meine Hose, meine Socken, meine Schuhe zu verbrennen. Er redete nicht mehr davon, ich solle zu Ben gehen. Vermutlich hatte er das Thema nur aufgebracht, um Zeit zu schinden, in der Hoffnung, meine Wut würde wieder abflauen. Das war auch der Grund, warum er wollte, dass ich Maria zum Flughafen brachte. Der Gedanke dahinter war, dass eine Stunde hier und eine Stunde da mich wieder zur Ruhe bringen würden. Herb ahnte ja nicht, dass meine Wut eiskalt war.

Wir fuhren los und nahmen die Strandhill Road Richtung Stadt. Ich fühlte mich, als würde mein Gehirn in schwarzer Tinte schwimmen. Jedes Mal, wenn ich Luft holte, spürte ich ein Stechen im Herzen. Ben. Ich hatte eine verrückte Art von horizontaler Höhenangst, die Welt entglitt mir mit wachsender Geschwindigkeit. Das Gefühl des Verlusts verdunkelte und vergiftete alles um mich herum wie schwarzes Licht. Die Verzweiflung war überall, zersetzte alles, durchdrang jeden Winkel, fraß alles auf, sogar sich selbst. Mein Herz wurde zu Eisen, und alles, was ich noch wahrnahm, war dieser gähnende Abgrund, den es zurückgelassen hatte, und einen innigen Hass auf alles Lebendige, auf die ganze Welt, weil sie eine Welt ohne Ben war.

»… total enttäuscht sein, wenn sie dieses Ding aufmacht.«

»Was?«

»Ich sagte, Grainne wird …« Sie hielt inne und schaute mich an. »Hast du überhaupt *irgendwas* von dem mitbekommen, was ich gesagt habe?«

»Nein.«

Wir erreichten den Bahnhof und blieben im Verkehr auf der Lord Edward Street stecken, die Ampeln waren rot. Ich hatte keine Ahnung, wie wir dort hingekommen waren.

Maria nahm einen Schluck aus der Wasserflasche und drückte den Verschluss wieder drauf. »Ich spreche von dem Laptop.«

»Vergiss es. Wir fahren nicht mehr zurück.«

»Wer hat denn von Zurückfahren gesprochen?«

»Ich sorge dafür, dass du abhauen kannst. Mehr musst du nicht wissen.«

»Ich bin nicht mehr ungebunden, Harry.« Der Cognac wirkte immer noch, verströmte seine schwarze Magie. Sie warf mir einen aufsässigen Blick zu. »Finn hat mir was versprochen.«

»Finn hat viel versprochen.«

»Kann sein, aber es geht nicht mehr allein um mich.« Sie legte demonstrativ die Hände auf ihren Bauch. »Stimmt's?«

»Du weißt ja nicht mal, ob es wirklich von ihm ist«, sagte ich.

Sie gab es zu, indem sie die Lippen schürzte und ein Nicken andeutete. »Vielleicht nicht«, sagte sie. »Aber betrachte es mal aus meiner Perspektive. Es ist entweder von Finn oder von einem Nichtsnutz, der seinen Bruder umgebracht hat und selbst schon ein Kind hat. Entschuldige«, stichelte sie, »ein Kind *hatte*.«

Die Ampel wurde grün. Ich ließ die Kupplung kommen und wir zockelten ein Stück weiter, bis zur Umleitung, wo ich den Gang rausnahm und hinter einem Ford Focus anhielt.

»Jemand wird wegen Ben sterben«, sagte ich. »Aber das musst ja nicht unbedingt du sein.«

»Ach ja? Würdest du dein eigenes Kind umbringen? Bloß weil du ein anderes verloren hast? Ach warte mal, er war ja gar nicht wirklich dein Sohn, oder?« Sie klopfte sich auf den

Bauch. »Aber dieses Mal weißt du zumindest, dass es deins sein *könnte*.«

»Maria, ich weiß, dass du betrunken bist, aber ich schwör dir, wenn du noch ein Wort über Ben sagst, dann fahre ich dich direkt zu Saoirse Hamilton.«

»Und was sagst du ihr dann? Dass Finn aus dem Fenster gesprungen ist, weil ich von dir schwanger bin?«

Ich spürte den plötzlichen Drang mich zu übergeben. Kurz sah ich Gonzo vor mir sitzen mit einem Loch in der Brust, die Waffe in meiner Hand, und roch den beißenden Pulverdampf. Spürte den Ekel.

»Provozier mich nicht«, sagte ich.

»Hast du dich nie gefragt wieso?«

»Wieso was?«

»Na ja, wieso ausgerechnet du.«

»Eigentlich nicht. Du warst halt eine Glücksritterin, die sich gelangweilt hat und Finn auf Trab bringen wollte. Und ich war zufällig da.«

Sie war angenehm überrascht, vielleicht aber doch ein bisschen enttäuscht, weil ich ihr die fiese Pointe gestohlen hatte. »Und jetzt bist du wieder zufällig da.«

Die Ampel wurde grün. Diesmal schafften wir zwei Kreuzungen, bevor wir wieder Rot hatten. »Was soll das denn heißen?«

»Das soll heißen, dass die Hamiltons schon klarkommen. Und wir beide hauen ab und haben nichts davon. Aber wenn wir …«

»Vergiss es. Ich fahr dich nach Knock und setz dich in den Flieger.«

»Ja, genau. Und dann fliege ich heim und erzähl ihnen, dass ich schwanger bin, und alles wird gut.«

»Das interessiert mich nicht.«

»Nein?«

»Jedenfalls jetzt nicht.«

»Aber du weißt nicht, ob das Kind nicht vielleicht doch von dir ist.«

»Willst du jetzt etwa, dass du und ich auf glückliche Familie machen?«

»Ich will sagen, Harry, dass du heute schon ein Kind verloren hast. Möchtest du den Einsatz auf zwei erhöhen?«

Sie war gut, zweifellos. Die Ampel wurde grün. Wir verließen den Kreisel am Summerhill College und fuhren Richtung Süden, die Straße war jetzt frei.

»Ich meine es ernst«, sagte sie. »Ich werde abtreiben. Ich gehe ganz bestimmt nicht nach Özanköy zurück mit einem Kind im Bauch, bei dem ich noch nicht mal weiß, wer der Vater ist.«

Ich bremste ab, lenkte den Wagen auf die Bordsteinkante, stoppte und schaltete den Warnblinker ein. Sie sah zu, wie ich mir eine Fluppe drehte und sie anzündete.

»Vergiss den Laptop«, sagte ich.

Sie feixte. »Du redest doch die ganze Zeit von dem Laptop. Glaubst du wirklich, Finn war so dumm, dass er etwas wirklich Wichtiges dort gespeichert hätte? Saoirse hätte jederzeit jemanden schicken können, um in seine Wohnung einzubrechen oder ins Studio.«

»Und warum wollen dann alle unbedingt diesen Mac haben?«

»Saoirse ist nicht gerade auf dem neuesten Stand, was Computer betrifft. Solange sie also glaubt, dass alle den Laptop haben wollen …«

»Sie sucht nach dem Abschiedsbrief. Sie will wissen, warum ihr Sohn …«

»Ach komm, Harry. Glaubst du diesen Schwachsinn etwa?«

Es war absolut scheißegal, was ich noch glaubte. »Wenn auf dem Laptop also nichts drauf ist …«, deutete ich an.

»Dann gibt es einen USB-Stick.«

»Genau.«

»Finn hat alles vergraben.«

»Hoffentlich hat er es gut markiert.«

»Im Cyberspace«, sagte sie.

»Auch das noch.«

Sie erzählte von Grainnes Treuhandfonds. Gillick hatte mit Big Bob Hamilton an einer Änderung seines Testaments gearbeitet, kurz bevor Big Bob am Hafen zum finalen Kopfsprung ansetzte. Die wichtigste Änderung bestand darin, dass Finn die Kontrolle über den Treuhandfonds übernehmen sollte, wenn er volljährig geworden war.

Auf dem Stick waren alle Codes, Passwörter und Details über die elektronischen Überweisungen, die Finn in den letzten Jahren gemacht hatte, während er den Fonds so langsam leergeräumt hatte.

»Um wie viel Geld geht es denn so ungefähr?«, fragte ich.

»Na ja, durch die Rezession hat sich natürlich alles geändert. Es ist nicht mehr so viel wert …«

»Wie viel?«

»Eins-Komma-acht Millionen.«

»Meine Güte.«

Ich fragte mich, was wohl aus Ben geworden wäre, aufgeweckt wie er gewesen war, wenn auf ihn so ein Fonds gewartet hätte, wenn er volljährig wäre. Ein hübsches kleines Polster, um ihn durchs College zu bringen, vielleicht sogar, um anschließend eine Firma aufzubauen, die Computerspiele entwarf.

Der pochende Schmerz über ihn war jetzt so stark geworden, als wäre ich zu einem einzigen Abszess geworden, mit straff gespannter Haut über einer eitrigen Wunde.

»Was ist denn?«, fragte sie.

»Ich frage mich, was wohl passieren würde, wenn du dir diese 1,8 Millionen unter den Nagel reißen könntest.«

»Wir würden Halbe-Halbe machen«, sagte sie.

»Schlechte Antwort. Meine Frage war, was hält dich davon ab, das Geld zu nehmen, das Kind abzutreiben und nach Monte Carlo zu fahren, um einen anderen Trottel wie Finn aufzugabeln?«

»Ich brauche es für was anderes.«

»Und was könnte das sein?«

»Ich will Saoirse fertigmachen.«

»Wie bitte?«

»Der Großteil des Geldes würde dabei draufgehen, Saoirse fertigzumachen.«

Das klang interessant. »Und wie willst du das hinkriegen?«

Sie fing an, es an den Fingern abzuzählen. »Das Erste wäre ein Vaterschaftstest, der beweist, dass das Kind von Finn ist.«

»Das könnte teuer werden, vor allem, wenn es nicht von ihm ist.«

»Gleichzeitig«, fuhr sie fort, »würde ich eine PR-Firma engagieren, um eine Kampagne zu organisieren, die allen Investoren klarmacht, wie es um Hamilton Holdings wirklich steht. Genug Leute gewinnen, um eine außerordentliche Aktionärsversammlung einzuberufen, Wirtschaftsprüfer von außen heranziehen und ihnen die Konten offenlegen. Gleichzeitig stellen wir einige Fragen, die die NAMA aufgeworfen hat, und sehen zu, dass interessierte Journalisten davon erfahren, wie HaHo ausgesuchte Teile aus seinem Portfolio zu Dumpingpreisen zurückkauft und auf diese Weise den Steuerzahler abkassiert.« Sie hatte es alles durchdacht. Vielleicht nicht bis in letzter Konsequenz, aber es ging in die richtige Richtung. »Die Zeitungen werden diese Familienfehde lieben, meinst du nicht?«

»Ihre Leser ganz bestimmt.« Ich nahm einen letzten Zug von meiner Fluppe und warf sie aus dem Fenster. »Meinst du das ernst?«

Sie drehte sich zu mir. »Du kannst ja über mich und Finn denken, was du willst. Dieser ganze Glücksritter-Schwachsinn. Sieht vielleicht so aus, aber ich habe mich einen Scheiß für Finns Kohle interessiert. Saoirse war die ganze Zeit hinter dem Geld her. Und nun ist Hamilton Holdings also am Arsch, und alles was noch übrig ist, ist der Treuhandfonds von Grainne. Und deshalb hat Saoirse Finn unter Druck gesetzt und ihm diesen Blödsinn von der Bedeutung der Familie ins Ohr gesetzt. Versucht, ihm diese Wagenburgmentalität einzuimpfen. Warum, glaubst du wohl, hat er das Geld aus dem Fonds an einen anderen Ort transferiert?«

»So wie ich Finn kenne, würde ich sagen, er wollte sich mit den 1,8 Millionen ein hübsches Stück Land sichern, um auf Zypern ein lockeres Leben zu führen.«

»Weil du genauso denkst wie alle anderen. Saoirse hat ihm mal gesagt, Geld sei seine Krücke. Ausgerechnet Saoirse. Verlangte von ihm, sich aufzurichten und zu lernen, auf eigenen Beinen zu stehen.«

»Vielleicht kannte sie ihn ja besser, als du glaubst.«

Sie nickte nachdenklich. »Sie kannte ihn gut genug, um zu wissen, auf welchen Knopf sie drücken musste. Und es ist mir egal, was irgendwelche Untersuchungen zutage fördern. Es war Saoirse, die ihn dazu gebracht hat, aus dem Fenster zu springen.«

Und dann landete er auf meinem Taxi und zerstörte mein Leben und nahm Ben gleich mit, als Kollateralschaden.

Es wäre ausgleichende Gerechtigkeit. Wir griffen uns Saoirse Hamiltons Blutgeld und ließen sie daran ersticken.

»Dieser Stick«, sagte ich, »könnte natürlich überall sein.«

»Sicher.« Sie grinste hinterhältig. »Aber du kanntest ja Finn und seinen perversen Sinn für Humor. Wenn Saoirse ihm in den Ohren gelegen hat, Geld sei seine Krücke gewesen, wo würde er den Stick dann wohl versteckt haben?«

35

Im Hof vor dem alten Hafenamtsgebäude stank es noch immer nach verbranntem Benzin und heißem Teer. Das Absperrband der Polizei hing lasch herunter.

»Die haben hier ja nicht gerade viel Zeit verschwendet«, sagte Maria.

Angesichts der Knappheit bei Budget und Materialausstattung war ich eher überrascht, dass sie das Band nicht wieder eingewickelt und mitgenommen hatten. Und die Kreidelinien auf dem Boden auch.

Wir machten einen weiten Bogen um die Brandmale und den zerschmolzenen Fleck auf dem Asphalt, der in der Mitte noch immer rot war, sich ansonsten aber im Sonnenlicht bereits bräunlich verfärbt hatte und schuppig geworden war. Wir schauten nach, ob die Tür offen war, aber vergeblich, die Cops hatten sie abgeschlossen, bevor sie gegangen waren. Also ließ ich Maria auf der Vorderseite stehen, ging ums Gebäude herum und stieg erneut die rostige Feuerleiter hoch. Als ich durchs Fenster kletterte, klingelte das Handy, das Herb mir gegeben hatte, und er teilte mir per SMS mit, dass er für Maria einen Flug gebucht hatte, um 19.30 Uhr von Knock nach Gatwick. Damit hatten wir noch drei Stunden Zeit. Ich stieg über die Wendeltreppe aus Metall nach unten und schlich durch die stille Galerie. Ließ Maria herein und führte sie zum Fenster.

»Du passt auf«, sagte ich. »Wenn sich da draußen irgendwas bewegt, dann ziehst du wieder diese Schreinummer ab.« Ich ging in den hinteren Bereich der Galerie und durch den Lagerraum. Machte die Metalltür auf und hatte gerade mal eine halbe Sekunde Zeit, das beängstigende Geräusch wahrzunehmen, das Klackern der Krallen auf dem Betonboden, und merkte leider zu spät, dass ich vergessen hatte, mich rechtzeitig anzukündigen. Ein pelziger Panzer brach aus der Dunkelheit hervor. Mit aufgerissenem Rachen und blitzenden Zähnen. Ich duckte mich zur Seite und richtete mich wieder auf, sodass sein Schädel mich mit voller Kraft am Brustkorb erwischte. Ich hörte, wie die Kiefer zuschnappten, und dann lag ich auf dem Boden, er hatte mich glatt über den Haufen gerannt. Er rutschte über den Beton, seine Krallen suchten Halt, und dann setzte er erneut an und sprang.

Ich lag auf dem Rücken, schnappte nach Luft, mir fehlte jede Kraft. Ich konnte seinen Sprung nur halb abwehren, indem ich einen Ellbogen in seine Schnauze rammte und mich im Fell an seiner Kehle festkrallte. Speichelklumpen landeten in meinem Gesicht, als er sabbernd und knurrend über mir stand, die Pfoten auf meinen Brustkorb gestemmt, während die Hinterläufe meinen Unterleib malträtierten und darauf herumtrampelten, als wollte er meine Gedärme herausquetschen. Ich versuchte, ihn mit den Knien wegzudrücken, aber er nutzte sein ganzes Gewicht und seine Stoßkraft, drückte mich nach unten und schnappte nach mir.

Ein schrilles Pfeifen mit einem hübschen kleinen Triller ertönte. Sein Kopf ruckte hoch, als wäre er an einer Kette zurückgezerrt worden, er stellte die Ohren auf. Begann zu jaulen.

»Bear, los, komm her!«, rief Maria.

Seine Krallen bohrten sich ein letztes Mal in meine Gedärme und dann war er weg, sprang an Maria hoch wie ein grotesker Teddybär, schnaufte aufgeregt und bellte hysterisch. Ich setzte mich auf und zitterte so stark, dass ich kaum mein Hemd geradeziehen konnte. Ich wischte mir den Speichel aus dem Gesicht.

Er war vermutlich hungrig und wahnsinnig vor Durst, weil es hier so heiß war. Hatten die Bullen ihm was gegeben, bevor sie abgedampft waren? Wohl kaum.

Ich ging in den Lagerraum, öffnete ein paar Dosen Hundefutter und gab den Inhalt in eine Schale. Trug sie nach draußen, stellte sie auf den Boden und gab ihr einen Schubs, damit sie in seine Richtung rutschte. Als ich mit einer Schüssel voller Wasser aus der Toilette zurückkam, schlang er alles in sich hinein, während Maria ihn hinter den Ohren kraulte. Ich machte noch ein paar Dosen auf, während er sich über das Wasser hermachte und dabei vor Aufregung mehr verschüttete als zu sich nahm.

»Er ist einfach bloß ein dummer Junge«, sagte Maria hingebungsvoll und mit Tränen in den Augen, als sie den Hund unter der Schnauze streichelte. »Stimmt's, Bear?«

Einfach nur ein dummer Junge, klar. Wenn man ihm

nicht direkt gegenüberstand, während seine Krallen wild kratzten und man das Weiße in seinen wilden Augen sah. Du solltest nicht vergessen, welcher uralte Instinkt in ihm steckt, meine Liebe, nämlich der seiner wölfischen Vorfahren, die aus der Tundra aufbrachen, um eine Million Jahre später hier im Erdgeschoss einer Kunstgalerie anzukommen. Ein dummer, eiskalter Killerhund.

Aber sie sprach ja gar nicht wirklich von Bear. Sie sprach von dem anderen dummen Jungen, von dem mit dem Brian-Jones-Haarschnitt und dem Ist-doch-alles-scheißegal-Grinsen. Von dem, der mal eben kurz einen Spaziergang über neun Stockwerke gemacht hatte und im Nichts gelandet war. Ich wollte ihr schon vorschlagen, sie solle lieber mal mit dem zerschmolzenen Fleck draußen im Hof reden, ließ es aber bleiben und durchquerte erneut den Lagerraum. Überall roch es nach Pisse und Scheiße, auch wenn Bear immerhin so edelmütig gewesen war, seine Exkremente in einer Ecke auszuscheiden. Die Krücken lagen locker aufgestapelt auf einem Haufen in einer Ecke. Ich nahm eine davon und schlug damit auf den Boden. Dann noch eine zweite. Das Geräusch erinnerte Maria an den Grund unseres Kommens und sie trat zu mir und nahm sich ebenfalls eine Krücke.

Sie musste kurz würgen, ob wegen des Gestanks oder irgendwelcher unterdrückter Gefühle, konnte man nur raten. »Wir wollten die alle nach Zypern mitnehmen«, sagte sie.

»Ja, ich hab davon gehört.« Finn, der Teilzeit-Menschenfreund. »Er war wirklich ein nobler Scheißkerl.«

Sie wedelte mit der Krücke und warf sie dann beiseite. Bear trottete herein und leckte sich die Schnauze. »Tu mal bloß nicht so angepisst«, sagte sie.

»Ich hab nur gesagt, dass er genauso nobel wie scheiße war. Was willst du denn noch?«

Sie wedelte mit einer weiteren Krücke und warf sie wieder hin. Bear schnappte danach und schlich davon. »Manche Leute haben sich darüber lustig gemacht, na schön«, sagte sie. »Vor allem, weil sie ein schlechtes Gewissen hatten, denn sie taten ja nichts.«

»Ich nicht.«

Sie zuckte mit den Schultern. »Ich schätze, manche Menschen fühlen sich mehr berufen zu helfen als andere.«

»Erspar mir bloß dieses Geschwätz, Adel verpflichtet, leck mich! Dieser Typ hatte mehr Zeit und Geld, als gesund für ihn war, und arbeitete sich an seinen Schuldgefühlen ab. Und nebenbei hat er dir auch noch das Höschen runtergezogen. Schön für ihn.«

»Bist du so eifersüchtig?«

»Rede nur weiter«, sagte ich und drohte ihr mit einer Krücke. »Dann brauchst du bald eine von ...«

Ein dumpfes Klimpern. Sie riss die Augen auf.

Die Krücken konnten wie Teleskope auseinandergezogen werden, um sie an die Größe des jeweiligen Benutzers anzupassen. Ich drückte auf die Metallknöpfe und zog am unteren Gestänge. Ein silbergrauer USB-Stick rutschte heraus und landete auf dem Beton.

Keiner von uns beiden fasste danach. Stattdessen starrten wir die zusammengerollte Leinwand an, die aus dem oberen Ende der Krücke ragte.

»Was ist denn das?«, fragte Maria.

Ich zog die Leinwand heraus und rollte sie auseinander. Es war eine ländliche Szene, ein Hochlandmoor mit Felsen und Heidekraut, einem weiten Himmel und einem Sturm, der sich dort zusammenbraute.

Der Haufen bestand aus über sechzig Krücken. Wir zogen sie alle auseinander. Zwanzig Minuten später lagen neun verschiedene Leinwände vor uns, alles Landschaftsbilder. Jedes davon hatte eine Signatur, aber keine war von Finn.

Eins faszinierte mich besonders, ein feuriger Sonnenuntergang in strahlendem Zinnoberrot. Ich hätte schwören können, den erst kürzlich in einer Krankenhaus-Lobby gegenüber den Aufzügen gesehen zu haben. Nicht dass irgendjemand einen Scheißdreck auf meine Aussage gegeben hätte, jeder halbwegs begabte Anwalt hätte mich zur Schnecke gemacht, mit dem Argument, dass ich unter Beruhigungsmitteln gestanden hatte und ohnehin nicht zurechnungsfähig gewesen war, weil ich mich gerade mühsam durch den Flur gequält hatte, um meinen Sohn zu besuchen, der auf der Intensivstation im Koma lag.

»Das kapiere ich nicht«, sagte sie.

»Vielleicht sollten die in einem Heim für verkrüppelte Waisenkinder an die Wand gehängt werden, um die Atmosphäre ein bisschen aufzuheitern.«

36

Maria steckte den USB-Stick ein und nahm Bear an die Leine. Eigentlich war es eher eine Kette mit einem geflochtenen Ledergriff. Die Leinwände hatten wir wieder in die Krücken geschoben. Es waren vermutlich die Originale von Fälschungen, die überall im Land an irgendwelchen Wänden hingen. Ich fragte mich, ob sie alle von Finn stammten oder ob er auch ein paar aus der *Spiritus-Mundi*-Crew in diese Betrugsaktion eingeweiht hatte.

Wie auch immer, die Dinger würden sich als nützlich erweisen, wenn ich das nächste Mal Tohill gegenüberstand. Neun echte Ölgemälde sollten doch mindestens dem Wert von einem Päckchen Koks für zehn Riesen entsprechen, vor allem angesichts der Tatsache, dass sie der Faden sein könnten, an dem Tohill alles aufribbeln wollte.

Wir traten hinaus ins grelle Sonnenlicht und mussten blinzeln, so hell war es. Bear spannte alle Muskeln an und knurrte grollend.

Er stand vor dem Phaeton, lässig gegen die Karosserie gelehnt, Sonnenbrille auf, das Gesicht in die Sonne gerichtet.

Sonnte sich, beide Hände in die Taschen seiner Lederjacke gesteckt. Toto McConnell, der Wichser.

»Ich war gerade auf dem Weg zu Herbie, um mal nachzufragen, was aus dieser speziellen Lieferung geworden ist, auf die ich warte«, sagte er. »Aus irgendeinem Grund geht Herb nämlich nicht ans Telefon. Und da kriege ich einen Anruf von einem meiner Jungs, der gerade Jimmys Wagen gesichtet hat, aber Jimmy hätte gar nicht am Steuer gesessen, sondern dieser Typ, der eigentlich Taxifahrer ist, dieser Harry Rigby, aber er hätte eine Augenklappe gehabt, und deshalb sei er sich nicht ganz sicher gewesen. Ich fand das total interessant, denn dieser Harry Rigby müsste eigentlich was über die Lieferung wissen, auf die ich warte, also rufe ich Jimmy an, um ihn zu fragen, was Sache ist, wieso Rigby seinen Wagen fährt. Aber Jimmy geht auch nicht ans Telefon. Also sag ich dem Typen, er soll dem Phaeton hinterherfahren und mich auf dem Laufenden halten. Als Nächstes höre ich dann, Rigby ist unten am Hafen beim alten Hafenamtsgebäude, wo der Typ, für den er vor ein paar Tagen gebürgt hat, aus dem Fenster gesprungen und auf einem von meinen Taxis gelandet ist. Also bin ich mal hergekommen um rauszukriegen, was eigentlich los ist.«

In dem verbeulten Golf, den er an der Seite geparkt hatte, saß niemand, aber das musste nichts heißen. Er konnte irgendwo ein paar Männer postiert haben, vielleicht warteten sie außerhalb des Geländes.

»Ich habe dafür gebürgt, dass Finn das Gras bezahlt«, sagte ich und lehnte die Krücken gegen den Kofferraum des Phaeton, »aber nicht dafür, dass er keinen Selbstmord begeht.«

»Sicher«, sagte Toto, »aber Herb meint, du hättest das mit der Bezahlung auch ein bisschen falsch verstanden. Was sind das denn für Krücken?«

»Die gehören zu einem Wohltätigkeitsprojekt, das Finn zusammen mit Maria geplant hatte«, sagte ich und deutete mit dem Kopf zu ihr. Sie stand steif da und war ziemlich damit beschäftigt, Bear zurückzuhalten. »Sie wollten heiraten.«

»Tut mir leid, das zu hören«, sagte er und nickte ihr zu. »Mein Beileid.«

»Wer ist das?«, fragte sie.

»Nur ein Geschäftspartner, mit dem ich was klären muss. Steig du schon mal ein.«

Toto zog die linke Hand aus der Tasche und hielt sie hoch. »Ganz ruhig, niemand geht jetzt irgendwo hin.« Die Geste und sein Tonfall beunruhigten Bear, der wieder anfing zu knurren. »Halt bloß den Hund fest«, sagte er zu Maria, »sonst werde ich noch nervös.« Dann wandte er sich wieder an mich. »Also, was ist los? Da Jimmy zur Familie gehört, sollten wir vielleicht mit ihm anfangen.« Er bemerkte etwas in meinem Blick und stieß sich vom Phaeton ab. Verstärkte den Griff um das, was in seiner rechten Jackentasche steckte. »Hör mal, Rigby, ich hab schon genug Ärger. Das Letzte, was mir jetzt noch fehlt, ist eine Schwester, die mir in den Ohren liegt, wo denn ihr geliebter James abgeblieben ist, ob er sich womöglich abgesetzt hat und ob ich nicht mal einen Suchtrupp losschicken könnte. Also wo ist er?«

Tatsächlich lag Jimmy gut verschnürt und halb bewusstlos knapp einen Meter neben ihm. Mir brach der Schweiß aus, als ich mir ausmalte, wie Totos Schwester jetzt Jimmys Nummer wählte und sein Handyklingeln aus dem Kofferraum tönte.

»Es ist ein bisschen kompliziert«, sagte ich.

»Dann gib mir mal nur die Eckpunkte.«

»Hm, also, diese Lieferung, die ist schiefgelaufen.«

»Schiefgelaufen?«

»Auf der Rückfahrt von Galway wurde ich von der Straße abgedrängt und bin im Krankenhaus gelandet.« Ich zuckte mit den Schultern. »Die Bullen haben das Zeug jetzt.«

»Sie haben es im Wagen gefunden?«

»Ganz genau.«

»Was hast du Ihnen erzählt?«

»Hab gesagt, ich hätte keine Ahnung, und dass es mir von jemandem untergeschoben wurde.«

»Und daraufhin haben die dich gehen lassen?«

»Nein, ich bin aus dem Krankenhaus abgehauen, als ich zu einer Röntgenuntersuchung gebracht wurde.«

»Also suchen die jetzt nach dir?«

»So scharf sind sie auch wieder nicht drauf. Es ist keiner dagewesen, der mir meine Rechte heruntergeleiert hätte. Aber im Prinzip ja, wenn sie mich finden, buchten sie mich ein.«

»Scheiße.«

»Toto«, sagte ich, »das geht auf mich, das weiß ich. Ich bring das wieder in Ordnung.«

»Ach ja?«

»Ich hab da einen Auftrag zu erledigen. Soll für jemanden ein paar persönliche Dinge wiederholen. Dafür kriege ich zehn Riesen.« Dass es eigentlich zwanzig waren, musste ich ihm ja nicht auf die Nase binden, dann hätte er alles verlangt. »Wenn ich es abgeliefert habe, kriegst du die zehn Riesen und dann sind wir quitt, was die Lieferung betrifft.«

»Also zuerst einmal war diese Lieferung für heute Abend bestimmt, das hatte ich klar und deutlich gesagt. Und es wurde mir garantiert. Also muss es eine Strafe geben.«

»Weiß ich alles.«

»Ja? Und wie willst du das bezahlen, wenn du mir Stoff für zehn Riesen schuldest? Und wo zum Teufel ist Jimmy?«

»Dieser Kumpel von Jimmy, Gillick, der Anwalt, hat mir diesen Auftrag vermittelt, den ich erledigen muss. Seine Mandantin ist sich zu fein, sich die Hände mit Bargeld schmutzig zu machen. Also hat Gillick zu Jimmy gesagt, er soll mir den Phaeton leihen, damit ich die Sache erledigen kann.«

»Und warum geht er nicht ans Telefon?«

»Weiß ich nicht. Gillick wohnt hinter dem Lough Gill auf dem Land. Gut möglich, dass er dort keine Verbindung hat, jede Menge Berge und so.«

Wegen der Sonnenbrille war es unmöglich, seinen Gesichtsausdruck zu interpretieren. »Und wann kriegst du die zehn Riesen?«

»Ich bin gerade auf dem Weg.« Ich griff nach einer Krücke, wiegte sie in der Hand. »Sobald ich die Dinger hier eingeladen habe.«

»Dann macht's dir bestimmt nichts aus, wenn ich hinter dir herfahre. Kleine Spritztour sozusagen.«

»Dies ist ein freies Land.«

»Okay«, sagte er. »Aber hör zu, Rigby, wenn ich das Gefühl habe, du …«

Ein gedämpfter, blecherner Ton drang aus dem Kofferraum des Phaeton. Das Klingeln eines Mobiltelefons. »Live and Let Die« von den Wings.

Toto drehte instinktiv den Kopf, nur ein kleines bisschen, aber das genügte. Es war auch ganz gut, dass das, was er in seiner Tasche hatte, irgendwo hängen blieb, als er zurücktrat, um es herauszuziehen. Ich hatte nur eine einzige Chance, also holte ich aus dem Stand aus und gab mein Bestes. Die Krücke landete seitlich an seinem Kopf und riss ihm die Sonnenbrille vom Gesicht. Er stolperte nach hinten, landete auf einem Knie und kippte dann zur Seite. Ich sprang auf ihn zu, während Bear hinter mir schnappte und knurrte, setzte einen Fuß auf sein Handgelenk, schob meine Hand in seine Jackentasche und zog die Knarre raus. Es war eine Beretta, wenn der Schriftzug der Wahrheit entsprach, Kaliber 9mm. Entsichert.

Ich sicherte sie und zielte auf sein Gesicht. »Los, auf!«

Der Schlag gegen den Kopf war so stark gewesen, dass die Krücke sich verbogen hatte. Aus der Wunde über seinem Ohr lief Blut. Benommen stand er auf und blieb schwankend stehen. Ich klappte den Kofferraum des Phaeton auf. »Los, rein da.«

Der Kofferraum des Phaeton war geräumig, aber Jimmy war recht groß. Es würde ziemlich eng werden. Toto starrte mit glänzenden Augen vor sich hin und bewegte sich nicht.

»Rein da«, sagte ich, »sonst sperr ich dich zusammen mit dem Hund im Studio ein.«

»Rigby«, sagte er. Er klang wie betrunken oder im Delirium. »Du weißt ja gar nicht, was du da tust.«

»Ich krieg's noch raus.« Ich trat hinter ihn, legte eine Hand auf seine Schulter und schob ihn hin. Wirklich schade, dass ich das Klebeband von Herb nicht mitgenommen hatte. »Und jetzt steig da rein.«

Er musste ein paar Anläufe nehmen, bevor er es schaffte hineinzuklettern. »Leg dich auf den Bauch«, befahl ich. Als er richtig lag, drückte ich ihn runter. Dann fand ich zwei Handys und ein zehn Zentimeter langes Messer, das er mit Klebeband an seiner rechten Wade befestigt hatte. Jimmy das Telefon abzunehmen war ein bisschen schwieriger, weil es in seiner Tasche steckte, aber schließlich hatte ich es auch in der Hand. Er hatte sieben Anrufe verpasst.

Ich schlug den Kofferraumdeckel zu. Meine Knie fingen an zu zittern. Es gab keinen Weg mehr zurück.

Wie Paul ganz richtig gesagt hatte: »Wenn du drin bist, bist du drin.«

Ich steckte die Beretta neben den Revolver in meinen Gürtel. Da wurde es jetzt ganz schön eng, fehlte nur noch ein Gatling-Repetiergeschütz, und ich hätte eine Revolution anzetteln können.

Ich warf die Krücken auf den Rücksitz und schlug die Tür zu. Bear schnüffelte am Kofferraum des Phaeton, offenbar beunruhigt wegen des Blutgeruchs. Ich warf Maria einen auffordernden Blick zu, um sie anzutreiben, aber sie stand stocksteif da und starrte mich an, mit einem Gesichtsausdruck zwischen Horror und Ekel.

Nichts Neues also.

»Entweder du steigst jetzt ein«, sagte ich, »oder du musst auf Bears Rücken zum Flughafen reiten. Deine Entscheidung.«

37

Maria musste Bear mehrmals besänftigen, weil er zu jaulen anfing, als er sich zwischen Vorder- und Rücksitz auf den Boden legen und stillhalten sollte. Zu mir sagte sie ansonsten kein Wort, bis wir die Stadt hinter uns gelassen hatten und am Ufer des Sees entlangfuhren. Die Straße schlängelte sich durch einen Tunnel aus dicht stehenden Bäumen. Wir fuhren durch den Wald von Dooney Rock.

Sie stand unter Schock, vermutete ich. Was ich ihr nicht verdenken konnte. Zuerst ziehe ich Toto eine Krücke über den Schädel und fuchtele mit einer Knarre herum, und dann geht der Kofferraum auf und drin liegt Jimmy in seinem Blut.

In der Schule war ich nie besonders aufmerksam, aber jetzt wünschte ich mir, ich hätte gar nie aufgepasst. Dann wüsste ich vielleicht nicht, dass jede Aktion eine gleichgroße und entgegengerichtete Reaktion erzeugt.

Ich könnte den Wagen irgendwo stehen lassen, klar. Könnte Saoirse Hamiltons zwanzig Riesen nehmen und für immer verschwinden. Es gab ja keinen Ben mehr, der mich hielt.

Nur dass das bedeuten würde, dass Herb Toto ausgeliefert war. Und Dee auch.

Nein. Jetzt ging es ums Ganze, es musste zu Ende gebracht werden.

Ich holte den Umgebungsplan von Gillicks Haus, den Herb mir ausgedruckt hatte, aus der Ablage unter dem Armaturenbrett und reichte ihn Maria. Erklärte ihr, dass wir noch einen Zwischenstopp einlegen mussten, bevor wir zum Flughafen nach Knock fuhren. Ich erwartete Widerspruch, aber sie sagte nur: »Er hatte vor, diese Gemälde außer Landes zu schmuggeln, stimmt's?« Als spürte sie den Schmutz von Finns zwielichtigen Geschäften an ihren Händen, je mehr sie darüber erfuhr.

»Na ja«, sagte ich, »es heißt immer, nur eine konsequente Exportorientierung könnte die Wirtschaft aus der Rezession führen.«

»Glaubst du, er hat sie gestohlen?«

»Ich würde eher sagen, dass man sie ihm überlassen hat.«

»Du meinst als Spenden für einen Wohltätigkeitsbasar.«

»Etwas in der Art, ja. Achte auf die Karte.«

Wir erreichten Slish Wood. Maria folgte mit dem Finger der roten Linie auf dem Plan. »Ich glaube, wir müssen die zweite links abbiegen«, sagte sie.

Ich bog von der Hauptstraße ab und fuhr einen schmalen Feldweg mit tiefen Spurrillen entlang, und wir erreichten einen Kiefernwald. Es ging steil bergauf. Ich schaltete in den zweiten Gang zurück, dann in den ersten. Maria knüllte den Plan zusammen und ließ ihn auf den Boden fallen.

»Was soll das denn?«, sagte ich. »Den brauchen wir vielleicht noch.«

»Wir fahren doch zu Gillick, oder?«

»Ja.«

Sie war schon mal dort gewesen, mit Finn, mehrmals sogar. Zum Grillen an langen feuchtfröhlichen Abenden im Sommer, auf der Dachterrasse mit Blick auf den See. »Was wollen wir denn hier?«, fragte sie.

»Jimmy hat behauptet, Gillick hätte ihm davon erzählt, dass Ben im Krankenhaus ist. Ich will wissen, woher er das wusste.«

»Und was soll das bringen?«

»Das hängt davon ab, *wie* Gillick es erfahren hat.«

Der Phaeton rumpelte durch ein Schlagloch. Die Krücken auf dem Rücksitz klapperten, gefolgt von einem dumpfen Schrei, als Totos Rippen gequetscht wurden. Ich schaltete die Stereoanlage ein und war überrascht, als das zarte, schlichte Klimpern eines Klaviers ertönte. Schubert womöglich. Ich hätte Jimmy eher für einen Gitarren-Typ gehalten, der

Metallica hörte, oder Led Zep, wenn er eher von der alten Schule wäre.

Wir erreichten den Gipfel, eine messerscharfe, mit Kiefern bewachsene Anhöhe. Dort teilte sich der Weg, der rechte Arm führte in Serpentinen nach unten und verlief dann parallel zum Hang.

»Geradeaus«, sagte sie.

Wir waren oberhalb eines Sees, der in einer von dunklen Bäumen bestandenen Senke lag und einen knapp einen Kilometer langen und einige hundert Meter breiten Bogen beschrieb.

Ich stoppte und zog die Handbremse an. Griff nach Jimmys Telefon, ging seine Kontakte durch und drückte auf den Eintrag »Fat Man«.

Es klingelte zwei Mal und Gillick ging dran. »Wo bist du?«

»Hier ist Rigby.«

»Oh?«

»Jimmy sitzt am Steuer und bat mich, kurz durchzuklingeln. Um zu sagen, dass wir jetzt kommen.«

»Ihr seid jedenfalls nicht zu früh dran.«

»Er sagt, wir haben den Laptop, und will bloß wissen, ob die Luft rein ist.«

»Rein?«

»Er will nicht mit dem Mac reinspazieren, wenn noch jemand da ist.«

»Wer sollte denn da sein?«

Ich hielt eine Hand über das Handy und wiederholte die Frage. Dann sagte ich: »Er sagt, man kann nie vorsichtig genug sein.«

»In der Tat. Darf ich bitte mal persönlich mit ihm sprechen, Rigby?«

»Okay, bleiben Sie dran. Jimmy? Gillick will selbst mit dir reden.«

Ich legte auf.

»Das macht ihn auch nicht wieder lebendig«, sagte Maria.

Ich war mir nicht sicher, ob sie Finn oder Ben meinte.

»Darum geht es nicht.«

»Aber du willst da reingehen und ihn umbringen.«

Ich wollte schon Shakespeare zitieren, die Stelle, wo er rät, erst alle Anwälte zu töten, aber die Zeit für schlaue Sprüche war längst vorbei.

»Ich will wissen, wer uns von der Straße abgedrängt hat«, sagte ich. »Wer es veranlasst hat. Wenn es Gillick war, ja, dann werde ich ihn umbringen. Wenn du aussteigen willst, dann tu's jetzt. Aber du musst eins bedenken. Wenn du glaubst, Saoirse hat Finn auf dem Gewissen, hat ihn dazu getrieben, über den Fenstersims zu steigen, und ihm dann den entscheidenden Stoß verpasst, gut. Aber sie hätte ihn nie so weit gebracht, hätte nicht genug Druck aufbauen können, wenn Gillick ihr nicht assistiert hätte. Er ist der Winkeladvokat, der die ganze Zeit im Hintergrund die Strippen zieht. Und an dem besagten Abend war er im Studio, um Finn dazu zu bringen, dir den Laufpass zu geben, behauptet Saoirse jedenfalls.«

Sie musste schlucken, packte Bear an der Schnauze und sagte: »Fahr weiter.«

Ich nahm den Gang raus und behielt den Fuß auf der Bremse, während wir nach unten rollten, über einen holprigen Weg, der das ausgetrocknete Flussbett eines Wasserfalls hätte sein können. Die Fichten dünnten aus. Schließlich erreichten wir eine Lichtung, die sich bis zum Rand einer Klippe erstreckte. Der Weg bog scharf nach rechts ab und führte über einen Kiesweg auf einen überdachten Parkplatz. Ich wendete, sodass der Phaeton abfahrbereit dastand. Das Einzige, was die schöne Aussicht beeinträchtigte, war ein niedriger Bungalow in Holzrahmenkonstruktion, der dicht am Rand der Klippe errichtet worden war.

»Vielleicht sollte ich mit reinkommen«, sagte sie mit rauer Stimme. »Um mir anzuhören, was Gillick zu seiner Entlastung zu sagen hat.«

»Was du nicht siehst, bringt dich nicht in den Knast«, sagte ich.

»Ich pass schon auf mich auf.«

»Jetzt musst du aber auf zwei aufpassen. Also kannst du nicht mehr frei entscheiden.«

»Ich muss aber. Ich will wissen, was Finn wirklich vorhatte.«

»Ich weiß das zu schätzen, aber ...«

»Schwör's im Namen von Ben«, sagte sie heiser. »Schwör mir, dass du ihn danach fragen wirst.«

»Ja, ich werde ihn danach fragen.«

»*Schwör* es.«

Ich schwor. Dann gab ich ihr die Beretta, für den unwahrscheinlichen Fall, dass Toto es schaffen sollte, den Kofferraum aufzubrechen.

»Ich will nicht, dass du ihn erschießt«, sagte ich. »Falls er es tatsächlich schafft, schießt du ein Mal und rennst in den Wald. Er wird nicht hinter dir herrennen, wenn er weiß, dass du bewaffnet bist. Okay?«

Es war überhaupt nicht okay. Nicht, wenn man vernünftige, zivilisierte Maßstäbe anlegte, aber sie nickte.

Ich stieg aus und ging über den Parkplatz bis zum Eingang des Bungalows. Es war gar kein richtiger Bungalow. Das Haus war in den Berg hineingebaut worden, die Frontseite bestand aus versetzten Geschossen, das obere Stockwerk war voll verglast. Eine Holzterrasse lief einmal komplett um das Haus herum und war wahrscheinlich ziemlich erschöpft, als sie endlich in der hintersten Ecke ankam.

Die Sonne schien warm auf meinen Rücken, als ich die Holzstufen hinaufstieg. Es roch gut nach frischem Fichtenholz. Vögel zwitscherten. Unten im See schimmerten zwei kleine Inseln im Dunst. Ich trat auf die Veranda und sah Gillick, der sich eine Serviette zwischen das dritte und vierte Kinn gesteckt hatte. Er trug ein blassblaues, kurzärmliges Hemd, knielange Shorts und schmale Bootsschuhe. Angesichts dieser großzügigen Zurschaustellung von wabbeligem Fleisch hatte ich das Gefühl, in der Hütte von Jeremiah Johnson angekommen zu sein, um dort Jabba den Hutten als Hausbesetzer anzutreffen.

»Ah«, säuselte er, »der unfassbare Mr Rigby. Wären Sie so freundlich, mir Gesellschaft zu leisten?«

Er winkte mich zu sich und drehte sich um, ohne zu warten, ob ich ihm folgte. Wir betraten einen gläsernen Durchgang, der im Innern parallel zur Holzterrasse verlief. Rechts an der Wand konnte man in regelmäßigen Abständen Beispiele dafür sehen, was falsch laufen kann, wenn ein Mann zu viel Acrylfarbe und zu wenig Sex hat. Am Ende des Korridors trat er in ein Büro, das in einen Wintergarten überging, mit einem großen Schreibtisch aus Walnussholz vor einer holzvertäfelten Wand, einer Sitzgruppe aus Leder und zwei Aktenschränken, die seitlich Spalier standen. Auf dem Schreibtisch standen ein Mac Pro, ein Drucker und ein eher aufgeräumtes Sortiment an üblichem Bürokrempel, Stifte, ein Post-It-Block und ein mit allerlei Kritzeleien verunstalteter Notizblock. Außerdem ein Aschenbecher aus Kristall mit einer riesigen Zigarre darin, die die Bullen requirieren würden, falls ihre Schlagstockfabrik mal abbrannte. Auf den Regalen hinter dem Schreibtisch standen in grünes Leder gebundene Gesetzbücher in Reih und Glied. Und keiner der Buchrücken hatte auch nur einen einzigen Knick.

»An diesem Abend, als wir uns in Finns Studio trafen«, sagte ich, nur um irgendwas zu sagen, »sprachen Sie von einem Gefallen, den Sie Finn tun wollten. Welcher war das?«

Er hob eine Hand, ohne sich zu mir umzudrehen, den Zeigefinger in die Höhe gereckt, und bedeutete mir weiterzugehen. Ich hatte erwartet, wir würden im Büro bleiben, aber er durchquerte es und betrat den Wintergarten. Dort stand ein kleiner Esstisch vor einem Fenster, das die ganze Wand einnahm und einen ausgedehnten Blick auf den See freigab. Der Hang unter uns erstrahlte rot im Licht der untergehenden Sonne. Er ging um den Tisch herum und ließ sich auf einen Stuhl fallen. »Bitte«, sagte er, »setzen Sie sich. Machen Sie es sich bequem.«

Der Revolver drückte gegen meine Wirbelsäule, also lenkte ich ein. Er hatte bereits gegessen und den schmutzigen Teller beiseite geschoben, um Platz zu schaffen für ein paar Schälchen mit Trauben und Crackern und etwas, das aussah wie ein spektakulär aromatischer Brie. Eine Presskanne, bis obenhin gefüllt mit wohlriechendem heißen Kaffee, stand bereit, aber er griff nach der Flasche mit dem Roten und füllte das bereitstehende Glas damit. Das schob er mir hin und goss sich etwas Wein in die Kaffeetasse.

»Wir müssen uns nicht mit irgendwelchen Förmlichkeiten aufhalten«, sagte er. »Wollen Sie mir Gesellschaft leisten?«

»Ich hab keinen Hunger«, sagte ich. Das Protestgeschrei meines Magens klang wie das Wehklagen der ewig Verdammten. »Erzählen Sie mir einfach, was mit Finn ist und um welchen Gefallen es sich handelte.«

»Trinken Sie doch wenigstens etwas Kaffee. Er ist frisch aufgebrüht.« Er strich sich etwas von dem Brie auf einen Cracker. »Kolumbianischer, der ist richtig gut. Haben Sie den schon mal getrunken? In Kolumbien sagen sie, der peppt noch mehr auf als Kokain. Nicht, dass ich das beurteilen könnte«, fügte er mit einem schlauen Grinsen hinzu.

»Falls Sie auf Jimmy warten, der wird nicht kommen.«

Er hatte ein Stück von seinem Cracker mit Brie abgebissen, weshalb sein »Nein?« etwas gedämpft klang. Er schluckte. »Wie das?«

»Er ist unpässlich.«

»Tatsächlich?«

»Rufen Sie ihn an.«

Er starrte nachdenklich vor sich hin. Dann tupfte er sich die Mundwinkel mit seiner Serviette ab und griff nach dem Telefon. Drückte auf einen Knopf. Nach einer kurzen Weile ertönte die Melodie von »Live and Let Die« unter der Tischplatte. Ich griff in die Tasche, holte Jimmys Handy raus und nahm den Anruf entgegen. »Hallo, hier spricht Jimmy«, sagte ich. »Ich bin total im Arsch. Bitte hinterlassen Sie eine

Nachricht. Ich melde mich dann zurück. Falls ich meinen Arsch jemals wiederfinde.«

Ich legte auf und steckte das Handy wieder ein. Gillick nickte und legte sein Telefon auf den Tisch, griff nach dem Rest vom Cracker mit Brie, überlegte kurz und legte ihn wieder hin. »Mir scheint«, sagte er, »die Ereignisse haben sich in eine unerwartete Richtung entwickelt.«

»Jimmy sagte, Sie würden sich gerne mit Grainne unterhalten. Sie konnte leider nicht kommen. Ich bin jetzt an ihrer Stelle hier.«

»Das sind Sie in der Tat. Größer als im wirklichen Leben und doppelt so nützlich.«

»Schwanzwedelnd und quietschvergnügt.«

Ein müdes, zynisches Lächeln mühte sich über seine fettigen Lippen. »Wollen wir dann zum Geschäftlichen kommen?«

»Das sollten wir tun.«

»Nun gut.« Er trank den Wein aus, griff nach der Presskanne und schenkte sich eine Tasse ein. Dieses Mal bot er mir keinen an. Er stand auf und trug den Kaffee durch das Büro, stellte ihn auf dem Schreibtisch ab und wandte sich direkt dem gerahmten Albtraum zu, der dahinter an der Wand hing, eine Art impressionistische Interpretation von Spaghetti mit Fleischbällchen oder von einer Granatexplosion im Unterleib. Ich war auf alles gefasst, stand bereit, die Hände auf Hüfthöhe, falls er plötzlich eine Knarre in der Hand hätte, aber als er sich umdrehte, hielt er nichts Schlimmeres in der Hand als einen simplen braunen Briefumschlag.

Er warf ihn vor mir auf den Schreibtisch und ließ seinen massigen Körper in den Bürosessel fallen. »Ich wurde von Mrs Hamilton beauftragt, Ihnen die vereinbarte Summe für die Beschaffung von Finns Computer zu übergeben«, sagte er. »Da drin sind zwanzigtausend Euro.«

Ich griff nach dem Umschlag und warf einen Blick hinein, enttäuscht darüber, wie dünn ein Geldbündel im Wert von zwanzigtausend war. Ich ließ es herausrutschen, knüllte den Umschlag zusammen und warf ihn auf den Boden.

»Wir können das gerne als Anzahlung betrachten«, sagte ich und hielt die zwanzig Riesen in die Höhe. »Und jetzt rufen Sie Saoirse an und sagen ihr, dass die Summe sich erhöht hat. Ich will jetzt genau 1,8 Millionen.«

»Wie bitte?«

»Außerdem möchte ich gern wissen, was auf dem Mac ist, nach dem sie so verzweifelt gesucht hat.«

»Aber Mr Rigby.« Er schien ernsthaft empört zu sein. »Die Abmachung wurde doch auf Treu und Glauben getroffen.«

»Ist das so?«

»Aber ja, natürlich.«

»Und wie vereinbart es sich mit Ihrem Treuglauben, dass Jimmy Finns Apartment überwacht hat, als ich den Laptop dort abgeholt habe?«

Seine Lippen bebten. »Das war doch nur eine schlichte Maßnahme von Mrs Hamilton zur Absicherung ihrer Investition.«

»Damit geben Sie zu, dass sie befürchtete, ich könnte mit dem Mac abhauen. Und darin herumstöbern, um herauszufinden, warum sie wirklich daran interessiert ist. Um sie dann unter Druck zu setzen.«

Allmählich hatte er die Schnauze voll, sich von einem undankbaren Proleten die Leviten lesen zu lassen. Er lehnte sich zurück, legte eine wabbelige Wade über die andere und verschränkte die Hände über der Wampe. »Mr Rigby, es ist nicht meine Aufgabe, die Motive meiner Mandantin in Frage zu stellen. Und da Mrs Hamilton Sie engagiert hat, um ihr einen Dienst zu erweisen, trifft das auch auf Sie zu.«

»Sie möchte, dass ich mir meiner Position immer bewusst bin.«

»Ich möchte, dass Sie sich auf das konzentrieren, was Sie hier tun.«

»Vor allem bereite ich mich darauf vor, Ihnen eine verdammte Kugel in ihre beschissene Visage zu jagen.«

»Wie bitte?«

»Sie haben's gehört.«

Hatte er, aber nicht zum ersten Mal. Für die Art von Mandanten, auf die Gillick sich spezialisiert hatte, war dieser Satz wahrscheinlich eine typische Floskel zur Eröffnung der Verhandlungen, um ihn auf Trab zu bringen. »Ich fürchte, ich verstehe nicht, was Sie meinen«, sagte er.

»Ich vermute, es ging darum, mich die Drecksarbeit machen zu lassen, den Einbruch, den Diebstahl des Laptops, um das wertvolle Teil und die gute Grainne abzuliefern. Dann würde Jimmy dazukommen, sich den Mac unter den Nagel reißen und mich rauswerfen. Wohin hätte ich gehen sollen, zu den Bullen?«

»Das wäre nun wirklich reichlich übertrieben, Mr Rigby.«

»Und in der Zwischenzeit führen Sie ein freundliches Gespräch mit Grainne über den Treuhandfonds, die besagten 1,8 Millionen. Erklären ihr, dass jetzt nicht der Moment ist, dramatische Entscheidungen zu fällen, dass sie ein bisschen durcheinander ist und nicht klar denken kann. Am besten überlässt sie derartige Angelegenheiten den Erwachsenen, zumindest im Augenblick. Bin ich nahe dran?«

»Ich bin Finns Testamentsvollstrecker, Mr Rigby. Ich würde meine Pflichten schwer verletzen, wenn ich nicht alles Erdenkliche täte, um Grainne davon zu überzeugen, dass bestimmte Entscheidungen nicht in ihrem Interesse liegen.«

»Sie weiß aber sehr genau, was sie will.«

»Sie ist verstört, Mr Rigby. Sie hat einen schweren Verlust erlitten. Sie und Finn standen einander sehr nahe, wissen Sie.«

»Das sagt sie auch. Nahe genug jedenfalls, dass er ihr erzählt hat, welche Änderungen er beim Treuhandfonds vornehmen wollte.«

Die kleinen Schweinsäuglein glitzerten, als hätte er eine Trüffelknolle erspäht. »Tatsächlich?«

»Ich hab es selbst gesehen.«

»Das haben Sie wirklich?« Er setzte sich auf und griff nach

der Tasse, nahm einen Schluck und streckte den kleinen Finger dabei in die Höhe. »Und was haben Sie noch so gesehen?«

»Nicht viel.«

Schiefes Grinsen. »Bitte, Mr Rigby. Laut Jimmys Angaben waren Sie schätzungsweise vierzig Minuten in Finns Apartment. Ich muss also annehmen, dass Sie diese Informationen auf dem Laptop gefunden haben.«

»Nehmen Sie ruhig weiter an.«

»Wo sollten Sie sie sonst gesehen haben?«

»Das geht allein Grainne und mich etwas an.«

Ein weiterer Schluck von der Kolumbianischen Krönung. »Ich will nur hoffen«, sagte er, »dass Sie keine Vorteile aus dem Unglück des armen Mädchens ziehen wollen. Es ist nur zu verständlich, dass sie wütend ist und blind austeilt. Menschen tendieren nun mal dazu, anderen den Schmerz zufügen zu wollen, den sie selbst spüren. Mrs Hamilton will nur das Beste für Grainne, aber das ist nicht unbedingt das …«

»Vor allem will Mrs Hamilton den Mac haben.«

»Ja, natürlich, sie möchte ihr Eigentum zurück haben. Aber wenn wir uns das größere Ganze anschauen, dann gehen ihre Gefühle auch …«

»Und die Waffe.«

»Die Waffe?«

Ich griff hinter meinen Rücken, zog den Revolver heraus und legte ihn auf den Tisch. Das eine oder andere Kinn geriet ins Wabbeln, als er in den Stuhl zurückfiel. Seine Schweinsäuglein sahen die Trüffelknolle in weite Ferne rücken. Dann richtete er sich mehr oder weniger senkrecht auf und griff nach der Waffe.

Ich schnappte sie ihm weg. Er nickte wieder, noch mehr Kinngewabbel. Jetzt sah er schlagartig müde aus. »Ich kann nur vermuten«, sagte er, »dass es *daran* liegt, dass der Preis so exorbitant gestiegen ist.«

»Sie sollten Ihre Vermutungen noch mal überdenken«, sagte ich. »Sie sind mir ein bisschen zu langsam. Die hier …«

Ich zielte mit der Knarre auf sein Gesicht, »... ist dazu da, Sie zu töten. Ganz einfach.«

Diesmal kam ich endlich durch. Vielleicht lag es daran, dass er in dieses kleine schwarze Loch starren musste, vielleicht auch an der Art, wie ich es sagte, aber er kapierte, dass ich gar nicht verhandeln wollte. Die Zeit des Taktierens war vorbei.

»Mr Rigby«, sagte er. »Ich muss Ihnen mitteilen, dass ich nicht in der Position bin, Ihnen mehr Geld auszuzahlen als vereinbart ...«

»Vergessen Sie das beschissene Geld, Gillick. Es geht nicht um Geld.«

Jetzt wusste er wirklich nicht mehr weiter. Er riss die Augen auf, sein Mund stand offen. Ich konnte beinahe hören, wie sich die Zahnräder in seinem Hinterkopf leerdrehten.

Wenn es nicht um Geld ging, worum konnte es dann gehen?

Auf rein anthropologischer Ebene war das faszinierend zu beobachten.

Gillick sah aus wie ein Tintenfisch auf einem Berggipfel, dem plötzlich, wenn auch vage, die Tragweite der Heisenberg'schen Unschärferelation klarwird.

Um ihn noch mehr zu verwirren, warf ich ihm ein Bündel Geldscheine ins Gesicht. Sie flatterten durch die Luft und er schnappte instinktiv danach.

Im gleichen Moment war ich schon halb über die Tischplatte gesprungen und landete knöcheltief in Kinnpartien. Wir landeten in einem Gewirr aus Leder, Chrom und zappelnden Gliedmaßen auf dem Boden. Da ich hundert Pfund leichter war und von einer mörderischen Wut angetrieben wurde, war ich als Erster wieder auf den Knien. Ich stieß den Stuhl beiseite und verpasste ihm mit dem Lauf des Revolvers zusätzliche Rottöne im Gesicht und dann eine Gerade gegen die rechte Schläfe, bei der ein Gelenk meines kleinen Fingers zu Bruch ging. Ich winselte. Gillick prallte zurück, seine Augen verdrehten sich.

Als er wieder zu sich kam, hatte ich schon die Schnüre an den Rollos abgerissen und ihm die Hände auf dem Rücken verschnürt. Keine leichte Sache, wenn der Knöchel des eigenen kleinen Fingers bereits auf die Größe einer Kastanie angeschwollen ist.

Ich ballte die Fäuste, spürte den Schmerz bis in den Ellbogen schießen, von wo aus er Querschläger in mein eisiges Inneres schickte.

»Woher wussten Sie das mit Ben?«, fragte ich.

Er blinzelte, benommen, seine Augen glotzten rund und starr, als wäre er eine Eule. »Wa-?«

»Jimmy sagte, er hätte von Ihnen gehört, dass mein Sohn im Krankenhaus ist. Woher wussten Sie das?«

Aus seinem gar nicht mehr affektiert gespitzten, sondern plattgeschlagenen Maul tröpfelte Blut und ein paar Zähne kamen dazu, als er spuckend sagte: »Ich weiß nicht …«

»Ganz langsam. Denken Sie lieber erst mal nach.«

Ich stand auf und stellte den Stuhl wieder hin. Legte den Revolver auf den Tisch und hob den Aschenbecher aus Kristall und die Zigarre auf, die beide vor dem Aktenschrank gelandet waren. Dann setzte ich mich auf den Stuhl. Als die Zigarre brannte, beugte ich mich zu ihm und blies ihm den Rauch ins Gesicht.

»Kubanische, hab ich recht?«, fragte ich.

»Rigby, ich weiß nichts über Ihren Jungen.«

»Sie wussten aber schon, dass er im Krankenhaus war.«

»Die Meldung kam in den *Nachrichten*, Menschenskind. Der Unfall.«

»Der Unfall vielleicht schon. Aber unsere Namen wurden ganz bestimmt nicht genannt.« Ich nahm einen kräftigen Zug von der Zigarre, um die Glut anzufachen. Hielt sie ganz dicht an seine Oberlippe. Seine Augen flackerten und er drehte den Kopf zur Seite, also sengte ich sein Ohrläppchen an. Er quiekte wie ein Schwein.

»So, jetzt wissen Sie, dass ich es ernst meine. Jedes Mal,

wenn Sie sich bewegen, kriegen Sie eine Verbrennung. Kapiert?«

Er nickte.

»Jimmy hat mir erzählt, dass er es von Ihnen erfahren hat. Das bedeutet, dass Sie entweder den Auftrag gegeben haben, uns von der Straße zu drängen, oder wer immer der Auftraggeber war, hat es Ihnen gesteckt. Wie war's?«

Er schüttelte den Kopf und deutete ein hilfloses Schulterzucken an. Ich rutschte näher und hielt die Spitze der Zigarre dicht vor sein Kinn. Er warf den Kopf zurück und schaute mich jetzt direkt an.

»Sind Sie religiös?«, fragte ich.

»Nein.«

»Ich auch nicht. Ehemaliger Katholik. Aber das früh Gelernte vergisst man nicht so schnell.« Ich deutete auf meine Augenklappe. »Auge um Auge und so weiter.«

»Aber ich *weiß* doch nichts ...«

»Gillick«, sagte ich sanft, »die Kavallerie wird nicht kommen. Jimmy ist am Arsch. Also konzentrieren Sie sich, Mann. Das hier betrifft nur Sie und mich, und ich habe gerade meinen Sohn verloren. Was bedeutet, dass das Leben für mich keinen Sinn mehr macht. Ich weiß nicht, ob das schon wieder wird, wie es immer heißt. Aber jetzt im Augenblick ist es mir absolut scheißegal, was ich tue und wem ich es antue. Hab ich mich klar ausgedrückt?«

Ich hatte mich anscheinend zu klar ausgedrückt. Irgendwie war er mir abhanden gekommen, ich hatte ihm jede Hoffnung genommen.

Wenn man das getan hat, bleibt dem anderen nur noch seine Würde.

So wie seine Hände gefesselt waren, war es physisch unmöglich für ihn, die Schultern zu straffen. Aber man konnte es in seinen Augen sehen. Etwas Frostiges blitzte hinter dem feuchten Glanz auf, als hätte er sich durch felsiges Gelände gequält.

»Leck mich«, flüsterte er. Dann spuckte er einen blutigen Schleimklumpen.

Er war allerdings nicht so geübt wie Tohill. Der Klumpen kam nicht weit, sondern landete auf seiner Wange, wo er träge hinablief. Ich paffte wieder an der Zigarre. Seine Muskeln spannten sich an. Er wusste, dass es wehtun würde, aber er war besoffen von seinem Drang, Würde zu zeigen. Schweißperlen traten auf seine Stirn.

»Letzte Gelegenheit«, sagte ich. »Von jetzt an gibt es keine Regeln mehr.«

»Leck. Mich.«

»Sie haben es so gewollt.«

Ich spreizte die Finger und ballte die Fäuste, es tat weh. Dann lehnte ich mich zurück und legte die Zigarre auf den Aschenbecher. Beugte mich wieder nach vorn und spreizte die Daumen.

Er runzelte die Stirn, bevor ihm klarwurde, was ich vorhatte. Er kreischte laut auf, aber da drückte ich sie auch schon rein.

Ich hatte keine Ahnung, dass die Augenhöhlen beim Menschen so tief sind. Mein Daumen steckte bis zum zweiten Gelenk drin, als ich stoppte und ihn wieder rauszog. Seine Schreie brachten meine Zahnfüllungen zum Vibrieren, als ich erneut an der Zigarre zog. Der Augapfel lag auf seiner Wange wie eine wabbelige Murmel und hing immer noch am Muskelstrang. Tränen liefen aus der Augenhöhle über seine Wangen unter das Auge. Ich setzte die Spitze der Zigarre an die feuchte Pfütze. Es zischte.

»Um Himmels willen, *nein*!«, krächzte er.

Das Zusammentreffen der heißen Glut mit der glasigen Substanz, die den Augapfel umschließt, ist ein wenig erbaulicher Anblick, aber ich hatte es nicht anders erwartet. Was ich nicht mit einbezogen hatte, war der Geruch. Es stank nach halb gekochtem Ei in einer heißen Pfanne.

Zwei Mal erzeugte ich griesige Brandbläschen auf dem Augapfel.

Beim zweiten Mal wusste er, dass es ein drittes und ein viertes Mal geben würde.

»Grainne«, stieß er hervor. »Es war Grainne Hamilton.«

»Absoluter Scheißblödsinn.«

»Sie hat Sie gehört...« Er schnappte nach Luft. »Am Telefon. Als Sie von den Hamiltons aus im Krankenhaus angerufen haben.«

Das klang irgendwie plausibel. »Und sie hat es Ihnen erzählt?«

Er nickte.

»Aber Grainne war es garantiert nicht, die mich von der Straße abgedrängt hat. Wer war es dann?«

Er wusste es nicht. Oder behauptete es zumindest. Ich zog wieder an der Zigarre und er brach zusammen. Das tut jeder irgendwann. Er fing an zu reden, zu betteln. Weil er dachte, ich würde ihn nicht wieder versengen, solange er redete.

Ich musste ihm ein paar Ohrfeigen verpassen, bis er sich wieder konzentrieren konnte. Dann zielte ich mit dem Revolver auf sein intaktes Auge, löste den Sicherungshebel, spannte den Hahn.

»Hören Sie gut zu. Wenn Sie es nicht waren, müssen Sie nicht sterben. Aber ich glaube schon, dass Sie eine Idee haben.«

Hatte er, und als es endlich aus ihm herausbrach, klang es, als sei zuallererst ich für Bens Tod verantwortlich, weil ich Saoirse Hamilton am Telefon erklärt hatte, ich würde auf dem Rückweg von Galway bei ihr vorbeikommen und hätte bereits das, wonach sie suchte.

Es gibt nur eine Straße, die von Galway nach Sligo führt. Ich fuhr in Finns Audi. Der Rest war ganz einfach.

»Sie dachte, ich hätte Finns Abschiedsbrief«, sagte ich. Er schloss sein intaktes Auge und nickte. Die leere Augenhöhle glotzte höhnisch. »Weshalb war sie denn beunruhigt?«, fragte ich. »Was glaubte sie denn, was drin stand?«

»Der Safe«, stöhnte er. »Der Safe.«

Ich stand auf, ging zum Gemälde mit den explodierenden

Fleischbällchen und schob es zur Seite. Im Safe lagen mehrere dünne braune Briefumschläge unterschiedlicher Größen, alle unbeschriftet. Und ein kleines Futteral aus schwarzem Samt, in dem zueinander passende Ohrringe und eine Perlenkette aus Jade lagen.

»Wonach suche ich denn?«, fragte ich.

Er dirigierte mich in die oberste und hinterste rechte Ecke, hinter die ich fassen sollte. »Da ist ein Haken«, sagte er.

»Ist da nicht immer einer?«

Ich ließ meine Finger über die rechte Seite des Safes gleiten, spürte eine Art Hebel. Ich rüttelte daran, schob ihn in alle Richtungen, dann drückte ich drauf. Die hintere Wand des Safes sprang auf und ein Spalt von eineinhalb Zentimeter Breite zeigte sich. Dahinter steckte ein einziger brauner Briefumschlag. Darin befanden sich eine CD in einer durchsichtigen Plastikhülle und zwei blassblaue Luftpostumschläge, der eine ohne Aufschrift, der andere beschriftet in Finns geschwungener Kursivschrift.

Ich ging zum Schreibtisch und schob die CD in Gillicks Laptop. Als der Ordner erschien, klickte ich drauf. Es befand sich eine einzige Datei darin, eine Liste. Über der ersten Seite stand das Wort »Irisch«.

O'Leary, George: 17/3/2010 – €12k
Smyth, Val: 24/5/2010 – €14k
McCaul, Manus: 09/6/2010 – €21k
Walsh, Padraig: 11/8/2010 – €8k
Callaghan, Cormac: 21/9/2010 – €11'
O'Toole, Hugh: 14/11/2010 – €17k
Byrne, Brian: 05/2/2011 – €13k
Kelly, Paul Christopher – €9k
Flynn, Brian: 23/3/2011 – €19k
Morris, Collin: 04/5/2011 – €12k
Carruthers, John: 27/6/2011 – €5k
O'Rourke, Laurence: 19/8/2011 – €27k

Und so ging es über sechs Seiten immer weiter, wobei die Listen sich in verschiedene Nationalitäten aufteilten. Insgesamt kam eine Summe von Siebenhunderttausend zusammen.

»Was für Leute sind das?«, fragte ich. »Anteilseigner?«

»Künstler«, flüsterte er.

Das Portfolio von Fine Arte Investments, vermutete ich, brauchte aber wie immer eine Weile, um es zu kapieren. Es waren tatsächlich einige der Fine-Arte-Künstler aufgelistet, aber nur solche, deren Werk kopiert worden war, immer genau eins pro Künstler. Anschließend waren die Originale an private Sammler verkauft worden und die Fälschungen hingen nun in Justizgebäuden, Bibliotheken und Gemeindeverwaltungen, wo sie langsam einstaubten und dafür sorgten, dass die menschenfreundlichen Besitzer in den Genuss hübscher Steuererleichterungen kamen.

Es war Gillick gewesen, nicht Finn, der Tohill diesen Betrug gesteckt hatte, um sich Kredit zu verschaffen, als die Abteilung für Wirtschaftskriminalität immer mehr Druck aufbaute.

Das Prinzip war natürlich nicht idiotensicher. Schlauerweise hatte Finn sich ausschließlich auf impressionistische Landschaften konzentriert, aber trotzdem hing alles davon ab, dass die internationalen Kunstexperten nicht in der Lage waren, ein modernes Meisterwerk von einer hingefurzten Schmiererei zu unterscheiden.

Finn hatte Gillicks juristischen Beistand gebraucht und ihm im Gegenzug Prozente geboten. Sie hatten Saoirse Hamilton außen vor gelassen. Zum ersten Mal bekam sie etwas davon mit, als dieser italienische Kunsthändler mit einem scharfen Auge die Fälschung erkannte und den Vertrag auflösen wollte, woraufhin der Angeklagte Fine Arte Investments der Fälschung beschuldigt hatte.

Sie war, um es vorsichtig auszudrücken, nicht gerade erfreut darüber. Und zwar nicht wegen der Klage des Italieners, die nicht viel bewirken würde. Nein, Saoirse Hamilton fürchtete den öffentlichen Skandal, den die Affäre unvermeidlich hervorrufen würde.

Finanziell ruiniert zu sein war die eine Sache und so lange gut zu ertragen, wie alle anderen im Golfclub sich die Fremdfinanzierungen in den Arsch schieben ließen und der NAMA dankbar dafür waren, dass sie ihnen ein mittleres Auskommen zugestand, damit sie ihr Leben auch weiterhin in gut gebügelten Seidenkimonos fristen konnten. Aber der Gedanke, die Hamiltons könnten Schwindler sein und vor Gericht gezerrt werden wie gemeine Betrüger, die die Leichtgläubigkeit, die Gier und die Naivität ihrer Mitmenschen ausgenutzt hatten, war in ihren Augen derart peinlich, dass es wie ein Anschlag auf ihre Familienehre wirken musste. Und das alles nur wegen ein bisschen Kleingeld, jedenfalls nach Hamilton-Maßstäben.

Der Clou an der Sache war, dass Gillick einige seiner geschätzten Klienten zu der Party eingeladen hatte, und deshalb wollte er unbedingt einen Blick auf den Laptop werfen, bevor ich ihn Saoirse übergab. Nicht zuletzt waren auch die berüchtigten McConnell-Boys eingeladen, die immer erpicht auf Gelegenheiten waren, ihr schmutziges Geld blitzsauber zu waschen.

Es passte natürlich, dass Gillick mit seiner untadeligen republikanischen Gesinnung und seinem in der Gosse imprägnierten Gewissen einen ehemaligen INLA-Mörder und bekannten Bankräuber wie McConnell vertrat.

»Und nun hat Saoirse eine Scheißangst, Finn könnte in seinen Abschiedsbrief ein Schuldeingeständnis eingefügt haben«, sagte ich.

Er hätte bemitleidenswert ausgesehen, wenn es in diesem Raum jemanden gegeben hätte, der so etwas wie Mitleid hätte empfinden können. Wie ein missbrauchtes Kind, das die Zähne bleckt und zusammenbeißt und verzweifelt darauf hofft, dass alles bald vorbei sein wird, wenn es nur freundlich lächelt. Mit zitternder Hand deutete er auf den blassblauen Umschlag ohne Aufschrift. »Der Beweis«, flüsterte er.

Ich zog das Dokument heraus, es war eine Geburtsurkunde. Das Datum stimmte – 28. Oktober 1994 – und der Stempel sah auch offiziell aus. Aber es war eine Fälschung.

»Ich weiß ja nicht, was das hier beweisen soll«, sagte ich. »Aber wer auch immer es ausgestellt hat, hat einen falschen Namen draufgeschrieben.«

Er schaffte es irgendwie, Luft zu holen und zu sprechen, auch wenn die Worte stockend und heiser herauskamen: »Der Name ist richtig.«

»Sie war adoptiert, Gillick. Das waren sie doch beide, weil Big Bob Hamilton nur mit Platzpatronen schoss. Also kann auf der Geburtsurkunde nicht Grainne Hamilton stehen, sondern es müsste Grainne Irgendwer heißen. Und da Saoirse die Namen ihrer Kinder geändert hat, um ihnen irische zu geben, hieß sie wahrscheinlich nicht mal Grainne.«

»Ist echt«, sagte er, brauchte aber mindestens vier Sekunden, um es über die Lippen zu bringen.

»Blödsinn.«

»Finn«, sagte er und schluckte mühsam. Seine Augen fielen zu. Ich schaute mich nach Wasser um, aber es war nichts da.

»Was ist mit Finn?«

Nichts. Ich stieß den Revolver gegen sein Kinn. »Gillick? Ich gebe Ihnen fünf Sekunden, um ...«

»Robert konnte nicht damit leben.« Er meinte die Geburtsurkunde.

»Aber warum sollte er sich denn wegen so was ...«

Nur dass Gillick nicht gesagt hatte, Big Bob hätte sich umgebracht. Er meinte, Bob hatte nicht damit leben können, was seine Frau getan hatte, weshalb er zurück nach London wollte, um sich scheiden zu lassen.

Saoirse war in Panik geraten, obwohl Gillick ihr versichert hatte, dass Bob einverstanden war, die Wahrheit nicht preiszugeben.

»Welche Wahrheit denn?«

»Diese Wahrheit.« Und wieder meinte er die Geburtsurkunde.

»Was denn für eine Scheiß-*Wahrheit*?«

Einen kurzen Moment lang fand der alte Gillick wieder zu sich, der hochmütige, selbstgefällige Anwalt, auch wenn die Wirkung seines Lächelns durch die Tatsache ruiniert wurde, dass seine Zähne sich rosa verfärbt hatten. »Kein Wunder«, flüsterte er, »dass Sie als Privatdetektiv gescheitert sind.«

Das reichte mir. Ich griff hinter mich, tastete auf dem Tisch nach der Zigarre und hatte stattdessen den reich verzierten Brieföffner in der Hand.

»Wir hätten es auch leichter haben können«, sagte ich. Ich ließ mich auf seinen breiten Brustkorb fallen, blieb rittlings sitzen, ein Knie auf jeder Seite. Er stieß eine sprühende Blutfontäne aus. »Aber auf diese Weise haben wir mehr Spaß miteinander.«

Ich packte ihn am Kinn, um seinen Kopf ruhig zu halten. Sein intaktes Auge trat hervor. Er versuchte etwas zu sagen, aber es kam nur ein ersticktes Quäken heraus.

»Zu spät«, sagte ich, »und zu billig noch dazu.« Dann stieß ich zu.

Nachdem ich das »S« in seine Stirn geritzt hatte und seine Kehle wieder losließ, kam es alles heraus, wie in einer drittklassigen Farce aus dem 16. Jahrhundert. Gillick schrie es heraus wie ein Ein-Mann-Chor, die ganze jämmerliche Geschichte von Mord und Inzest, Blut und Verstümmelung. Wie Saoirse Hamilton ihren Teenager-Sohn verführt hatte, vielleicht nachdem sie sich eingeredet hatte, es wäre schon in Ordnung, weil er ja adoptiert war und nicht ihr eigenes Fleisch und Blut. Wie sie dann schwanger wurde und Grainne geboren hatte. Und wie Big Bob Schuhwichse nicht von Scheiße unterscheiden konnte, aber Schuhwichse vermutete. Spektakuläre Auseinandersetzungen, Gewaltandrohungen und die unvermeidliche Scheidungsdiskussion waren die Folge. Saoirse zog Bob damit auf, dass nicht einmal halb so viel Mann in ihm stecken würde wie in Finn.

All das hatte Gillick von Finn erfahren, der bei seiner Suche nach einem perversen Beichtvater ausgerechnet auf ihn verfallen war. Als verängstigter und sehr verwirrter junger Mann, fast noch ein Junge, der nicht mehr wusste wohin, und der die Verschwiegenheit eines Anwalts mit dem Beichtgeheimnis eines Priesters verwechselt hatte.

Er legte den Revolver auf den Tisch und erzählte Gillick, dass er seinen Vater umgebracht, ins Hafenbecken geworfen und dann den BMW hinterhergeschickt hatte.

»Mit dieser Waffe«, ächzte Gillick.

»Hab davon gehört. Paranoider Schwachsinn.« Offensichtlich doch nicht. Und Gillick wäre nicht Gillick gewesen, wenn er nicht seinen Vorteil gerochen und Geld gewittert hätte. Er erschlich sich Finns Vertrauen, den er als Thronfolger behandelte, der eines Tage das Vermögen von Hamilton Holdings erben würde. Wobei er überhaupt nicht auf den Gedanken kam, dass er selbst vielleicht derjenige sein könnte, dessen Vertrauen erschlichen, der manipuliert worden war und sich fälschlicherweise in einer Machtposition wähnte, weil sie scheinbar gemeinsam daran arbeiteten, Saoirse Hamilton zu isolieren und ihre Position zu untergraben.

Das alles war ziemlich überzeugend. Vor allem erklärte es Finns starke Gemütsschwankungen, seine Brandstiftungen, sein ständiges Bedürfnis, sich neu zu erfinden, sich in seiner Kunst zu verlieren und von hohen Klippen zu springen. Und warum er, nachdem er genug beiseite geschafft hatte, um ein neues Leben auf Zypern anzufangen, aus dem neunten Stock gesprungen war, als er erfuhr, dass Maria schwanger war, aber nicht von ihm. Warum er gesprungen und in Flammen aufgegangen war, nachdem er alle mit sich in den Abgrund gerissen hatte, mich inklusive.

Was jedoch nicht überzeugte, war das große Finale. Der perverse Schlusspunkt, der so aberwitzig war, dass ich tatsächlich laut auflachen musste.

Ich legte die stumpfe Seite des Brieföffners unter Gillicks

Kinn und schob es hoch, wodurch sein Kopf nach hinten gedrückt und seine Kehle freigelegt wurde.

»Ist das wahr?«, fragte ich.

»Ich schwör's bei meinem Scheißleben«, krächzte er.

Er hatte nichts mehr zu verlieren, keinen Grund zu lügen. Abgesehen davon wäre nur eine kurze Fahrt nötig, um es zweifelsfrei nachzuprüfen.

»Okay, das war's dann. Wir sind fertig.«

Ich stieg von seinem Brustkorb und sein ganzer Körper sackte erleichtert zusammen. Das intakte Auge ging zu, wurde aber alarmiert wieder aufgerissen, als ich ihm den Schuh und die Socke vom Fuß zog.

»Was machen Sie …«, wollte er sagen, aber da stieß ich ihm auch schon den Ellbogen in den Unterleib. Er stöhnte und schnappte nach Luft, sein Mund stand weit offen. Ich stopfte die Socke hinein und hockte mich wieder auf seine Brust. Griff nach dem Brieföffner.

Sein ersticktes Krächzen blieb ihm in der Kehle stecken, als er den Kopf zur Seite warf. Ich packte ihn an der Kehle und hielt seinen Schädel fest. Der bohrende Schmerz meines kaputten Knöchels schoss bis in meine Schulter. Dann stieß ich wieder zu.

Es dauerte eine Weile. Er gurgelte und schrie und kreischte, gedämpft von der Socke im Mund, es klang wie eine Ouvertüre von Philip Glass, Agonie in c-moll. Das Blut ergoss sich in seine leere Augenhöhle und sein intaktes Auge erblindete. Aber der nackt daliegende Augapfel, so versengt er auch war, sah alles.

Ich ging ins Badezimmer am Ende des Flurs und wusch mir das Blut ab, so weit das möglich war. Dann ging ich zurück, um meine Beute abzuholen. Die Geburtsurkunde, den blassblauen Umschlag mit der Adresse in Finns Handschrift, die Zwanzigtausend in bar. Gillick hatte sich auf die Seite gedreht und schnaufte wie ein gestrandetes Walross, das blutüberströmt im Sterben liegt. Die Socke in seinem Mund dämpfte sein ersticktes Stöhnen.

Und während ich die Hundert-Euro-Scheine einsammelte und die blutbeschmierten aussortierte, entpuppte er sich plötzlich als Bauchredner. Faszinierend. Ich hörte seine Stimme hinter mir, die, nun gar nicht mehr sockengeknebelt, ganz deutlich sagte: »Leg die Knarre weg, Rigby.«

38

Er stand in der zweiflügeligen Tür, eine Hand auf Marias Schulter, die Beretta seitlich gegen ihre Rippe gedrückt. An seinem Hals klebte getrocknetes Blut.

Maria sah aus, als müsste sie jeden Moment kotzen, ihre Augen standen leicht hervor.

»Arthur«, sagte Toto, ohne den Blick von mir abzuwenden. »Arthur?«

Gillick gab ein ersticktes Stöhnen von sich und drehte den Kopf in Richtung des Geräuschs wie ein halb bewusstloser Maulwurf, den jemand ausgegraben hatte.

»Zuerst verlierst du mein Koks«, sagte Toto. »Dann schlägst du meinen Schwager zusammen, und jetzt hast du dich an meinem Anwalt vergriffen.« Leeres Grinsen. »Wenn ich paranoid wäre, könnte ich mir glatt einbilden, du führst einen Krieg gegen mich.«

Er war so großzügig, meinen Schlag mit der Krücke auf seinen Schädel auszusparen. Oder vielleicht tat er auch so, als wäre der nie passiert.

»Ist nicht persönlich gemeint«, sagte ich.

Er schnalzte bedauernd mit der Zunge. »Leg die Knarre auf den Boden«, sagte er, »und kick sie hier rüber.«

Ich schüttelte den Kopf.

Er hob die rechte Hand und setzte die Beretta auf Marias Bauch. Sie schloss die Augen. »Glaub bloß nicht, dass ich's nicht tue«, sagte er.

»Wirklich? Du willst sie umbringen, obwohl du noch nicht mal weißt, wer sie ist? Und das bloß wegen diesem Stück Scheiße hier?« Letzteres war auf Gillick gemünzt. »Denk lieber erstmal nach.« Ich hob den Revolver an und zielte auf sein Gesicht. »Es wäre nämlich das Letzte, was du tun würdest.«

Toto dachte nach. »Und was bedeutet das jetzt?«

»Ich wollte gerade gehen«, sagte ich. »Und nehme sie mit.«

Sein Grinsen war wie ein Schmiss in der Backe. »Einfach so.«

»So in der Art, ja.«

»Du weißt ganz genau, dass es so nicht läuft.«

»Dann müssen wir mit Ted reden.«

»Mit Ted?«

»Es gibt da etwas, dass er vielleicht gern wüsste. Über Gillick hier, und was er mir gerade erzählt hat.«

»Spuck's aus.«

»Ich erzähl's Ted.«

Er dachte darüber nach, die Augen auf mich gerichtet, nicht auf die Waffe. »Du willst, dass wir jetzt mit Ted reden? So 'ne Konferenzschaltung?«

»Ruf ihn an.«

Das brachte ihn in die Bredouille. Um Ted anrufen zu können, hätte er Maria loslassen oder die Beretta wegstecken müssen.

»Okay«, sagte er. Er ließ Maria los, legte eine Hand in ihren Nacken und schob sie zum nächstgelegenen Stuhl. Rein theoretisch war sie immer noch in seinem Schussfeld. »Tut mir leid, Herzchen«, sagte er. »Ist nicht bös gemeint.«

Er schaute mich immer noch an, wartete auf meine Gegenleistung. Ich lenkte ein und senkte den Revolver.

»Na dann ruf mal Ted an«, sagte Toto und deutete auf das Telefon, das neben dem Schreibtisch auf dem Boden lag.

Es wäre natürlich unglaublich lustig gewesen, wenn ich mich jetzt hingehockt und eine Nummer gewählt hätte, die

Toto mir diktierte, um dann einen Tritt gegen den Kopf zu bekommen, als Dank für meine Bemühungen.

»Gillicks Telefon liegt auf dem Tisch«, sagte ich.

Er dachte darüber nach und ging dann rückwärts zum Esstisch. Behielt mich immer im Blick. Tastete sich durch die Überreste von Gillicks Mahlzeit.

Als er das Teil endlich gefunden hatte, ging's ziemlich geradlinig weiter. Er trat ein paar Schritte vor, drückte einige wenige Tasten. Gillick hatte eine Kurzwahl für Ted McConnell eingerichtet, den ehemaligen INLA-Mörder, der sich nun als Nachkriegs-Robin-Hood betätigte.

Toto ließ mich nicht aus den Augen.

Der Anruf wurde entgegengenommen. »Ted?«, sagte er, »ich bin's.«

Toto war ziemlich gut. Er brauchte gerade mal dreißig Sekunden, um die Situation klar darzulegen, und ein paar Jas und Ahas. Dann drückte er auf den Lautsprecherknopf und hielt mir das Telefon hin: »Du bist dran.«

»Ted?«, sagte ich.

»Rigby?« Seine Stimme klang metallisch, von einem leichten Feedback verzerrt.

»Ja.«

»Was gibt's?«

»Ihr Kumpel Gillick hier hat gerade erwähnt, dass mein Junge im Krankenhaus ist.«

»Ja?«

»Mein Junge lag im Koma.«

»Ja?«

»Jetzt ist er tot.«

»Also?«

»Der Einzige, der wusste, dass mein Junge im Krankenhaus war, war ein Typ namens Tohill.«

»Und?«

»Mit Tohill meine ich Detective-Sergeant Tohill.«

Schweigen. Dann: »Ach ja?«

»Sie haben vielleicht noch nicht von ihm gehört. Er wurde von der Abteilung für Wirtschaftskriminalität hierher geschickt.«

»Wirtschaftskriminalität?«

»Die sind zuständig für …«

»Ich weiß, wofür die zuständig sind, Rigby.«

»Gut.«

Ein metallisches Klicken, ein leises Echo des Feedbacks und die Verbindung brach ab. Toto und ich sahen einander an, untermalt von einer Art Sandpapier-Kratzen, das von dem würgenden Gillick kam.

Maria saß steif auf ihrem Stuhl, die Hände zwischen die Knie geschoben.

Das Telefon klingelte erneut.

Toto ging dran. »Ted?«

Weitere Jas und Hm-hms, die eiskalten Augen warfen einen Blick auf Gillick. Ein letztes, endgültiges Nicken. Er warf mir das Telefon zu.

»Was wissen Sie über Gillick und diesen Tohill?« Ohne den metallischen Halleffekt hatte Ted McConnell eine überraschend warme Baritonstimme.

»Jemand hat Gillick von meinem Jungen erzählt. Tohill war der Einzige, der davon wusste.«

»Arbeiten die zusammen?«

»Ich erzähl Ihnen nur, was ich weiß.«

»Ja.« Schweigen. »Ich denke, ich sollte mich mal mit Gillick unterhalten.«

»Machen Sie mit ihm, was Sie wollen.«

»Anschließend will ich noch mal mit Ihnen reden.«

»Das ist machbar, ja. Aber nicht jetzt.«

»Sie sagen mir nicht, wann …«

»Ted«, sagte ich, »Sie haben Gillick von mir bekommen.« Toto verzog das Gesicht, weil ich es gewagt hatte, Ted zu unterbrechen. »Und damit das jetzt absolut klar ist: Ich gehe jetzt hier raus. Und jeden, der sich mir in den Weg stellt, niete ich um. Ende der Durchsage.«

Jetzt folgte ein langes Schweigen. »Ich kann nicht behaupten, dass mir Ihr Benehmen gefällt, Rigby«, sagte er schließlich. »Ich kann auch nicht behaupten, dass mir gefällt, was Sie mit Jimmy gemacht haben. Gillick ist das Eine. Aber Jimmy gehört zur Familie.«

»Ich scheiß drauf, ob Ihnen mein Benehmen gefällt«, sagte ich. »Was Jimmy betrifft, okay. Also würde ich sagen, dass zehn Riesen für ihn drin sind.«

»Zehn?«

»Ich habe zwanzig Riesen in bar hier. Zehn gehören Toto. Die anderen zehn sind für Jimmy. Letztes Angebot.«

»Geben Sie mir Toto.«

Ich warf ihm den Hörer zu. Toto machte wieder Ja-ja und Hm-hm. Dann legte er auf, zog sein Hemd aus der Hose und rieb das Telefon gründlich ab. Dann ließ er es fallen.

»Also«, sagte er, »das ist der Deal: Jimmy kriegt die zehn Riesen, ich krieg meine und wir nehmen Gillick mit auf eine Spritztour. Wir beide waren nie hier.«

»Der Einzige, der davon weiß, ist Gillick«, sagte ich.

»Und sie«, fügte Toto hinzu.

»Sie verlässt das Land in wenigen Stunden.«

Er nickte. »Dann helfen Sie mir mal, Gillick ins Auto zu schaffen.«

»Einen Scheiß mach ich.«

»Na schön.«

Er ging zu Gillick, hockte sich neben ihn und gab ihm einen Klaps auf die Wange. »Auf geht's, Fettwanst«, sagte er. »Zeit ist Geld.«

Ich sagte Maria, sie solle vorgehen und draußen auf mich warten. Sie stakste hinaus, blass im Gesicht. Ob das daran lag, dass sie kurz davor war, sich zu übergeben, oder dass sie ihre Wut unterdrückte, konnte ich nicht einschätzen.

Ich ließ die blutbespritzten Scheine dort liegen, wo sie waren, und legte das Bündel, das ich in der Hand hielt, auf den Schreibtisch.

Toto hatte Gillick mittlerweile gegen die Wand gelehnt.

Gillick gab ein gurgelndes Stöhnen von sich. Totos Hände waren blutbeschmiert.

»Ted will versuchen, das mit Jimmy zu klären«, sagte Toto. »Aber ich will nichts versprechen. Jimmy ist sein Mann. Es könnte also nicht schaden, mal eine Weile abzutauchen, wenn er wieder im Geschäft ist.«

»Wenn man einmal wegrennt, hört das nie mehr auf.«

Toto rieb sich die blutigen Hände und verzog das Gesicht zu einem leeren Grinsen. »Und wäre das nicht großartig?«

»Was ist mit uns beiden?«, fragte ich. »Wo stehen wir?«

Er hockte sich hin und dachte nach. »Lass uns erstmal das Geschäftliche regeln, Rigby. Dann unterhalten wir uns wieder.«

»Du kannst ihn ja noch mal danach fragen.« Ich deutete mit dem Kopf auf Gillick. »Aber mir hat er erzählt, Jimmy hätte Donnerstagabend unten beim alten Hafenamtsgebäude einen kleinen Extrajob übernommen.«

»Ach ja?«

»Ja. Hat sich nützlich gemacht, während ich mich oben im Studio mit Finn und Gillick unterhalten habe.«

»Nützlich?«

»Finn ist auf dem Dach meines Taxis gelandet, als er runtersprang«, sagte ich. »Es wurde total zerstört. Es stand genau unter dem Fenster, weil Jimmy mich genau auf diesen Parkplatz dirigiert hatte.«

»Na und?«

»Taxis und Autos gehen nicht schlagartig in Flammen auf, bloß weil jemand drauffällt. Höchstens im Kino.«

»Was willst du damit sagen, Rigby?«

»Unser Freund Gillick hier…«, ich gab ihm einen Stoß mit der Fußspitze, »… ist der Ansicht, Jimmy sei ziemlich geschickt beim Improvisieren von Brandbomben, was er in der guten alten Zeit an einigen Autos ausprobiert hat. Man muss nur einen kleinen Magneten an den Benzintank kleben, verbunden mit einem Quecksilber-Neigungsschalter, und dann wird das Taxi durch die Wucht von Finns Aufprall erschüttert und …« Ich zuckte mit den Schultern. »Ich erzähl dir nur, was Gillick mir gesagt hat. Vielleicht kriegt ihr ja noch mehr aus ihm raus.«

»Aber warum zum Teufel sollte denn jemand das Taxi in die Luft jagen?«

Das war die 64.000-Euro-Frage. Genau genommen die 1,8-Millionen-Frage.

»Ich will damit nur sagen«, erklärte ich, »dass Gillick und Jimmy da mit drinhängen.« Ich deutete auf den Schreibtisch. »Und Jimmys zehn Riesen liegen da.«

Er schob die Unterlippe vor. »Klingt sauber. Gesetzt den Fall, Gillick bestätigt es.«

»Sag ihm, wenn nicht, komme ich zurück und kümmere mich um sein anderes Auge.«

»Okay.« Er nickte langsam vor sich hin. Dann befühlte er die Platzwunde über seinem Ohr und sah sich das Blut an. »Das Übrige ist dann eine persönliche Angelegenheit zwischen uns.«

39

Der Abend brach an, der Himmel sah aus wie ein verfaulter Pfirsich. Ich bat Maria, ihre Sachen aus dem Phaeton zu holen, und ging in die Garage, um einen Blick auf Gillicks Saab zu werfen. Unverschlossen, aber der Schlüssel steckte nicht. Eine Minute später lenkte ich ihn neben den Phaeton.

Ich warf ihre Taschen auf den Rücksitz und diskutierte mit ihr darüber, ob wir Bear nicht einfach hier lassen sollten. Maria wollte nichts davon wissen. Also wurde auch der Hund in den Saab geholt.

Ich fuhr den steilen Weg hinauf in den Fichtenwald und schaltete die Scheinwerfer ein, weil es dort schon sehr dunkel war. Der Saab fuhr auch im ersten Gang so leise, dass ich über dem Motorgeräusch das Heulen einer Eule hören konnte. Wir fuhren über den schmalen Bergkamm und dann wieder hinunter ins Tal.

»Wie ist er denn aus dem Kofferraum gekommen?«, fragte ich.

Toto McConnell war ein eisenharter Typ. Er war über Jimmy gekrochen, hatte die Rücksitzlehne umgetreten und war dann aus dem Kofferraum geklettert. Bear war blockiert auf dem Boden zwischen den Sitzen. Maria war in den Wald gerannt, mit der Beretta in der Hand, und hatte abgedrückt. Ohne sie vorher zu entsichern.

Den Rest kannte ich ja.

Das Licht des Armaturenbretts verlieh ihrem bleichen Gesicht einen gespenstisch bläulichen Schimmer. Ihre Hände zitterten, das Adrenalin hatte den Schock verzögert, der nun eintrat, nachdem jemand ihr eine Knarre gegen den Bauch gedrückt hatte.

»Halt an«, sagte sie.

»Wir haben jetzt keine Zeit für …«

Sie würgte und schlug eine Hand vor den Mund. Es gab keinen Seitenstreifen.

»Harry!«

Ich stieg in die Bremsen, der Wagen kam rutschend zum Stehen. Sie schob die Tür auf, noch bevor wir angehalten hatten und übergab sich leise.

Sie würgte in einem Anfall alles heraus, lehnte sich wieder zurück und schloss die Augen. Sie war jetzt so blass wie Pergament, die Schweißtröpfchen auf ihrer Stirn glänzten wie kleine Diamanten.

Mit geschlossenen Augen tastete sie nach ihrer Tasche, holte eine Wasserflasche heraus und ein paar Papiertücher.

»Alles in Ordnung?«

Sie nahm einen Schluck, gurgelte und spuckte ihn am Wegrand aus.

»Bring mich einfach nur zum Flughafen«, flüsterte sie.

Es war diese unangenehme Zeit zwischen Dämmerung

und Nacht, wenn das Fahren anstrengend ist, weil das Licht der entgegenkommenden Fahrzeuge besonders grell erscheint. Mein Schädel fühlte sich an wie ein nasser Sandsack, dessen Inhalt stetig in meine Augenhöhlen rieselte. Auf beiden Seiten glitten Bäume vorbei. Meine Hände zitterten, aber nicht wegen der geschwollenen Knöchel, sondern wegen des Adrenalinstoßes, der nötig gewesen war, um die Buchstaben »SPITZEL« in die Stirn eines Mannes zu ritzen.

Meine Synapsen waren kurzgeschlossen, sprühten und glühten beim Versuch, zu verstehen, was Gillick gesagt hatte.

Es machte keinen Sinn.

Es machte total Sinn.

Ich war erschöpft, ausgelaugt, hing über dem Abgrund.

Maria sagte nichts, bis wir den Kreisel in Carraroe erreicht hatten und ich abbog, um nach Sligo zurückzufahren.

»Wo fahren wir denn hin?«

»Noch ein kleiner Zwischenstopp.« Meine Stimme klang hohl und leer wie bei einem Ferngespräch. »Dann ist alles erledigt.«

»Aber ich werde den Flug verpassen, Harry.«

»Falls das so ist, fahr ich dich nach Dublin.« Ich schaute sie an. »Vielleicht fliege ich ja mit dir.«

»Einen Scheiß wirst du tun.«

»Und wenn es meins ist?«

»Das wäre ein weiterer sehr guter Grund, so viel Abstand zu dir zu halten wie möglich«, sagte sie und legte die Hände auf den Bauch.

Da hatte sie vielleicht nicht ganz unrecht.

Ich rutschte vor und zog die beiden blassblauen Umschläge aus meiner Gesäßtasche. Den mit dem Scheck über 75.000, der an Andrea Toner, 18 O'Neill Crescent, Carton adressiert war, schob ich unter meinen Oberschenkel. Den anderen reichte ich Maria.

»Das könnte dich interessieren«, sagte ich.

Sie war nur ein kleines bisschen neugierig, als sie den Umschlag öffnete, und musste ganz dicht rangehen, um den Text in dem bläulichen Licht entziffern zu können. Schließlich erkannte sie, dass es sich um eine Geburtsurkunde handelte.

»Das hat Gillick gehabt?«, fragte sie.

»Ganz genau. Er vermutet, dass Finn der Vater von Grainne ist.«

»Na und?«

»Das wusstest du?«

»Finn hat's mir gesagt. An dem Abend, als er mir davon erzählte, wie er seinen Vater umgebracht hat. Er hat mir alles gesagt, Harry.«

Ich bezweifelte das. Die besten Lügner erzählen nur meistens die Wahrheit.

»Das war wirklich sehr lieb von ihm«, sagte sie mit ätzendem Unterton. »Denn ich sollte ja in guten wie in schlechten Zeiten zu ihm stehen, stimmt's? Also hat er mir schon mal erklärt, wie schlecht er mitunter sein konnte.«

Sie kannte nicht mal die Hälfte der Geschichte.

»Und du hast Grainne erzählt, dass du Bescheid weißt«, sagte ich. »Deshalb ist sie dann mit der Schere auf dich losgegangen.«

»Sie wollte, dass alle Finn als eine Art Heiligen ansahen.« Sie zuckte mit den Schultern. »Da war es echt mal Zeit, dass sie erwachsen wurde und ein paar Dinge darüber lernte, wie die Welt wirklich funktioniert.«

»Genau. Denn jedes Mädchen sollte beizeiten wissen, dass ihr Bruder auch ihr Vater ist. Damit hast du ihr ja wirklich einen großen Gefallen getan.«

»Ich war nur die Überbringerin der Botschaft.«

»Und jetzt willst du ihr den Treuhandfonds stehlen und das Geld benutzen, um die Hamiltons zu vernichten. Vielleicht lässt du noch die Inzestgeschichte mit einfließen, um die Sache ein bisschen aufzupeppen.«

»Genau so hab ich es mir gedacht.« Sie hielt den Umschlag in die Höhe. »Darf ich den behalten?«

»Nur zu.«

40

Der O'Neill Crescent erstreckt sich am äußeren Rand der Cartron-Halbinsel, wo er von Doppelhaushälften gesäumt in einer Linkskrümmung verläuft. Er endet an einer Stelle, wo der pockennarbige Asphalt zerbröselt und in eine flache Senke führt, in der braunes Gebüsch wuchert und wo sich im Laufe der Zeit verrostete Fahrradfelgen, gebrauchte Kondome und nagelneu aussehende Einkaufswagen angesammelt haben. Auf dem leeren Feld, das bis zum Ufer führt, suchten zwei abgemagerte Ponys nach Grashalmen zwischen den Ascheresten alter Feuerstellen und verrußten, ausgebrannten Autowracks.

Als ich mit dem Saab am Ende der Straße einen Bogen fuhr, um dann in das wuchernde Unkraut zurückzusetzen, rannte eine Ratte, so groß wie ein Kaninchen, über die Straße und verschwand in der Einfahrt von Hausnummer 26.

Maria erschauerte. »Hoffentlich dauert das nicht zu lange«, sagte sie.

»Bestimmt nicht.«

Einen Saab am O'Neill Crescent stehen zu lassen ist eine Aufforderung an jene Ratten, die deutlich größer sind als Kaninchen, sich hier zu versammeln.

Aber im Moment war keine Menschenseele zu sehen.

In der Einfahrt von Nummer 19 stand ein verbeulter Wohnwagen auf Betonsteinen, und sogar in diesem Zustand machte er noch einen besseren Eindruck als das Haus dahinter.

Drei der vorderen Fenster waren entweder zerbrochen

oder verrammelt, und die Eingangstür war schon mindestens zweimal mit Sperrholzplatten geflickt worden.

Hausnummer 18 hielt sich noch aufrecht oder bemühte sich zumindest darum. Die Fensterkästen im ersten Stock waren leer, aber immerhin sorgte ihre abblätternde Farbe für einige Tupfer Gelb und Blau. Das schmale Rasenstück davor hatte braune Stellen, war aber immerhin kürzlich gemäht worden. Die Eingangstür war noch intakt.

Es gab keine Klingel, also klopfte ich gegen die verstärkte Glasscheibe. Als ich mich umdrehte, konnte ich erkennen, warum die Stadtplaner einmal gedacht hatten, der O'Neill Crescent könnte eine hübsche Wohngegend werden. Im Norden strahlte der Benbulben mit seinen bernsteingelb überglänzten dunklen Violett- und Lavendeltönen im Licht der untergehenden Sonne. Im Westen schimmerte die Bucht silbrig-grün und die Wellen wogten wie Quecksilber in den Hafen.

Ich klopfte erneut, jetzt mit den Knöcheln, damit es lauter klang. Weit hinten im Flur zeigte sich ein Schatten und murmelte abweisend: »Wer ist da?«

»Sie kennen mich nicht.«

»Was wollen Sie?«

»Sie sind doch Andrea? Ich habe eine Lieferung für Sie.«

»Hauen Sie ab.«

»Ich bin kein Gerichtsvollzieher.«

»Hauen Sie trotzdem ab. Weg von der Tür!«

Sie hatte nichts, womit sie drohen konnte. Sogar durch die Tür hindurch klang ihre Stimme gleichzeitig angespannt und niedergeschlagen.

Ich ging in die Hocke und klapperte mit dem Briefkastendeckel. »Es ist von Gillick«, versuchte ich.

»Ich kenne keinen Gilllick.«

»Aber er kennt Sie.«

Eine Pause. »Was haben Sie denn mitgebracht?«

Ich zog den Umschlag aus meiner Tasche und schob ihn halb durch den Briefschlitz. »Das hier.«

»Schieben Sie's durch.«

»Tut mir leid, ich soll es persönlich übergeben.«

»Verdammter Gerichtsvollzieher, hauen Sie bloß ab.«

»Gehen Sie rein und schauen Sie mal aus dem Fenster«, sagte ich. »Wenn ich aussehe wie ein Gerichtsvollzieher, dann gehe ich wieder. Aber ich warne Sie, in diesem Umschlag steckt ein Scheck über 75.000.«

Der Schatten ging nicht zum Fenster, sondern blieb, wo er war. Bei Schatten ist das schwer einzuschätzen, aber ich hatte den Eindruck, dass ihre Schultern herabsanken. Dann schienen die Umrisse größer zu werden, kamen näher, und ich hörte das Rasseln der Kette. Sie öffnete die Tür einen Spaltbreit. Ein kurzer Blick genügte, um ihr zu versichern, dass, was immer mein Job sein mochte, es keinesfalls eine offizielle Funktion sein konnte.

Sie löste die Kette und trat zurück. Ich schob die Tür auf und trat in einen kleinen Eingangsbereich. Sie ging rückwärts ins Wohnzimmer. Ich schloss die Haustür und folgte ihr. Die Vorhänge waren zugezogen, der Raum lag im Dunkeln, die einzige Lichtquelle war der Fernseher, der ohne Ton lief. Es war, als würde man in eine Höhle eintreten, wo der kalte Schimmer des Fernsehers das Lagerfeuer ersetzte. Es herrschte eine Leere vor, für die IKEA Stockholm hergeben würde, um sie annähernd nachbilden zu können, denn es war jene Art von Kargheit, der bittere Armut Authentizität verleiht. Sie schlurfte um den niedrigen Tisch herum und setzte sich aufs Sofa, das an eine calvinistische Kirchenbank erinnerte. Auf dem Couchtisch standen ein überquellender Aschenbecher und ein halbvolles Weinglas, daneben lag ein Päckchen Zigaretten.

Die Wohnung stank wie ein Treibhaus. Der unangenehme Geruch nach kaltem Marihuanarauch hatte sich in den Wänden festgesetzt. Sie sah trotzdem nicht aus, als wäre sie bedröhnt. Ihre Augen leuchteten hell und hart wie frisch geprägte Geldmünzen.

»Sie sind Harry«, sagte sie, ohne mich anzuschauen,

während sie eine Zigarette aus der Schachtel zog. Sie bot mir keine an. Sie wusste, warum ich gekommen war. »Hab ich recht?« Das Zittern in ihrer Stimme zog sich durch ihren Körper bis in die Fingerspitzen. Sie musste das Plastikfeuerzeug drei oder vier Mal anschnippen, bevor es ihr gelang, die Zigarette anzuzünden. »Harry Rigby, richtig?«

»Ja, stimmt.«

Ihr Gesicht war abgehärmt, blass, aber mit unschönen rosigen und zornigen rötlichen Flecken. Ich hatte nicht genug Zeit um herauszufinden, was davon Spuren von Make-up oder von der Härte ihres Lebens waren. Sie war Ende zwanzig und diese Jahre hatten sie gehärtet, als wäre die Zeit ein Brennofen gewesen, der ihr Gesicht zu einer Maske gemacht hätte.

Das letzte Mal, als ich sie gesehen hatte, hatte sie auf einem Felsbrocken gesessen und auf das Meer geblickt, den Rücken Finn zugewandt, der sich gerade oben auf der Klippe zum Sprung bereit machte. Ihr Sechziger-Jahre-Retro-Brautkleid etwas geknittert an ihrem Rücken.

Ich legte den Umschlag auf den Tisch und schob ihn ihr hin. Sie starrte ihn an und biss sich auf die Unterlippe. Dann schaute sie mich an, immer noch mit diesen harten, glänzenden, hellen Augen. Ich schaute an ihr vorbei zu dem Spazierstock, der in einer Ecke stand.

»Ist Paul da?«, fragte ich.

»Im Moment nicht.«

»Kommt er bald zurück?«

»Das musst du ihn selbst fragen.«

»Wo finde ich ihn denn?«

»Das kann ich auch nur raten«, sagte sie gedämpft.

Draußen ertönte die laute Hupe des Saab. Ich ging zum Fenster und zog die Vorhänge zurück. Maria bemerkte es, hob einen Arm und klopfte auf ihr Handgelenk. Ich hielt einen Daumen in die Höhe.

»Das ist Maria«, sagte ich. Andrea nickte und rümpfte die Nase. Ich zog die Vorhänge wieder zu. »Finn's Verlobte.«

»Ich weiß, wer sie ist.«

»Komm her«, sagte ich.

»Was?«

»Komm her zum Fenster, ich will dir was zeigen.«

»Ich glaube, du solltest jetzt besser gehen.«

»Ich gehe ja. Aber ich will dir nur noch diese eine Sache zeigen. Dann nehme ich den Scheck auch nicht wieder mit, wenn ich gehe.«

Sie nahm den Umschlag vom Tisch, faltete ihn in der Mitte zusammen und stopfte ihn in die Vordertasche ihrer Jeans. Drückte die Zigarette aus, stand auf und kam um das Sofa herum. Ich zog den anderen Vorhang zur Seite.

Eine schöne Aussicht, wenn man weit in die Ferne blickte. Der Benbulben verschwand langsam im Dunst, über der Bucht lag ein leichter rosiger Glanz. Am anderen Ufer, am Rand des Tiefwasserhafens, stand das ehemalige Hafenamtsgebäude und reckte sich nackt und bloß wie ein drohender Finger in den kupferfarbenen Himmel. Es dauerte einen Moment, aber dann wurden ihre Augen unbarmherzig davon angezogen.

»Hast du zugeschaut?«, fragte ich.

Sie zuckte zusammen. »Was?«

»Ob du zugeschaut hast«, sagte ich. »Als er gesprungen ist.«

»Wer? Finn?«

»Paul. Hat er dir gesagt, um welche Uhrzeit es passieren würde?«

»Ich weiß überhaupt nicht, wovon du da …«

»Komm schon, Andrea. Fünfundsiebzigtausend? Das ist ein verdammt hoher Kaufpreis für so ein Kartenhaus wie das hier. Inoffiziell geschätzt, aber trotzdem. Es ist eher eine Lebensversicherung. Stimmt's?«

Sie stand stocksteif da, ihre Augen glänzten, aber sie waren nicht mehr so hart.

»Du musst nur nicken«, sagte ich. »Der Scheck bleibt hier. Er gehört dir. Gott weiß, dass du ihn dir verdient hast.«

Sie wandte sich vom Fenster ab, murmelte etwas, das ich nicht verstand, ging zum Sofa und setzte sich auf den Rand. Sie beugte sich vor, blickte weiterhin trotzig drein und rieb sich das Gesicht. Sie sah aus wie eines dieser grotesken Wesen, die an den Dachrinnen alter Kirchen hängen. Sie tastete nach der Packung, aber ihre Hände zitterten so sehr, dass ich ihr eine Zigarette anzünden musste. Sie zog heftig daran und stieß den Rauch aus.

»Du kannst jetzt gerne abhauen«, sagte sie.

Ich setzte mich auf das andere Ende des Sofas und änderte die Position, als der Revolver in mein Steißbein drückte. »Andrea«, sagte ich, »ich kann ja durchaus nachvollzie …«

»Ach ja? Kannst du das? Wirklich? Was kannst du denn nachvollziehen?«

»Dass dein Verlust …«

»Mein Verlust? Ich hab *alles* verloren!«

»Ich auch. Ich hab heute meinen Sohn verloren.«

Sie verstand nicht gleich. Dann runzelte sie die Stirn und lehnte sich zurück. »Wovon redest du denn da?«

»Mein Sohn ist heute gestorben.« Ich erzählte ihr die Kurzversion, wie wir von der Straße abgekommen waren und er im Koma gelandet war. Dass alles am Donnerstagabend vor Finns Studio angefangen hatte, als jemand gesprungen und auf mein Taxi gefallen war, und wie danach mein ganzes Leben in die Brüche gegangen war. Und dass ich wissen wollte, wie und warum das alles passiert war, um damit abzuschließen.

Was in gewisser Weise ja der Wahrheit entsprach.

»Um Himmels willen«, flüsterte sie.

»Ich will bloß wissen, ob Paul irgendwas gesagt hat, bevor er ging.«

Draußen wurde erneut gehupt. Andrea schreckte zusammen und ein Stück Asche fiel auf den Teppich. Sie starrte es eine Weile an, hob den Kopf und schaute mich an. Dann rieb sie ganz langsam die Asche mit der ausgestreckten Zehe in den Teppich.

Sie hatte es selbst noch nicht ganz begriffen, also kam es jetzt in Bruchstücken aus ihr heraus wie Scherben, die jemand bei einer Ausgrabung zutage fördert, zerbrochen und spröde, aber scharf genug, um tiefe Wunden schneiden zu können.

Wie Paul von der Klippe gesprungen war, einen falschen Dreh erwischt hatte und knapp neben der Stelle aufgekommen war, die er angepeilt hatte.

Auf einem erbarmungslos harten Felsen.

»Zu Anfang dachte er noch, eine Bandscheibe hätte sich verschoben, weil er hier unten Schmerzen hatte.« Sie drehte sich zur Seite und deutete auf eine Stelle links im Kreuz. »Nur dass es immer schlimmer wurde. Nach einer Weile konnte er nicht mehr Schlagzeug spielen, dann manchmal nicht mal mehr gehen. Er musste hier unten schlafen.«

»Was hat der Arzt dazu gesagt?«

Sie zuckte mit den Schultern. »Der dachte, es gibt sich mit der Zeit wieder. Jedenfalls zu Anfang. Und das Dope, das Gras schien ja zu helfen. Als es dann schlimmer wurde, dachte er, es wäre vielleicht eine Art verfrühte Arthritis, die er selbst behandeln könnte. Später dann, als es schlimm genug geworden war, dass er ins Krankenhaus wollte, hatte er so starke Schmerzen, dass er sich nicht mehr bewegen konnte. Am Ende habe ich ihm gesagt, dass ich ausziehe und ihn verlasse, wenn er es nicht untersuchen lässt.«

»Und?«

»Sie nannten es Spinalstenose. Er hatte sich die Wirbelsäule bei dem Sprung angeknackst, und dann gab es Komplikationen, weil der Spinalkanal sich entzündet hatte und diese Entzündung sich ausbreitete. Eine degenerative Erkrankung, sagte der Arzt.« Sie sprach die Worte sorgfältig aus, betonte jede Silbe. »Er sagte, man müsste es operieren, aber es wäre riskant. Paul hätte … du weißt schon.«

»Querschnittslähmung.«

»Ja. Und Paul meinte, was soll denn der Scheiß, ich lasse mich für teures Geld operieren und hinterher bin ich doch gelähmt. Falls wir das Geld überhaupt zusammenbekommen hätten.« Sie deutete in das kahle Wohnzimmer. »Ich war ja die Einzige, die Geld verdiente und eine Krankenversicherung hatte…« Sie zuckte mit den Schultern. »Außerdem gab es eine Warteliste, all diese Bedingungen, die er erfüllen musste.« Sie unterdrückte ein Kichern. »Paul sagte: ›Ich kann nur noch flach auf dem Rücken liegen, und diese Mistkerle verlangen von mir, durch Reifen zu springen.‹«

»Und Finn verlangte bloß von ihm, von einem Gebäude zu springen.«

Noch ein Schulterzucken, diesmal ein fatalistisches. »Er hatte die ganze Zeit über Schuldgefühle. Ich meine, die Leute dachten, Paul war ein Spinner, aber niemand kannte ihn wirklich. Wussten gar nicht, wie er hier oben drauf war.« Sie tippte sich an die Stirn. »Eines Abends fing er dann damit an, alles gegeneinander abzuwägen, und kam zu dem Ergebnis, dass es einfach nur Scheiße war und er auf keinen Fall wollte, dass ich mit ihm ins Elend gezogen wurde. Das war, als wir darüber sprachen, dass wir das Haus umbauen müssten, es barrierefrei machen und einen von diesen Treppenliften einbauen. Wir sprachen ja wirklich nur davon. Tatsächlich konnten wir uns kaum seine Schmerzmittel leisten, geschweige denn einen beschissenen Treppenlift. Und jeden Tag gab es was Neues, was er nicht mehr tun konnte.« Sie durchlebte alles noch mal, ihre Stimme klang rau, weil sie rauchte, aber wahrscheinlich auch wegen ihrer Verzweiflung. »Ich meine, es war schon schlimm genug, dass ich ihn abduschen musste. Aber ihm den Hintern abwischen?« Ein dumpfes Licht leuchtete in ihren Augen auf. »Ich bin doch keine…«, begann sie, dann schaute sie mich an. »Für ihn war es viel schlimmer als für mich. Er hat geweint, bekam Wutanfälle…« Sie zog heftig an ihrer Zigarette. »Und dann, eines Tages, es war tatsächlich einer seiner besseren Tage, lag er hier auf dem Sofa und sprach davon, dass Finn eine Waffe hätte. Die wollte er haben. Bevor es so schlimm würde, dass er nicht mehr fähig wäre…«

»Er hat Finn um die Waffe gebeten?«

»Das weiß ich nicht. Aber irgendwas muss er wohl gesagt haben. Jedenfalls kam Finn tagsüber vorbei, als ich bei der Arbeit war. Als ich nach Hause kam, stank die Wohnung nach Gras und die beiden waren total hinüber und lachten sich kaputt.«

Ich versuchte mir vorzustellen, wie Paul stoned auf dem Sofa lag, total paranoid, und wie Finn dann kam mit seinen Tüten voller Gras und wie er einen Spliff nach dem anderen drehte und Paul seinen vergifteten Plan ins Ohr säuselte. Er musste ihn schließlich die neun Stockwerke hochgetragen haben.

»Hat er dir erzählt, dass es Finns Idee war?«

Sie schüttelte den Kopf, die Haare fielen ihr ins Gesicht. Eine Träne tropfte von ihrer Nasenspitze. »Er hat einen Abschiedsbrief hinterlassen.« Sie schniefte. »Ich kam nach Hause und er war weg, nur dieser Zettel lag auf dem Tisch, auf dem er mir mitteilte, dass er aufhören wollte und sich darum kümmern würde. Er hatte nichts mitgenommen, alle seine Sachen waren noch da. Ich hab dann versucht, ihn anzurufen, aber er ging nicht ran.«

Sie schaute mich an, ihre Augen waren gerötet. Jetzt wieder trotzig. »Was sollte ich denn tun? Die Bullen anrufen? Ihnen erzählen, mein Ehemann sei irgendwo da draußen und wolle sich umbringen?« Sie schlang die Arme um sich und wiegte sich vor und zurück. »Und dann, am nächsten Morgen, hörte ich davon, dass Finn, dieses Arschloch, angeblich aus dem Fenster seines Studios gesprungen war. Dieser Scheißkerl. Dieser dreckige beschissene Scheißkerl.«

Wieder hupte es draußen und dann noch mal. Ich stand auf. »Andrea, ich muss los.«

Ich weiß nicht, was sie sich vorgestellt hatte. Vielleicht, dass wir die Nacht durchmachen würden, uns gegenseitig von unseren schlimmsten Enttäuschungen erzählen, weinen und jammern, unglückliche Liebesgeschichten ausbreiten und die Ungerechtigkeiten des Lebens beklagen würden und wie kalt und gemein es doch alles war.

»Ja, ja«, sagte sie verächtlich, schniefte und fuhr sich mit dem Handrücken über die Nase. »Jetzt kannst du ganz prima mit allem abschließen.«

»Noch nicht«, sagte ich. »Nicht mal annähernd. Aber immerhin hast du jetzt den Scheck.«

In gewisser Weise war ich positiv überrascht, dass Finn zumindest diese Schuld beglichen hatte. Gesetzt den Fall natürlich, dass der Scheck nicht platzte, wenn Andrea ihn zur Bank brachte, weil Finn ihn nur ausgestellt hatte, um sich Zeit zu verschaffen.

Ich trat aus der Haustür und zog sie hinter mir zu, so leise ich konnte. Trottete über den O'Neill Crescent mit seinen ausgebrannten Autowracks und verrosteten Fahrradfelgen, den halbverhungerten Ponys und den auf Zementsteinen aufgebockten Wohnwagen.

Ich dachte an diesen einen Abend im Cellars und die Jungs, die in der Rollerskate-Skinny-Coverband gespielt hatten, Paul schweißnass hinterm Schlagzeug. Am Rand meines Sichtfelds flog eine Zitrone Richtung Bühne, auf der Finn stand, die Augen geschlossen, den Kopf leicht gesenkt, während er sang: *»I love this compromise, you've finally got me, swallowing miracles, the whole way down …«*

Der dunkle Finger des ehemaligen Hafenamtsgebäudes war vom nächtlichen Himmel verschluckt worden.

Ich spürte einen Schmerz in der Brust wegen Paul. Und bekam eine Ahnung, warum er noch ein letztes Mal hatte springen wollen. Um ein letztes Mal den Luftstrom zu spüren, das Gefühl des freien Falls zu genießen, und sei es auch nur für wenige Sekunden. Ein grandios kostbarer letzter Augenblick.

Und wie er selbst gesagt hatte: Wenn du drin bist, bist du drin.

41

»Den Flughafen kannst du vergessen«, sagte Maria, als ich ins Auto stieg. Sie tippte auf ihrem Blackberry herum und hatte die Expedia-Website aufgerufen. »Das schaffen wir nie.«

»Soll mir recht sein. Dann fahren wir nach Dublin.«

Das wäre wahrscheinlich das Beste. Während der dreistündigen Fahrt hätte ich genug Zeit, mir darüber klarzuwerden, ob ich ihr erzählen sollte, dass Finn immer noch lebte und wahrscheinlich einen weiteren Selbstmordplan ausbrütete, für den Fall, dass sein letzter Schwindel aufflog.

Ich vermutete, dass Finn wirklich alle ausgetrickst hatte. Maria hatte er mit dem Versprechen eines neuen Lebens auf Zypern geködert, Gillick hatte er Grundbesitz für eine Immobilieninvestition in der Mittelmeersonne versprochen. Saoirse hatte er Hoffnungen gemacht, er könnte Maria doch noch aufgeben und zurückkehren, um Hamilton Holdings wieder auf Vordermann zu bringen und der Krieger und König einer noch zu strickenden Familienlegende werden.

All das unter der Voraussetzung, Grainnes Erbe abzuzocken, die 1,8 Millionen, die von einem Mann treuhänderisch verwaltet wurden, der sowohl ihr Bruder als auch ihr Vater war. Ihr Lebensweg war ein reines Minenfeld, noch bevor sie überhaupt aufgebrochen war.

Und vielleicht hätte Finn das alles tatsächlich zu Ende gebracht und alle Kreise quadriert. Wenn nicht ein gewisser Harry Rigby dazwischengekommen wäre und sich in allen Strippen verheddert hätte.

»Belfast ist besser«, sagte Maria. »Von dort geht morgen früh ein Flug nach Larnaca mit Zwischenstopp in Birmingham.«

»Prima«, sagte ich.

Alles, was den Moment hinauszögerte, in dem ich mich dem Anblick des leblosen, wachsbleichen Ben im Leichenschauhaus stellen musste, war mir recht.

Wir fuhren durch Cartron und dann den Berg hinauf und wieder nach unten auf die Hughes Bridge. Es war kaum Verkehr, kein Stau vor der Umleitung. Freie Bahn im orangefarbenen Licht der Straßenlaternen. Von hinten kam ein leises Schnarchen, Bear hatte es sich gemütlich gemacht, die Schnauze zwischen den Vorderpfoten. Die Krücken klapperten auf dem Rücksitz.

Leer. Erschöpft. Keine Wut mehr, kein Schmerz. Nur noch angetrieben von allerletzter Kraft und Schuld.

Wir kamen am Krankenhaus vorbei, dann am College, und bogen auf die Straße nach Enniskillen. Ich schaltete einen Gang höher und lehnte mich zurück, um es mir bequem zu machen. Es blieb nicht so. Nichts bleibt je für immer.

Mein Handy klingelte.

»Herb?«

»Wo bist du?«

»Auf dem Weg nach Belfast. Was gibt's?«

»Sie ist weg.«

»Wer, Grainne?«

»Wer denn sonst?«

»Verdammt. Wie ist sie denn …«

»Ich hab ihr mit dem Laptop geholfen, wegen irgendeinem Scheiß, den sie gesucht hat. Und dann schnappt sie sich die SIG und sagt: Hübsche Knarre.«

»Und?«

»Und dann sperrt sie mich in die Abstellkammer.«

»Du willst mich wohl verarschen.«

»Komm mir bloß nicht auf die Tour, Harry. Du hast mir diese Irren doch ins Haus geschleppt und den ganzen Scheiß eingebrockt.«

»Hat sie gesagt, wo sie hinwollte?«

»Was glaubst du denn? Dass wir eine nette kleine Unterhaltung durch die Tür der Abstellkammer geführt haben?«

»Wann war das?«

»Vor einer Stunde ungefähr, vielleicht ein bisschen mehr.«

»Und sie hat nicht gesagt, wo sie hinwollte oder sonst was?«

»Nein, hat sie nicht, hab ich doch schon gesagt.«

»Sie hat den Laptop mitgenommen?«

»Ja.«

»Was hatte sie denn darauf gesucht?«

»Das, was wir dann gefunden haben, ihre Geburtsurkunde. Als Scan.«

»Scheiße.«

»Scheiße ist genau der richtige Ausdruck, Harry. Als hätten wir nicht schon genug ...«

»Das mit Toto hab ich geklärt, Herb. Ist erledigt.«

»Erledigt?«

»Größtenteils, ja.«

»Wie das?«

»Ist eine längere Geschichte. Erzähl ich dir später. Hör mal, hat Grainne wirklich nicht angedeutet, wo sie hinwollte?«

»Sie hat nicht mit mir gesprochen. Hat mir auch nicht zugehört. Hat bloß die ganze Zeit gesungen.«

»Gesungen?«

»Die Kleine ist total neben der Spur, Harry. Wenn du sie siehst, solltest du besser ...«

»Herb? Was hat sie gesungen?«

»Irgend so was wie: *Speed to my side, nobody ever told me something* ... Keine Ahnung, sie singt nicht gerade wie Adele, weißt du?«

Ich legte auf.

Unsere alten Freunde von Rollerskate Skinny: *Speed to my side, nobody ever told me that this sort of thing could come alive ...*

»Lass mich raten«, sagte Maria, »die kleine Hexe hat ihm einen Blowjob versprochen.«

Ich wagte nicht zu hoffen, aber es war einen Versuch wert.

»Gib mir mal dein Handy«, sagte ich.

»Was ist denn mit deinem?«

»Ich hab Grainnes Nummer nicht gespeichert.«

Sie wühlte in ihrer Tasche, bis sie das Telefon endlich gefunden hatte. Ging ihre Kontakte durch und drückte auf Grainnes Nummer. Ich nahm es ihr aus der Hand und hielt es ans Ohr.

Sie meldete sich nach dem sechsten oder siebten Klingeln. Amüsiert und eiskalt. »Man hat mir glaubhaft versichert«, sagte sie, »dass du dich von einem ehemaligen Häftling hast schwängern lassen. Ich danke dir dafür, dass du meinen lange gehegten Verdacht bestätigt hast.«

»Mrs Hamilton«, sagte ich. »Hier ist Harry Rigby.«

»Oh?«

»Ich würde gerne mit Grainne sprechen, bitte.«

Ein geradezu eisernes Kichern. »Grainne ist nirgendwo aufzufinden, Mr Rigby. Wir haben versucht, sie anzurufen, aber aus irgendeinem Grund hat sie heute Morgen, als sie wegfuhr, ihr Handy hiergelassen. Natürlich wäre es unverzeihlich, dies der Polizei gegenüber nicht zu erwähnen, wenn ich die Vermisstenanzeige aufgebe.«

»Tun Sie das. Für den unwahrscheinlichen Fall, dass sie doch noch auftaucht, sagen Sie ihr, ich habe die Gemälde, die Finn gestohlen hat. Mein Ansprechpartner in der Abteilung Wirtschaftskriminalität meinte, der Finderlohn sei hoch genug, dass sie ein paar Monate damit durchkommt, bis sie alt genug ist, ihren Treuhandfonds selbst zu verwalten.«

»Ist das wahr?«

»Ist es. Und ich habe auch den Revolver.«

Schweigen und leises statisches Rauschen.

»Vielleicht sollten Sie herkommen, Mr Rigby. Wenn Grainne dann kommt, können Sie ihr persönlich von ihrem unerwarteten Glück erzählen.«

»Das kann ich machen. Soll ich den Revolver mitbringen?«

»Wenn es Ihnen nicht zu viele Umstände macht.«

»Nicht im Geringsten, Mrs Hamilton. Bis dann also.«

42

Ich wendete an einer Seitenstraße und fuhr zurück in die Stadt. Hielt am Taxistand gegenüber vom Rathaus in der zweiten Reihe.

»Du willst sie dir also schnappen«, sagte Maria.

Die Augen hinter ihrem Pony leuchteten auf, sie warf mir einen hoffnungsvollen, bittenden Blick zu.

»Ja«, sagte ich.

»Sie ist geisteskrank«, sagte sie. »Das weißt du.«

»Verstört, könnte man auch sagen. Und aus gutem Grund.« Eine Hupe ertönte hinter uns. Ich winkte ihn mit einer knappen Geste vorbei, dann schaltete ich den Warnblinker ein. »Du hast Grainne erzählt, dass du schwanger bist, stimmt's?«

»Na und?«

»Hast du ihr gesagt, dass Finn der Vater ist?«

»Warum denn nicht?«

»Vor allem, weil du dir nicht sicher sein konntest. Es sei denn, du hast schon einen Test machen lassen.«

»Jetzt komm bloß nicht auf komische Ideen, Harry.«

»Ideen sind nicht so mein Ding.«

»Gut. Dabei solltest du es auch belassen. Und jetzt …«

»Ich muss es aber wissen.«

Sie saß da, die Hände aufs Lenkrad gelegt und klopfte mit den Daumen gegen den Lederbezug. »Archú«, sagte sie so leise, dass ich es kaum verstehen konnte.

»Was?«

»Kennst du deinen eigenen Namen nicht mehr?«

»Wer hat dir das erzählt?«

»Finn.« Sie schaute mich an, in ihrem Blick war Hass, aber auch Verletztheit und vielleicht auch noch so etwas wie Zuneigung. »Er sagte mir, es sei an dem Abend gewesen, als du ihn aus dem Nichts zurückgeholt hast. Als du ihm von deinem Bruder erzählt hast. Wie du ihn umgebracht hast wegen eines Kindes, das nicht mal dein eigenes war.«

Seltsam. So wie ich mich daran erinnerte, war es Finn gewesen, der mich aus dem Nichts zurückgeholt hatte. Als er mir von den Brandstiftungen erzählte, von dem Druck und den Verletzungen tief in seinem Innern. Von all dem, was ihn zu einer bipolaren, suizidgefährdeten Person gemacht hatte, die sich gerade noch mit den Fingerspitzen an den glitschigen Rand einer Klippe klammert. Letztendlich hatten wir einander ausgelacht. So wie man es tut, wenn man einen Funken Hoffnung verspürt. In einem dieser gottgegebenen Momente, wenn einem klarwird, dass es da jemanden gibt, der noch schlechter dran ist als man selbst. Dass es vielleicht sogar einen Weg zurück geben könnte.

Natürlich schoben wir alles auf unsere Mütter. Auf Saoirse, die Finn den Namen Philip genommen hatte, womit sie ihn auf den Pfad der Selbstverleugnung gedrängt und ihn zu einem Menschen gemacht hatte, der sich irre verrenkte, um so zu tun, als sei er ein anderer, und zwar immer.

»Stimmt das denn, mit dem Namen?«

»Nee.«

»Nein?«

»Du weißt doch, wie Finn war«, sagte ich. »Er verlangte immer von allen, dass sie auch jemand anderes sind.«

Sie nickte. »Schade«, sagte sie. »Archú, der Bluthund. Das klingt nett, kommt einem ganz leicht über die Lippen.«

»›Harry‹ mag ich lieber.«

»Kann ich mir vorstellen.«

Ich stieg aus dem Saab und ging zum ersten Taxi in der Reihe. Als ich ihm erklärte, er hätte eine Fahrt nach Belfast vor sich, hätte er sich vor Freude beinahe in die Hose gemacht. Sprang diensteifrig raus, eilte zum Kofferraum des Saab und holte Marias Gepäck raus.

Ich setzte mich wieder in den Saab. Maria hatte die Sonnenblende heruntergeklappt und brachte ihr Make-up in Ordnung.

»Du weißt wirklich nicht, wer der Vater ist«, sagte ich, »stimmt's?«

Das fand sie auf eine pikierte Art witzig. »Was willst du mir denn damit sagen, Harry?« Sie hob eine Augenbraue. »Dass es dir doch nicht scheißegal ist?«

»Wenn es von mir ist, ja.«

»Und wenn ich jetzt sagen würde, dass es das ist?«

»Dann würde ich dich suchen. Und finden.«

Sie schloss die Handtasche mit einem lauten Schnappen. »Es ist mein Baby, Harry. Und das ist bislang das Einzige, was ich ganz sicher weiß.«

»Das wäre ja immerhin schon ein Anfang.«

Sie lächelte schief. »Du kennst meinen Vater nicht.«

»Ach, der soll mich mal ...«

»Vielleicht sollte er *mich* mal«, sagte sie. »Das scheint doch neuerdings der letzte Schrei zu sein.«

Sie stieg aus und ging um den Saab herum zu dem Taxifahrer, der ihr die Tür aufhielt. Ich sah zu, wie das Taxi davonfuhr, bis zur Kreuzung, kurz anhielt und dann nach rechts abbog. Sie schaute nicht zurück.

43

Am Ende ging alles recht zivilisiert über die Bühne, wenn auch sehr kühl und formell bis zum Exzess. Aber das ist bei Exekutionen ja durchaus üblich.

Ich bog gleich hinter dem Tor des Hamilton-Anwesens vom Weg ab und fuhr ein paar hundert Meter weiter bis zu einer Stelle, wo der Weg sich verengte und auf beiden Seiten von eng stehenden Bäumen gesäumt wurde. Ich bremste sachte ab, legte den Rückwärtsgang ein, wendete und blockierte die Zufahrt. Ich überprüfte den Revolver, ließ die Trommel rotieren und steckte die Waffe wieder in den Gürtel.

»Okay, Bear, los geht's.«

Er ging dicht neben mir, die Ohren gespitzt und mürrisch winselnd, während wir uns der Lichtung näherten. Für ihn war dies bekanntes Terrain, auch wenn die Gerüche und Klänge ihm fremd erschienen. Er saugte gierig die nächtliche Luft ein, drehte ständig den Kopf in alle Richtungen. Ich fragte mich, wie lange es wohl her war, dass er hier draußen in seiner angestammten Umgebung zwischen Eichen und Ahornbäumen herumgetollt war. Die Bäume standen in Gruppen dicht zusammen, schwarz auf Dunkel wie in einer Chiaroscuro-Radierung. Irgendwo ertönte das Heulen einer Eule und Bear warf den Kopf hoch, wirbelte herum und gab ein kehliges Knurren von sich.

»Sch-sch, ganz ruhig, Junge.«

Nicht, dass es irgendeine Rolle gespielt hätte. Er hätte genauso gut auch stepptanzend und eine Bebop-Melodie jaulend auf das Haus zurennen können. Ich hatte keinen anderen Plan als zu töten oder getötet zu werden.

Mein Pflichtbewusstsein und das Protokoll verlangten Ersteres.

Und Letzteres, nun, das hatte durchaus auch seine Vorteile.

Ich blieb am Waldrand stehen und schnalzte mit der Zunge. Bear scharrte in der Erde, während ich das Handy herausholte und Grainnes Nummer wählte.

»Mr Rigby?«

»Ich stehe draußen.«

»Ach bitte, treten Sie doch ein und leisten Sie uns Gesellschaft.«

Achtzig Meter vor mir erhob sich die pseudogeorgianische kantige Trutzburg der Hamiltons, in den Fenstern im ersten Stock schimmerte Licht. Die Eingangstür lag im Dunkeln und stand weit offen. Es sah aus, als wollte das Haus laut schreien.

Uns.

Vielleicht meinte sie Grainne, oder vielleicht auch Simon. Aber das glaubte ich nicht.

Er war da.

Ich konnte ihn beinahe riechen.

Ein durchdringendes Pfeifen ertönte, am Schluss mit einem leichten Trillern. Bear blieb stehen, blähte die Nüstern und sog die Nachtluft ein. Dann warf er den mächtigen Kopf zurück, bäumte sich auf und fing an zu jaulen. Rannte über den makellosen Rasen, immer noch jaulend, und sprang mit einem Satz über den Zierteich.

Ich trat zwischen den Bäumen hervor und folgte ihm. Schlenderte über den Rasen, vorbei an Teich und Springbrunnen, und ging dann auf die breiten Steinstufen zu, die zum Portal hinaufführten.

Ein leichtes Ziel, klar. Aber in der Trutzburg waren an diesem Abend keine Scharfschützen stationiert, auch keine Heckenschützen. Ich vermutete, sie würden mich nahe herankommen lassen, mir die Gemälde abschwatzen, mich ablenken und dann fertigmachen.

Schweiß tropfte von meinen Fingerspitzen und landete auf meinen Fußknöcheln.

Wieder so ein lauer Abend.

Ich stieg Stufe um Stufe nach oben und zog den Revolver aus dem Gürtel. Der geriffelte Griff fühlte sich feucht an. Ich hätte mich nicht gewundert, wenn jemand aus dem Halbdunkel der Eingangshalle getreten oder eine Horde selbstmordgefährdeter Giraffen auf mich zugerannt wäre.

Durch die Tür zu treten, so dachte ich mir, dürfte der schwierigste Teil der Übung sein. Das Licht würde mich von hinten anstrahlen, vor dem mondbeschienenen Rasen würde ich mich als schwarzer Schatten abzeichnen und wäre ein leichtes Ziel für jemanden, der hinter den Bambuspflanzen lauerte.

Also machte ich ein letztes Mal eine träge Jimmy-Dean-Rolle, duckte mich durch die Tür, rollte zur Seite und sprang wieder auf, den Revolver im Anschlag.

Nichts. Nur eine Tür am Ende des Korridors, die einen Spaltbreit offen stand und einen schmalen Streifen gelbliches Licht in die Halle warf.

Geh da nicht rein, Rigby.

Da drin sind lauter Verrückte und sie sind bewaffnet, Rigby.

Verzweifelte Menschen, Rigby, und mindestens zwei von denen möchten dich tot sehen.

Und während ich langsam auf die Tür zuging, wurde mir klar, oder ich gab es endlich zu, dass ich nicht den ganzen Weg hierher nur deshalb zurückgelegt hatte, um zu töten oder getötet werden.

Ich war gekommen, um ausgelöscht zu werden. Um alle ins Nichts zu stoßen.

Nachdem ich die Tür aufgestoßen hatte, sprang ich zurück und erwartete, dass die SIG abgefeuert wurde.

Doch das einzige Geräusch war das Knacken der brennenden Holzscheite und das leise Schnaufen von Bear.

Ich trat ein.

»Als Sie sagten, Sie würden den Revolver mitbringen, Mr Rigby«, sagte Saoirse Hamilton auf dem Sofa, »dachte ich nicht, dass Sie das als John-Wayne-Inszenierung geplant hatten.« Mit gespielter Strenge, als würde sie ein dummes Kind tadeln. »Soll ich jetzt die Hände hochnehmen?«

Grainne hockte am anderen Ende des Sofas, mit angezogenen Beinen, die Arme um die Schienbeine geschlungen. Ihr Kinn lag auf den Knien und sie starrte ins Leere. Stumpf, mit ausdruckslosen Augen.

Hinter dem Couchtisch, leicht vom Kamin abgewandt, lümmelte Finn in einem Sessel, ein Bein über die Lehne geworfen. Er verzog das Gesicht zu seinem typischen müden Grinsen.

»Harry«, sagte er. »Du bist einfach nicht totzukriegen, echt.«

Er kitzelte Bear am Ohr, kraulte das Fell an seinem Hinterkopf. Bear räkelte sich genüsslich und legte den Kopf auf Finns Schoß.

Von der SIG war nichts zu sehen.

Ich strich Grainne von der Liste, rechnete mir aus, dass Saoirse Hamilton zu langsam wäre, wenn sie versuchen sollte, eine Waffe zu ziehen. Also richtete ich den Revolver auf Finn.

Ich wollte ihm einige Fragen stellen zu Dingen, die ich wirklich gerne wissen wollte. Ob er die Brandstiftungen tatsächlich aus einem inneren Drang heraus begangen hatte, oder ob er nur deswegen in den Knast gegangen war, um dort einen kaputten Paranoiker aufzugabeln, der dann für ihn einstehen musste, wenn die Zeit gekommen wäre. Ob er extra deswegen nach Zypern gegangen war, um dort eine Frau zu finden, die ihm einen Fluchtweg eröffnen würde, wenn es eng würde.

Ob er gewusst hatte, dass Ben im Audi gesessen hatte, als er ihn von der Straße gedrängt hatte.

Aber ich war todmüde und außerdem spielte das alles keine Rolle mehr.

»Zum Geschäftlichen, Mr Rigby«, sagte Saoirse und beugte sich vor. »Haben Sie eine Preisvorstellung für die Übergabe der Gemälde und des Revolvers? Oder sollen wir jetzt Verhandlungen eröffnen?«

»Wenn Sie sich noch mal bewegen, und sei es nur ein Blinzeln«, sagte ich zu ihr, den Revolver immer noch auf Finn gerichtet, »dann blas ich Ihnen den Schädel weg.«

Sie wurde blass. »Mr Rigby, ich muss doch ...«

»Ich bin hergekommen«, sagte ich, »um ihn zu töten. Kostenfrei. Was dann mit der Waffe und den Gemälden passiert, können andere entscheiden.«

»Aber Mr Rigby ...«

»Das ist nur gerecht«, sagte ich zu Finn. »Du hast zwei Mal versucht, mich umzubringen. Einmal vor deinem Studio und einmal, als du uns von der Straße abgedrängt hast. Aber eine Frage habe ich doch. Wusstest du, dass Ben im Auto saß, bevor du uns gerammt hast? Oder war es dir einfach nur scheißegal?«

»Ach Harry, das muss doch nicht so laufen.«

»Aber es *ist* so gelaufen. Ben ist tot. Es gibt keine anderen Möglichkeiten mehr.«

»Wenn ich das richtig sehe«, sagte Saoirse, »dann waren Sie derjenige, der Finns Auto gestohlen hat, und Sie haben Ihren Sohn mit auf Ihre Spritztour genommen. Mal davon abgesehen, dass er gar nicht Ihr Sohn war. Aber in der Sache ändert das nichts.«

Ich riss die Waffe herum und zielte auf ihr Gesicht. Was sie da gesagt hatte, war richtig, absolut richtig. Was aber nicht bedeutete, dass ich es hören wollte.

»Sagen Sie das noch mal«, forderte ich sie auf. »Sagen Sie das ganz genau so ...«

»Fass, Bear!«

Mit einem lauten Knurren sprang Bear aus sitzender Position über den Couchtisch, den massigen Schädel gereckt, das Maul weit aufgerissen.

Es war kein fairer Kampf. Ein Revolver Kaliber .38, gut gezielt, kann ein angreifendes Nashorn stoppen.

Bears mächtiger Kopf war ungefähr einen halben Meter

vom Lauf des Revolvers entfernt, als er zerfetzte. Der Aufprall der Kugel bremste seine Bewegung und der kopflose Körper fiel krachend auf den niedrigen Tisch.

Einen Moment lang herrschte verblüfftes Schweigen, ein schrilles Klingeln hing in der Luft. Dann schluchzte Grainne auf und fing an zu weinen. Ich stieg über den Tisch. Aus Bears Körper sickerte Blut auf den Teppich. Ich spannte den Hahn des Revolvers und zielte auf Finns Gesicht.

»Harry …«

Sein Gesicht hatte die Farbe von Buttermilch. Kein Ist-mir-doch-scheißegal-Grinsen mehr, nur diese weit aufgerissenen blauen Augen, aus denen die nackte Angst vor der eigenen Vernichtung sprach.

»Meine Güte, Harry, ich wusste nicht, dass der Junge in dem verdammten Auto saß.«

»Spielt keine Rolle.«

»Mr Rigby.« Saoirse Hamilton klang jetzt heiser, nachdem sie gemerkt hatte, dass sie sich mit ihrem Geld nichts mehr kaufen konnte. »Wir können das doch sicher besprechen wie …«

»Nein.« Ich spürte ihn jetzt schon, diesen brennenden Schmerz, diesen Ruck in meiner Hand und wie Finns Augen sich weiteten im Todeskampf, dann stumpf wurden und leblos.

Ich musste würgen bei diesem Gedanken.

»Auge um Auge, Finn. So ist das nun mal.«

Mit einem erstickten Schrei sprang sie auf und zog die Pistole aus der Lücke zwischen Lehne und Polster. Die Eiserne Königin, wutentbrannt in diesem Moment, als die Säulen nachgaben und die Mauern ihres Palastes einzustürzen begannen.

Ich schoss ihr eine Kugel in die Brust und sie wurde dorthin zurückgeschleudert, wo sie eben noch gesessen hatte. Dann wirbelte ich herum und schlug Finn mit der Rückhand den Lauf des Revolvers gegen die Schläfe, als er vom Sessel aufsprang. Es war kein harter Schlag, aber fest genug, um ihn in eine andere Richtung zu lenken. Er prallte mit dem Kopf gegen meine Hüfte, und ich taumelte nach hinten. Er umklammerte meine Beine und versuchte, mich über den Sofatisch zu stoßen. Ich rammte ihm den Revolver in den Nacken, genau da, wo die Wirbelsäule endet, und danach tat er nicht mehr sehr viel.

Erst da merkte ich, dass das Klingeln in meinen Ohren überhaupt kein Klingeln war, sondern Grainne, die mit geschlossenen Augen, die Arme immer noch um die angezogenen Beine geschlungen, in ihre Knie kreischte.

»Hör sofort auf zu schreien«, sagte ich. Aber sie hörte mich nicht. Ich hockte mich neben Finn, setzte ihm den Revolver an den Hinterkopf und erklärte ihm, wie es laufen würde. Packte ihn am Hemd, zerrte ihn hoch und schob ihn zur Verandatür. »Es gab Streit wegen des Geldes, würde ich sagen. Sie wollte dich nicht beteiligen, also hast du sie erschossen, aber ohne sie konntest du auch nicht leben. Du weißt ja, wie's geht.«

Ich schob die Tür auf und drängte ihn hinaus. Er taumelte gegen die niedrige Brüstung und wäre beinahe hinübergekippt. Ich hielt ihn fest und zerrte ihn zurück, stellte ihn gerade hin.

»Hochklettern«, sagte ich.

»Harry ...«

»Kletter hoch, verdammt noch mal, sonst muss Grainne auch noch dran glauben.«

Immer noch benommen und heftig blinzelnd, brauchte er drei Anläufe, um auf die niedrige Mauer zu steigen. Unten, ungefähr vierzig Meter tief, wälzte sich die Brandung heran und warf sich gegen die spitz aufragenden Felsen.

Er richtete sich auf, immer noch zittrig. Dann kam er wieder zu sich und ging in die Hocke. Eine verkrüppelte Form von Anmut.

Ein letzter Sprung. Ein letztes köstliches Abtauchen aus dieser Welt und allem, was dazugehörte.

»Harry«, flüsterte er.

»Ja?«

»Das Einzige, was ich wollte«, flüsterte er, aber weiter kam er nicht. Die Stimmbänder versagen sehr rasch ihren Dienst, wenn eine Kugel seitlich in den Schädel eines Menschen eindringt.

Er überschlug sich zwei Mal, bevor er auf einen Felsen prallte und dann rotierend in die Brandung stürzte.

»*Bell jars away*, du Scheißkerl.«

44

Ich stolperte vom Balkon zurück ins Haus, völlig erschöpft und kurz vorm Umfallen. Suchte nach Worten, mit denen ich Grainne erklären konnte, dass sie nun einen Reisepass brauchte und sich ein superfreundliches Lächeln für Maria antrainieren müsste, wenn sie sie irgendwann dort unten auf Zypern ausfindig gemacht hätte, falls sie überhaupt daran interessiert wäre, nach ihren beschissenen Erfahrungen bis dato, es noch mal mit Familie auszuprobieren.

Ich war so fertig, dass ich nicht mal bemerkt hatte, dass das Kreischen verstummt war.

Sie war weg. Und ich sollte auch abhauen. Musste nur noch eine Sache erledigen.

Also schleppte ich mich durch die riesige Halle, vorbei an der Galerie der glotzenden Ahnen, zum Eingang und stieg die Stufen hinab.

Der RAV4 war weg, aber es standen genug Autos vor dem Haus mit jeder Menge Benzin zum Herauspumpen. Im Kofferraum des Land Cruiser lag ein Kanister.

Ich ging drei Mal hin und her, verteilte das Benzin in der Halle, im Speisesaal, im Wohnzimmer. Zerschlug noch einige Schnapsflaschen. Ich stank nach Benzin, Pulverdampf und Blut.

Dann trat ich wieder hinaus auf die Treppe und drehte mir eine Fluppe, zündete sie an und warf das Feuerzeug durch die geöffnete Tür ins Haus. Dann stieg ich die Stufen hinunter, überquerte den akkurat geschnittenen Rasen, setzte mich auf den Rand des Springbrunnens und schaute zu, wie die Flammen sich ausbreiteten. Fenster zerbarsten, Glas splitterte.

Die Fluppe, die ich in der einen Hand hielt, schmeckte ekelhaft. Der Revolver, den ich in der anderen hielt, würde wohl auch nicht besser schmecken.

Irgendwo tief in den Gedärmen des Hauses explodierte etwas, ein Generator vielleicht, und eine Million Funken sprühten hinauf bis zu den Sternen, machten sich auf den Heimweg, schimmerten auf, verblassten und vergingen. Ich entschied, dass es vollkommen egal war, ob ich mir den Revolverlauf in den Mund schob oder für die nächsten Millionen Jahre hier auf dem Brunnenrand sitzen blieb, bis die Sonne kälter wurde und schließlich erlosch, denn das Leben war nichts weiter als eine sinnlose blutige Farce, nur ein winziges Aufflackern, um anschließend wieder nichtige, tote Materie zu werden. Alle, die je gelebt hatten, waren doch nichts weiter gewesen als eine Kombination von Atomen, die lange genug zusammengehalten hatten, um ein Bewusstsein dafür zu entwickeln, dass eben dieses kleine bisschen Bewusstsein schon zu viel des Guten war, und dass es überhaupt keine Rolle spielte, nicht, wenn man sich zurücklehnt und hinauf in diese unendliche Nacht schaut, dass Ben nur zwölf Jahre alt geworden war anstatt zu überleben, nur um irgendwann später zerzaust und kaputt in einem Drecksloch begraben zu werden, während klebriges Zeug aus jeder möglichen Körperöffnung tropfte.

Aber trotzdem war ich nicht dazu befugt, mich selbst auszulöschen. Hatte nicht das Recht dazu. Auch wenn ich mit dem Finger auf Finn oder Saoirse Hamilton oder Gillick oder irgendwen sonst deutete, würde das nichts daran ändern, dass ich die Verantwortung für Bens Tod trug. Und das Mindeste, was ich ihm schuldete, war weiterzuleben und diese Pein auf mich zu nehmen.

Das Anwesen der Hamiltons brannte so heiß, dass die Hitze meine Haut versengte. Das Tosen der Flammen war so laut, dass ich eine Weile brauchte, um zu merken, dass mein Telefon klingelte.

Herb.

»Ja?«

»Harry? Wo bist du?«

»Willst du gar nicht wissen.«

»Hör zu, Harry« Vielleicht war mein Gehör noch immer beeinträchtigt von dem lauten Schuss oder es lag am Knistern und Knacken des brennenden Hauses, aber er klang anders, irgendwas schnürte ihm die Kehle zu. »Dee hat angerufen. Wegen Ben.«

Eine Woge irrationaler Hoffnung brandete auf. »Ja?«

»Ja. Sie sagte, ich soll dich, äh, vorwarnen, sie wird dich verklagen wegen fahrlässiger Tötung oder billigender Inkaufnahme oder sowas.«

»Gut, okay.«

»Hör mal Harry, vielleicht solltest du für eine Weile verschwinden.«

»Ja, vielleicht.«

»Falls du irgendwas brauchst, sag Bescheid. Ich kann es dir überall hinbringen.«

»Ich weiß das zu schätzen, Herb. Ich melde mich dann.«

Ich legte auf und hörte sie näherkommen. Das wütende Aufheulen eines Motors im Rückwärtsgang, dann das Knirschen des Kieses, als sie zwischen den Bäumen herausfuhr. Der RAV4 umkreiste röhrend den Brunnen und wurde so heftig abgebremst, dass die Steine aufspritzten.

Der Revolver lag wie ein Anker in meiner Hand.

Ich erwartete, sie würde wütend aussteigen und darüber schimpfen, dass jemand mit dem Saab den Weg blockiert und sie eingeschlossen hatte. Aber sie schob einfach nur die Tür auf und trat auf den Kiesweg.

Sie kam eben doch ganz nach ihrer Mutter.

Die eisblauen Augen, der eiserne Wille. Beide Hände um den Griff der SIG, die sie nun auf meine Brust richtete.

»Tu das Ding weg«, sagte sie ruhig. »Lass es einfach fallen.«

Der Revolver fiel mit einem dumpfen Aufschlag ins Gras.

Sie hatte mir von Anfang an etwas vorgemacht. Hatte mir das verrückte, verängstigte kleine Mädchen vorgespielt. Denn wir haben doch alle dieselben Filme gesehen, nicht wahr? Und dieselben Bücher gelesen.

Grainne Hamilton war siebzehn, ging auf die Siebzig zu und war ungefähr so verängstigt wie ein Marmorblock.

Sie verschwendete keinen Blick auf das brennende Haus.

»Ich kann den Saab nicht starten«, sagte sie. »Also los, du fährst.«

Ich stieg ein. Sie schob sich gegen die Beifahrertür und zielte mit der Pistole auf meine Brust.

Wir fuhren in den Wald. Sie hatte noch niemanden umgebracht, und ich wusste nicht, ob sie das Zeug dazu hätte. Also fragte ich sie, nur um sie einzuschätzen, wann ihr klargeworden sei, dass Finn und Saoirse ihren Treuhandfonds geplündert hatten, um ein neues Leben auf Zypern anzufangen.

»Fahr einfach«, sagte sie.

»War Maria mit von der Partie?«

»Maria, meine Güte.« Sie schüttelte den Kopf. »Sie sollte bloß mitspielen, sich ruhig verhalten und Finn heiraten, wenn es soweit wäre.«

»Wodurch er einen zypriotischen Pass bekommen hätte.«

»Leider konnte sie sich nicht beherrschen und fing an, mit dir rumzuvögeln. Weil sie glaubte, Finn damit ärgern zu können.«

»Und dann wurde sie auch noch schwanger.«

Sie zuckte mit den Schultern. »Er war unbelehrbar. Wollte nicht weg, bevor er es dir heimgezahlt hatte.«

»Er war die ganze Zeit hier?«

Sie nickte. »Im Bootshaus, ja. Gestern Morgen dachte ich, du hättest es herausgefunden. Als du den Weg Richtung Bucht gegangen bist.«

»Deshalb hast du von dem Testament gesprochen. Und den Änderungen, die Finn am Treuhandfonds vornehmen wollte. Nur um herauszufinden, wie viel ich wusste.«

»Halt an«, sagte sie. Der Saab lag vor uns im Scheinwerferlicht. Ich bremste den RAV4 ab und vermied jede hastige Bewegung. »Okay«, sagte sie, »und jetzt fahr ihn da weg.«

Ich stieg aus, ging um den Saab herum und setzte mich hinters Steuer. Sie kam hinter mir her und blieb auf der Beifahrerseite stehen, die SIG weiterhin auf mich gerichtet. Ich griff unter das Armaturenbrett und fand die Drähte. Ein paar Funken sprühten auf, ein leises Summen folgte. Ich drückte aufs Gaspedal und ließ den Motor aufheulen.

»Jetzt fahr ihn aus dem Weg«, sagte sie.

Ich legte den Rückwärtsgang ein und lenkte ihn über die Böschung ins Unterholz.

Sie wartete am Rand der Zufahrt, als ich den Hang wieder hinaufkletterte. Als ich nahe genug war, dass sie mich nicht mehr verfehlen konnte, sagte sie: »Das genügt. Jetzt runter.« Nicht mal ein Zittern in ihren zarten Händen. Ich kniete mich hin.

»Grainne«, sagte ich, »denk lieber mal nach. Im Moment kommst du noch ungeschoren davon. Du willst ihnen doch keinen Grund liefern dir nachzustellen, oder?«

Sie nahm das zur Kenntnis mit einem leichten Glitzern in den eisblauen Augen. Sie ging in die Hocke, sodass wir jetzt auf Augenhöhe waren, und behielt die Pistole in der einen Hand, die sie auf dem Knie abstützte.

»Und was wirst du tun?«, fragte sie. »Ich meine, wenn die

Bullen dich fragen, was hier passiert ist. Was erzählst du ihnen?«

»Ich bin dann nicht mehr hier. Ich hau ab.«

»Hinter Maria her?«

»Es wäre gut möglich, dass das Kind von mir ist.«

»Und du wärst natürlich nicht im Geringsten am Geld interessiert.«

Siebzehn Jahre alt, kein Mädchen mehr, aber auch noch keine Frau, vor allem aber eine kalte Maschine der Gier unter dem straffen Fleisch.

Sie war eine Überlebenskünstlerin, sie würde schon zurechtkommen.

»Wir machen einen Deal«, sagte ich. »Ich finde Maria für dich und besorge das Geld. Sie hat den USB-Stick von Finn mit den Zugangsdaten.«

Sie nickte langsam und schürzte die Lippen. »Weißt du«, sagte sie, »Ich finde sie wahrscheinlich genauso schnell wie du.« Dann drückte sie ab.

Es war nicht direkt ein Knieschuss. So präzise war sie nicht. Aber sie war so nah, dass sie mich gar nicht verfehlen konnte. Die Kugel durchschlug meinen Oberschenkel.

Zuerst spürte ich keinen Schmerz, nur den Schock des Aufpralls, der mich in Zuckungen versetzte, als ich rückwärts über die Böschung ins welke Laub stürzte. Vage war ich mir bewusst, dass sie aufstand, die Waffe fallen ließ und sich fluchend das Handgelenk rieb. Dann schoss ein flammender Schmerz durch mein Bein und setzte die Knochen in Brand. Schreien machte es nur noch schlimmer, jeder Nerv lag jetzt blank. Und sowieso niemand in der Nähe, der mich hören konnte, nicht, nachdem das Geräusch des Motors in der Ferne verklungen war.

Ich blieb zwischen den Blättern liegen, mit geschlossenen Augen und zusammengebissenen Zähnen, und versuchte, nicht zu atmen. Nach einer Weile ließ der Schmerz nach und mir wurde kalt. Ich hörte ein Hu-hu, ganz leise, es klang eigenartig. Dann setzte das Zittern ein, zuerst nur leicht, aber dann bibberte ich am ganzen Körper. Unterhalb der Hüfte war alles taub und auch feucht, das Blut pulsierte träge aus der Arterie, langsam aber stetig.

This motionless ease, measure me by…

Es könnte Minuten gedauert haben oder Stunden. Unmöglich, das zu sagen.

Als alles zu verblassen begann, als die Welt an den Rändern zerfaserte und die Dunkelheit hereinbrach, hatte ich eine letzte dunkle Vision von Ben, wie er mir unter seinem Haarschopf einen schrägen Blick zuwirft, aber als ich die Hand ausstreckte, um ihm die Haare aus dem Gesicht zu streichen, stellte ich fest, dass seine Augenhöhlen leer waren und er gar kein Gesicht hatte, nur ein leeres Loch als Mund, das sich zu einem Grinsen verzog, und es war Gonzo, ja, Gonz, der dort auf mich wartete und sagte leg das Ding weg lass es einfach fallen du kannst nicht mehr weiter du wirst weitermachen und die Blätter raschelten leise im Wind flüsternd ja ich will Ja

Danksagungen

Mein ganz besonderer Dank gilt wie immer den Leuten bei Liberties Press: meinem Lektor Daniel Bolger, den PR-Gurus Caroline Lambe und Alice Dawson, und dem Verleger Sean O'Keefe.

Ich bin Ed O'Loughlin zutiefst verpflichtet, weil er sich die Zeit genommen hat, die ganze Geschichte durchzulesen, mit scharfem Blick, und anschließend unverblümt seine Meinung äußerte.

Wie immer haben John McFetridge und Adrian McKinty von entgegengesetzten Punkten auf diesem Planeten wertvolle Anregungen gegeben. Der grenzenlose Peter Rozovsky hat mir ebenfalls weit über die übliche Freundlichkeit hinaus geholfen.

Vieles, was an diesem Buch gut ist, ist auf ihren Beistand zurückzuführen, alles Schlechte stammt von mir.

Ich danke meinem Agenten Allan Guthrie von Jenny Brown Associates für seinen unermüdlichen Rat und seine Unterstützung.

Ich werde meinen Eltern Harry und Kathleen Burke immer dankbar sein, weil sie dafür sorgten, dass Bücher zur Wohnungseinrichtung gehörten, als ich groß wurde.

Und ohne Die Drei Regelmäßigen Leser meines Blogs »Crime Always Pays« und ihr klammheimliches Spähen über meine Schulter wäre dieses Buch niemals entstanden, sie haben mich angetrieben.

Leider kann ich meiner Frau Aileen und meiner Tochter Lily die Zeit nicht zurückgeben, die ich ihnen gestohlen habe, um dieses Buch zu schreiben. Ich hoffe, dass der unvermeidliche Ruhm und der nachfolgende Reichtum dies ein klein wenig ausgleichen können.

Ach so, Lily? Vielleicht schaffe ich es ja das nächste Mal, ein Buch zu schreiben, das nicht so kaputt ist, mit Bildern neben den Worten –

»Dröhnt vorwärts wie eine Harley Davidson ohne Schalldämpfer – pechschwarz, aber berauschend!« ***Irish Times über Declan Burke***

Declan Burke
ABSOLUTE ZERO COOL / Kriminalroman
Broschur / 320 Seiten / ISBN 978-3-89401-793-4
Ein Mörder entsteigt einem unvollendeten Manuskript und setzt den Autor unter Druck: Karlsson verlangt, dass das Manuskript zu Ende geschrieben und seine Rolle darin verändert wird. Der Autor geht im Scherz darauf ein, ohne zu ahnen, dass sein Protagonist nicht nur ein Krankenhaus in die Luft jagen, sondern auch die reale Existenz des Autors gefährden wird. Eine hochspannende Kriminalkomödie von Irlands innovativstem Krimi-Autor – witzig, philosophisch und absolut neuartig.

Declan Burke
THE BIG O / Kriminalroman
Broschur / 320 Seiten / ISBN 978-3-96054-002-1
»Declan Burkes *The Big O*, dieser meisterhafte Mix aus krassem Humor, bitterer Selbstironie und temporeicher Handlung mit ihrer Fülle an schrägen und doch sehr lebensnahen Helden und Anti-Helden ist einmalig und nicht kopierbar.«
Margarete von Schwarzkopf

Declan Burke
EIGHT BALL BOOGIE / Kriminalroman
Broschur / 272 Seiten / ISBN 978-3-96054-068-7
Als die Frau eines bekannten Politikers in ihrem besten Negligé ermordet wird, findet sich Privatdetektiv und Gelegenheits-Boulevardjournalist Harry Rigby im Kreuzfeuer zwischen fiesen Paras, gehörnten Ehemännern und Interpol-Ermittlern wieder – und mitten im schwersten Koks-Blizzard, der den Nordwesten Irlands je getroffen hat. Burkes rasiermesserscharfe, tempo- und pointenreiche Story ist ein wahnwitziges Krimivergnügen – angelehnt an Vorbilder wie Raymond Chandler und Elmore Leonard, aber unverwechselbar verortet im grauen, kalten Post-Boom-Irland.
